岳陵◎著

无知者无畏

韧⁴

海天出版社
·深圳·

图书在版编目（CIP）数据

韧 4. 无知者无畏 / 岳陵著. — 深圳：海天出版社，2021.6

ISBN 978-7-5507-3139-4

Ⅰ. ①韧… Ⅱ. ①岳… Ⅲ. ①长篇小说－中国－当代 Ⅳ. ①I247.5

中国版本图书馆CIP数据核字(2021)第042214号

韧4 无知者无畏
REN4 WUZHIZHE WUWEI

出 品 人	聂雄前
策划编辑	韩海彬
责任编辑	雷　阳
责任校对	万妮霞
责任技编	郑　欢
装帧设计	今亮後聲 HOPESOUND 2580590616@qq.com · 王秋萍

出版发行　海天出版社
地　　址　深圳市彩田南路海天综合大厦（518033）
网　　址　www.htph.com.cn
订购电话　0755-83460239（邮购、团购）
设计制作　无极文化
印　　刷　中华商务联合印刷（广东）有限公司
开　　本　787mm×1092mm　1/16
印　　张　25.25
字　　数　347千
版　　次　2021年6月第1版
印　　次　2021年6月第1次
定　　价　48.00元

目录

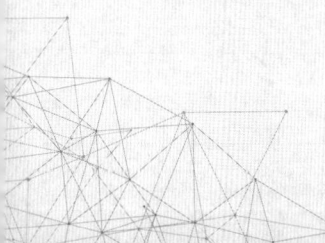

第四章　高原上的天线也疯狂

第五章　泰国，多载波悲壮的第一枪

《韧 3墨脱，我们来了》内容回顾

　　拉萨、山南、日喀则等国内市场和印尼等国外市场接连出现产品使用问题，燎原人哪儿有问题就去哪儿。痛定思痛，燎原人积极开展人员招聘、团队建设、质量学习、自我批评等活动，壮大了公司队伍，解决了思想方面的问题。最后，燎原公司一边准备开展准3G的工作，一边派出员工，穿越原始森林、蚂蟥区，克服高原反应等重重困难，终于让全国当时唯一没有通公路的墨脱地区的人民用上了手机。

第一章

高原，双工器永远的挑战

1. 中国要上3G了

深圳，肖云飞正在主持版本例会。"上午墨脱那边说，今天第一天放号，170部手机一抢而空，不够卖。"肖云飞说。"那就多搞点呗。"赵长城说。"这次麦哲渊他们就背进去170部手机。"肖云飞说。"麦哲渊问题不大了吧？"邓学佳问。"问题不大。哎，尹贤良，也门版本怎么样啦？"肖云飞说。"月底过点，7月上旬正式升。"尹贤良说。

"麦哲渊不在。赵长城，尹贤良的版本怎么样啊？"肖云飞问。"这个版本是严格按照流程走的，过程控制得非常好，各项度量数据都比较好。算是版本的一个典范吧。"柴文娜说。"就是说尹贤良做得不错喽。"肖云飞说。"都是娜姐指导有方。"尹贤良谦虚地说。"哟哟哟，还谦虚了。你当我真的是夸你啊。柴文娜说你好是没用的，要我说好才是真的好。"肖云飞说。

"是骡子是马还没遛呢，怎么说你好？"马庆生在一旁说。"听见了吗？"肖云飞对尹贤良说。"过程决定结果，过程符合质量要求，结果应该不会差。"柴文娜说。"尹贤良，这是柴文娜说的。你怎么说？"肖云飞问。"我要说的娜姐都替我说了。"尹贤良说。"就是结果一定好喽？"肖云飞说。"应该是吧。"尹贤良不是很自信地说。"拭目以待。"肖云飞说。

"杭岩，说说你这边。"肖云飞转身对杭岩说。"正式板预计月底能回。"杭岩说。"激动人心的时刻要到了。"肖云飞说。"要是自己的算法就好了。可惜方俊凯他们，唉。"邓学佳说。"心急吃不了热豆腐，期待方俊凯他们厚积薄发。"肖云飞说。"柴文娜、赵长城，你们要强势介入了。该正规的要正规，杭岩。"肖云飞又说。"杭岩，板子回来了知会一声。"赵长城说。"杭岩，开始调试，每天开攻关会啊，我要参加。"柴文娜说。"行，我来组织，别什么都找杭岩。"邓学佳说。"肖云飞，人力方面，还是要投入啊，板子来了人力肯定不够。"邓学佳说。

"达荣生啊，还有你那两三个人。"肖云飞指着廖默然说。"杭岩这边一个人也不够啊。"邓学佳说。"那你们自己内部协调。"肖云飞说。"曹瑞祥啥时候来上班？"赵长城问邓学佳。"下周吧。"邓学佳回道。"哎哟，曹瑞祥真是，一个多月啊。"柴文娜说。"是啊，他电话里说受不了了，扣工资啊。"邓学佳说。"所以大家还是要关爱自己。"肖云飞说。"关键是有没有恢复啊，光想着不扣工资？"赵长城说。"腰上要搞个东西。"邓学佳说。"够受罪的。"柴文娜说。

"牛玉江，准3G的版本，王厚林、麦哲渊都不在，你这边还是要抓紧。赵长城，一定要多发现问题。我真怕这量大，一旦你这个版本出问题，真是麻烦大了。跟载频板不能比的。"肖云飞说。"都在努力搞呢，放心。"赵长城说。"就是不放心才说的。"肖云飞说。"都盯得很紧。"柴文娜说。"就是不放心啊。我问你们，类似印尼S666的事会不会再出现啊？"肖云飞问。

看大家都不吭声，肖云飞又说："看，问到具体的就不吭声了。嘴硬有啥用，多想想问题，不放过任何细节。赵长城有问题就给我提单，没必要和开发商量。对，觉得有问题就提。""行，有您这句话就行。"赵长城说。"工作量会很大的。"牛玉江面露难色。"看你们的水平啦，综合把握啊。千万别'和谐'了，最怕的就是这个，柴文娜。"肖云飞又说。"知道了，我来监督。"柴文娜回道。"对了，赵长城，外场，外场要搞。"肖云飞又说。"在准备。"赵长城说。"实验局定在哪儿？"肖云飞又问。"准备在国内找个地方。"赵长城说。"要尽快确定。"肖云飞说。

"高效功放这块呢？"肖云飞问廖默然。"几个频段都在同步开展。"廖默然说。"有了人就是不一样，还是人多力量大呀。"肖云飞说。"不过，选管子挺难的，拿不准，只能几个方案都试。"廖默然说。"管子不同，就都要给方案试啊，太蠢了吧！"马庆生说。"那你说怎么办？"肖云飞问马庆生。"是啊，你不蠢，你聪明，说个聪明的法子。"廖默然说。"不像话了吧，你的事，让我给你们功放想法子，太过分了啊。"马庆生说。"人多就同步试，这样快，蠢是蠢点。估计麦克斯韦他们肯定不会这么干。"廖默然说。

"人多力量大呀，优势就体现出来啦。"肖云飞说。"咱水平臭，不跟人家比。他们不这么干，我就只有这种水平，没办法。"廖默然说。"以前有一篇写庄则栋的文章，叫《笨鸟先飞》。人家庄则栋自称笨鸟，结果蝉联三届世界乒乓球单打冠军。"肖云飞说。"笨鸟，对，我就是笨鸟，只是不知道能不能先飞起来。"廖默然说。"管他那么多，先干起来再说。"肖云飞说。"这年头还真是胆大的气死胆小的，光脚的不怕穿鞋的。"马庆生说。

"知道国内为什么还没上3G吗？"第二天一早，张立彪在办公室问肖云飞。"怎么，国内要上3G啦，这下我们应该有机会了吧？"肖云飞问。"知道为什么不上3G吗？因为国家要推自己的3G。"张立彪说。"什么意思？"肖云飞有点摸不着头脑。"没什么意思，就是国内要推自己的时分3G。"张立彪说。"从哪儿听来的？"肖云飞问。"我专门把你叫来，能乱说吗？"张立彪说。"国际电联的3G标准采纳了吗？"肖云飞又问。"你还别说，我们都没太注意，1999年就已经被正式采纳了。"张立彪说。"1999年，我们那时正忙2G呢，哪儿顾得上3G。知道也只是频分的3G，完全没注意还有时分的中国3G。"肖云飞说。

"怎么着，要做啊？"肖云飞又说。"公司没下定决心，只是安排了人在跟踪。"张立彪说。"肯定没戏嘛，公司当然不愿投啦。"肖云飞说。"不知道，我只是跟你说一下这个事儿。"张立彪说。"其实呢，欧洲关于3G，本身就有频分和时分之争，结果频分占了上风。"张立彪说。"香农的时分？"肖云飞说。"是的，香农的时分落败后，我们国家把它搞过来。国内一帮专家认为，频分、时分各有优势。"张立彪又说。"时分有什么优势？"肖云飞问。"收发都用同频段，频谱利用率高啊。"张立彪说。"这倒是。"肖云飞说。"所以，国际电联采纳了嘛。"张立彪说。"要说体现标准的完整性，频分、时分都有。"肖云飞说。

"国家希望燎原搞，要是没前途，公司自然不情愿，还是要把主要精力投入在频分3G上。"张立彪说。"国家那边怎么办？"肖云飞问。"听那意思是想和香农合作。"张立彪说。"跟香农合作？怎么个合作法？"肖云飞问。"可能会合开一个公司，香农出技术，燎原出钱。"张立彪说。"糊弄糊弄政府。"肖云飞说。"别瞎说，出钱了，什么糊弄。"张立彪说。正说着，张立彪桌上的固定电话响了。"喂，噢，等等。"张立彪捂住话筒对肖云飞说："哎，安排人跟踪一下中国的3G，协议啊什么的，好好研究一下，公司会有人找他的，定下人了告诉我。"张立彪说完挥手示意肖云飞离开。

中午，食堂。"中国3G，听说过吗？"肖云飞边吃边问。"什么？中国要上3G啦？"马庆生说。"啊，中国要上3G啦？肖云飞，这下有戏了，我们？"夏润泽问。"你们都说啥呢，我说中国要上3G了吗？一个个耳朵进水了。"肖云飞说。"那你说啥中国3G。"马庆生说。"我是说中国3G，我没说中国马上要上3G。"肖云飞说。"想说啥吗？"柴文娜说。"我是问大家，听没听说过中国自主知识产权的3G标准，而且1999年就被国际电联采纳为正式标准了。"肖云飞一字一句地说。

"啊，1999年？真的假的？"马庆生问。"真的假不了，假的真不了。上午上网查了，在国际电联标准里真找到了，协议都下载了。"肖云飞说。"那是真的喽？"马庆生说。"是真的，中国3G。"肖云飞说。"应该就是时分的那个吧？"邓学佳说。"看来你是知道的，没错，就是时分的。"肖云飞说。"我们都只关注频分的3G，没人去关注中国的时分3G，居然还是正式的国际标准。"赵长城说。

"国家马上要上这个时分3G吗？"朱文学问。"不可能。"袁一帆说。"为什么不可能啊？"朱文学问。"我在北京的时候知道一些。应该还在样机开发阶段，离商用有些距离。2008年北京奥运会，应该可以商用了。"达荣生说。"要等到北京奥运会啊。"杭岩说。"你早搞了不成熟也不行啊，听说是比频分的3G要差一点。"达荣生说。"差一点点还可以忍受，差多了用户就不买账了。"杭岩说。"所以要拖到2008年的奥运会嘛。"达荣生说。

"什么频分、时分，以前只听说3G，怎么现在又冒出这么多新词儿？"柴文娜问。"频分，就是靠频率把收和发分开，就像公路是双向道的。"邓学佳说。"明白了，时分就是单向道。"柴文娜说。"不全面，应该说是一个车道，通过时间把来去的车辆控制住。"邓学佳说。"是这么个时分啊。要是在马路上这样搞，警察得累死。"柴文娜说。"火车有单轨的，发过去，再回来。那边不回来，这边是不能发的。"柳超智说。"发生火车相撞的，就是时间没分好。"袁一帆说。"哎，你们那个时分的3G会不会收发相撞啊？"柴文娜问。"时序定了不会。"牛玉江说。"这你放心啦，软件写死的，错不了的。"肖云飞说。

"今年股票分红和奖金都不太理想，全员宣讲比较难搞。"下午，肖云飞坐在工位上对东方牡丹说。"所以请你帮忙看看，怎么搞比较好？"肖云飞又说。"多谈谈愿景吧，再想想有哪些可以提气的事。"东方牡丹说。"听说奈奎斯特最牛的实验室，产生过20多个诺贝尔奖，现在垮了。"肖云飞说。"噢，是吗？"东方牡丹说。"是啊，而且在美国国会的听证会上，奈奎斯特说是因为我们燎原公司强有力的竞争，把他们最牛的实验室给搞垮了。"肖云飞说。

"这不可能吧，他们也太把燎原当回事儿了。不可能，不可能。"东方牡丹说。"你说不可能，我也不相信。可人家就这么在公开场合说是被燎原弄垮的。"肖云飞说。"我们有这么牛吗？"东方牡丹看着肖云飞说。"我觉得我们一点儿都不牛，天天为生存苦苦挣扎。怎么就把这么牛的实验室给弄垮了？"肖云飞摊开双手说。"要真是这样，倒可以说说。"东方牡丹说。

"另外，听说枫叶也不行了，正在拆分了卖呢。"肖云飞说。"这么说，我们不好，别人也不怎么样啊。"东方牡丹说。"要是这样的话，股票分红和奖金都是去年的啊。从去年年底到现在大单不断，说明今年我们是上升的势头。这一上一下的对比，大家应该可以看到希望了。"东方牡丹又说。"宣讲完了撮一顿呗？"肖云飞用期盼的目光看着东方牡丹。"人有点多啊。"东方牡丹犹豫着说。"人多热闹啊。"肖云飞说。"看看还有多少钱再说吧。"东方牡丹说。"钱，找找张总。"肖云飞说。"我试试。"说着，东方牡丹就走了。

走着走着，东方牡丹突然转身回到肖云飞身旁，问："中国3G要搞？""不知道啊。"肖云飞装糊涂地说。"不知道？张总说跟你说了，叫我过去说是要招人，找你商量。"东方牡丹说。"什么叫跟我说过，只是说让我安排个人跟踪，根本就没说要搞。"肖云飞说。"招人，要招人，为搞中国的什么时分3G做准备。"东方牡丹说。"以前只知道你们搞什么2G、3G，从来没听说还有中国3G一说。"东方牡丹又说。

"准备怎么招？"肖云飞问。"张总的意思是要有针对性。"东方牡丹说。"有目标了吗？"肖云飞又问。"这不就是来跟你商量，寻求帮助的嘛。"东方牡丹说。"我？帮不了。"肖云飞头摇得像拨浪鼓似的。"不找你找谁？反正我不管。"说着，东方牡丹一转身走了。"等你的建议啊，要快。"东方牡丹边走边说。

"我找谁去，真是的。"肖云飞自语道。"真要搞国产3G？"马庆生在一旁说。"你不听见了嘛，张总都让招人了。"肖云飞说。"哎呀，又要搞一摊，这人……"马庆生无奈地说。"真怕被拖累，只有中国用，别的地方又不用。"肖云飞说。"倒也未必。要是中国真的大规模上了，说明还是可以的。毕竟在无线通信领域频谱资源是短缺的。"马庆生说。"哎，要这么说，还是有搞头的哟。"肖云飞说。

2. 通信业的冬天

"今天是周末，上半年就要接近尾声了。我们聚集在这里进行每年一度的全员宣讲，完了大家一起好好热闹热闹，明天不上班，大家一醉方休。"东方牡丹说。"今天下午全员宣讲的主要议程是，先由肖总讲话，介绍一下去年我们移动产品线的市场、经营状态以及开发质量的状况，然后再展望一下今年。接下来是颁奖环节，主要表彰那些去年做得好的，为产品线做出贡献的优秀个人和团队。再有就是由我给大家介绍一下人力资源的情况。最后是提问环节，留给大家一些时间，听听大家对产品线的意见和建议，回答大家所关心的事儿。好，现在有请肖总给大家讲话。"东方牡丹说完带头鼓掌。

"全员宣讲每年都会有，今年呢有点难。为什么呢？想必大家多多少少知道一些。"肖云飞停顿了一下，继续说道："大家看到这些数据，也就明白了公司的分红为什么比往年少，奖金自然也不会好。""通信业的冬天大家都不好过，不仅仅是我们燎原。"肖云飞又说。"大家要是关心新闻的话，应该知道大洋彼岸美国最牛的实验室垮了。有谁知道是哪家公司的实验室？"肖云飞问台下的员工。"就是你，对，牡丹，把话筒给他。"肖云飞指着台下举手的员工说。

"是美国奈奎斯特的实验室垮了。"举手的员工说。"是什么原因垮的，你知道吗？"肖云飞又问举手的员工。"奈奎斯特的官方说法是因中国燎原公司强有力的竞争所致。"该员工回道。"我听说是在美国国会的听证会上说的。"员工补充道。"我没听错的话，你是说奈奎斯特的实验室垮了，人家还赖到我们头上，对不对？"肖云飞问。"是的，奈奎斯特是这么说的。"那位员工说。"大家信不信？"肖云飞问。

台下纷纷举手。"牡丹，就这个穿格子衣服的。"肖云飞说。"报道我也看了，我不信。"穿格子衣服的员工接过话筒说。"你不相信是吧？"肖云飞问。"是的，我不相信。"穿格子衣服的员工说。"为什么呢？"肖云飞问。"不为什么，很显然，我们能把奈奎斯特那么牛的实验室搞垮了？那可是有20多个诺贝尔奖得主的实验室啊，燎原有诺贝尔奖得主吗？开玩笑。"穿格子衣服的员工说。

"好，这个问题不讨论了。总之，奈奎斯特最牛的实验室垮了这是不争的事实。"肖云飞说。"另外，又有报道说枫叶公司准备把自己最有价值、最赚钱的产品线卖了。这说明了什么？只能说明他们的日子比我们更难过。"肖云飞又说。"看看从去年年底到现在我们的市场情况。"肖云飞望着大屏幕说。"尼日利亚、葡萄牙、也门，还有抢了我们的单吃不了又吐出来的印尼阿贡电信，让我们接到了从天上掉下来的2000万美金的馅饼。咱们运气咋就这么好呢，天上的馅饼咋就落到咱头上了呢？"肖云飞说。"不，并不是天上掉下来的馅饼，这是你们努力、努力、再努力的回报，是天道酬勤。"肖云飞略显激动地说。"来，让我们为自己鼓掌。"东方牡丹说着奋力地鼓起掌来，台下顿时掌声雷动。

"虽然我们取得了一些进展，但万里长征仅仅是个起步。由于我们的版本问题，差一点儿让S666黄了。S666的问题充分暴露了我们在开发过程中的短板。想想，要是我们没能及时解决印尼S666的问题，就有可能让煮熟的鸭子又飞了。"肖云飞说。"所以，质量要年年讲、月月讲、天天讲、时时刻刻都要讲。"肖云飞又说。

"我知道，奖金、分红拿到手，有些人可能会寻求比燎原更好的地方，这些都可以理解。但是，我也希望大家在考虑这些问题的时候，还是要冷静地思考一下。首先要思考的是要对得起自己，对得起自己在燎原的日日夜夜。再正反两面推敲一下，今年收入确实不太理想，这是不争的事实。但是，公司对我们移动产品线是战略投资，换句话说，就是可以容忍我们一时不赚钱。更何况，我们现在已经有了起色。所以啊，公司这次专门拿出来一些奖金补贴我们移动产品线。等大家拿到手就知道了，不是很差，公司对我们还是寄予厚望的。"肖云飞继续说。

"该辛苦的辛苦了，该付出的也付出了，如果这个时候考虑离开，确实要在内心问问自己，要去的地方真的比燎原更有前途吗？即使今年奖金收入好，往后是不是能保持？我总认为，人还是要有追求的。"肖云飞说。

"哎，我刚听台下有人说有追求不一定非要在燎原。没错，这就是人各有志。"肖云飞又说。"我们现在需要人，不仅仅是因为我们在市场上有了起色，业务有了增长，甚至会是爆发式的增长。而且，随着多载波的推进，更有我们的国产3G。大家知道吗，中国自主知识产权的时分3G，也需要人。牡丹正在积极筹划招人，为开展国产3G业务做准备。"肖云飞说。

这时台下有人举手示意要发言，肖云飞做了一个"请"的手势。员工接过东方牡丹递过来的话筒，说："国产的3G只有中国用，公司要搞，会不会拖累大家？我有个同学在搞这个国产3G，快撑不下去了，正忙着找新工作呢。"听了员工的话，肖云飞说："牡丹，下去了解一下情况，可能的话就招过来。""好，下来我去了解一下。"东方牡丹说。"大家要有自信，我们现在已经让枫叶、奈奎斯特难受了，我相信再往下，会让麦克斯韦也难受的，只要我们努力。我讲完了。"肖云飞最后说。

"来来去去很正常，有去的，也有来的。还有很多人非常渴望来到燎原，我们当中就有鲜活的例子。"东方牡丹继续主持会议。"好，下面是颁奖环节，请看大屏幕。"东方牡丹说。"首先给西藏天地通墨脱成功开通，让中国唯一不通公路的墨脱县能用上手机的研发支持团队颁奖，王厚林、麦哲渊上台领奖。"东方牡丹说。"怎么是牛玉江上台？"看着牛玉江上台领奖，台下的人纷纷说。"大家很奇怪为什么是我来领奖？因为王厚林、麦哲渊他们还没回来……"牛玉江站在台上说。

"好，接下来，我给大家介绍一下人力资源的情况。"东方牡丹说。"刚才已经提了，我们还要招人。不仅仅是为了满足目前业务发展的需要，更要为国产3G的人力需求做准备。总之，我们需要人，也请大家积极推荐。"东方牡丹说。"大家知道，公司一直要求我们的人力资源要符合金字塔结构。经过这几年的努力，我们从大量低级别的矮胖型，逐渐蜕变成了金字塔型，高职级员工的提升也在稳步推进，在座的很多人是有感觉的。公司强调贡献，只有持续为公司做出贡献，才会有良好的回报。燎原的这条收入曲线是呈指数上升的，大家可以看看。"东方牡丹指着大屏幕说。

"所以,希望大家不要太在意一时的得与失,要着眼未来,一分耕耘,一分收获,公司不会让雷锋吃亏的。"东方牡丹说。"当然,在燎原不易,要经历四天的翻雪山,过蚂蟥区和万丈悬崖的老虎嘴,脚趾甲被泥石路磨没了,树棍成了前行必需的支撑。辛苦吗?辛苦。但比起当年红军两万五千里长征又算得了什么呢。如果你因此而退出,我说好,你走吧。如果你因为肯尼亚飞机失事而退出,我也说好,你走吧。如果你仅仅因为今天的收入,我说是仅仅,那么我还是说好,你走吧。"东方牡丹略显激动地高声说道。

"但是,我要发自内心地说一句,是优秀就该待在燎原!!!"没想到东方牡丹的这句话顿时引起全场的共鸣,全场起立齐声高喊着"是优秀就燎原、是优秀就燎原……"经久不息。

3.双工器出问题了

"来啦。"周一一上班,肖云飞在自己的工位上问曹瑞祥。"不来不行啊,工资扣得受不了了。"曹瑞祥说。"听说腰上要搞个东西护着?"马庆生上前摸着曹瑞祥的腰说。"护腰,比较硬的那种。"说着,曹瑞祥解开衣服向大家展示。"自己多注意吧。"肖云飞说。"好,先过去了。"曹瑞祥说着正要离开,却被肖云飞叫住了。

"对了,国产3G要安排个接口人,你来吧。"肖云飞说。"国产3G,时分的?"曹瑞祥问。"是的。"肖云飞说。"你确定公司要搞?"曹瑞祥问。"牡丹正张罗着招人呢。"肖云飞说。"我有同学在搞，听说快搞不下去了。"曹瑞祥说。"所以才要燎原搞啊。"肖云飞说。"我倒是听说公司并不想实质性投入，准备和香农成立合资公司。"曹瑞祥说。"你的消息很灵通啊。"肖云飞说。"听我同学说的。"曹瑞祥说。"我简单了解了一下，主要是射频的工作。"肖云飞说。"不好搞啊，开关时序、发射谱。"曹瑞祥摇着头说。"走，去看看杭岩他们板子来了没有。"

说着，肖云飞、曹瑞祥来到多载波实验室。"板子来啦？"肖云飞兴冲冲地问。"正在检验，入库了就可以领了。"杭岩说。"好。"肖云飞说。"今天可以领出来？"曹瑞祥问。"说是要做切片，不好说。"杭岩说。"做切片？为什么？"肖云飞问。"我们也不知道为什么要对这个板子做切片。"杭岩说。"有点奇怪。"肖云飞说。"估计是新的PCB厂家。"曹瑞祥说。"没错，是新的PCB厂，而且是第一次做。"杭岩说。"第一次做是要做切片的。"曹瑞祥说。

正说着，肖云飞的手机响了。"喂，哪位？"肖云飞问。"肖云飞，我是郝树斌。"郝树斌在电话里说。"郝树斌，你好你好，你这是从哪儿打过来的？"肖云飞问。"我还在墨脱，这两天准备回拉萨。"郝树斌说。"王厚林呢？"肖云飞问。"一起。"郝树斌说。"哎，有啥事啊？"肖云飞问。"这通了电话，方便确实是方便，但麻烦事也就多了。"郝树斌说。"什么意思？"肖云飞警惕地问。"我人虽然不在拉萨，但这几天一直电话不断。"郝树斌说。"出什么事啦？"肖云飞问。

"我不在拉萨，但从局方反馈的情况看，应该是双工器出问题了，而且问题不小。拉萨咱们没有人，不好办啊。"郝树斌说。"你说吧，要我做啥？"肖云飞在电话里说。"赶紧派人去拉萨，最好今天就去，现在是上午，明天就能到拉萨。你们先去，我过两天也回拉萨。"郝树斌说。"明白，马上派人，不是今天就是明天，还有别的事吗？"肖云飞问。"没了。"说完，郝树斌挂了电话。

"让柳超智去吧，看看能不能下午就去？"肖云飞对曹瑞祥说。"是福不是祸，是祸想躲还是没躲过。"说着，曹瑞祥就去找柳超智了。这时，肖云飞的手机又响了。"张总，啥事？"肖云飞接通电话说。"啥事？拉萨派人了吗？"张立彪在电话里问。"刚派了，曹瑞祥腰不好，柳超智去。"肖云飞说。"今天就给我去！"张立彪说完就挂了电话。

挂了电话，肖云飞快步冲到柳超智的工位处。见曹瑞祥正说着，肖云飞急忙插话："今天就到成都，明天到拉萨，这是张总刚在电话里的命令。""怎么着，我这啥都没准备呢，为啥不能明天再走？"柳超智说。"除非你有充分的理由，否则马上回去拿东西，直奔机场现买票，相关信息曹瑞祥短信告知你。"肖云飞瞪着两眼说。柳超智见肖云飞急不可耐的样子，只好说："好吧，我这就走。"说着，拎起自己的小包走了。

"怎么办，怎么办？"看着离去的柳超智，肖云飞冲着曹瑞祥发问。"等柳超智到现场把情况摸清了再说吧。"曹瑞祥不紧不慢地说。"这都什么时候了，还这么不紧不慢的。"肖云飞不爽地说。"那你说怎么搞？"曹瑞祥说。"明摆着双工器打火严重，估计是大规模的被投诉。张总在电话里那个急啊，生怕老板知道。要知道，西藏局方可是动不动就会给老板打电话的。"肖云飞说。"人都去啦，至少赶在了老板知道之前。"曹瑞祥说。

"哎，说正经的，准备怎么搞？"肖云飞问曹瑞祥。"怎么搞，我不好说。"曹瑞祥说。"你不好说，我来说。"肖云飞说。"你说。"曹瑞祥说。"巨峰这把得放血了，估计要全网整改，挡不住的。"肖云飞说。"全网整改？"曹瑞祥惊讶地说。"你觉得这次能躲得过吗？"肖云飞问。"还是等柳超智到了再说吧。"曹瑞祥说。"其实情况你我，还有郝树斌，都很清楚，你也是一个多月前刚去过，最清楚怎么回事了。"肖云飞说。

　　"怎么，你的意思是先给厂家打预防针？"曹瑞祥说。肖云飞没回答，只是默默地点着头。"这下巨峰估计真要摊上事儿了。"曹瑞祥说。"得说清楚，是巨峰的质量问题，产品线不会替它背黑锅。"肖云飞说。"什么意思？"曹瑞祥问。"我的意思是，产品线可以支持协助整改，但具体得巨峰自己搞。"肖云飞说。"没我们帮忙他们自己怎么搞？"曹瑞祥说。"我说啦，产品线可以协助啊。"肖云飞说。"具体怎么操作？"曹瑞祥问。"很简单。"肖云飞看着曹瑞祥说。"怎么个简单法？"曹瑞祥逼问道。"现场换下的双工器巨峰给换上好的。"肖云飞说。

　　"嗯，还有呢？"曹瑞祥问。"新的双工器由巨峰自己运到拉萨。"肖云飞说。"巨峰自己把好的双工器运到拉萨，怎么运？"曹瑞祥问。"怎么运？巨峰自己想办法啊，地点在国内，又不是发国外，巨峰当时是怎么发给燎原的，一样的啊。"肖云飞说。"运到拉萨放在哪儿？"曹瑞祥问。"自己找地方，或者和局方商量放在局方的库房。"肖云飞说。"还有，我们可以派人跟着，但他们要自己去换，而且租车进站的一切费用都由巨峰承担。"肖云飞说。"是不是有点过分啊？"曹瑞祥问。

　　"过分？谁让他们质量出了问题，他们不出就得我们承担，他们难道就不过分？"肖云飞问。"也是。"曹瑞祥说。"谁的错谁承担，才能真正知道痛。往后就知道质量的重要性了。"肖云飞说。"燎原的钱不好赚啊。"曹瑞祥说。"谁说不好赚，我看他们好赚得很，该让他们出出血了。"肖云飞说。"没必要怜悯他们。"肖云飞又说。"也是，吓得我们，我这个腰啊！"曹瑞祥说。"想通了吧，去给他们打电话吧。"肖云飞对曹瑞祥说。"我得想想怎么跟他们说。"说着，曹瑞祥走了。

　　"喂，哪位？""孙总，我是燎原曹瑞祥。"曹瑞祥给巨峰开发老大孙庆标打了电话。"曹工，您好您好。"巨峰孙庆标在电话里说。"西藏又出

016 - 韧4 无知者无畏

事了。"曹瑞祥说。"啊？西藏出什么事了？"孙庆标装糊涂地问。"装糊涂是吧，孙总？"曹瑞祥说。"哪里，您都没说什么事，我咋知道是什么事呢，曹工？"孙庆标回道。"我找你，说西藏又出事了，您说能出啥事？跟巨峰无关的会给您孙总打电话吗？"曹瑞祥说。"哎哟，曹工您这话说的，赶紧说说西藏又出啥事啦？"孙庆标装出着急的语气问。

"首先，这次西藏双工器出问题应该不是新问题，一个月前我去西藏就跟您沟通过。柳超智已经过去了，刚走，公司强令的，一点准备都没有，这不，柳超智还满是牢骚，没办法。"曹瑞祥说。"柳工过去啦？"孙庆标说。"我呢，先给您打个招呼，估计这次的事儿比较大，你们要有个思想准备。毕竟，这批货的质量你们比我们更清楚。"曹瑞祥说。"那是那是。"孙庆标说。"好，既然您认可我说的，那我劝你们赶紧评估下利害关系，好好评估一下。今天只是先给巨峰打个预防针。"曹瑞祥说。"好的，我们下来评估。"孙庆标在电话里说。"好，就这样，千万要重视！记住，西藏项目可是华老板亲自抓的，他非常在意。挂了。"曹瑞祥说完挂了电话。

武汉巨峰公司，孙庆标的办公室里。"你们俩准备一下，今天去成都与柳工，就是燎原的柳超智会合，明天一早去拉萨。"孙庆标对张大庆、陆方林说。"我们在拉萨修，是吧？"张大庆问。"没错，带上螺杆、工具，还有矢网。让陆方林和你一起。"孙庆标说。"记住，你们俩上去的目的只有一个，就是避免进行全网整改，切记、切记啊。快去准备吧，柳工你们都熟，联系一下柳工啊。"孙庆标说着把俩人打发走了。

"柳工，在哪儿呢？"张大庆给柳超智打电话。"大庆啊，怎么打电话，有事啊？"柳超智在电话里说。"您现在在哪儿啊，柳工？"张大庆问。"我在家，准备马上去机场现买票去成都，明早飞拉萨。"柳超智说。"柳工，我们在成都聚一下吧？"张大庆说。"你在成都？"柳超智惊讶地问。"您到了宾馆告诉我地址，我去见您。"张大庆说。"好啊，我买了机票告诉你时间，到了给你打电话。"柳超智说。"那好，成都不见不散，挂了。"张大庆说完挂了电话。

中午，食堂。"柳超智几点的飞机？"肖云飞边吃午饭边问。"十二点五十的。"曹瑞祥回道。"谁能想到希腊进了四强，而且还干掉了法国队。"夏润泽说。"哪四个队进四强了？"赵长城问。"葡萄牙，2比2打平，点球击败英格兰进四强；荷兰全场0比0，点球击败瑞典进四强；捷克干净利落，3比0击败丹麦；还有就是希腊1比0小胜法国。"夏润泽说。"四场进四的决赛，两场点球。捷克厉害。看来应该是捷克，当然东道主葡萄牙也有可能拿冠军。"赵长城说。"荷兰呢？为什么荷兰不能拿冠军？"尹贤良说。"那我还说为什么不能是希腊呢。"邓学佳说。

"荷兰怎么啦，两届世界杯的亚军，全攻全守打法的开创者。"尹贤良说。"哎，下一场捷克对谁？"曹瑞祥问。"对希腊。"夏润泽说。"嗯，估计是捷克拿冠军。布吕克纳还是很有水平的，再加上铁人内德维德，还有巴罗什。"曹瑞祥说。"那是葡萄牙路易斯菲戈的黄金一代，还有曼联新星C罗。"邓学佳说。"谁帅谁拿冠军。"柴文娜说。"谁更帅？"柴文娜问。"那肯定是巴罗什帅啦。"杭岩说。"路易斯菲戈、C罗没巴罗什帅？"袁一帆说。

"斯科拉里是葡萄牙教练吧？"肖云飞问。"没错，2002年世界杯巴西队的主教练。"曹瑞祥说。"那肯定是葡萄牙拿冠军了。"赵长城说。"我觉得布吕克纳更牛，老头子的风采真没得说。"朱文学说。"风采又不能当饭吃。"袁一帆说。"捷克对希腊是哪天？"柴文娜问。"1号，7月1号。"朱文学说。"1号，好，我得欣赏一下，捷克巴罗什是吧？"柴文娜说。"没错，巴罗什。"杭岩说。"也就看个热闹。"柴文娜捂着嘴说。

"柳工，到成都了吧？"张大庆给柳超智打着电话。"刚下飞机，大庆，你在哪儿啊？"柳超智问。"哎，柳工，您住哪儿啊？"张大庆在电话里问。"我啊，住公司的协议酒店，叫瑞福宾馆。"柳超智说。"那咱们一会儿在瑞福宾馆见。"张大庆说完挂了电话。

柳超智出了机场，坐上出租车直奔瑞福宾馆，到了宾馆，登记入住305房。刚进房间放好行李，就听门铃响了。"你们怎么知道我住在305？"柳超智开门见张大庆、陆方林两人站在门口惊奇地问。"在前台查的。"陆方林说。"行李放好了吗？"张大庆问。"没啥行李。"柳超智说。"差不多到吃饭的点儿了，一起去附近找个店儿把饭解决了吧。"张大庆说。"好，走。"说着，柳超智和张大庆、陆方林离开了房间。

"柳工能吃辣吧？"在餐馆坐下后张大庆问。"就是四川人。"柳超智说。"问的多余了。"张大庆边点菜边说。"哎，大庆，你们来成都干什么？"柳超智问。"陪您吃饭啊。"张大庆开玩笑地说。"好啊好啊。"柳超智顺势应着。"开玩笑，跟您一起去拉萨。"张大庆说。"开什么玩笑，我来成都都是今天上午才知道的，拉萨双工器出事了，知道吧？"柳超智说。"你们成都也有业务啊？"柳超智又说。"真的，我们就是专程跟您会合，明早去拉萨的。"张大庆认真地说。"曹瑞祥给你们打电话啦？"柳超智问。"应该是吧，没直接给我们打，应该是给孙总打了。"张大庆说。

"你们住哪儿？"柳超智又问。"我们也住瑞福，看，房卡。"张大庆说着拿出房卡给柳超智看。"看来你们孙总也意识到问题的严重性了。"柳超智说。"是啊，还请柳工高抬贵手啊。"张大庆说。"别这么说，别这么说，先一起看看情况。"柳超智说。"关键是要把局方摁住。"柳超智又说。"柳工，孙总专门交代，让我们不要直接跟局方沟通，一切由您安排，听柳工您的。"张大庆说。"这样啊，嗯，也行。"

柳超智说。

"说说你们具体准备怎么做？"柳超智问。"我们带了台矢网。"陆方林说。"怎么，想在现场修啊？"柳超智又问。"是这样想的，还需要您的支持。"陆方林说。"因为原因我们都清楚，所以，带了些螺杆。"张大庆说。"打过火的能调好？"柳超智问。"我们在家试了，肯定比没打过火的差，这是肯定的。但经过酒精清洗后，换上带的短螺杆，首先能保证不会再打火了。"张大庆说。"性能呢？"柳超智问。"插损会稍大一些，问题不大，能用。这点您放心，您可以看着调，要是不行，不让上不就行啦。"张大庆说。"没事，等上去了，你们搞两个我就知道可行不可行了。"柳超智说。"是啊，还请柳工多多帮忙啊。"陆方林说。

"我能理解你们孙总的用心，如果这样能把局方摁住，是代价最小的。"柳超智说。"所以，我们孙总一再叮嘱，希望柳工能多帮帮我们。"张大庆说。"能帮肯定帮啦，只是不知道这次影响面有多大。太大了恐怕你们也搞不过来，对吧？"柳超智说。"但愿我俩能摁住。"张大庆说。

吃完晚饭回到宾馆，柳超智给曹瑞祥打电话。"喂，曹瑞祥，我是柳超智。"柳超智说。"啊，明天要早起了。"曹瑞祥说。"是啊。你知道吗，巨峰的两个人也要跟我一起去拉萨。"柳超智说。"啊，怎么回事？"曹瑞祥问。"他们还带了台矢网。"柳超智说。"准备过去修啊。嗯，想尽快摁住。能把局方摆平可以啊，局方肯定最在意用户投诉，如果能解决用户投诉问题，局方应该能认可。我倒是不反对他们这么做，不过打过火的腔体性能怎么样，你要把好关。"曹瑞祥说。"张大庆说会差一点儿，但能用，我会把关的。"柳超智说。"应该是孙庆标的意思，这样也行，代价自然最小。"曹瑞祥说。"我跟他们说，能搞定局方也行。"柳超智说。"核心还是网络不被投诉。"曹瑞祥说。

4. 一起上拉萨

第二天刚上班。"巨峰有点急了。"曹瑞祥对肖云飞说。"怎么?"肖云飞问。"巨峰派了两个人跟柳超智今天一起去拉萨。"曹瑞祥说。"真的?"肖云飞问。"已经到拉萨了,还带了矢网和螺杆。"曹瑞祥说。"修啊?"肖云飞说。曹瑞祥默默地点点头。"要是大面积出现问题,也修不过来啊。"肖云飞说。"先看吧,现在说这么多也没用。"曹瑞祥说。"这把估计是躲不过了,巨峰聪明,想先下手一把摁住。但愿巨峰能摁得住。"肖云飞说。"盯紧了。"肖云飞叮嘱曹瑞祥。

下午两点,拉萨中心机房。"5个备件全换了,再有就没办法了。"旺堆对柳超智和两个巨峰的人说。柳超智和张大庆低声交流了一下。"旺堆工,这5个坏件我们马上拿回去,明天一早送5个好的给您,您看可以吗?"柳超智对旺堆说。"明天早上就有5个好的?好啊好啊,你们拿去。"旺堆说。"好,我们把这些拿走。明早一定给您5个好的。"柳超智说着,示意张大庆、陆方林搬双工器。"这样,柳工,请在这上面签个字,说明这5个坏件是燎原拿去换好的了。"旺堆说。"好,我签。"说着,柳超智在旺堆的本子上签了字。

回到汉江宾馆,三人来到张大庆、陆方林的房间。"看你们的啦。"柳超智说。"多谢柳工,这种方式是我们期待的。"张大庆说。"我想问啊,你们说换了你们带的新螺杆,就能保证不打火,为什么?"看着两人在拆双工器盖板,柳超智问。"打火主要是调谐螺杆伸进去太多,跟谐振柱间距太小,导致空间放电,也就是打火。"张大庆说。"我带的螺杆,长度是算好的,保证与谐振柱的间距不小于安全间距。"陆方林边说边拆下盖板,换上新螺杆。

"柳工，您感受下刚才陆方林说的。"张大庆递过盖板对柳超智说。柳超智看着递过来的盖板说："但愿你们能搞定。哎，哪个地方打火啦？"柳超智边说边探头看腔体。"这儿，看见没？"陆方林指给柳超智看。"在哪儿？没看见。我得再近点。"柳超智边说边弯下腰仔细看着。"看见没？很小，不容易看出来。"陆方林说。"很小的，用酒精棉球清洗清洗，性能不会有太大差异。"张大庆说。"嗯，先调试，看结果。"柳超智说。

几分钟的工夫，陆方林调好了一个。"柳工，看看怎么样？"陆方林说。"好，我来仔细看看啊。"柳超智操作仪表，检查新调好的双工器的性能。"怎么样，没啥问题吧，柳工？"陆方林问。"嗯，接着调啊。插损稍大，问题不大，用是没问题的。锁紧哟！"柳超智说。"放心吧，柳工，锁都锁不紧还敢在您面前显摆。放心啊。"陆方林调侃地说。"这是这行的基本技能，否则还怎么混！"张大庆在一旁说。"接着调。"柳超智说。

第二天一早，拉萨中心机房。旺堆看着送来的5个新双工器高兴地说："柳工，你们效率真高啊，一早就送来了，还以为你们至少得下午才会来呢。""有需要换的，赶紧去换，我们再帮您修好。"柳超智对旺堆说。"我要看看，应该还有。"旺堆说。"没什么事，我们先回了。"柳超智说。"好，有事我打你电话。"旺堆说。

离开机房，三人神情轻松地边走边各自向家里汇报情况。"孙总，我是张大庆。"张大庆打给孙庆标。"大庆啊，怎么样？"孙庆标在电话里说。"搞定，就5个，昨晚修好了，刚给了局方，他们满意得很。"张大庆说。"你是说局方很满意？"孙庆标说。"是啊，他们就是要有备件，出了问题好换。"张大庆说。"看来派你去就对了，要是摆平了，就赶紧回呗。"孙庆标在电话里说。"行，这就跟柳工提。"张大庆说。"对，跟柳工商量下，家里一大堆事，你们两个不能在那待得太久。能回要尽快回啊。"孙庆标说。"知道了。"张大庆说完挂断了电话。

"柳工，刚和家里通了电话，家里事多，孙总说这边搞完，要我们赶紧回。"张大庆说。"对啊，先搞完嘛。"柳超智说。"我想明天旺堆工没什么新情况的话，我们是不是……"张大庆说。"明天再看吧。"柳超智说。"可以。"张大庆说。

周三一早，拉萨中心机房。"最近没下雨，还好，暂时没发现有异常的。"旺堆对柳超智他们说。"对了，你们郝工来电话了，说让你们等他回来拉萨，先别急着走。"旺堆又说。"他什么时候回来？"柳超智问。"本周吧。"旺堆说。"你们先玩两天，大老远过来。再说一般下雨就会有问题。"旺堆说。"那好，旺堆工，我们等郝工回来再说。"说着，柳超智和张大庆、陆方林离开了。

深圳，肖云飞的工位处。"修了5个，局方挺满意。巨峰的人着急走，郝树斌要求等他回拉萨了再说。"曹瑞祥说。"当然不能轻易让他们走，旺堆他们不知实情。这5个都是打火问题，对不对？"肖云飞说。"肯定啦，都是打火。"曹瑞祥说。"想想，前前后后也有十几个了，已经够多的了。"肖云飞说。"好在并没有大面积爆发。"曹瑞祥说。"你可别说这话，郝树斌担心的就是这个。巨峰的人一定要等郝树斌回拉萨了再走啊，你跟柳超智再强调一下。"肖云飞说。"嗯。"曹瑞祥应着。

转眼，肖云飞来到功放实验室。"板子来了吗？"肖云飞问廖默然。"没看都调上了。"廖默然说。"这么快？"肖云飞问。"我们这儿有焊台，板子拿来全搞定。"廖默然说。"不用上产线？"肖云飞说。"对的。"廖默然说。"还是简单。"肖云飞说。"不能这么说哟，表面看似简单，其实并不简单。"廖默然说。"知道，其实不简单。"肖云飞说。

"调得怎么样啊，效率是多少？"肖云飞问。"刚调，再说效率是要合在一起的。"廖默然说。"我不管你们怎么说，我只看电流，这才是硬道理。你们怎么算我都不关心，只关心整个多载波模块在最大额定输出功率下的电流。电压嘛，得是负48伏，其实一般是负52伏或负53伏。电压一定看电流的变化。"肖云飞说。"不对，不能只看额定最大输出功率。"肖云飞又说。

"那怎么看？功率降下来，效率肯定也低了。"廖默然说。"您这个专家说的一点儿都没错。你们现在做的是效率随功率下降而下降。能不能把效率与功率呈正比变为效率不随功率变化而变。"肖云飞说。"这，没想过。"廖默然略有所思地说。"现在开始想啊。你认为我提的有没有道理？"肖云飞又说。

"我觉得没什么道理，这显然违背基本原理嘛。"朱文学在一旁插话道。"朱文学，既然你这么说，那我要反问你，为什么说我说的违背了基本原理，请回答。"肖云飞说。"请你们记住，我是经过很长时间思考，认为可行才向你们发问的。如果你们没有思考过这个问题，我劝你们先好好思考一下，再内部讨论一下，达成一个共识，就是我提的效率不随功率变化合不合理的问题。"肖云飞又说。

"肯定不合理，我想过了。"朱文学说。"好，既然你说思考过了，就是说，效率就是要随功率变化而变化。我说效率可以不随功率变化而变化，你来驳斥我。来，你在白板上写出来给我看看。"肖云飞对朱文学说。

"输出功率从80瓦降到40瓦，功率降了一半，可电流不可能降一半啊，明摆着的事，还用写吗？"朱文学说。"你说有固有电流，射频的发射功率降一半，电流不可能也降一半。没错，但是……"肖云飞正要往下说，廖默然插话了："朱文学，肖云飞的用意很简单，让分子分母同步降。""怎么同步降，功放的漏压是一定的啊。"朱文学刚说完，立刻明白了，忙说："哎呀，漏压也可以变，我错了我错了。""明白了是吧，搞定。"肖云飞说完掉头走了。

"你们不是变过漏压吗？"廖默然说。"那是增功率。"袁一帆说。"其实有增就有降。唉，主要是以为他故意给我们出难题了。"朱文学说。"小人了吧。"廖默然说。"说实话，我刚开始也有你那个意思，但后来意识到他是对的了。"廖默然又说。

第二天晚上八点左右，拉萨汉江宾馆。咚咚咚，咚咚咚，有人敲柳超智的房门。"谁啊？"柳超智起来开门。"怎么回事，敲半天不开门？"提着行李往里闯的王厚林说。"啊，怎么是你？"柳超智急忙打开灯说。"才八点就睡了，搞什么鬼？"王厚林边放行李边说。"早点睡，养足了精神好看凌晨三点的欧冠决赛啊。"柳超智说。

"本来想再开间房的，一想就住一宿，你也是一个人，在前台查了你的房间就过来了。走，先下去登记一下。"说着，王厚林拉着柳超智出了房门。柳超智忙拿着房卡关上门下了楼。登记完回到房间，柳超智问："你们刚回啊？""是啊，和郝树斌吃完饭分手了。"王厚林说。"洗洗先睡吧，凌晨三点看球。"柳超智倒头又睡了。"睡得着吗，这么早？"王厚林说。柳超智已经没声了。

第二天下午，郝树斌来到汉江宾馆柳超智的房间。"王厚林走了是吧？"郝树斌问。"嗯，一早就走了。"柳超智说。"把巨峰那两个人叫过来。"郝树斌说。"好。"说着，柳超智拨起了手机。"喂，大庆，郝工来了，在我这儿，你们过来一下。"柳超智说完挂了电话。

"欸，大庆呢？"看着陆方林一个人进来，柳超智问。"我来就行了。"陆方林说。"怎么，昨晚看球还没睡醒？"说着，柳超智又要打电话，被陆方林一把按住了。"柳工，我在这儿就行啦。"陆方林说。"怎么啦，他？"柳超智问。陆方林害怕得没敢吭声。"他到底怎么啦？"柳超智逼问着。"刚才他还接我电话呢。"柳超智说。"回去了。"陆方林说。"什么？没听清楚，声音大点。"柳超智说。"回去啦，家里忙，孙总说两个人在这太浪费了。"陆方林说。

"回去啦？没打招呼就这么回去啦，这也太那个了吧！"柳超智气愤地说。"欸，你们巨峰有点过分了吧，说好等我来了再说的。"郝树斌不爽地说。"问题都解决了，两个人还要干等，我们这样的公司没法跟你们燎原比啊。"陆方林说。"谁说问题解决了？前前后后有十几个双工器出问题了，只是这几天不下雨，要是下雨呢？"郝树斌说。"其实巨峰没明白我的良苦用心。开始并没让你们来，是你们自己觉得问题严重了，才一声招呼都不打就来了。你们以为修了5个挺得意的，这就算把事摆平啦？很多事我不好对旺堆说，但我心里很清楚，不是修了5个那么简单的事儿。"郝树斌又说。

"其实我们当时上来，本可以像柳工一样就来一个人的，因为要带个矢网上来修，才需要个帮手抬仪表。"陆方林说。"仪表抬上来了，修，两个人也没用，只有一台矢网。"陆方林又说。"好了，不说了，你的手机号是多少？"柳超智问。陆方林报着，柳超智试打了。"行，以后就找你了。"柳超智说。"安心待着，等下一场雨，我们看看情况再说，好吧？"郝树斌说。"可以。"陆方林说。

5. 大祸真的来了

"昨晚还真下雨了。"陆方林在宾馆早餐厅边吃边对柳超智说。"郝工今早去机房查看情况了。"柳超智说。"不知道有没有问题？"陆方林担心地说。"一个小时后就会知道了。"柳超智吃完上楼去了。

周一，早餐厅。"连续下了三天雨，而且越下越大，我得去机房看看。

你一起去？"柳超智对陆方林说。"好。"陆方林回道。随后两人叫了出租车直奔机房。

拉萨中心机房，旺堆、郝树斌在查看数据。"看看吧，一片红。"郝树斌对刚来的柳超智和陆方林说。"这肯定都是投诉，完了，奖金泡汤了。"旺堆说。"你们……"旺堆失望地看着郝树斌，无话可说，大家都沉默了。

这时，旺堆的手机响了。"完了，领导又要骂人了。"说着，旺堆边走出去边接电话。"没躲过。"郝树斌无奈地说。沉默了一会儿，郝树斌说："再往下怎么搞，只能听局方的了。巨峰的人可是都看到了，要做最坏的打算。"郝树斌说。"你们孙总的感觉其实是很正确的，大祸啊，真的来了。"柳超智说。

正说着，柳超智的手机响了。"喂，曹瑞祥，你怎么知道的？"柳超智在电话里说。接完电话，柳超智对郝树斌说："老板都知道了。""怎么可能？"郝树斌说。"怎么可能，应该是旺堆他们边开会边给华老板打电话了。华老板可是直接就给肖云飞打了电话。"柳超智说。正说着，旺堆过来了。

"全网整改，你们华老板已经答应了。忍无可忍啊，十几个也就算了。三天雨一下，一片红，谁能受得了！"旺堆说。"具体……"郝树斌问。"这是我们领导要求的具体整改时间点，你们赶紧去落实，明天给出具体匹配的行动计划。"旺堆递给郝树斌一张纸说。"回去拉肖云飞和巨峰的孙总开会，我们先回，争取今天就给计划。"郝树斌边对旺堆说，边和柳超智、陆方林走了。"今天，好啊。"旺堆说。

"现在是十一点，孙总，紧急把大家召集起来开这个电话会，主要是要落实西藏局方和我们华老板达成的全网整改双工器的事。"肖云飞主持电话会议。"整改可以，我们会配合。只是想问问，真的有这么严重吗？我们的人已经在拉萨了，前几天也处理得挺有效的，能不能就按目前的模式继续往下做？肖总，这仅仅是我们巨峰提的建议啊。"孙庆标说。

"我是拉萨办的郝树斌，坚决反对刚才巨峰提的建议。局方很坚决，认为双工器是批次质量有问题，就是要坚决换掉，以除后患，而且要快。"郝树斌说。"快？现在这种模式换下来修好，再换上应该是比较快的。"孙庆标说。"跟你明说了吧，局方就是不想再用这批货。认为修好的没准哪天又不行了，不放心。"郝树斌说。"重新加工是有周期的。"孙庆标说，"况且，现在燎原的订单又多，正常的供货都比较紧张。""克服一下吧，孙总。"肖云飞说。

"现在可不是克服不克服的事，是必须，今天就要巨峰给到货计划，局方等着要呢。"郝树斌说。"今天肯定给不了，我们不仅要内部协调，还要跟你们燎原协商，看哪些单能缓缓。"孙庆标说。"肖云飞，今天必须给，我还有事我先下。肖云飞，反正今天必须给出新双工器到拉萨的时间，第一批多少，第二批多少。我把邮件发你了，我下了啊。"郝树斌说完就退出了电话会议。

"孙总，我是曹瑞祥。看看有什么难处，都摊开了，我们共同想办法。"曹瑞祥说。"哎呀，刚才你们拉萨一线的兄弟说得就不合理，怎么能说老料就不行呢？修好了是一样的，这你是懂的，就是调谐螺杆长了点，换了就行啦。"孙庆标抱怨道。"孙总，你这么一说，我就有点儿不明白了。巨峰是觉得不该换呢，还是换了会供货紧张？我有点儿没听明白。"曹瑞祥说。"根本就不需要换，我在这修就行了。换这么多都要报废，自然不情愿啦。"陆方林在电话会议里说。"你们不是说没问题吗，可以再用啊。"柳超智说。"怎么用？不重新电镀，插损肯定过不了装备这一关。重新电镀又要花钱，更何况重新电镀比新电镀更难搞，成品率也相对要差。"陆方林说。

"我听明白了，就是要重新做，局方不傻。"肖云飞说。"真的没必要，就用现在的模式，陆方林在那儿帮着修，否则代价太大。"孙庆标说，"我们这种公司可没法跟燎原比。""怎么着，还是不想全网换新的，孙总？"肖云飞说。"肖总，不是不想，是真没那个必要。"孙庆标说。"要是谈不下来，只好走公司的正规流程了。"肖云飞说。"别，肖总，你们产品线的影响力大，希望能帮着我们说服局方采纳现在的模式进行网上整改。"孙庆标说。

"你是知道的，他们可是忍无可忍直接找的我们华老板，华老板答应了而且专门给我打了电话让我落实。"肖云飞说。"估计你们在燎原的眼线已经知会您了。"肖云飞又说。"这个不知道，哪有什么眼线，我是刚听您说才知道的。"孙庆标急忙解释说。"好好好，不知道，现在知道了吧，老板交代我的事，您看我该怎么办？"肖云飞说。"货都供不上，你们的人整天催，真是两头为难。"孙庆标说。"你难我也难，孙总，还希望您多多支持。"肖云飞说。"支持是肯定的，你们也很支持我们。没有你们的支持，哪有我们的今天。"孙庆标说。

"哟，孙总，您把话说到这儿了，我就顺着您的话往下说。"肖云飞停了停又说，"巨峰是怎么起来的，我和曹瑞祥，还有您孙总都再清楚不过了。""那是那是。"孙庆标说。"现在我们有难啦，来请您孙总帮忙啊。"肖云飞说。"帮忙是肯定的，只是真没必要全网换新的。"孙庆标说。"看看，说来说去还是不愿意帮。"肖云飞说。

"孙总，您要明白，就算只有这十几个，其实也挺多的，局方也不想把事情搞大。陆方林知道啊，他在这儿都看着呢。"柳超智说。"孙总，您要明白的一点是，肖总开这个会，只有我们研发和你们巨峰，郝树斌也不在。这是为巨峰好，咱们商量着来，要是公司负责质量管理的来了，会是什么情况您应该是知道的。"曹瑞祥说。"是啊，谢谢肖总。只是代价太大啦，不够赔的。"孙庆标说。"难道巨峰跟燎原做生意不赚钱？

我把查曼丽叫来一起。"说着，肖云飞呼叫查曼丽。"查曼丽，我是肖云飞。""肖总，有事啊？"查曼丽在电话里说。"没什么事，就是向你了解一些情况。"肖云飞说。"客气，说，想了解啥？"查曼丽问。"我们现在在跟巨峰的孙总开电话会议。孙总说他们跟我们燎原做生意不赚钱，赚的不够赔的，孙总在线上，你俩沟通一下。"肖云飞说。

"您赔什么啦，孙总，您还不赚？"查曼丽说。"查工，不是这么说的，肖总要我给他换几百个双工器，都要重新做，而且要得急。您的那些单子我就可能要耽搁啊。"孙庆标说。"这单子不是我下的吧？"查曼丽忙问。"西藏天地通双工器出事，全网整改。"肖云飞说。"这事我不知道，是批次质量问题吗？"查曼丽问。"是批次质量问题，双工器打火，下了三天雨，全网一片红。"柳超智说。"其实也不能全赖巨峰，下雨导致驻波差，才引起的双工器打火。"孙庆标说。"是吗，肖总？"查曼丽问。

"孙总，您要这么说，那我就要反问了，规格书可是有明确规定双工器在开、短路情况下不能损坏的，你们是有报告的，白纸黑字写的。"曹瑞祥说。"孙总，曹瑞祥说的是事实吗？"查曼丽问。孙庆标没吭声。"如果对问题根因有异议，肖总，你们还是先在根因问题上达成一致再说。"查曼丽说。"谁说有争议？"肖云飞说。"人家孙总……"查曼丽说。"我不是有异议，只是……"孙庆标说。

"没异议就行，巨峰的问题嘛，简单，两条路。"查曼丽说。"哪两条路？"孙庆标问。"公了还是私了？"查曼丽说。"公了怎么讲？"孙庆标问。"公了就简单，按流程办事，巨峰的问题，全部召回，网上整改。费用是整改费用加罚款。"查曼丽说。"私了呢？"孙庆标问。"我没参加之前你们就是私了啊。记住，别让我掺和，我掺和就只能是按流程办事，事都不用你巨峰做，只管付钱就行。"查曼丽说。

"为什么要公了？不同意。"肖云飞说。"看看，肖总不乐意了吧。公了，就有黑记录，影响产品线的KPI。"查曼丽说。"本来嘛，是厂家的问题，为什么要我们产品线承担罪过？"曹瑞祥说。"在燎原，产品质量的第一责任是产品线，走流程首先就得填产品归属，只能填移动产品线啊。"查曼丽说。"噢，巨峰就脱得了干系啦？"柳超智说。"怎么想的，产品归属是你们移动产品线，有问题产品是外购件，外购件的厂家是巨峰。最后根因问题的责任主体是巨峰，一个都不能少。"查曼丽说。"不干，我凭什么背这个黑锅？"肖云飞说。"我都说得很清楚了，我还有事，先下了好吧，肖总？"查曼丽说。

"等等，查工，想问一下私了怎么了？"孙庆标说。"其实，孙总，我的建议是私了。"查曼丽说。"您说的私了，具体怎么操作呢？"孙庆标问查曼丽。"这还用问，巨峰全搞定，从表面上看跟燎原无关。"查曼丽说。"只是从表面上看，其实产品线肯定会协助您孙总的。"肖云飞说。"得，孙总，您自个儿仔细盘算盘算。自个儿整，省多啦。"查曼丽说。"我这不太清楚，怎么个省多了？查工您给说说。"孙庆标说。

"看来您是没仔细研究过燎原的罚款条款。"查曼丽说。"是没研究过，只是听说有的厂家被罚过一次后，基本就难再起来了。"孙庆标说。"看来孙总是了解的，关键点抓住了。"查曼丽说。"公司对供应商有打分，关键事件，知道吧？"查曼丽又说。"这些知道。"孙庆标回道。"低于多少分就得降份额，这是知道的吧？"查曼丽又说。"知道。"孙庆标说。"看来孙总什么都明白，自己就可以算啊。"查曼丽说。"算是可以，只是这个问题怎么算？"孙庆标又问。"流程里有个问题严重等级，最严重的是'致命'，摊上'致命'的厂家直接出局。"查曼丽说。"这事儿肯定不是'致命'，应该是'严重'。"孙庆标说。

"'致命''严重''一般''提示'4个等级，你说是'严重'对吧，自己算算就知道了。基本就是降到百分之二十以下的份额，自己要整改，暂停供货。自己整改完了，我们验收合格才能小份额供货。"查曼丽说。"那要是'一般'呢？"孙庆标又问。"要是'一般'就要轻得多了。"查曼丽说。"不过，是'严重'，还是'一般''提示'，我是要看肖总给我的报告，再最终给出结论的。您要想成为'一般'，您得把肖总搞定，否则……"查曼丽说。"怎么可能是'一般'，自己都说是'严重'了。"肖云飞说。

"孙总，您下来仔细想想走哪条路。"查曼丽说。"什么下来，这个会上就要定。今天不定，局方不满再给华老板打电话，那我就惨了。"肖云飞说。"老板？会管这么具体吗？"查曼丽问。"你以为呢，局方给老板打电话，老板转手就直接给我打电话，连张总都越过了。你说我敢怠慢吗？"肖云飞说。"真的假的？"查曼丽说。"真的假的，巨峰的人都知道了。"肖云飞说。"唉，要是这样，让华老板盯上了，孙总，你们可真得十分、十分认真地对待了。不要哪一天华老板或是金总跟我们老大说干掉巨峰，那麻烦就大了。"查曼丽说。

"这次处理有没有个大概的费用？"查曼丽问孙庆标。"我盘算了一下，连物料、生产还有整改的费用一起，几百万肯定有的。"孙庆标说。"孙总，我觉得呢，比起份额的下降，这个费用还好啦，况且，你们这个双工器价格不便宜，当时时间也比较紧，说是用在高原上比较难做，价格上燎原就没太跟巨峰计较，这些您是知道的，别因小失大。更何况，巨峰能有今天，还不全靠燎原。您想想，没有燎原的帮助，巨峰能有今天？想明白点，积极主动地把问题处理了，华老板自然就不会有什么了，肖总他也爽，因为你们帮了他。"查曼丽说。"哟，都一点多了，该说的我可都说了，下了。"说着，查曼丽挂了电话。

"是啊，都一点多了，怎么样孙总，给个痛快话。其实，你们来整体把握更好。如果你同意，下午柳超智和你们那边的陆方林就可以和局方具体谈全网整改的详细计划。在谈的过程中，你们可以有效把握，掌握主动，防止局方狮子大开口。"肖云飞说。"看来也只能按肖总您说的办了。"孙庆标无奈地说。"好，孙总是个痛快人。柳超智，下午你就陪陆方林，再叫上郝树斌，一起去和局方谈。孙总，就这样好吧，肚子都咕咕叫了。"说着，肖云飞结束了电话会议。

6. 同舟共济

"郝树斌，我是肖云飞。刚开完会，巨峰答应费用由他们出，下午赶紧跟局方沟通，他们那边的陆方林在吗？"肖云飞在电话里说。"好啊，还是您肖总牛，下午我叫上陆方林、柳超智去和局方具体谈。"郝树斌说。"实事求是，别让巨峰太为难啊。"肖云飞说。"有数，放心。"说完，郝树斌挂了电话。

通完电话，郝树斌赶紧来到汉江宾馆。"吃了没？"一进门，郝树斌就问柳超智。"方便面。"柳超智说。"方便面也行啊。约了局方三点谈整改。"郝树斌说。"还想睡一会儿呢。"柳超智说。"睡啥，快把陆方林叫来。"郝树斌说。"看球赛看到凌晨五点。"柳超智说。"那你们一早就去了机房？"郝树斌说。"连下了三天雨，感觉不对劲，再说，那时候也睡不着，本想回来好好睡的。"说着，柳超智拿起房间的固定电话打给陆方林。"在打电话，一会儿过来。"柳超智放下电话说。

　　不一会儿，陆方林进来了。"跟家里商量好啦？"郝树斌问陆方林。"沟通了一下，领导给了指示。"陆方林说。"放心，我们会客观的。核心是要解决问题，在这个前提下，尽量让你们代价小点儿。"郝树斌说。"多谢郝工，走吧。"陆方林说。随后，三人来到了机房。

　　"旺堆工，巨峰公司愿意承担整改的费用。"郝树斌说。"好啊。"旺堆笑着说。"谈谈具体的吧。"郝树斌说。"我们领导说，先解决拉萨的。"旺堆说。"赶紧把好料寄过来，不过我想没那么快，陆工可以同步修。"旺堆接着说。"那是不是要不了那么多？"陆方林说。"不不，好料一个都不能少，你修好的，我们先用，有问题再把好的换上。"旺堆说。

　　"那还用再修吗？"陆方林问。"要修，你看雨还在不断地下，新的肯定没那么快，我这边被投诉得厉害。关键是投诉，一被投诉，我们领导就头痛，我们被骂的简直没法说，什么难听的都说出来了。所以，要修，麻烦陆工辛苦下。前面修的都换上了，挺好的。"旺堆说。

　　"修可以，也不是多难的事儿。关键是新来的双工器能不能放在你们局方的库房？"陆方林说。"这个应该可以吧，旺堆工？"郝树斌说。"按道理是可以的，燎原正式发货的有手续，没问题。但是你们的，没手续，仓库没法管理啊，还是你们自己想办法比较好。"旺堆说。"哎呀，怎么没法管理嘛，有清单，进货出货签字画押，应该不难吧？"陆方林说。"我们仓库管理员不肯的。"旺堆说。"为什么？"郝树斌问。"以前有过这种情况，如果东西少了，怎么办？说不清啊。没有账，你说怎么查？责任算谁的？所以，他们不肯的，不愿惹这种麻烦。"旺堆说。

　　"旺堆工，我们人生地不熟的，帮帮忙吧。您看，宾馆里也放不下这么多双工器啊。"陆方林说。"就是，旺堆工，给想个办法吧，物料可是不少啊，至少得要·个房间。"郝树斌说。"好吧，我给你们想办法，租个便宜的房子你们自己管，好不好？"旺堆说。"这样也可以啊。"郝树斌说。"行吧，那就谢谢旺堆工了。"陆方林有些不快地说。"自己全把控也没什么不好，旺堆工说得有道理，万一出事说不清楚。"柳超智安慰陆方林道。

"还有一点要说清楚。"旺堆想了想说。"什么？"陆方林问。"就是上站处理的费用。"旺堆说。陆方林听后没吭声。"我看这样，拉萨的您修，我们上站去处理。但像阿里这种地方，陆工您看？"旺堆说。"我看这样，阿里的，巨峰出钱。局方、燎原和巨峰都要派人去。旺堆工，你觉得呢？全扔给陆工他们是不现实的。"郝树斌说。"阿里的再说吧，先把拉萨的修了，然后是日喀则、林芝，等等，之后再谈阿里。"旺堆说。"放心，我们也不想让你们太为难，西藏情况特殊，高原低气压。所以，要你们有库房，物料放你那儿，我们如果需要，问你要就行了。"旺堆又说。

"我理解一下，旺堆工您说的是这个意思，阿里，巨峰出人出钱，你们和郝工他们都要派人过去。其他的，像拉萨、日喀则、林芝等地方，我们只要提供双工器就行了，这样理解对吧？"陆方林说。"可以这么理解。像日喀则、林芝，把双工器投递给他们，他们自己去搞。他们有了东西也不一定非要马上处理。"旺堆说。"你们出投递费就行了，有时我们有车去，帮你拉过去也行。"旺堆又说。

"那太感谢了。"陆方林说。"不用谢，关键是业务要发展的好，否则大家都会受影响。"旺堆说。"这倒是。"陆方林说。"总之，大家要共同努力。"郝树斌说。"都是一条船上的。"柳超智说。"叫什么来着，同舟共济。"旺堆说。"对对对，同舟共济，同舟共济。"陆方林开心地说。"这句'同舟共济'是你们燎原的华老板和我们领导通电话时讲的。"旺堆说。

第二天，7月6号，上午。"柳工，刚才我们孙总来电话了，今天准备先紧急发50个新的双工器过来。"陆方林来到柳超智的房间说。"库房没着落呢，放哪儿？"柳超智问。"这50个先放在我的房间。"陆方林说。"放得下吗？"柳超智问。"差不多，剩下的放柳工您这儿行不？"陆方林问。"行啊。大概什么时候能到？"柳超智问。"50个很快，大概后天就能到。"陆方林说。"这么快？"柳超智说。"加急，走空运。"陆方林说。"得跟郝工说说，让旺堆工尽快帮忙找仓库，后面再来货可就没地方放了。"陆方林又说。"你直接找旺堆工吧，省得绕来绕去的。"柳超智说。"有旺堆工的电话吗？"柳超智问。"电话有，只是我怕……"陆方林说。"怕啥？又不是不给钱。"柳超智说。"好吧，回头我打。"说着，陆方林回自己房间了。

下午两点半，柳超智的手机响了。"怎么回事，半天不接电话？"郝树斌在电话里说。"睡着了没听见，什么事？"柳超智躺在床上说。"现在，你叫上陆方林，马上到机房，马上啊，阿里出事了，快啊。"郝树斌说完挂了电话。不久，柳超智、陆方林来到机房。"阿里出事了！"郝树斌看着过来的两人说。"还是你们肖工在的时候，处理过一次。把备用件寄过去了，当时怕有问题，还在拉萨的站上进行测试。"旺堆说。

"现在阿里怎么啦？"柳超智问。"当时，其实是有担心的。不过他们刚换上去的时候，阿里还行，也就没再提这个事。"旺堆说。"现在怎么啦？"陆方林问。"其实阿里那边换了双工器后好了一阵。后来，断断续续地又出现了问题。"旺堆说。"我们一直没去人，这几天阿里也在下雨，问题又出现了。再加上都知道是双工器的批次质量问题，阿里那边就闹起来了。"旺堆又说。"领导要旺堆工去阿里解决问题，整改双工器。"郝树斌说。

"再去肯定是新物料，陆工能不能紧急空运一批过来？"旺堆说。"周四能到50个，对吧？"柳超智对陆方林说。"真的？"旺堆问陆方林。"不出意外的话，是的，我们孙总很重视，这两天赶紧搞了这批，一早就给我打电话，今天就空运，周四应该就到了。"陆方林说。"太好了，谢谢陆工啊，还真是同舟共济。"旺堆略显激动地说。"放哪儿？我还没给您找地方呢。"旺堆又问陆方林。"我和柳工商量了，这50个先放宾馆房间，我那儿放不下的话，柳工那儿也能放点儿，问题不大。"陆方林说。"那好那好，真是及时雨啊，谢谢啊。"旺堆说。

旺堆正说着手机响了。"喂，旺堆，商量得怎么样啊？什么时候去阿里？"旺堆的领导在电话里说。"刚才了解到，巨峰今天会空运50个物料。"旺堆说。"哟，你让他们搞的？挺有远见的嘛。这50个什么时候到？"旺堆的领导问。"不是，是他们自己主动搞的，我都觉得惊讶。"旺堆说。"什么时候到你手上？"旺堆的领导问。"周四，也就是后天，说是能到。"旺堆在电话里说。"这样，这几天准备准备，周四货到了，叫上厂家和燎原的人，你们下周一出发去阿里。"旺堆的领导说。

"下周一啊？"旺堆问。"怎么？有问题吗？"旺堆的领导说。"行，下周一去。"旺堆说。"也该去了。"旺堆的领导说完挂了电话。"下周一就去阿里？"郝树斌问旺堆。"没错，领导说了，下周一就走。"旺堆说。"下周一是几号？"陆方林问。"今天是周二，6号，下周一是12号。"柳超智说。

回到宾馆，柳超智拨通了肖云飞的电话。"肖云飞，我是柳超智。"柳超智说。"啊，柳超智，还好吧？"肖云飞在电话里说。"阿里下了雨，问题比较严重。"柳超智说。"阿里应该是换过双工器的，怎么，双工器又出问题啦？"肖云飞说。"你们换的是老的。阿里那边知道双工器要全网整改，强烈要求把他们的老双工器全换了。"柳超智说。"拉萨的局方答应了吗？"肖云飞问。"答应啦，我刚从机房回来就给你打电话。"柳超智说。

"真的要去阿里啊？我在的时候就让我去，躲过了，你能不去吗？"肖云飞说。"这不跟你商量嘛，能不去当然好喽。"柳超智说。"有计划吗？"肖云飞问。"下周一就去。"柳超智说。"这么快，今天是周二。有新的双工器吗？没物料去有什么用？"肖云飞在电话里说。"物料说是周四就能到。"柳超智说。"周四就到，巨峰这是……"肖云飞说。"没想到吧，巨峰的孙总很积极的。"柳超智说。"都有谁去，除了你之外？"肖云飞问。"还有郝树斌、陆方林，旺堆带队。"柳超智说。"都去啊，那有点难办。"肖云飞在电话里说。"这样，我先给郝树斌打个电话，看看如果他去，你是不是就可以不去了。"说完，肖云飞挂了电话。

过了一阵儿，郝树斌打来电话。"柳超智，这次阿里，你要去，我就不去了。"郝树斌在电话里说。"为什么？"柳超智问。"不为什么，拉萨这边整改不能停。我和旺堆去一个就行。旺堆的领导为了向阿里方面表明态度，强压旺堆一定要去。他们领导说了，我留下，你去。而且，我刚给陆方林打了电话，他得去，让他从家里再叫人过来配合拉萨整改，来的物料总得有人接收啊，不来人怎么行？当时开局的时候旺堆是没去的。"郝树斌说。"人家领导也是明白的，我们都去了，拉萨这边怎么办？"郝树斌又说。

"我再跟肖云飞商量吧。"柳超智说。"商量啥呀，我刚跟肖云飞通完话。肖云飞让我转告你，让你去，他说就不给你打电话了。"郝树斌说。"好了，挂了。"郝树斌最后说。柳超智刚挂断电话，手机又响了。

"柳超智，我是肖云飞。"电话是肖云飞打来的。"啊，怎么样了？"柳超智装傻地问。"刚是郝树斌给你打的电话吧？就这意思，没办法，只能你去啦，注意安全吧，啊。"肖云飞在电话里说。"唉，命苦啊。"柳超智不爽地说。"自己要多注意啊，安全第一。就这样，准备准备，挂了。"肖云飞最后说。

　　晚上，柳超智在房间里边看电视边给曹瑞祥打电话。"你和肖云飞太精了，阿里都被你们躲过了。好嘛，我傻乎乎地接过最后一棒，结果进了无人区。"柳超智抱着手机说。"别这么说，当时我在那边的时候没提去阿里的事儿，不信你可以问旺堆。躲过去的是肖云飞，这种领导也太难猜了。"曹瑞祥说。"唉，你跑拉萨一趟弄折了腰，一躺一个月。你说我这一趟阿里下来，会不会躺个一年半载的，要是躺个半年一年的，还不如起不来，死了算了。"柳超智略带怨气地说。

　　"别这么说，柳超智，要换个角度看。"曹瑞祥说。"别说大道理啊，我给你打电话，其实就是想知道你在拉萨为什么会把腰弄折了。"柳超智说。"这个嘛，主要是太累了，同时腰又着了凉，要知道高原上温差大，保护不好腰容易受凉。"曹瑞祥说。"具体说说。"柳超智感兴趣地问。"说到底还是怪自己。"曹瑞祥说。"怎么讲？"柳超智问。"可不是怪自己嘛，急着回来，想熬夜搞定位问题。大中午去的，天气热，昼夜温差十几度，等感觉到着凉，已经晚了。"曹瑞祥说。

　　"那你当时为什么没事？"柳超智又问。"当时神经紧张，紧绷着，回到家一放松，全完了。"曹瑞祥说。"你不打电话来，我都要给你打。记住，能两天做的，千万别急着一天做完；能白天做的，千万别晚上做。总之，以安全、保护好自己为主，干活别太猛，能两人抬的，绝不一人搬。估计阿里的海拔近5000米，悠着点啊。"曹瑞祥说。"腰得保护好，别受凉。知道了，谢啦。"说着，柳超智挂了电话。

　　咚咚咚，听见有人敲门，柳超智起身开了房门。"在干啥呢，一个人？"郝树斌领着一个人进了房间。"没干啥，看电视呢。"柳超智说。"介绍一下，朱炳辉，刚从成都办过来的，跟着你去阿里锻炼锻炼。柳超智，研发的。"郝树斌介绍着。"朱炳辉，好啊，多个人。你们技服就该去个人嘛。这就对了。"柳超智握着朱炳辉的手说。"刚来，什么都不懂，还请多指教。"朱炳辉客气地说。"谁说什么都不懂，在成都建设搞了有半年了。"郝树斌说。"好啊，那是主力啊。其实我是什么都不懂，我只会搞双工器，别的是真心不懂。有你，踏实多了。"柳超智拍着朱炳辉的肩说。

"是啊，想着还是派他和你们一起去。"郝树斌说。"昨天刚到，还要适应一下高原环境，昨晚都没睡好。"朱炳辉说。"好啊，要赶快适应，阿里的海拔更高。"柳超智说。"是这样，要办边防证才能去阿里。朱炳辉，明天你带着柳超智和一个叫陆方林的，去找旺堆，看看要什么证件，我记不清了，东西全了，旺堆会去旅行社帮你们办。"郝树斌说。"旅行社？不是公安局？"柳超智问。"旅行社办得快，阿里是不允许个人单独前往的，一定要有组织。"郝树斌说。"不会下周一还办不下来吧？"柳超智说。"周五肯定能办好，放心。"郝树斌说。

"你们仨一人一辆车，分开坐。"郝树斌又说。"三辆车？有必要吗？"柳超智说。"有必要，一辆肯定不行，万一有个故障，不行的。三辆一个车队，前后呼应，有事好相互照应，毕竟是无人区啊。"郝树斌说。"有道理。"柳超智说。"记住，安全最重要啊。"郝树斌说。"哎，我没来得及问，巨峰那边，谁上来？"柳超智问郝树斌。"张大庆。"郝树斌说。"太好了，看他往哪儿跑，还不得乖乖地回来。"柳超智调侃道。"噢，明天高考。"郝树斌看着电视说。"一年又一年啊。"柳超智说。"我们走了，你休息吧。"说着，郝树斌和朱炳辉走了。"慢走，明天见。"柳超智说。

7. 技术是基础，但不是关键

第二天一早，深圳。"曹瑞祥，能听出来我是谁不？"刚上班，就有人给曹瑞祥打电话。"哪位啊，不好意思，您是……？"曹瑞祥没听出来。"好嘛，老同学都听不出来了。"对方在电话里说。"钱立新，对不对？"曹瑞祥说。"还好，没忘，很荣幸啊。"曹瑞祥的大学同学钱立新在电话里说。"你烧成灰，我都能认出你来。"曹瑞祥说。"别吹，刚才怎么就没听出来？"钱立新说。"我们多少年没见啦，再说，你说第二句我不就听出来啦。不对啊，这是国内的手机号，怎么不是美国的，你在国内啊？"曹瑞祥说。

"昨晚飞机晚点，很晚才到，不好意思打扰你。这会儿你应该是刚上班吧，我就打过来啦。"钱立新说。"你现在在深圳？"曹瑞祥吃惊地问。"是啊，昨天从苏州到上海，又从上海到深圳，现在住在深圳湾的海景酒店。"钱立新说。"怎么不早说呢？"曹瑞祥说。"这是你国内的手机号吧？我得存起来。对了，你来深圳干吗？不会是专程来看我的吧？"曹瑞祥说。"在国内就用这个手机号，我来深圳干吗？还真就是专程来看你的。"钱立新说。"别逗了，快说，到深圳干吗来了？"曹瑞祥追着问。"真是专程来看你的，今晚见个面呗。"钱立新说。

"今天是周三，嗯，晚上可以。"曹瑞祥说。"我去你那儿？"钱立新说。"别，我去你住的酒店。深圳湾海景酒店，对吧？"曹瑞祥说。"我看看啊，没错，是海景酒店。我在1108房，1108房。"钱立新说。"好，晚上七点半左右到。"曹瑞祥说。"这么晚？"钱立新问。"二三十公里呢，再加上堵车，争取尽早吧。好啦，就这样，就这手机号，是吧？"曹瑞祥说。"是的，到了打我手机。"钱立新说。"好，先挂了。"说完，曹瑞祥挂了电话。

晚上，海景酒店餐厅。"你在苏州做什么？"曹瑞祥问。"搞了个公司。"钱立新说。"开公司啦，美资企业，很多优惠吧？具体干什么呢？"曹瑞祥边吃边问。"干什么呀？你这个问题问得真好，你猜我能干什么？"钱立新问。"我猜，我怎么知道你开这个公司想干啥？倒卖元器件呗，还能干啥？"曹瑞祥说。钱立新没吭声，只是摇头。"不搞元器件生意，能做啥？半导体设备？"曹瑞祥问。钱立新又摇头。"说吧，做点啥？"曹瑞祥又问。"双工器。"钱立新说。

"双工器？基站上用的双工器？"曹瑞祥问。"没错。"钱立新说。"噢，怪不得说是专程来看我的，原来是为了双工器啊。"曹瑞祥说。"怎么样，我知道巨峰主要给你们供货，巨峰跟我们比，差得太远了。"钱立新说。"哦，你们这么牛？"曹瑞祥说。"我可是美国技术。巨峰，一帮土鳖，怎么能跟我们比，想想也不可能啊。"钱立新说。"燎原现在有两家供应商，都是国内的，巨峰的量比较大，我们是在找第三家，但很难。虽然技术尚可，但产能跟不上，就是规模太小，无法满足燎原这么大的需求量。巨峰如果不是我们帮它，也是不行的。"曹瑞祥说。

"第三家，找我们啊。"钱立新说。"这，我可说了不算。"曹瑞祥说。"知道你说了不算，但可以引见能说了算的人啊。"钱立新说。"你说采购的头啊？"曹瑞祥说。钱立新摇着头说："采购的领导没用，关键是产品线的领导，只有他们认可，采购这边才可以搞。""功课做得不错啊。"曹瑞祥说。"哪里，再不错也离不开你的帮忙啊。"钱立新说。"我能帮你啥？"曹瑞祥不解地问。"怎么样，引见一下肖云飞，你们肖总？"钱立新说。"门清啊，可以啊。"曹瑞祥说。"知道你跟肖总很熟，怎么样，明天，看中午，还是晚上，和肖总见个面？"钱立新说。"行，明天上班我找他，定了给你电话。"曹瑞祥说。

第二天中午，丹桂轩。"肖总，看看是否有机会？"钱立新边吃边说。"你要问曹瑞祥啊，这方面我听曹瑞祥的。"肖云飞说。"哎，理儿是这么个理儿，但最终还是要看您的意见。"钱立新说。"其实不用的，这方面主要是曹瑞祥负责，巨峰就是他帮忙搞起来的，让我们不再依附韩国的公司。"肖云飞说。"现在韩国的公司还在找我。"曹瑞祥说。

"韩国公司还是我们的供应商啊，只是价格、供货周期都没法匹配我们的需求，你说怎么给它下单嘛。"肖云飞说。"关键是他们搞个新东西太慢了。不像巨峰，最快几天就能提供样品。"曹瑞祥说。"几天？"钱立新问。"最快3天。"曹瑞祥说。"3天？"钱立新又问。"对啊，3天。你能做到吗？"肖云飞问。"曹瑞祥，他们3天是怎么做到的？"钱立新问。"你有自己的机加也能做到。"曹瑞祥说。"你的公司有自己的机加吗？"肖云飞问钱立新。

"这个建起来很快的。"钱立新说。"看来你还是不太清楚这个行业。"肖云飞说。"我很清楚这个行业，在美国干了几年了。"钱立新说。"知道为什么会让曹瑞祥去全力支持巨峰吗？"肖云飞问钱立新。"为什么？"钱立新问。"让曹瑞祥告诉你。"肖云飞说。"技术是基础，但关键不在技术。"曹瑞祥说。"曹瑞祥是在说你呢。"肖云飞说。"怎么讲？没听明白。"钱立新说。"没听明白，说明你对这个行业，特别是对国内的情况，确实不是太了解，或者说知道的太少了。"肖云飞说。

看着一头雾水的钱立新，曹瑞祥只好说："你觉得你的公司技术强，但我告诉你，这对燎原来说是没用的。""为什么技术好没用，这我就不明白了。"钱立新有点急了。"别激动，好，你说你技术强过巨峰，现在巨峰供的货能满足燎原的需求。你技术是好，但怎么说服我们让我们弃巨峰转向你的公司呢？"曹瑞祥说。钱立新被问得一时回答不上来。

"说明你对巨峰不了解，对不对？"肖云飞说。"我了解，怎么不了解，还从他那儿挖了人呢。"钱立新说。"了解，那你分别说说你和巨峰的优劣势。"肖云飞说。"我看巨峰就没什么，开发一款产品，先是买别人的样品解剖，然后再根据你们提的需求修改，说白了就是试，不行就再修改再试。这样嘛，总能试成的。"钱立新说。"试成了就行，你还想要怎样？"曹瑞祥对钱立新说。

这句话真把钱立新给镇住了，半天说不出话来。看着钱立新从趾高气昂到有点垂头丧气，肖云飞说："巨峰的优势是机加、电镀、生产一条龙，很全。设计能力虽然不足，他们会帮的。"肖云飞说着指了指曹瑞祥。"你要是现在就有这么硬的条件，肖总立马会让我找你们的。"曹瑞祥说。"这叫端到端的能力，巨峰还是很强的，你们可能仅仅是在设计上有些优势。你们仅仅是个点，巨峰已经是端到端了。"肖云飞说。"想着轻资产，可以理解，但设计、机加、工艺都靠外包，怎么可能把成本压下来？"肖云飞又说。

"听查曼丽说，另一家供应商金辉也在建机加，而且还能自己开模。"曹瑞祥说。"好啊，好啊，巨峰还得拿出去开模呢。"肖云飞说。"其实我们苏州那一带的配套是很好的，未必全要自己搞。"钱立新说。"你要是能做下来也行啊。"肖云飞说。"很难的。"曹瑞祥说。"努努力应该可以，我们设计有优势，具体就体现在好调。"钱立新说。"你们要是自动调就有优势，要是靠手工，有优势也不会很大。巨峰那些工人调得很快，你是没看到。"曹瑞祥说。

"生产是讲节奏的，调试的速度只要匹配上装配的速度就可以了。"肖云飞补充道。"你们装配是用机器打螺钉？"曹瑞祥问。"没，没那么先进，还是靠手工。"钱立新说。"有两种可能，一种是你的量比较小，用不着用机器打螺钉，机器打不划算；另一种就是……"肖云飞没说下去。"巨峰是因为量太大，被逼得不得不上机器。"曹瑞祥说。"机器打螺钉，行吗？"钱立新说。"先拧上，最后工人微调。"曹瑞祥说。"盖板固定螺钉？"钱立新又问。"全靠机器，一致性比人工强多了。"曹瑞祥说。

"差不多了吧？"肖云飞提醒着。"好，服务员，买单。"钱立新招呼着。"下午有会，先走了。"肖云飞说着起身走了。"谢谢肖总赏光。"钱立新对肖云飞说。"曹瑞祥，你让查曼丽准备一份资料，列明厂家想进燎原须满足的要求，给你同学看看，照着上面做，达到要求了可以让查曼丽去他们厂考察考察。"肖云飞说完走了。

"哟哟哟，机器打螺钉，端到端，知道我没这个能力，两人一唱一和的，轮番给我上课。"看着走远的肖云飞，钱立新对曹瑞祥说。"哎，谁让你功课没做到位，光打听什么肖云飞，竞争对手的情况一点都不了解。能怪谁？"曹瑞祥说。"昨晚你也不说。"钱立新说。"估计是这样，昨晚我说了也没用，你不会信的。"曹瑞祥说。"说总比不说好啊。"钱立新说。"我说了你肯定不信，还会误以为我不肯帮你，何必呢。"曹瑞祥说。"哎呀，你在燎原锤炼的，道很深啊，不再是以前的那个曹瑞祥喽。"钱立新说。"没你说的那么夸张。"曹瑞祥说。

曹瑞祥看看时间，说："差不多走吧？""发票还没送过来呢。"钱立新说。"你都是老板了，还要发票报销啊。"曹瑞祥说。"这你就不懂了吧，自己的公司更要这么做。"钱立新说。"燎原的钱好赚，报账很及时。不像其他公司，要东西时恨不得马上拿到手，一问他要钱，就找一大堆理由，什么产品这有问题，那又搞一下的，赚钱不容易啊。"钱立新边走边说。"想成为燎原的供应商更不容易。"曹瑞祥说。"别打击我的积极性好不好。对了，你们肖总说的燎原的要求，查什么丽的，你赶紧给我搞过来，这个拿回去也算是成果。"钱立新说。"你倒挺能自我安慰的。"曹瑞祥说。"都是在美国学的。没办法，独自在外，又是异国他乡，遇到事儿，要老是想不开怎么行呢。"钱立新说。"你也不是以前的钱立新喽。"曹瑞祥说。"还是社会改变了人呐。"钱立新说。

8.快乐幸福与思维方式

"钱立新，回苏州了吗？"第二天上午，曹瑞祥接到钱立新打来的电话。"回到苏州了。"钱立新在电话里说。"我让采购给你发的资料看到了吗？"曹瑞祥说。"看到了。哎呀，想成为你们燎原的供应商真不容易啊，什么规模、硬件设施、财务状况，还有什么环保之类的。他们都能满足吗？"钱立新问。"不满足，论证是不可能过的。"曹瑞祥说。"哟，在美国都没这么麻烦。"钱立新说。"这是在中国啊。其实要求没那么高，总得要有起码的规模吧，小作坊肯定是不行的。"曹瑞祥说。

"小作坊不行？我就是小作坊啊。"钱立新说。"小作坊肯定不行的，什么都没有，燎原毕竟是大公司，怎么可能靠几个人的小作坊呢。"曹瑞祥说。"我在美国给麦克斯韦做过，麦克斯韦比你们可大多了，也没这么多的条条框框。"钱立新说。"你要是能给麦克斯韦做，肯定比给燎原做强啊。哎，不过听说麦克斯韦双工器这块也想到国内找厂家做。"曹瑞祥说。"美国正把机械加工、模具、电镀、PCB加工搞到中国大陆来，半导体制造有污染，美国想在中国台湾搞。"钱立新说。

"告诉你吧，也不知道对你是好消息还是坏消息。"曹瑞祥说。"什么，说嘛。"钱立新说。"金辉知道吧？麦克斯韦正在找他们谈合作。你过去在美国跟麦克斯韦都合作过，他们为什么不来找你啊。"曹瑞祥说。"听说啦。"钱立新说。"啊，你知道。哎，那你为什么不去找他？"曹瑞祥说。"实话告诉你吧，我就是个小作坊，麦克斯韦怎么可能找我，他们在国内的负责人我认识。奈何实力不够啊。"钱立新说。

"他们可是真的要找金辉做？哎，我还是不太明白，麦克斯韦这么牛，为什么要找金辉呢？"曹瑞祥说。"道理很简单，巨峰、金辉都给你们供货，但巨峰是主力，金辉的份额少。你们对金辉提了需求，现在金辉把产能、端到端的能力建起来了，更何况还能开模。麦克斯韦不傻，想趁机插进来。"钱立新说。"噢，你不是不了解，而是了解得很深。原来是想糊弄一把燎原，还打着美国公司的旗号。"曹瑞祥说。

"不是你想象的那样。"钱立新说。"不是才见鬼呢。劝你要想做大，还是需要找合作伙伴的，小老板心态做不大的。"曹瑞祥说。"找人投资，忙半天最后成功了，把我一脚踢开，我才不干这种傻事呢。"钱立新在电话里说。"那你……"曹瑞祥没再往下说。"国内政策优惠，但是市场不行，我就去北美，给一些项目配套，合路器啊，塔放什么的，室内覆盖，有的做，小富即安。"钱立新说。"我觉得你这样也挺好，给燎原做，不轻松。"曹瑞祥说。"不是这么说的，给燎原做能赚大钱啊。"钱立新说。"我劝你就算了吧。"曹瑞祥说。"不算，我要仔细研究研究，你们的要求看看如何搞，不死心啊。"钱立新在电话里说。

"你的老婆、孩子都在美国，你多久回美国一趟看看他们？"曹瑞祥问。"不瞒你说，离了。"钱立新说。"离了？两个孩子呢？"曹瑞祥问。"孩子小，法院都判给她了。"钱立新说。"你这……"曹瑞祥欲言又止。"一个人多自由啊，一人吃饱，全家不饿。"钱立新自嘲地说。"房子呢，也判给她了吗？"曹瑞祥说。"就没买房。"钱立新说。"还是你幸福啊，在燎原工作，老婆孩子热炕头，羡慕啊。"钱立新又说。"我们就是土鳖，哪像你，美国人了。"曹瑞祥说。"哼哼，美国人……曹瑞祥，你得帮帮我啊。"钱立新说。

"我能帮的肯定帮，你也是知道的，达不到燎原的硬性要求我也无能为力。"曹瑞祥说。"看看，就是不想帮嘛，真不够意思。"钱立新说。"什么叫不想帮，能帮的肯定帮，这点请放心。"曹瑞祥说。"有你这句话也行啊，挂了。"钱立新说完挂了电话。

中午，食堂。"难怪现在搞模具的，还有搞土木工程的这么吃香。"曹瑞祥边吃午饭边说。"为什么？"邓学佳问。"这种低端制造，美国人不愿意干，都往中国大陆赶。还有电镀，去过电镀厂没？一股酸味，有污染。"曹瑞祥说。"去过PCB厂，就是一股酸味。"马庆生说。"一样的，PCB厂、电镀厂都是有污染的，深圳这类厂很多，都是老美产业转移的产物。"曹瑞祥说。"哎呀，美国人就写写代码，设计芯片，剩下的苦力活全丢给中国大陆、台湾，韩国、马来西亚、泰国好像也有。"尹贤良说。

"还别说，搞软件，也只搞架构设计。具体实现大多去印度。"王厚林说。"也别这么想，中国人这么多，好啊，大家有事做啦。很明显，专攻模具专业的，如今吃香得很。相反半导体专业的，国内产业不行，工作不好找啊。"肖云飞说。"说到土木工作，以前没人愿意干。现在又是修路，又是建桥，吃香着呢。"廖默然说。"半导体制造，中国有钱的老板都不愿意投，主要是见效太慢。"曹瑞祥说。"也是受限制。否则像韩国、中国台湾不都搞起来啦。芯片是核心，只让你搞低端的，要是芯片制造让你中国大陆搞起来了，美国人还过不过啦？"廖默然说。

"中国的半导体制造水平太差，估计想搞也搞不出来。"邓学佳说。"他们都能搞，我们也能搞。不过他们有美国人的帮助，我们光靠自己恐怕不行。"肖云飞说。"你们说，航天用的半导体是中国自己的还是美国的？"夏润泽说。"应该都有，估计国产占主流。"曹瑞祥说。"要是这么说，国产半导体的质量并不差呀。"尹贤良说。"不是这么说的，半导体主要看成品，要想做成产业，半导体的核心是成品率，否则没法生存。"廖默然说。

"你怎么知道的这么清楚？"麦哲渊说。"人家就是半导体所出来的。"赵长城说。"没错，国家航天项目，我们就配套半导体器件，筛啊，几万个才筛出几十个，都得靠国家养着。"廖默然说。"有些还是要进口，如果禁运，就想办法绕开，总会有办法的。之后就是仿制，性能会差点儿，也能用。"廖默然又说。"差呢，也主要是差在频段上，原来老美的带宽比较宽，我们仿制的就没那么宽。如果能覆盖我们用上的频段，也就没太大差异了。"廖默然又说。

"难怪，我们的航天技术还是比较先进的嘛。毕竟就那么几个航天项目，也不像电视机那么多，能罩得住。"达荣生说。"大路货还得用老美的。"尹贤良说。"美国人还是牛，微软、英特尔、IBM，牛得不行。"朱文学说。"我就是学半导体的，干不下去，只能做功放啦。"袁一帆说。"在中国学半导体的确实比较惨。"曹瑞祥说。

"有一位老妈妈有两个女儿，一个嫁给染布店老板，一个嫁给雨具店老板。老妈妈整天担心，下雨天染布店老板那边的生意不好，晴天的时候雨具店那边的生意不好，她每天都这样担心。后来有个人跟老妈妈说了一句话，从此那个老妈妈再也不担心了。有谁知道那个人对老妈妈说了啥？快，有奖问答。"柴文娜边吃饭边兴奋地说。

"别急，先说有啥奖？"马庆生说。"你答完了告诉你。"柴文娜说。"答完了，逗我玩呢？"马庆生说。"你说的是今年高考全国卷的语文题吧？"曹瑞祥说。"下不下雨都有得赚啦。"麦哲渊说。"可以啊。"柴文娜对麦哲渊说。"拿奖来。"麦哲渊说。"对啊，柴文娜，答对了要给奖的。"赵长城说。"哎呀，娜姐早想好了，今晚丹桂轩，在座的都有份。"马庆生说。"你小子要我破产啊。"柴文娜说。"关东风也行。"尹贤良说。

"好好好，就关东风，今晚娜姐请客。谢谢娜姐啦。"肖云飞起哄地说。"快乐幸福与思维方式，谁能把这篇作文写像样喽，我就请。"柴文娜说。"多简单的事，娜姐，听好喽。"尹贤良说。"别，今晚在关东风，咱们来个作文比赛，怎么样？"邓学佳说。"快乐幸福与思维方式，今年高考题嘛。正适合您现在的心情。"曹瑞祥说。"什么意思？"柴文娜不解地问。

"你喜欢捷克，尤其是帅哥巴罗什，对吧？"曹瑞祥说。"铁人内德维德，还有银发教练布吕克纳都是极帅的。想想就伤心，巴罗什，我的帅哥，你咋就输给希腊了呢。"柴文娜说。"这说明咱们娜姐的思维方式是需要改变的。"曹瑞祥说。"对啊，娜姐就应该像那个老妈妈，输赢都快乐幸福。巴罗什帅，快乐幸福，希腊神话同样激动人心啊。"赵长城说。"好，今晚关东风，我要借此抚平我心中的忧伤。"柴文娜说。"好好好，今晚帮娜姐疗伤。"大家齐声说。

"尹贤良，说到高考，你，也门怎么说。我印象是8月底也门高考吧？"肖云飞突然问。"下周升。"尹贤良说。"周一是几号？"肖云飞问。"12号。"尹贤良回道。"12号，柳超智他们去阿里的日子。为什么本周不升，拖到下周？"肖云飞问。"中东周五休息。"尹贤良说。"噢，对对对。"肖云飞说。"没问题吧？"肖云飞又问尹贤良。"应该没问题。"尹贤良说。"没问题的，放心。"柴文娜插话说。"真的，你就这么有信心？"肖云飞对柴文娜说。"有信心，这个版本严格按流程来，过程数据非常好，堪称样板。"柴文娜说。"哟，第一次听质量夸开发做得好，看看升级效果如何？"肖云飞说。

下午，肖云飞来到尹贤良的工位处。"预案做了吗？"肖云飞问。"和前方沟通了，准备夜里升，升完紧急拨测，一旦发现有问题立马回退。"尹贤良说。"一线版本的细节一定要特别、特别清楚，家里镜像要多模拟。但愿你这一炮打得响。"肖云飞说。"应该问题不大。"尹贤良说。"多想想细节啊。"说着，肖云飞走了。

肖云飞来到多载波实验室。"还在调？"肖云飞一进来就说。"准备周一做温循，其实是先把摊子搭过去，很多参数都要现调。先是一轮调参数，尤其温补参数。等参数差不多了再开始做。做完一轮我估计参数还得调整，接着再做……"廖默然说。"调参数不是达荣生的事？"肖云飞说。"唉，不仅仅是软件参数的调整，算法那边，关键功放的硬件也会动。"廖默然说。"就是在温循环境下进行开发调试。"肖云飞说。"没错，要是仅仅常温，简单。"廖默然说。

"估计7月底能投个小批量不？"肖云飞问身边的廖默然。"不好说。"杭岩站在一旁说。"为什么？"肖云飞问。"班德这个新版本说是针对前面的问题改动挺大，但没全温循跑过，心里没底。"杭岩说。"做吧，边做边看。其实班德的跑下来差不离就可以批量了。"肖云飞说。"但愿吧，功放是随时可改的。"廖默然说。"整个30到50套的小批量，测试的批量温循一做，基本就可以见底了。"肖云飞盘算着。"8月底吧。"肖云飞又说。

第二章

也门啊也门

1.痛并快乐着

　　周一，温循实验室。"柳超智他们刚出发。"肖云飞一进来就说。"去哪儿啊？"杭岩问。"阿里。"曹瑞祥说。"哇，阿里无人区啊，孔繁森就是在阿里出事的。"杭岩说。"三辆车呢，前呼后应，做足了安全保障，辛苦是肯定的。哎，你们这儿，怎么样？"肖云飞说。"刚开始搭呢。"达荣生说。"两套？"肖云飞问。"高频、低频各一套。"廖默然说。"高低还不一样啊？"肖云飞问。"管子的性能差异比较大，需要单独做。"廖默然说。"这就是我们的特点。靠班德就难了，对吧，杭岩？"肖云飞说。"还是廖默然有经验，我们没这个意识。"杭岩说。"全面系统地看问题，这就是我们的优势。"肖云飞说。

　　"测试为什么都没人？"肖云飞又问。"先不急嘛，再说现阶段他们也不太愿意介入。"邓学佳在一旁说。"愿意不愿意，还是要知会他们。"肖云飞说。"知会赵长城了。"邓学佳说。"怎么啦？说我……"正说着，赵长城进来了。

　　"你看人家不是来了嘛。"肖云飞看着进来的赵长城说。"我来看看，他们还在调试，仅仅是了解了解。"赵长城说。正说着，邓学佳的手机响了。"喂，哪位？李田雨？不对啊，你这是公司内部电话啊。"邓学佳说。"没错，我现在就在深圳的燎原公司，我在光网络这边，用这里的固话打的。"邓学佳在美国的同学李田雨说。"怎么，他们又请你来讲学啊？"邓学佳问。"这个，中午食堂吃饭聊聊呗。"李田雨说。"别去食堂啊，我请客，丹桂轩，上次就没请你。一会儿我去你们大堂等你。"邓学佳说。"不用，真不用，食堂门口见，中午吃饭的时候说。就这样，挂了。"李田雨说完挂了电话。

中午，食堂。"真没想到你也来燎原了。"邓学佳边吃边对李田雨说。"燎原很牛啊，在美国名气很大。"李田雨说。"哎，上次你那事成了吗？"邓学佳问。"上次？唉，不提了。"李田雨说。"怎么样，他们感兴趣了吗？"邓学佳又问。"不提这事。你在燎原是什么大领导啊？"李田雨问。"我，大领导？你太高看我了，我就是一个普通员工。"邓学佳说。"不会吧，看你这么干劲十足的样子。普通员工？不可能吧？"李田雨说。

"不信？你跟光网络的人提我，他们知道吗？"邓学佳说。"我没提。"李田雨说。"你提了他们也不会知道的。"邓学佳说。"真的？"李田雨又问。"真是普通员工，没必要骗你。"邓学佳说。"每次跟你通电话，感觉不像哎。"李田雨说。"我说什么啦，不像？"邓学佳说。"感觉自信心满满。"李田雨说。"这，也不知道你是怎么感觉出来的，跟在大学不一样吗？"邓学佳说。"跟大学一样，自信满满的。"李田雨说。"就是嘛，没什么变化。在燎原跟在学校差不多，搞项目跟在学校做题差不多。做成一个项目，就像考了满分。虽然过程有很多曲折和痛苦，但痛并快乐着。"邓学佳说。

"痛并快乐着，我就没这种感觉。"李田雨说。"哎呀，我们这种乡下人没法跟你们美国人比啦。我们是知足者常乐，不像你们要求那么高。"邓学佳说。"别提什么美国人了。你现在这种状态叫什么？"李田雨说。"叫什么？"邓学佳望着李田雨问。"你现在的状态就叫有归属感。"李田雨说。"有归属感？不太明白。"邓学佳说。"你当然不是很明白啦。在自己的国家生，在自己的国家长，在自己的国家学习，为自己的国家工作，这就叫有归属感。"李田雨说。

邓学佳听后只是默默地点头，没吭声。"我们就不一样啦，唉，不提了。"李田雨说。"你现在不也有归属感了吗，行啦，别忧伤了。"邓学佳说。"还是不一样啊。"李田雨说。"怎么不一样，一样的。"邓学佳说。"这么高的薪水，一个月差不多能顶我们一年的，还不知足啊，可以啦，说明你这国是没有白出啊。"邓学佳安慰道。"不是这么说的，唉，你们这，领导是不是都是这种风格？"李田雨说。

"什么风格？"邓学佳问。"安排工作基本上就是命令式的，安排的也太紧凑了，连个喘气儿的时间都没有。"李田雨说。"在燎原，出差是很辛苦的。"邓学佳说。"你常出差吗？"李田雨问。"我出差不多。但是我知道，尤其是去网上解决问题，基本上是没有白天、黑夜之分的。"邓学佳说。"燎原就是这个样子，适应了就好了。"邓学佳又说。"本想应该是自己找问题、解决问题，而不是总有人让你去怎么怎么样，被动地接受，也不问我乐意不乐意。"李田雨说。"不可能完全不商量吧？"邓学佳说。"那叫商量吗？"李田雨说。

"你要理解，在燎原是以结果为导向的，领导是对结果负责的，况且，燎原的领导都是从基层打拼出来的，有很强的专业能力。换句话说，按他的意思办，一般也不会错。有想法可以提建议，但如果他坚持，最好按他的意思办。你想啊，毕竟人家是对结果负责的呀。"邓学佳说。"嗯，不过我不能完全认同。"李田雨摇着头说。"燎原文化中有一个很重要的思想，强调不迁就任何人。"邓学佳说。"这我知道，来燎原之前就知道了。"李田雨说。

下午一上班，尹贤良的工位旁。"一线版本升得怎么样？"肖云飞问。"一线拨测后说目前没啥问题。"尹贤良说。"就是说也门的升级成功喽？"肖云飞说。"应该是吧。"尹贤良说。"一炮打响啊！"肖云飞说着离开了。

肖云飞来到温循实验室。"曹瑞祥，时分分析得怎么样啊？"肖云飞一进门就问。"2.6G的时分带宽宽，频点多。数据业务就靠频点跟频分拼了，要能用上多载波那可真是省太多事儿了。"曹瑞祥说。"难怪你一直待在这儿，惦记上多载波啦？"肖云飞说。"怎么，这是在给我们压力吗？"廖默然对曹瑞祥说。"没这个意思，但是希望多载波能尽快上啊。这样时分就不用做单载波的了。"曹瑞祥说。"你的时分功率不大，也许比频分的简单。"廖默然说。

"功率大是难做。"杭岩说。"如此说来，频分不行，不一定代表时分也不行。看来时分用多载波，凭直觉问题不大，最好直接上方俊凯的算法。"肖云飞说。"嗯，有可能的。"邓学佳说。"对吧，曹瑞祥，就按多载波搞。"肖云飞说。"可以啊，这样最好。"曹瑞祥说。"时分上多载波，不用金总来定，我们自己定就行了。"肖云飞说。"不上多载波，搞不起的。"曹瑞祥说。"不是搞不起，是载波多不了。载波少了，数据业务很难跟频分拼的。"邓学佳说。

"不知道国家为什么非要上什么中国的3G？想不明白。"曹瑞祥说。"应该还没最终定吧？"邓学佳说。"但愿别上。"肖云飞说。"难说。国家花了大把的力气搞成国际标准，你自己都不上，还能指望别人上吗？如果没有人用，这个标准不就白搞了吗。"廖默然说。"白搞就白搞，有什么关系？"邓学佳说。"廖默然说的有道理，从国家层面来说总不能白搞，这不让天下人耻笑嘛，基于这点，还真有可能上哎。"肖云飞拍了拍曹瑞祥的肩膀说。

"多载波嘛。"曹瑞祥说。"嗯，应该只能是多载波，我得再给方俊凯点压力，时分要用自己的算法。"肖云飞说。"中国3G全国产。"廖默然说。

肖云飞回到工位，把东方牡丹叫了过来。"牡丹，时分招人有什么进展？"肖云飞问。"在搞。"东方牡丹回道。"就一个在搞，什么时候把人招到位，总要有个目标啊。"肖云飞打着官腔说。"说实话，在时分项目上，公司人力部门还没有明确的指标给我。"东方牡丹说。"所以你就用这个在搞来糊弄我？"肖云飞说。"我真的在搞，曹瑞祥和达荣生推荐的我都联系了。"东方牡丹说。"结果？"肖云飞问。"愿意来。"东方牡丹说。"什么时候能来？"肖云飞又问。"达荣生他们那波以后，公司又收紧了社招。"东方牡丹说。"什么意思？"肖云飞问。"就是批得慢。"东方牡丹说。"这怎么说的……"肖云飞正说着，固话响了。

"喂，哪位？"肖云飞拿起固话问。"哪位，你肯定想不到的。"对方在电话里说。"嗯，公司内部的IP电话，你是……"肖云飞正琢磨着。"陆鼎轩，没想到吧。"陆鼎轩在电话里说。"陆鼎轩？你怎么会，噢，来公司了，不对，好像不是在深圳打的，是……"肖云飞看了眼东方牡丹，激动地对着话筒说。"我在乌兹别克斯坦给你打的。"陆鼎轩说。"乌兹别克斯坦，你怎么……"肖云飞说。"是啊，一来燎原就被派到乌兹别克斯坦了。"陆鼎轩说。

"去乌兹别克斯坦干吗？"肖云飞问。"这里，奈奎斯特的站不愿维护，局方希望燎原把奈奎斯特的站给搬了。"陆鼎轩说。"搬奈奎斯特？怎么啦？"肖云飞问。"嫌没钱，不愿维护，动不动就瘫机，局方实在受不了了。"陆鼎轩说。"那我们去搬不是也没钱？"肖云飞问。"公司定了，要搬，我在做前期的准备，到时少不了要麻烦你啊。"陆鼎轩说。"你是专家，啥事搞不定？"肖云飞说。

"乌兹别克斯坦是丝绸之路的重要一站，我们国家目前比较重视与乌兹别克斯坦的关系。"陆鼎轩说。"怎么讲嘛。"肖云飞说。"仅仅一部分要搬，除此之外，还要建，尤其是在当年古丝绸之路的必经地布哈拉。"陆鼎轩说。"明年5月初要在布哈拉举行一个盛大的纪念古丝绸之路的活动，我们国家会派一个副总理来参加。说白了，这个活动主要是中国政府建议的，所以，公司极其重视，这不我就来啦。"陆鼎轩说。"这样啊。"肖云飞说。"搬迁和新建，都要在活动前完成。恐怕少不了你们的帮忙啊。"陆鼎轩说。"这你放心，支持没问题。"肖云飞说。"牡丹在这儿，要不说两句吧。"肖云飞把话筒递给东方牡丹。

"这么快就去啦？"东方牡丹说。"看我对这方面熟，用不着再走那些形式，急着用人，就让我来了。塔什干很好的，美女如云啊，办事处这边的前台，有一个叫沙沙的，真的，一眼看去简直就是一个仙女。"陆鼎轩说。"当心看花了眼，提醒你，一个结了婚的男人，路边的野花不要采。"东方牡丹说。"也就饱饱眼福，真的是金发碧眼的俄罗斯仙女。"陆鼎轩说。"还有事吗？没事挂了。"说完，东方牡丹挂了电话。

"看来奈奎斯特真的够呛了。"肖云飞说。"怎么？"一旁的马庆生问。"陆鼎轩在乌兹别克斯坦就是去搬奈奎斯特的站去了。"肖云飞说。"陆鼎轩？终于回来了。"马庆生说。"唉，当初就不该离开，不知道哪根筋搭错了。"东方牡丹说着走了。"招聘，牡丹！"肖云飞冲着东方牡丹的背影说。"在搞在搞。"东方牡丹边走边说。

2. 阿尔及利亚的求助

第二天一大早，肖云飞看完邮件急忙跑到曹瑞祥的工位处。"看了阿尔及利亚的求助吗？"肖云飞说。"是啊，阿尔及利亚政府也真能搞，居然要把网上的频段从低端变到高端，运营商不要被搞得吐血。"曹瑞祥说。"人家政府已经正式定了，前阵子倒是发过邮件。我当时没把它当回事儿。我也觉得不可思议，可有什么办法呢？只能说世界之大无奇不有，长见识了。"肖云飞说。"有什么办法？没办法，只能换双工器。"曹瑞祥说。"要是换双工器这么简单，一线还来求助啊。别那么天真好不好！"肖云飞说。

"我天真？你不天真你搞啊。你肖云飞吹口仙气儿，双工器就能从低端跑到高端了。"曹瑞祥说。"说这些有用吗？有用你就接着说。真是的，赶紧想招。"肖云飞对曹瑞祥说。"没招。"曹瑞祥说。"你先，嗯，先让厂家把低端的双工器调到高端试试，先看看技术上的可行性。要是调都调不了，还谈个啥！"肖云飞说。"调应该没问题。"曹瑞祥说。"应该？现在要的是行还是不行，没有什么应该不应该的，政府应该不会把低端调到高端，结果还是调了。"肖云飞说。

"两码事。"曹瑞祥说。"你别管一码还是两码，赶紧让厂家试试，今天就给我结论。家里能不能试着调一下？要是家里能调，赶紧的，下午下班前给结论，最好中午就有结论。"肖云飞说。"不用中午，现在就给你结论。可以调，没问题。"曹瑞祥说。"曹瑞祥，这种大事，还是调了得到确切数据再说，你们和厂家结论一致才可以啊。别光动嘴，我信你行不，我也认为可以，但你要给一个确切的答复，还是慎重一些。快去。"肖云飞推着曹瑞祥说。"好，去调。"曹瑞祥说着走了。"别忘了让厂家也同步调。"肖云飞说。"忘不了。"曹瑞祥边走边说。

"这都什么事儿！"回到工位，肖云飞自言自语道。"你指的是阿尔及利亚的事儿吧？"马庆生说。肖云飞愣了半天突然说："不能怪阿尔及利亚政府，他们怎么知道设备不是宽带的。运营商也是把苦水往肚子里咽。我们呢，更是咬碎了牙都不敢吐啊，硬逼着我们不换双工器就能搞定。""还是我们水平臭啊。"马庆生说。"对，要是双工器就是宽带的，就没这种事了。"肖云飞道。

下午临下班。"怎么样？"肖云飞在曹瑞祥的工位处问。"可以，那又能怎么样呢？总不至于去现场一个站一个站地去调吧。"曹瑞祥说。"对啊，也不现实啊。"肖云飞也说。"让他们下单采购吧。"曹瑞祥说。"行，我先这么回。"肖云飞说着离开了。肖云飞刚回到工位，曹瑞祥就急匆匆地跑了过来。"怎么啦？"肖云飞看着曹瑞祥说。"刚想起来，载频板也得改。"曹瑞祥低着头说。"再说一遍！"肖云飞紧张地问。"想起来了，阿尔及利亚这单是1900的早期产品，是最早的，基本上是拷贝奈奎斯特的，载频板和双工器的带宽是一致的，都是窄带的。"曹瑞祥说。"别急，我想问，发美国的也是吗？"肖云飞问。"发美国的，双工器是一样的，但载频板是全频段的。"曹瑞祥说。"没错，双工器一样，我可以肯定，因为当时编码一样，但载频板的编码变了。至于是不是全频段的……对，查一下，看描述就知道了。"马庆生在一旁说。"查，赶紧查。"肖云飞对马庆生说。

等查询结果的空儿，肖云飞对曹瑞祥说："瞧，你们啊，就这水平。""刚起步，学奈奎斯特也没错啊，后来发现载频板如果不做成宽带的，生产备货确实很麻烦。所以，计划提出要归一化。"曹瑞祥说。"计划为啥不提双工器归一化？"肖云飞问。"看，没错，发美国的载频板是全频段的，描述中写得很清楚。"马庆生指着电脑屏幕说。"描述中写得清楚也没准，说不定阿尔及利亚的描述也一样呢。"肖云飞看着屏幕说。"好，阿尔及利亚。"马庆生边说边敲键盘。

"看，描述清清楚楚地标明了工作带宽。"马庆生说。"要是这样，麻烦可真大了。怎么办？"肖云飞说。"能怎么办？更简单啦。"曹瑞祥说。"更简单啦？"肖云飞不解地问。"可不更简单了，一线下单双工器，载频板全换了。"马庆生在一旁说。"对呀，先就这样回吧。"肖云飞似乎想明白了，轻松地说。"计划为什么不提？那是因为他们并不是很清楚是怎么回事儿，不同种类多了，也会提的。"曹瑞祥说。

"他们还是把载频板和双工器分开来看的，一个是自制件，一个是采购件。总觉得自制好压研发，采购压厂家难度大。"马庆生说。"说明查曼丽不好说话，曹瑞祥好说话。"肖云飞说。"不过，你们是要考虑双工器全频段。你看，以后双工器和载频板要是集成在一起，尤其下一步多载波，肯定是这样啊，对吧？好好考虑考虑。"肖云飞对曹瑞祥说。"想想吧。"曹瑞祥回道。

周五。早上刚上班，张立彪就给肖云飞打了电话。"肖云飞，昨晚看了你的答复，阿尔及利亚一线给我打了一个多小时的电话。"张立彪在电话里说。"怎么啦？"肖云飞问。"这次移频是没有钱的，知道吗？"张立彪说。"我也没办法，载频板、双工器都不支持，似乎没有别的办法，只能重新下单换。"肖云飞说。"没钱，几百个站呢。"张立彪说。"他们给您打电话是什么意思，我邮件回复得很清楚，他们难道看不懂吗？不明白可以给我打电话呀。"肖云飞说。"写得非常清楚，一线理解得也非常到位。所以只能给我打电话求助了。"张立彪说。

"他们想干吗？"肖云飞问。"让我找研发看看现场更改是否可行？"张立彪说。"张总，您看是否可行？"肖云飞反问。"我看不可行。"张立彪说。"对吧，没得选。"肖云飞顺势说。"但关键是没钱啊，有钱这事简单。"张立彪说。"其实想想，怪不了政府。"张立彪又说。"什么意思，张总，总不至于怪我们吧？"肖云飞说。"看，我可没说怪你啊，是你自己说的。"张立彪说。"我说什么啦？"肖云飞说。"你说的你自己清楚，我现在开始担心美国的了，美国那边会不会也出现这种情况？"张立彪问。

"美国？昨天说应该没问题。"肖云飞有点不自信地回道。"别应该应该的，赶紧搞清楚给我一个答复。美国那边的订单可别再出乱子，赶紧给我查清楚。另外阿尔及利亚那边，我跟他们说，原则上同意一线的要求，让他们找你好好沟通。就这样啊，还有事。"张立彪说完挂了电话。

"找我沟通，原则上同意，我……"肖云飞自言自语道。"不会真的去现场改载频板，又改双工器吧？"马庆生在一旁问。"你觉得可能吗？"肖云飞问。"我觉得也不可能。"马庆生说。"张总自己也认为不可能，可他居然原则上同意了一线的请求，你说这事儿闹的。"肖云飞摇着头说。

"喂，师建宏，我是肖云飞。"肖云飞拨通了师建宏的电话。"你好，有事吗？"师建宏在电话里说。"师建宏，让你们的人去阿尔及利亚一线改载频板，愿意不愿意？"肖云飞问。"可以啊。"师建宏说。"可以？为什么？"肖云飞问。"哎，是你问我愿意不愿意的，我说可以，你又问我为什么。应该是我说不行，你才要问为什么的。"师建宏在电话里说。"我是觉得你答应得也太随便了，是派人去阿尔及利亚的现场更改载频板，你说可以？"肖云飞强调着说。"是啊，产品线派人去阿尔及利亚现场更改载频板，可以啊。"师建宏说。"行吧，那你就派喽。"肖云飞说。

"都是他们做的，能做就能改。什么时间去？对了，补助肯定是由研发给的，对吧？"师建宏说。"去不去还没定呢，直接谈补助了，真有你的。"肖云飞说。"差旅费肯定出你们出，钱我不担心，但这次出差时间估计比较久，不知道他们工人有没有海外补助。"师建宏说。"这是后话，你们愿意派人是吧？行，知道啦。"说完，肖云飞挂断了电话。

"生产这么爽快，居然答应了。"马庆生说。"没想到，真是没想到。"肖云飞自言自语道。"估计海外修单板那帮人回来后说得大家心痒痒的。"马庆生说。"载频板产品线可以去改，双工器呢？"肖云飞说。"让厂家派人啊。"马庆生说。"现在厂家正在处理西藏的事儿呢，又要出国，还是北非的阿尔及利亚，厂家未必愿意。"肖云飞说。"看来去现场搞是肯定的了，当然最好是西藏的事处理完了再去阿尔及利亚。"马庆生说。"关键是，和西藏不是一回事儿，又没钱，怎么开口呢，人家的东西又没问题。"肖云飞说着又拿起电话。"曹瑞祥，你到我这儿来，马上！"肖云飞气冲冲地说。

一会儿，看着走过来的曹瑞祥，肖云飞说："还是你们水平臭。""好好好，我们水平臭，又怎么啦？"曹瑞祥问。"承认就好，要是全频段覆盖的，就没这些烂事儿了。"肖云飞说。"张总担心发到美国的载频板会出现同样的情况，让我搞清楚给他汇报。发给美国的到底会不会像阿尔及利亚一样也出事啊？"肖云飞追问道。"我看了美国的频段，各州还都不一样。"肖云飞又说。"不瞒你说，最早发过一批，跟阿尔及利亚的一样。好在那一批运营商没搞定，随后就意识到问题了。现在发的这一批，新的运营商已经是宽带的载频板，前一阵子发货出过事儿，改了板，重新找厂家定制了和低频封装一样的镜像抑制滤波器。现在，载频板就只有一块PCB，高低频真正归一了。"曹瑞祥说。

"双工器什么时候能归一？"肖云飞问。"不对，双工器必须归一。"肖云飞紧接着说。"好好好，归一。"曹瑞祥说。"能归一？"肖云飞问。"能。"曹瑞祥说。"好啊，那为什么不追究就不归一？"肖云飞说。"奈奎斯特就是这么做的，再说你们也没人提要求啊。"曹瑞祥说。"不兴这样的，曹瑞祥。"马庆生在一旁说话了。"像奈奎斯特一样分段做，好做多了。你们仔细看看，收发间隔太近，做全频段很难的。"曹瑞祥说。

"就是偷懒，欺负我们不懂。"肖云飞说。"没这个意思啊，就是阿尔及利亚这事，才把这个矛盾暴露出来了。否则，没人会关心的。"曹瑞祥说。"再往下，双工器全频段覆盖。"肖云飞说。"意识到了就立马改。"马庆生说。"行，得先把库存消耗了才行。"曹瑞祥说。"这些事儿你去找查曼丽搞定，首先，美国新发货的载频板就要做全频段的。"肖云飞说。"这得看看计划来得及不。"曹瑞祥说。"我不管，你搞定。"肖云飞说。"阿尔及利亚的事儿呢？"马庆生提醒肖云飞道。

"阿尔及利亚，张总答应一线现场更改。"肖云飞对曹瑞祥说。"怎么着，张总就答应啦？人家生产愿意吗？"曹瑞祥说。"生产愿不愿意不打紧，厂家……"肖云飞说。"关键是厂家。"马庆生说。"让西藏的人回来？可以。"曹瑞祥说。"你都没跟巨峰沟通。"肖云飞说。"怎么沟通？让人白干还贴钱？"曹瑞祥说。"哎，找一下查曼丽，看这事如何处理。"肖云飞看着马庆生说。

"看我干吗？你找啊。"马庆生说。"曹瑞祥，你先给查曼丽打个电话。你，晚上回去再做做工作，看这种烂事儿该怎么办？让查曼丽给想个法子。"肖云飞对马庆生说。"挺会利用人的。"马庆生说。"这么说就见外了吧。"肖云飞说。"这事儿先看查曼丽能给出什么样的建议吧，然后再看怎么跟厂家沟通。"曹瑞祥说。"不过我想，阿尔及利亚的事儿，得让厂家赚点，否则西藏这事，几百万呢。"曹瑞祥又说。"查曼丽应该会考虑的，对吧，马庆生？"肖云飞说。"不知道。"马庆生回道。"这人。"肖云飞指着马庆生说。

"哎，功放不会也分频段吧？"肖云飞问曹瑞祥。"您还别说，当时还真考虑过。"曹瑞祥说。"那就是瞎搞，应该拉出去毙了。"肖云飞说。"为什么当初会这样想呢，你忘啦？功率！"曹瑞祥说。"1900的功率是要比其他频段差一点，这我知道。没办法，你们死活做不到。"肖云飞说。"要是坚持和其他频段出一样的功率，还真是只能分段了。"曹瑞祥说。"那就是胡搞，还是要想办法把1900的功率搞上去。现在看来，是给你们的压力不够。"肖云飞说。

中午，食堂。肖云飞正吃着饭，曹瑞祥端着盘子过来了。"我们真是咸吃萝卜淡操心。"曹瑞祥对肖云飞和马庆生说。"怎么讲？"肖云飞问。"马庆生，你们家那口子说的。我打电话问了，查曼丽说改制啊，商务上有这一项。"曹瑞祥说。"真是咸吃萝卜淡操心了。"肖云飞说完猛吃着饭。"回家又要被嘲讽了。"马庆生说。

"小炉匠又要开工了，这是？"柴文娜在一旁说。"你怎么知道的？"马庆生问。"我怎么知道的，张总把阿尔及利亚的邮件也抄送我了。"柴文娜说。"正好，一线要找我讨论，你来组织。怪不得我，是你自己主动送上门的。"肖云飞对柴文娜说。"可以啊，本来张总就让我参与监控质量呢。"柴文娜说。"有点尴尬。"马庆生对肖云飞说。"人呐，还是不能有小人之心。"柴文娜说。

"我小人，我小人。这事儿确实有点烂，吃力不讨好。"肖云飞说。"没事，谁让张总让我参与呢，没事儿啊，烂事儿也是事儿。"柴文娜说。"娜姐大度。"马庆生说。"怎么说话呢，娜姐多苗条，大肚大肚的。"曹瑞祥说。柴文娜一手捂住吃饭的嘴，另一只手竖起大拇指表示赞许。"还是人家曹瑞祥会说话。"肖云飞说。

3. 有能力就要多担当

2004年7月19日，周一。晚上，也门首都萨那最著名的烤全羊店里。燎原总裁华今朝在办事处人员的陪同下，准备品尝世界著名的也门烤全羊。"下午听了你们的汇报，我很满意，好啊，你们做得很好，不像沙特办事处。"华今朝对大家说。"哪里哪里，沙特办事处是大办事处，我们也门是小办事处，哪能跟他们比。"也门办事处代表杨天峰说。"嗯，别这么说，不看大小，看对公司的贡献。"华今朝说。"我们小地方能有多大贡献，公司还得靠他们大办事处。"杨天峰说。

"小地方也能做出大贡献。尼日利亚的突破，我称他们是上甘岭，号召大家向他们学习，来到也门一看，你们比他们更艰苦，水都不能喝，说有什么矿物质，重金属。全靠买瓶装水。我看了，也门是世界上最贫穷的五个国家之一。"华今朝说。"也门穷啊，几条像样点儿的公路，基本都是中国帮着修的。"杨天峰说。"所以，你们了不起啊，为公司做了这么大的贡献。"华今朝说。"我们做的还不够，还要继续努力。"杨天峰谦虚地说。"努力肯定是要再努力的。关于沙特办这次丢单，你怎么看？"华今朝问杨天峰。

这时，烤好的全羊端上了桌。"来来来，华总尝尝。"杨天峰手下的人张罗着。"这饼是怎么回事？"华今朝指着桌上的薄饼问。"这薄饼最有特色，裹着片下的羊腿肉，那真是绝对的天下美食。"杨天峰趁机插话说。"卷着吃，好。"华今朝正准备自己动手。"华总，我帮您。"杨天峰的手下印宏伟说。"不用，自己来。我还没老到吃饭都要靠人帮的地步。"华今朝说。"华总怎么看也是不到50岁的人呢。"印宏伟说。"这次我来，你们表现得很好，机场也是简单派车接了一下。表扬，就应该这样。对了，今晚我请大家。"华今朝说。

"哪能让华总您请呢，您大老远来，我们应尽地主之谊啊。"印宏伟说。"华总大老板，请我们是应该的，今晚华总请客啊，使劲吃，把华总吃破产。"杨天峰灵机一动说。"多谢华总请客。"大家齐声说。"吃破产，就这能吃破产，我这个老板也就别当了。"华今朝调侃地说。"对了，问你个问题。"华今朝对杨天峰说。"什么问题，华总？"杨天峰问。"如果中东和北非都由你来负责，你有信心吗？"华今朝问。"这……没想过。"杨天峰说。

"没想过，从现在开始可以想，我们要以点带面，有能力就要多担当。"华今朝说。"好的，我考虑一下这个问题。"杨天峰说。"沙特办做的不好，你是从沙特办调过来的，你觉得问题出在哪里？不用马上回答，想一想，我离开的时候告诉我就行了。"华今朝对杨天峰说。

"华总好厉害，整只羊腿都干掉了。要不要再来一份？"印宏伟问。"确实好吃，尤其是这个饼，我们国内好像没地方能做得这么好。"华今朝说。"华总再来一份？"杨天峰说。"一只羊腿都下肚了，不能再吃了。确实好吃，也确实想吃，但不能再吃了。大家吃得怎么样？差不多我就买单啦。"华今朝问大家。"谢谢华总，吃饱了吃饱了。"大家齐声说。

第二天早上九点，也门阿拉伯电信总裁办公室。华今朝拜访伊索夫总裁。"燎原的设备帮我赢得了大量的用户，非常感谢华总。"伊索夫总裁说。"应该的。我们燎原就是为总裁先生这样的客户服务的，以客户为中心，全心全意服务好我们的客户是燎原的宗旨。总裁先生有什么需求，或者对我们的服务有什么不满意的地方尽管提，燎原定竭尽所能服务好总裁先生。"华今朝说。

"你们的服务很好，刚升级的考试成绩查询系统，是为我们的公务员考试和高考定制的。升了一周，听他们说，试用的情况还不错。"伊索夫总裁说。"这个系统，尤其是高考成绩查询系统，可不能出乱子，杨天峰还是要多试，就怕话务量大爆发，承受不住就麻烦了。"华今朝对杨天峰说。"总裁先生，下来我们再多做测试，确保万无一失。"杨天峰对伊索夫总裁说。"好，我让他们配合你们。"伊索夫总裁说。"另外，我们总统秘书跟你们说的事，解决得怎么样啦？"伊索夫总裁问杨天峰。"总统秘书说的事，你们可要赶紧办啊。"华今朝着急地对杨天峰说。

"总裁先生是知道的，总统郊外的别墅，卫生间太深了，覆盖确实难以达到。"杨天峰面露难色地说。"再难也得解决啊。"华今朝对杨天峰说。"网规说只有加室外微基站才能解决。"杨天峰说。"那就赶紧加啊。"华今朝说。"那里没规划室外微基站。"杨天峰说。"没规划归没规划，能不能加？"华今朝对杨天峰说。"我手下的人说，加是可以加的，只是这期没规划。"杨天峰说。"什么这期那期规划没规划的，不就一个光纤拉远的ODU嘛。马上就加，无条件的，听到没？"华今朝对杨天峰说。

伊索夫总裁听到华今朝的这番话，激动地站起来，走到华今朝面前，紧紧握着华今朝的手说："感谢华总裁，真心太感谢了。"见此情况，杨天峰也明确地表态说："明天就落实。""什么明天，你现在就打电话，让他们马上落实。"华今朝说。

深圳，周三，中午食堂。柴文娜正在吃午饭，尹贤良端着盘子走到柴文娜身边坐了下来。"哟，娜姐吃的什么啊，这么香？"尹贤良问。"凉皮，西安凉皮，想吃不？"柴文娜爱答不理地回道。"想吃。"尹贤良凑到柴文娜碗前说。"想吃啊，看见没？"柴文娜指着卖凉皮的窗口对尹贤良说。"嗯，怎么啦？"尹贤良装傻地问。"看见啦，凉皮在那儿卖，想吃自个儿买去。凑过来干吗，想美事。"柴文娜对尹贤良说。

"想美事？别说，娜姐，我昨晚做梦还真想美事来着。"尹贤良说。"想啥美事了？"柴文娜像哄孩子似的跟尹贤良说话。"娜姐您猜猜。"尹贤良说。"哼，我猜猜。"柴文娜环顾一周说，"好，我猜猜啊，就你这肚子里存不住二两货的人，肯定是交了什么狗屎运了，怎么，买彩票中了个什么五等奖，5块钱？""五等奖？5块钱？娜姐也太小瞧人了。"尹贤良说。"小瞧你，这已经是高看你了。"肖云飞在一旁说。"好，不小瞧，你说啥美事？"柴文娜对尹贤良说。

"也没啥，首先得感谢娜姐您的关心和支持。"尹贤良说。"啥事啊，又要感谢我？"柴文娜问。"其实我昨晚做了个噩梦，说是也门版本被打爆了。"尹贤良说。"看看你这人，说话没个准吧，刚说是美梦，现在又说是噩梦，比孙猴子的脸变得还快，快说，怎么啦？不会也门版本真被打爆了吧？"柴文娜说。"没有，您付出那么多心血的版本怎么会被打爆呢？"尹贤良说。

"尹贤良，想说啥？有话快说，有屁快放，不说走了。"柴文娜端起盘子假装要走。"别别，别急，好事。告诉你们，昨天老板在也门。"尹贤良说。"老板在也门，你怎么知道的？"肖云飞说。"我为什么就不能知道？真是的，好像就只允许你知道似的。"尹贤良对肖云飞说。"快说，老板在也门怎么啦？噢，局方在老板面前表扬你们这个版本了，对不对？"柴文娜说着兴奋地看着尹贤良。

"谢谢娜姐，真的，要没有娜姐的细心指导，我想这个版本不会这样完美地呈现在客户面前。"尹贤良说。"真交狗屎运了。"马庆生说。"是一线发邮件了吗？转我一下。"肖云飞说。"也转我一下，让我好好欣赏欣赏。"柴文娜开心地说。"哎呀，人逢喜事就是爽，吃得我肠子舒服，胃也舒服。整个一个舒肤佳呀。"尹贤良嘚瑟着说。"行啦，应该是话务量还没上来，别高兴得太早。"王厚林说。"怎么说话呢，乌鸦嘴。"柴文娜不爽地说。"别太得意啊，王厚林的话是有道理的。"肖云飞说。

下午，温循实验室。"怎么样？"肖云飞一进门就问。"功放的参数基本定了，接下来开始正常做温循。"廖默然说。"怎么着，才开始做啊？"肖云飞不满地说。"不是才开始做，前面做的已经有了一定的基础了。现在只是说，什么都别动了，仅仅是跑温循。"杭岩说。"算法软件都确定了，参数呢？"肖云飞问。"都定了，刚核完，准备开始做。"达荣生说。"就是定版喽？"肖云飞说。"是的，软硬件都定了。"杭岩说。

"功放，不同频段算法，软件参数是归一了还是……？"肖云飞又问。"归一是不可能的，除非你只要求15分贝。"廖默然说。"那不行。"肖云飞说。"15分贝，我费这大劲，听说开环的固定读表的，都能做到。"肖云飞又说。"你说开环？"杭岩。"嗯，人家不需要算法，愣是通过测试做表，积累大量的数据，把不同温度、不同功率下的经验数据做成表，不是通过算法，听说能做到15分贝左右。"肖云飞说。"不同的功放管，表是不一样的。"廖默然说。"什么意思？"肖云飞一时没听明白。

"廖默然的意思是，我们不同频段的功放，算法和功控参数也是不一样的。和他们的表不一样是一个道理。"杭岩说。"试了，做成一样的是很难的。"达荣生说。"今天是周三，21号对吧？明天是大暑。"肖云飞问。"明天是不是大暑不知道，今天是21号。"杭岩看着电脑说。"正好，做上10天的温循，定版，8月初正式投个小批量。50套怎么样？"肖云飞问。

"再说吧。"廖默然说。"别再说呀，要有信心。有没有信心，达荣生？"肖云飞问。"我是很有信心，但关键看他们。"达荣生说。"你有信心，他俩就有信心了。"肖云飞说。"这怎么可能？"达荣生说。"你是旁观者清啊，你的感觉是最客观的，只看整体的表现。"肖云飞说。"应该有信心，这轮做下来看嘛。"达荣生把握着分寸说。"不是说做下来有问题就不行的，要看。"肖云飞说。"对了，没叫测试的人吧？"肖云飞说着给赵长城打电话。

"赵长城，怎么不见你们的人啊，瞎忙个啥，赶紧派人来温循实验室，多载波要正式开始做了。"肖云飞在电话里说。"啊，现在就开始啊，不是说下周吗？"赵长城说。"谁说下周，正开始呢，赶紧让麦哲渊，还有夏润泽他俩都下来。"肖云飞说。"用不着两个都下来吧，我先来看看再说。"赵长城说完挂了电话。

"下周，什么意思？"肖云飞问。"先自己走一下，有底了再正式开始啊。"廖默然说。"啥？一起搞嘛，别藏着掖着的，就怕你们这样。"肖云飞不爽地说。"从现在开始，给我提问题单，变单都要抄送我，听见没？"看着进来的赵长城，肖云飞说。

"提单，没问题。"赵长城爽快地答应着。"不许和谐，可以不商量啊。只要认为有问题，就可以提单。"肖云飞又说。"现在很难再藏着掖着啦，不信你问他？"廖默然指着赵长城对肖云飞说。"那就说明你们已经和谐了。"肖云飞说。"还是相互商量着来，什么都别绝对。商量着来不等于不提问题单，该提还得提。"赵长城说。"不管啊，提单都要抄送我啊。"肖云飞说。"没关系，每单我都看得见，我可以把你也加进来，让你也能看得见。"不知什么时候，柴文娜也进来了，对肖云飞说。

"你来得正好，也门业务抓得很好，这多载波更应该好好抓啦。"肖云飞对柴文娜说。"放心，一定抓得更严。"柴文娜说。"好嘛，这一座、两座、三座大山压着，还让不让干活啦？"廖默然说。"说明重要啊。"肖云飞说。

4. 天线被台风刮掉了

回到工位刚打开电脑，肖云飞的手机响了。"喂，哪位？"肖云飞问。"哥，是我，子玉。"车子玉在电话里说。"子玉啊，你这是从哪儿打来的啊？"肖云飞问。"我在马达加斯加。"车子玉在电话里说。"什么什么？没听清在哪儿？"肖云飞又问。"非洲岛国马达加斯加。"车子玉说。"去那儿干吗？有我们的基站是吧？去建站啊？"肖云飞问。"不是建站，是来处理问题的。"车子玉说。

"不是建站，处理问题，什么问题？"肖云飞顿觉紧张起来。"台风把天线刮掉了。"车子玉说。"你说什么？没听清楚，再说一遍，慢点说。"肖云飞说。"哥，天线被台风刮掉了。"车子玉说。"叫你别叫哥，哥什么哥，这是公司，天线怎么会掉呢？说具体点。"肖云飞着急上火地说。"哥……"车子玉正要往下说，被肖云飞打断。"叫你别叫哥别叫哥，怎么，不叫哥不会说话呀，不许叫哥，快说。"肖云飞生气地说。"我们的基站被台风刮掉了，打不了电话，局方气得直冲我发火。你说你们的东西咋这样呢，吓得我……"车子玉说。

"具体怎么掉的，能说得清楚点儿不，你去现场看了吗？"肖云飞问。"昨天就去了现场。"车子玉说。"好，去了现场就说说具体的。"肖云飞说。"天线的支架断裂了，好在是上支架，还有下支架挂着，没掉到地面上。"车子玉说。"我要找查曼丽算账，怎么采购的支架！"肖云飞道。"什么事啊？找查曼丽算什么账啊？"一旁的马庆生听着不乐意了。"没你什么事啊。"肖云飞对马庆生说。"说什么，哥？"车子玉在电话那头问。

"没跟你说话，哎，子玉，你是怎么处理的？站恢复了吗？"肖云飞突然变得客气地说。"只能临时处理，没支架换。"车子玉说。"能打电话了是吧？"肖云飞问。"不说了吗，临时处理了一下，电话是能打了，可是又来台风了怎么办？"车子玉说。"那你是怎么处理的？"肖云飞问。"先临时用绳扎上。"车子玉说。"扎上管用啊？"肖云飞问。"嗯，管用，现在可以打电话啦。只是局方认为我们的天线是质量问题，还说幸亏没掉到地上砸到人。否则要起诉我们公司，要是真砸到人的话……"车子玉说。

"那你们打算怎么处理这件事啊？"肖云飞问。"我们领导让我找产品线，全网整改天线。"车子玉说。"哪个领导？"肖云飞问。"江嘉陵，是他让我给你打电话的。"车子玉说。"开什么玩笑，全网整改，说得轻巧。"肖云飞说。"不说这啊，我打电话是让产品线紧急先发一批质量没问题、风吹不倒的天线，以解燃眉之急。"车子玉说。"这次总共掉了几个？"肖云飞问。"8个，你赶紧先快递10个呗。"车子玉说。"别光嘴上说，发正式邮件。"肖云飞说。"邮件一会儿就发您。"车子玉说。

生产线。查曼丽、廖默然正陪功率管厂家的人参观生产线。"我们要重视燎原的需求。"看着生产线大规模的生产，Maxpower的达赫林说。"之所以要来燎原的生产线看，是因为燎原的订单上升得很快，预计明年就会成为我们的第一大客户。我要看看这么大的需求生产线是一个什么壮观的景象。"达赫林说。"看到了，怎么样？"查曼丽说。"虽然事先有个概念，但亲眼看到，还是超出了我的想象，太壮观了，简直可以用震撼来形容。"达赫林说。

"震撼？"廖默然惊奇地说。"没错，绝对震撼。麦克斯韦的生产线我去过，显然比不上你们的震撼。"达赫林说。"我们的管子订单应该不会超过麦克斯韦吧？"廖默然说。"马上就会超过了。"达赫林说。"真的？"廖默然说。"当然，明年年初肯定超过，不过他们逐渐要用欧洲厂家的管子了。所以，我们要重视燎原，我们可以为你们定制。"达赫林说。"定制？真的？"廖默然问。"当然。原来我们就是为麦克斯韦定制的。现在，为你们。"达赫林说。这时，查曼丽的手机响了。"喂，肖云飞，待会儿打给你，在接待厂家，Maxpower，一会打给你啊，挂了。"查曼丽说完挂了电话。

第二天一早。"查曼丽怎么回事儿啊，说来电话也不来？"肖云飞问马庆生。"你们的事儿，我怎么知道？"马庆生说。"哼，你不知道，鬼才信呢。"肖云飞说。"你们的事儿，我不掺和。"马庆生说。"不掺和？你肯定跟她说了马达加斯加的事。我不打，她是不会打过来的。"说着，肖云飞拿起了固话。

不久，接了电话的查曼丽来到肖云飞的工位，曹瑞祥也来了。"怎么办？"肖云飞直截了当地问查曼丽。"先让车子玉把条码传回来，我好查查是哪家的支架。"查曼丽说。"马庆生？"肖云飞问。"条码车子玉已经发过来了，我也转给你了。"马庆生对查曼丽说。"这次就没西藏双工器那么幸运了，一线已经正式提整改电子流。张总虽然很不情愿，但很难说服一线走西藏双工器模式，毕竟是在海外，又是个隔着莫桑比克海峡的非洲岛国，也不现实。客户也是希望走正式的整改电子流。"肖云飞说。

"支架供货有几家？"曹瑞祥问查曼丽。"三家。我估计是金鼎的，他们家是最便宜的。"查曼丽说。"别吓唬我，赶紧查，这应该能查的，马庆生让座，查曼丽就在这查。"肖云飞神情紧张地说。"可以。"说着，查曼坐到马庆生的座位上查起来。"怎么样？"肖云飞急切地问。"唉，是金鼎。"查曼丽说。"真是它呀，怎么办，曹瑞祥，别在一边光看着，你的破东西，又捅了这么大的娄子。反正昨晚我和张总通话时都说了，今年算是白干了。西藏一回，马达加斯加又一回。"肖云飞说。"我们好惨。"查曼丽说。"听见没，你把大家坑苦啦。"肖云飞对曹瑞祥说。

"把我砍了呗，我找谁说理去，厂家的问题，我能怎么办？"曹瑞祥说。"好了，别乱。这样，曹瑞祥，你找结构的去库房专挑金鼎的，去做可靠性实验，明天出结果。"肖云飞说。"我赶紧查库存都发哪儿了，我赶紧先回，查清楚了明天咱再说下一步的事。"说完，查曼丽赶紧走了。"事态严重了，赶紧和领导商量去了。"肖云飞看着走远的查曼丽对马庆生说。"也没错啊。"马庆生说。

"你们搞射频、天馈的，怎么那么多事儿，个个伤筋动骨。把个产品线折腾得鸡犬不宁，简直是大闹天宫啊。"肖云飞对曹瑞祥说。"不要人身攻击嘛。"曹瑞祥说。"我人身攻击了吗，马庆生，你作证。自己东西做得烂，还说都不让说了。"肖云飞气愤地冲曹瑞祥吼道。"不跟你扯，我找结构的去。"说着，曹瑞祥走了。

"惨啦，这下惨啦。肯定做典型啊，公司就是这样，会去各种场合拿这件事儿说事儿，翻过来倒过去地说。没准还让我作为反面典型作报告呢，固网的不就这样吗。"肖云飞对马庆生说。"那没办法。幸亏是没掉下来砸到人啊。"马庆生说。"谁吃饱了没事儿干站在基站天线下面，就算掉下来也砸不着人啊，说得太悬了。"肖云飞说。"那是你说。"马庆生说。

"是事实好吧。"肖云飞说。"车子玉还挺牛，支架断了用绳绑。"马庆生说。"哎，别说，我就不一定能想到。"肖云飞说。"其实你在现场肯定能想到。因为没得换，又要开通打电话，天线能用，仅仅是支架不能用。很自然，活人不可能让尿给憋死。"马庆生说。"到那份儿上了，唉，有道理。车子玉是灵机一动啊。"肖云飞说。

中午，食堂。"马达加斯加怎么回事啊，天线怎么会掉呢？"赵长城边吃饭边问肖云飞。"支架断裂。"肖云飞说。"那就只能换天线喽。"赵长城说。"通常是换天线解决，但当时没天线可换。"肖云飞说。"那怎么办？没天线怎么打电话？"赵长城说。"别说，人家车子玉灵机一动，用绳子绑住了天线。"马庆生在一旁说。"用绳绑，能行吗？"赵长城说。"你们测试可以模拟一下行不行啊。"肖云飞说。"用绳子绑，方向性图肯定受很大的影响，不行，肯定不行。"赵长城摇着头说。

"如果是你在现场，那就可能打不了电话了。七八个天线掉下来，那可是要影响很多用户打电话的，估计要捅到老板那儿了。"肖云飞说。"用绳子绑天线，就能打电话？我不信。"赵长城不服地说。"信不信你安排人模拟一下就知道了。别太书生气。"肖云飞说。"用金属的绳子绑，影响大点儿，如果用尼龙绳绑，影响应该就很小了。"廖默然说。"听见没，这才是专业的解释。"肖云飞对赵长城说。

"车子玉肯定没想那么多，看着天线能用，仅仅是支撑架子断了，绑上就行啦，想不了那么多。"马庆生说。"把业务开通是首要的事，手段不限。"肖云飞说。"柴文娜，邮件转给你了，也没见你主动来找我。吃饭还故意坐得那么远，平时你可不是坐那儿的。"肖云飞望着柴文娜说。

"本来准备下午来找你了解情况的。哎呀，事儿太多，又是阿尔及利亚，又是西藏，这又冒出个马达加斯加。好在尹贤良的也门版本表现得挺好。否则，真有点吃不消了。"柴文娜说。"好啦，马达加斯加我来搞吧，你重点盯阿尔及利亚。"肖云飞对柴文娜说。"那可不行啊，马达加斯加的事是真的要走电子流整改了，我不管都不行。张总批完就是质量部门作为责任主体去落实了。"柴文娜说。"那你躲那么远干啥？"马庆生说。"心烦，离你们远点可以清静清静。"柴文娜说。

"她的考评受影响啦，躲在一旁肯定在心里默默地埋怨我们呢。"肖云飞说。"是啊，怎么这么倒霉！"柴文娜说。"哎呀，日子都不好过啊。"肖云飞说。"哎，娜姐有好事。"尹贤良说。"啥好事？"柴文娜说。"我找东方牡丹了，为庆贺也门版本升级成功，8月1号在蛇口海上世界举办活动。"尹贤良说。

"8月1号是礼拜天，31号又要上班，一周一天都不休啊，换个时间吧。"朱文学说。"就下午搞两个小时，大家就当休闲啊。再往后，牡丹周末都要出去招聘，没时间了。"肖云飞说。"这个周末呗。"袁一帆说。"这个周末，牡丹刚好去南京出差。"尹贤良说。"干吗非要有牡丹啊。"夏润泽说。"你买单，就这个周末，怎么样？"尹贤良对夏润泽说。"为你们搞活动，我买单算咋回事啊。"夏润泽说。"还是啊，8月1号啊。"尹贤良说。

5. 坚决要隔离

7月26号，周一。刚上班，肖云飞就兴冲冲地来到温循实验室。"怎么回事儿，拆成这样？是做完了吗？"肖云飞问。"赵长城呢？"见没人回答肖云飞又问。"嗯，邓学佳？"肖云飞又问。"别问啦，出问题了。"廖默然说。"能出啥问题,做了一轮又一轮的?"肖云飞不以为然地说。"不是大问题,会这个样?"赵长城说。"怎么可能,大问题?"肖云飞问廖默然。"DPD反馈通道的问题,要大改。"廖默然说。"赵长城,真的?邓学佳?"肖云飞问赵长城和邓学佳。

"廖默然不都说了吗。"赵长城说。"前一阵不都挺好的吗,怎么回事?"肖云飞说。"前阵子摸底的时候没带双工器。"杭岩说。"怎么又扯上双工器了?"肖云飞问。"正式和DPD反馈通道是走双工器的,试的时候为省事儿没加双工器。这一加上正式做就……"赵长城说。"就什么?不会吧,也不至于啊。"肖云飞说。

"也没什么,就是经双工器反馈,由于带宽啊、连接啊,等等,稳定性差了。改回到直接功放反馈就行啦,没什么大不了的。"廖默然说。"就是,没那么可怕。"肖云飞附和着。"就是要改板,参数也需要重新调,生产要做功率定标。"杭岩说。"改板?改哪儿啊?"肖云飞问。"哪儿都要改。"赵长城说。"功放、收发信机、双工器都要改?"肖云飞问。"双工器不用耦合这个功能了,去掉就行了,可以不用改。"廖默然说。"改一把还得验证,小批量这次?"肖云飞看着廖默然说。"推后就推后吧。"廖默然说。

"怎么跟生产线又扯上了?"肖云飞问。"隔着个双工器,不定标功率,不准啊。"赵长城说。"哦……"肖云飞点点头说。"改吧,该改的坚决改,不要犹豫。这回想周到点。"肖云飞又说。"有了基础,只是改个板,仅仅是工作量的事。不碍大局。"廖默然说。"但愿。"赵长城说。

"廖默然,当时为什么不想着直接从功放反馈呢?"肖云飞问。"按理应该从双工器的输出端反馈,这样功率是最准的。"赵长城说。"有道理。"肖云飞说。"但带宽只能看到双工器的带宽,反馈的信号与功放直接反馈的信号有很大的差异。不真实。"廖默然说。"这你们当初怎么没分析清楚？应该能想到的。"肖云飞说。"好了，不说了。提醒你们，即使是功放直接反馈，也存在失真的可能性。"肖云飞又说。"那不会吧，都功放直接反馈了。"达荣生说。

"肖云飞说得有道理，再直接也是要通过耦合来反馈。"赵长城说。"微带耦合器带可以做得很宽，能保证反馈信号不失真。"廖默然说。"这是肯定的，但要是不注意，耦合没设计好，也会失真的。"肖云飞说。"不跟你们扯了，我得召集他们开会，处理马达加斯加的事了。"说着，肖云飞离开了。

回到工位，肖云飞拿起了固话。"曹瑞祥，厂家认了吗？"肖云飞问。"我们这几天的试验数据和芯片，还有实物都拿给他们看了，死活不认。说是自己做的都没问题。"曹瑞祥在电话里说。"那怎么办？金鼎不认，就没办法索赔啊。"肖云飞说。"金鼎知道其中的厉害，所以死杠着不认。"曹瑞祥说。"那马达加斯加的支架断裂总得认吧？"肖云飞说。"谁说的。他们说不见到实物也不认。"曹瑞祥在电话里说。"条码匹配了是他们的东西，还不认啊？"肖云飞说。"他们让把东西快递过来，还不许燎原拆封。拆封了也不认。"曹瑞祥说。"那他们自己拆封偷换了呢？"肖云飞生气地说。"那不会，肯定是共同拆封。"曹瑞祥说。

"还没让车子玉寄吧？"肖云飞说。"那10根天线不寄过去，他没东西换，拿什么寄给我们？"曹瑞祥说。"10根天线寄了，确定。我亲自盯的流程，还打电话催了。"肖云飞说。"怎么也要一个月后坏件才能到深圳吧。"曹瑞祥说。"这事儿闹的，查曼丽在你旁边吧？"肖云飞问。"在啊。"曹瑞祥说。"让她接电话。"肖云飞说。"好，我把手机给她，让她跟你说。"说着，曹瑞祥把查曼丽叫出来，把手机递给了查曼丽。

"喂，肖云飞。"查曼丽在电话里说。"查曼丽，说话方便吗？"肖云飞问。"方便，出来了，什么事？你说。"查曼丽说。"能有什么事，必须得让金鼎认呐。"肖云飞着急地说。"金鼎知道是大难临头了，现在是死杠。"查曼丽说。"做了10根，有2根都断裂了，还不承认，有点不像话了吧。"肖云飞说。"看这个样子也谈不出什么结果来。这样，我们马上回来和领导商量下对策。先这样。"说完，查曼丽挂了电话。

"隔离应该只要研发的定位报告就可以，对不对，马庆生？"肖云飞转身问马庆生。"你觉得10个支架，2个出现了断裂，风险还不够大吗？"肖云飞又问。"百分之二十，已经很大了。"马庆生说。"你别再往下说了，越想越可怕，万一掉下来砸到人，哎呀，不敢想。"肖云飞说。

此时，肖云飞的脸一阵红，一阵白。他突然回到工位上，打开电脑，在键盘上急促地敲着。"顾不了那么多，隔离，库存里金鼎的产品全都隔离。刚给生产质量夏青雨发邮件了。"肖云飞敲完键盘后如释重负地说。话音刚落，肖云飞的固话响了。

"肖总吗？"对方问。"我是肖云飞，哪位？"肖云飞问。"生产计划楼晓明啊，肖总，您刚发的邮件是真的吗？"生产计划楼晓明在电话里问。"这种邮件能随便发吗，当然是真的。"肖云飞说。"那我的生产怎么办？"楼晓明在电话里说。"查了库存，和顺、艾伟力都有库存，先用。"肖云飞说。"不够啊，肖总。"楼晓明说。"今天够不够，明天够不够？"肖云飞问。"我得查查。"楼晓明说。

"查呀，赶紧查，别光说不够，能用多久？赶紧想办法让这两个厂家补货不就得了。"肖云飞说。"马达加斯加都掉下来8根天线了，家里做了试验，金鼎的支架10个有2个断裂。和顺、艾伟力的都没问题，金鼎的难道还能用吗，非砸死两个人才算？"肖云飞激动地说。"好了，挂了，要催夏青雨赶紧下隔离单。"说完，肖云飞又拨了夏青雨的电话。

"夏青雨，我是肖云飞。"肖云飞说。"肖总，看到了，正在和计划、采购核实，核实完了就下隔离单。"夏青雨说。"你拉个会，把我、师建宏、楼晓明、查曼丽都叫上来，别忘了把曹瑞祥也呼上来，这份报告就是他出的。"肖云飞说。"好，马上拉个会。"夏青雨说。"对了，把产品线的QA柴文娜也拉上。"肖云飞又说。"好。"夏青雨说完挂了。

不久，电话会议。"查曼丽上来了啊。"夏青雨说。"什么会啊？"查曼丽问。"产品线肖总要求隔离金鼎的支架，我们开个会，形成会议纪要后，我下隔离单。"夏青雨说。"谁说要隔离，肖云飞没跟我说呀，厂家还没承认是他们的问题呢。"查曼丽说。"那，肖总您解释一下，我这是应肖总的要求开的电话会议。"夏青雨说。"另外我查了，和顺、艾伟力加在一起，只够3天的生产用量，查曼丽你要赶紧跟他们两个厂家打个招呼，我现在就得赶紧下单补货。"楼晓明说。

"生产线上已装的成品怎么办，肖云飞？"师建宏问。"返工，金鼎的支架从现在开始一个都不许发出。发出一根，我就找你夏青雨算账。"肖云飞恶狠狠地说。"肖云飞，厂家都还没承认呢，你就全隔离了不让发货，是不是太过了啊。"查曼丽说。

"太过？谁太过，刚跟你通完电话我就下决心了。生产隔离，只要研发有定位结论，产品线就有权隔离问题物料。难道让我等上一个月吗？是不是等到市场上砸死个人，大家才肯隔离。坚决隔离，哪怕影响发货，听见没？就这样，赶紧下隔离单！师建宏，已经生产的赶紧返工，计划赶紧补货下单。查曼丽找和顺、艾伟力落实供货，快去落实，会议结束，谢谢大家支持。"肖云飞说完就结束了电话会议。

"不逼，吃亏的就是产品线。"肖云飞自语道。"这狠招，厂家估计得急了。"马庆生说。"就得这样，牵着不走，只能打着倒退。不狠不行的，没人会为产品线负责。"肖云飞正说着，柴文娜过来了。

"过来干吗，给我盯紧了夏青雨，发出一个找你算账。"肖云飞对柴文娜说。"好好好，我盯夏青雨。是得果断些，你做得对。"柴文娜说。"你过来干吗，不会就为了说这句话吧？"肖云飞说。"看看你还有没有具体的指示。"柴文娜说。"指示就是刚才说的。"肖云飞说。"那我现在就给夏青雨打电话。"说着，柴文娜拿出手机打给夏青雨。

"唉，不容易啊。"肖云飞边吃午饭边感慨。"怎么啦？"赵长城问。"昨晚柳超智从阿里打电话来了。"肖云飞说。"事儿摆平了吗？"廖默然问。"哎呀，哪有那么容易啊。"肖云飞说。"不好搞是吧？"赵长城又问。"自然条件恶劣，别忘了，孔繁森就是在下去工作的途中遇到车祸的。"肖云飞说。"柳超智他们还好吧？"廖默然说。"比孔繁森幸运。"肖云飞说。"别说的那么吓人好不好？"赵长城说。"你当说着玩呢？"肖云飞说。

"遇到什么事啦？"廖默然问。"这几天缓过来了，才给我打的电话。"肖云飞说。"柳超智坐的车掉坑里了，好在有三辆车，否则……"肖云飞又说。"这次去阿里，最担心的就是安全，幸好准备充分，有三辆车相互照应，算是劫后余生。"肖云飞说。"怪不得这么久都没消息。"廖默然说。"车栽到坑里，柳超智也受了点儿伤，好在不太严重，没伤筋动骨，提前准备的急救箱起了作用。"肖云飞说。"不过经过这事儿，感觉柳超智像变了个人，说话沉稳了许多。"肖云飞接着说。

"还是要少出事啊，柴文娜。"肖云飞说。"夏青雨那边我盯着呢，隔离了，隔离单我都看见了。"柴文娜说。"知道不好搞了吧，想想不及时隔离，真可能是后患无穷啊。"肖云飞说。"这事做得果断，确实要隔离。他们又不可能那么急的喽，想等厂家认账，一看这种势头，厂家想认也不敢认啊。哎，到底问题出在哪儿啊？"柴文娜问。

"看看，定位报告你就没认真看。"肖云飞说。"报告我看啦，可能我看得不够仔细。"柴文娜说。"焊接不良。"肖云飞说。"对对对，有印象，焊接不良会这么严重？"柴文娜说。"这肯定啦，焊接不良就是虚焊，风一吹，尤其是猛点的风，就会断裂。"赵长城说。"哦，虚焊肯定不行，这厂家质量是怎么把控的，虚焊都敢发到燎原啊。"柴文娜说。

"所以，这下知道质量该怎么做了吧！"肖云飞说。"怎么做？"柴文娜疑惑地问。"别老盯着家里，厂家来料的质量，尤其是对厂家生产过程的质量把控、最后出货的质量检验，燎原都要进行有效的监控。"肖云飞说。"嗯，有道理。"柴文娜说。"简单地说，家里怎么管，供应商也得怎么管。否则，就像这次支架断裂，一检测，十个断俩，百分之二十的失效率。百分之二十，多可怕呀，所以，当即隔离。"肖云飞说。

"我下来好好考虑一下吧。"柴文娜说。"叫上结构的，你自己是想不出什么的。"肖云飞说。"好，找找项庆林。"柴文娜说。"也叫上赵长城、曹瑞祥。赵长城，你也要关心这方面。"肖云飞说。"好吧，这方面确实参与得少。"赵长城说。"参与得少？根本就没参与。"肖云飞对赵长城说。

"参与参与，接下来一定参与，柴文娜，叫上我们。"赵长城说。"还要人叫，应该主动参与。"肖云飞说。"肖云飞，你说的确实很有道理。只是你能不能从研发派个人来做这个事啊，说实话，真忙不过来。"柴文娜说。"跟你们领导提啊。"肖云飞说。"好，我先跟我们领导提，我估计他还会来找你。"柴文娜说。

6. 墨西哥天线整改

下午刚上班，肖云飞的固话就响了。"喂，哪位？"肖云飞接通电话说。"肖总，我是计划楼晓明。"楼晓明在电话里说。"嗯，怎么啦？货补了吗？"肖云飞问。"补了，补了。"楼晓明说。"很好，有啥事？"肖云飞问。"排了下计划，有些单恐怕会延迟几天发货。毕竟一下把主要供货的金鼎给隔离了，一点不影响是不可能的。"楼晓明说。

"有问题吗？"肖云飞问。"有。"楼晓明肯定地回道。"什么问题？"肖云飞问。"有的一线不一定愿意，会投诉我们的。"楼晓明说。

"投诉就投诉呗，把情况说清楚就行啦，想不顾质量就发货？怎么可能！"肖云飞说。"不是一单，这么多单投诉，产品线不在意，像我们具体做事的，领导只看KPI。这么多投诉，今年可就白干了，考评肯定被打C啊。"楼晓明说。

"这样啊，我倒没想那么多。"肖云飞说。"我们为产品线服务，也希望产品线的领导能替我们这些小兵想想。"楼晓明说。"那你说说产品线该怎么做，才能帮到你们？"肖云飞说。"这样肖总，我来组织，逐一跟一线沟通，关键是肖总您得参加。沟通完出纪要，这样有了达成一致的纪要，一线就不好再投诉了。"楼晓明说。

"这样可以啊，不过一线到时还投诉怎么办？"肖云飞问。"事先有了一线、产品线、计划共同达成的纪要，我们领导就会认为是无效投诉。"楼晓明说。"是你们领导让你来找我的吧，对你有影响，对你们领导的影响恐怕更大。"肖云飞说。"所以，还请肖总亲自出马，说服一线不要投诉，拜托了，肖总。"楼晓明说。"没问题，我能帮的肯定帮。"肖云飞爽快地说。"那好，我来组织，到时请肖总务必参加。"说完，楼晓明挂了电话。

肖云飞想了想又拨起了电话。"曹瑞祥，在工位啊，来我这儿一趟。叫上项庆林。"肖云飞说完挂了电话。不一会儿，曹瑞祥和项庆林来到肖云飞的工位处。

"我们还是要从根本上入手，解决支架虚焊的问题。否则，和顺和艾伟力也有可能出问题。"肖云飞对两人说。"对整个工艺过程都有要求。"项庆林说。"怎么落实？"肖云飞问。"有工艺指导书啊。"项庆林说。"厂家的工艺指导书是我们提供的吗？"肖云飞问。"那肯定。"曹瑞祥说。"我印象当中厂家是拿了我司的文件，他们自己还要再转换一下，并不是直接用我们提供的文件。"肖云飞说。"这样，把柴文娜叫来。"肖云飞对曹瑞祥说。"我说的对不对？"肖云飞问项庆林。"你说的是对的，厂家拿了我们的文件，自己再做一次转换。"项庆林说。"那好，我再问问。"看到走来的柴文娜和赵长城，肖云飞继续说。

"厂家自己转换后的文件，我们审不审？"肖云飞问项庆林。"这个，要审的。"项庆林说。"按理，我们提供了工艺文件，他们转换成自己可执行的文件，可以不用审的，但我们还是会审。"项庆林说。"会审？审了没有，就说这个支架吧，审了吗？"肖云飞问。"审了，真的审了。"项庆林说。"审了为什么会出这种事？"肖云飞问。"审是肯定审了，至于为什么没焊好、厂家为什么会做成这样我也不清楚。"项庆林说。

"焊没焊好，厂家如何检验？"赵长城问。"有没有做切片？"赵长城又问。"切片分析是破坏性的，只能定期抽检。"项庆林说。"那就是说全凭看外观喽？"曹瑞祥说。"是的，看外观检验。"项庆林说。"这……"赵长城看着肖云飞说。

"看来这块要加强啊。"肖云飞说。"这样，文件下来之后，项庆林，你们结构要考虑如何保证支架焊接的质量。作为公司的质量部门，要加强来料检验。"柴文娜说。"要定期抽检。"肖云飞说。"其实公司有要求定期抽检。"项庆林说。"检了吗？"赵长城问。"最早有检。"项庆林说。"你的意思是现在没检了？"肖云飞说。"开始几批检了没问题后，就没检了。"项庆林说。"好了，有结论了，柴文娜，抽检要执行。你赶紧去落实。再往下，没检就是你柴文娜的事。"肖云飞说。

"我……"柴文娜正要说话，肖云飞又说："公司规定的例行抽检都不执行，显然是你们失职啊。出问题是必然的，不出问题是侥幸。""现在不是都推去厂家检验吗，所以公司内部的抽检就取消了。"项庆林说。"取消了？这就是取消的结果。这样，不管了，柴文娜，我们产品线恢复抽检。"肖云飞说。"行，我去落实。"柴文娜说。"恐怕没那么容易恢复，原来配的人都撤了，没人搞。"项庆林说。"没人让他们配人。"肖云飞说。"首先要同意，其次，即使供应链这么做，人员到岗也需要一段时间，没那么快。"项庆林说。

"赵长城，你们先顶着，还有你们结构。"肖云飞说。"就这一项还行，你说都搞，肯定不行。"赵长城说。"好，你说的。那就先搞支架。"肖云飞说。"光支架可以。"赵长城说。"其他的也要有计划，柴文娜，你去找供应链质量落实。"肖云飞说。"估计有点难。"柴文娜说。"难也得做，不行叫上我。要知道，这就是一把无形的剑，悬在供应商的头上。一旦没有了这把无形的剑，就会出现现在这个结果。"肖云飞说。

"不是有去厂家检验吗？"曹瑞祥说。"结果呢？"肖云飞说。"那不等于是摆设？"曹瑞祥说。"不管了，我们要把公司的抽检搞起来，我看谁敢拦。"肖云飞恶狠狠地说。

第二天一早，温循实验室。"昨晚张总在印度给我打电话，说是竞争太激烈，最后拼的就是价格。"肖云飞说。"我们的价格应该是有优势的。"廖默然说。"有优势，张总还能这么急切地找肖云飞？我听说，就连麦克斯韦的价格都比我们低。"曹瑞祥说。"明白了，就是给我们压力，多载波要快点出来。"杭岩说。"反正单载波的方案我们是没有优势的。很难想象吧，我们的成本没有优势，说明麦克斯韦他们压了我们一头，下了大功夫了。怎么办？"肖云飞说。

"怎么办，杭岩刚不说了嘛。"邓学佳说。"杭岩是很有头脑的，张总就这意思。思路也很清晰，要想成本有优势，只能靠多载波。"肖云飞说。"搞，我有信心。"一旁的达荣生激动地说。"好，有这种豪言壮语，相信一定行。"肖云飞拍了拍达荣生的肩膀说。"还是赶紧立项吧,项都没立,光豪言壮语有啥用?"邓学佳说。"哎,豪言壮语要有,立项也要催。做多载波就是要有激情,要满腔热情地拥抱多载波。"肖云飞说。

"说这些都没用,眼下的核心是把改板做踏实了。"廖默然说。"细节决定成败,这次要改板的教训是细节关注得不够。"肖云飞说。"说错了吗?带宽的事儿主要是没拉通看。"肖云飞对曹瑞祥、邓学佳说。"也是一个经验的积累,及时发现及时解决,你的质量方针。"曹瑞祥说。"我的这个质量方针,其实是建立在你们这帮没水平之人的基站上的,怎么办?只能这样啊。"肖云飞说。

"我们肯定没水平啦。但是肖云飞,你整天口口声声说你的手下没水平,一帮没水平的吊着你,你的水平想高也高不上去啊。"曹瑞祥说。"这是想堵我的嘴,听出来了。"肖云飞说。"古人云,强将手下无弱兵。古人又云,兵熊熊一个,将熊熊一窝。"邓学佳说。"好好想想还有什么没想到的,别整天想这些没用的。"肖云飞说完走了。

这时,曹瑞祥的手机响了。"喂,哪位?"曹瑞祥问。"是曹工吗?"对方在电话里问。"您是……?"曹瑞祥问。"曹工,我是金鼎的总经理,我姓赵,叫赵全胜。"赵全胜在电话里说。"啊,赵总,您好。您怎么找到我的?"曹瑞祥说。"曹工这么有名,早该拜访曹工,有没有空,想请您出来一起坐坐,聊聊天,交个朋友。"赵全胜说。

"我?没这个必要吧。我仅仅是个普通的工程师,又不是什么领导。"曹瑞祥说。"唉,曹工您的定位报告我们都看了,想当面和曹工沟通交流一下。尤其想得到曹工您的指导和帮助,让金鼎的质量上一个台阶。"赵全胜说。"说到指导和帮助,您就找错人了。我只是负责组织这件事,具体都是项庆林搞的,找项庆林吧。"曹瑞祥说。"找啦,项庆林让我们找您,说您对肖总有影响力,肖总都听您的。"赵全胜说。

"别别别，肖总怎么可能听我的呢。这事您还是直接找肖总比较好。"曹瑞祥说。"没事，曹工，仅仅是见个面，喝喝茶，交个朋友嘛。"赵全胜说。"还是找肖总，还是找肖总，我没空。"曹瑞祥推辞着。"总会有空的，今晚不行就明晚，本周不行就下周。"赵全胜在电话里说。"本周肯定不行。"曹瑞祥说。"那就下周，好，曹工您忙。"说着，赵全胜挂了电话。

"怎么？有人请你吃饭？"赵长城在一旁问曹瑞祥。"什么请吃饭，没答应。这种饭能吃吗？金鼎的老总。"曹瑞祥说。"小心哟。"赵长城说。"为啥找你啊？"廖默然问。"项庆林让他找我的。哎呀，问题定位的报告是我组织搞的，隔离就是根据这个报告来的。"曹瑞祥说。"这回金鼎要是照单全收的话，恐怕会很惨。"赵长城说。"供货的大头给隔离了，生产肯定也无法继续了。除了燎原，谁要？"廖默然说。"所以来找你了，真要小心了。"赵长城对曹瑞祥说。

"我肯定不见赵全胜，也不能见。金鼎肯定把怨气对准我，项庆林这小子全推到我头上了。"曹瑞祥说。"项庆林跟赵全胜说，我对肖云飞有影响力，居然说肖云飞都听我的。隔离我都不知道，肖云飞就决策了。"曹瑞祥又说。"百分之二十的失效率，谁敢再用？"赵长城说。"所以，找我有什么用！"曹瑞祥说。

中午，食堂。"哎，叫你们家查曼丽给金鼎的赵全胜打个电话，让他别再骚扰我了。"曹瑞祥边吃饭边对马庆生说。"你自己说嘛。"马庆生说。"金鼎想干什么？"肖云飞说。"他们那个赵总，整天给查曼丽打电话，说这下惨了，公司要被搞倒闭了。"马庆生说。"自己东西不做好，这时急了。肖云飞，你可不能松口啊。"王厚林说。"我肯定不会，凭什么松口，除非脑子进水了。"肖云飞说。"以为燎原的钱这么好赚啊。"赵长城说。

"他们是想让我们筛选着用，不行的再退回给他们。"马庆生说。"筛选着用，曹瑞祥，可行吗？"肖云飞问。"是结构给他们的建议。"马庆生说。"结构这帮人，怎么筛？"曹瑞祥说。"厂家肯定在想各种办法，通过各种渠道。这不是想到了你，报告是你主导出的啊。明白了，找你，让你再组织评估，最后说可以筛选着用，应该是这个套路。"肖云飞说。

"来公司谈这种事，找挨骂。"柴文娜说。"柴文娜，你压着项庆林他们去帮厂家搞如何提高焊接质量，不仅仅是金鼎啊。"肖云飞说。"在搞，有计划。"柴文娜说。"要快。"肖云飞说。"哎，另外，印度价格拼得这么厉害，你们要有紧迫感，多载波是肯定的，其他降成本的思路，都得想啊。"肖云飞对大家说。

"还有其他降成本的措施？"邓学佳说。"让你们回去好好想，没让现在说啊。"肖云飞说。"都想想啊，回去躺在床上可以想啊。"肖云飞说。

7. 天线上全是蚂蚁

下午刚上班，肖云飞来到曹瑞祥的工位处。"怎么？"曹瑞祥望着肖云飞问。"还说只有阿尔及利亚有问题呢，看我转的邮件，美国也有同样的问题。"肖云飞说。"曹瑞祥急忙看邮件。宽带的双工器势在必行啊，赶紧找厂家，要求从现在起再发美国的双工器必须是全频段的。"肖云飞说。"看来没办法了，不得不做宽带了，这就仿一下。"曹瑞祥说着，走向工作站仿真去了。

肖云飞跟了过去，说："厂家不能仿吗？""说实话吧，他们的水平，一般的做做还行。这1900宽带的，你让他们仿，他们肯定说这也不行那也差，不愿意做。"曹瑞祥边建模边说。"肯定仿得差不多，我认为比较可行。关键是结构较易实现，调试不能太困难。否则，真就没法量产，搞几个研发调出来的，没意义。"曹瑞祥又说。"电镀是不是要求更高？"肖云飞问。

"镀银啊，要求高的，收发间隔那儿窄，必须腔体Q值要高才行。否则，收发隔离做不好。"曹瑞祥说。"频分就靠收发隔离了。"肖云飞说。"实话告诉你吧，开始就是窄带的，当时不知道奈奎斯特是做宽带的。是难做，才了解到奈奎斯特是做窄带的，这下找到根据了，想坚持也没法坚持了。"曹瑞祥说。"没准奈奎斯特也是宽带难搞，退回到窄带的。"肖云飞说。"一般不会想到做窄带的，我就是想当然地先搞宽带的，结果整天叫着说搞不定。没办法就去了解奈奎斯特的情况。你猜怎么着，不仅双工器，连收发信也照搬，全做成窄带的了。"曹瑞祥说。

"没水平。"肖云飞说。"别说，当时谁敢说我们没水平，有奈奎斯特这杯酒垫底。"曹瑞祥说。"现在被逼到这份儿上了，不得不搞啦。"肖云飞说。"所以我们得亲自搞，光靠他们厂家，水平太臭。"曹瑞祥说。"我们真是数算盘珠子的，全靠需求来推动技术进步。"肖云飞说。"自己算自己的命确实很难，算盘珠子没人拨肯定不会动的。"曹瑞祥说。"不说了，再发美国的必须是宽带啊。"说完，肖云飞走了。

过了没多久，肖云飞又回来了。"又什么事？"曹瑞祥边仿真边问。"美国一线的发来信息，现在奈奎斯特已经是做宽带的了。转给你。这下是真没退路了。"曹瑞祥说。"非得被逼成这样，这下我倒不用操心了，有奈奎斯特这杯酒垫底。"肖云飞说。"对了，这事儿还得你来。你们计划，窄带双工器要控制好，否则就成呆死料了。"肖云飞说完走了。

周三。上午刚上班，肖云飞正在工位上看邮件，柴文娜火急火燎地过来了。"肖云飞，墨西哥天线整改的事你知道吗？"柴文娜问。"墨西哥？不知道啊，我们的产品都卖到墨西哥啦？"肖云飞反问。"看来你是真不知道。一早就看到墨西哥办事处启动的天线整改电子流，我以为你同意了呢。"柴文娜说。"什么事就整改啊，张总不会批的。"肖云飞说。"张总已经批了。"柴文娜说。

听到柴文娜的回话，肖云飞冷静了一下，问："什么理由整改天线？""流程转给你了，打开看，里面还有图片，说是蚂蚁把封天线罩的胶给吃了，天线上全是蚂蚁。客户认为无法容忍，必须全换新的，而且还要保证不再让蚂蚁在天线上做窝，否则……"柴文娜欲言又止。"否则什么？"肖云飞问。"否则扩容的单子就不会给燎原。"柴文娜说。

肖云飞打开流程仔细看着。"确实惨不忍睹，影响大单了，难怪张总招呼都不打就批了。"肖云飞看完说。"用的什么烂胶，也太……"柴文娜极其愤怒地说。"这质量真是没法干了，肖云飞。一会儿两个整改，还全是天线。能不能做啊，天线不能做买别人的算了，真被天线玩死了。"柴文娜绝望地说。"别别别，娜姐，这次是为了顾大局，局方强制要求。"肖云飞说。"你瞧你们那烂胶，怎么会那样啊。"柴文娜哭丧着脸说。"马庆生，把赵长城叫来，怎么测试的！"肖云飞说。"喂，赵长城，肖云飞让你过来，对，马上。"马庆生和赵长城通着电话。

不一会儿，赵长城来了。"来来来，先看看这个。"肖云飞打开图片给赵长城看。"这是什么？"赵长城看着图片问。"问你啊，你们怎么把的关？"柴文娜气愤地说。"什么怎么把的关？怎么了就这么说。"赵长城不爽地说。"我们在墨西哥的天线，让蚂蚁做了窝。"肖云飞说。"蚂蚁做窝，跟我们有什么关系？"赵长城说。"怎么会没关系呢，都被客户要求全网换掉了，还没关系？"肖云飞说。"去清理一下嘛。"赵长城说。"封的胶被蚂蚁吃了，你不会说再重新打胶吧，再说重新打胶，还是会被蚂蚁吃啊。"肖云飞说。"那换新的不是也解决不了这个问题，封的胶是一样的。"赵长城说。

"局方要求用不被蚂蚁吃的胶。"肖云飞说。"有吗？"赵长城说。"友商的天线就没有蚂蚁。"肖云飞说。"看来友商是有针对性地做过试验的。"赵长城说。"所以娜姐说你们也没说错啊。"肖云飞说。"谁会想到这个！"赵长城说。"哎，你刚还说友商有针对性地做了试验呢。"柴文娜趁机说。"这，得去找这种胶啊，要防蚂蚁的。"赵长城说。"赶紧去找吧。"肖云飞说。"这应该不是我的事吧，应该是曹瑞祥他们搞天线的人负责啊。"赵长城又说。"首先，你们连这个测试用例都没有，就是你的错。其次，这事你应该主动找曹瑞祥他们具体做天线工艺的一起来落实，对吧。赶紧，要快。"肖云飞示意着说。

中午，食堂。"哟，牡丹，稀客稀客。"尹贤良端着盘子过来说。"今天开会，又回大部队了。"东方牡丹边吃边说。"周日活动没变吧？"马庆生问。"不能变，周一又要出去招聘。"东方牡丹说。"一周都没休息，我看能不搞就不搞吧，尹贤良。"麦哲渊说。"其实以后搞也行，我也是周一要出差，以后吧。"东方牡丹说。"以后，就不知道什么时候了。"尹贤良说。"在版本例会上搞也行。"肖云飞说。"真能省啊。"尹贤良说。"就版本例会上意思意思就行啦。"王厚林说。"你们是有点嫉妒。"尹贤良说。

"谈不上啊，也不至于。"肖云飞说。"以后有机会，说实话，大家一周一天没得休，确实不好。"柴文娜说。"反正你搞我也去不了，孩子放假了，带他去游泳。"曹瑞祥说。"去大梅沙啊？"柴文娜问。"大老远的，人山人海像下饺子，不去。报了个游泳班，就在育才一中的游泳池，就在招北足球场旁边。"曹瑞祥说。"噢，那儿啊。你儿子学得怎么样？"肖云飞问。"还行，老师教得正规，先学两脚打水。我们那时都是狗刨。"曹瑞祥说。"等我儿子出生了，我让他踢球。"尹贤良说。"是不是儿子还不知道呢就踢球啊。"柴文娜说。"就是儿子,一定是儿子。"东方牡丹向柴文娜使了个眼色说。

"还是牡丹会说话,肯定是儿子,一定得踢球,踢出亚洲去拿世界杯。"尹贤良自语着。"人还是需要有梦想的。"麦哲渊说。"这叫有梦想?这叫白日做梦,中国足球能拿世界杯?"邓学佳说。"二十几年,也难说哟。"袁一帆说。"看来中国足球不缺梦想啊,就缺临门一脚。"邓学佳说。"招北足球场,好久没去了,周日去踢他一场。"肖云飞突然兴奋地说。

8月1号,建军节。下午四点,肖云飞兴冲冲地来到招北足球场,正准备加入热火朝天的踢球人群,手机响了。"肖云飞吗?我是金海明。""啊,金总,您好您好。"肖云飞激动地说。"好什么好,我刚被也门阿拉伯电信的总裁羞辱得连门都没让进。你们搞什么鬼,东西这么烂居然还敢拿来商用,开始骗过了华老板,到我这,都来查考试地点,一会儿就被打爆了。我本来要和伊索夫总裁高高兴兴见个面,结果还没等我进他的会客室,就直接叫我回去,人家就是要Chief Designer来解决问题。肖云飞,赶紧派人来也门解决问题,你要是把这单搞砸了,饶不了你。"金海明气冲冲地说完挂了电话。

"喂,喂,喂?"肖云飞还在对着手机叫。"完了,完了,这个该死的尹贤良,真是玩死我了。"说完,肖云飞又拨起电话。"喂,张总吗?我是肖云飞。"肖云飞说。"哼,刚跟也门的杨天峰通完电话,你就找上门了。金总骂你是活该。你必须摆平这件事,否则后果自己知道。具体找杨天峰,赶紧让尹贤良过去,也门是落地签。"张立彪说完挂了电话。

"尹贤良。"肖云飞气得给尹贤良打电话。"肖云飞,我正坐出租去公司呢,印宏伟刚给我打电话了。我去公司和一线先开个沟通会,把情况搞清楚。"尹贤良在电话里说。"把我拉上。另外金总说让你马上去也门,明天能不能去?"肖云飞说。"先把情况了解清楚再说嘛。"尹贤良说。"尹贤良,你要搞清楚,现在最要紧的是你亲自去也门现场,家里同步定位问题。

印宏伟怎么跟你说的？"肖云飞说。"他是要我明天就去，我没答应，说先开个会把问题了解清楚。"尹贤良说。"尹贤良，你是不是因为老婆要生了不肯去？"肖云飞问。"不是不是，8月底9月初才生。"尹贤良说。"那好，明天确实急了点，后天，周二走。你去公司把票定了。"肖云飞说完挂了电话。

8. 出来混，迟早是要还的

周一一早，肖云飞来到尹贤良的工位处。"明天能走吗？"肖云飞问。"要办个旅游签证才能去香港。所以，周三走。"尹贤良说。"定了是吧？"肖云飞说。"定了。"尹贤良回道。"周三就周三吧，跟印宏伟打声招呼，昨天答应明天走的。"肖云飞说。"昨天也是说尽量嘛。"尹贤良说。"给印宏伟打声招呼，发个邮件说明一下。"肖云飞不耐烦地说。

"对了，你丈母娘、老丈人都来了吧？"肖云飞又问。"我老婆一休产假他们就来了。"尹贤良说。"去也门没问题吧？"肖云飞问。"有她父母在，就问题不大了。再说，她是月底或者下个月初的事，应该能回得来。"尹贤良说。"对哟，20号之前要搞定的，局方要拿公务员考试来验证你的版本。可是20号哟，十几天的工夫，尹贤良，这回只能看你的了。"肖云飞说。"我还在想啊，万一你不肯去，你手下的人还真替不了你，王厚林也不清楚你这摊子事儿啊。"肖云飞又说。"有数，我有数，只能我去。"尹贤良说。

"明天在家处理处理自己的事，就别来公司了。"肖云飞又说。"要来拿机票和签证。对了，我把你的手机号告诉我岳父了，有事让他找你。"尹贤良说。"没问题，放心吧。"肖云飞说。"回来首先得再培养些能独当一面的人，否则啊。"尹贤良说。"当然应该啦。"肖云飞回道。"今天，我得盯机票，盯签证。"尹贤良说。"你忙吧，我找一下王厚林。"肖云飞说着离开了，转眼来到王厚林的工位。

"王厚林，也门的邮件我也转给你了，要关心。尹贤良在一线，你在后方也支持一下，把把关。"肖云飞说。"怎么会出这么大的事，不应该啊。到底问题出在哪儿啦？关键我不熟，正在了解情况，先熟悉一下吧。"王厚林说。"赶紧了解吧，也门这事摆不平，都没好日子过。"肖云飞说着离开了。

回到工位，柴文娜正和马庆生聊着天，一见肖云飞回来了，柴文娜赶紧凑过来。"肖总，真没想到会是这样？"柴文娜说。"什么事啊，还有您没想到的，奖还是会照颁的。"肖云飞说。"别提奖的事儿，亏得周日没搞活动。"柴文娜说。"奖呢还是要颁的，只是最佳还是最差就不好说了。"肖云飞说。"肖总别这么说。"柴文娜正说着，赵长城也过来了。

"两人约好的？来干吗？"肖云飞问赵长城。"我们能干吗，讨论一下质量工作下面如何开展。"柴文娜说。"哎，就按照标杆做吗，过程数据这么好，严格按照EPD流程来，近乎完美。怎么，有问题吗？"肖云飞讽刺地说。"肖总，别这样，我们工作没做好，请您给我们质量工作提意见，看我们如何改进。"柴文娜说。"你们忘了我说过王厚林的话有道理。"肖云飞说。

"王厚林说什么啦？"柴文娜问。"话务量没上来。"赵长城说。"知道了吧，听一线说了。当时也门阿拉伯电信的总裁夸赞燎原产品的时候，华老板就表示怕话务量大爆发，尹贤良的版本承受不住。还专门让杨天峰安排人多测测。"肖云飞说。"老板知道尹贤良啊？"柴文娜说。"就这么一说，老板怎么可能知道这个版本是尹贤良做的呢？"赵长城说。"柴文娜，你的智商现在变得有点低啊。"一旁的马庆生说。"不会是故意装疯卖傻吧?"马庆生突然说。"你才故意装疯卖傻呢,就冲你说这话,就说明你在装疯卖傻。"柴文娜强势地说。"好好好,就当我没说,我什么都没说。"马庆生说。

沉默了一会,肖云飞说:"其实我有思想准备,只是撞上金总了,只能自认倒霉。你们现在也别自责,尹贤良去现场,媳妇要生,也没办法啊,只有他能去,别人也替不了。我让王厚林在熟悉这个版本,他也不熟。""说明什么?说明过程好,不一定结果就好。过程问题多,看似不好,但结果未必就一定不好。"肖云飞又说。"关键问题出在哪儿?"马庆生说。"这就是你们俩要好好回溯的事,为什么啊?一上话务量就爆了,这才是关键。测试,用例?好好看看这些用例都是怎么设计出来的,究竟那些关键因素或者说是关键点有没有考虑到。测不到关键点,跟白测没什么区别。随便拨两个电话挺好,有什么用呢?"肖云飞说。

"也不是这样的。"赵长城说。"不是这样是哪样啊?"马庆生说。"对啊,是哪样?反正不可能你真做对了,考虑周到了,现场出这么大的问题。现场也就是一般的情况,并没什么特殊的。"肖云飞说。"还是要从自身找原因,否则,真要出更大的事,赵长城。"肖云飞又说。"别在这啦,你俩!"肖云飞。"先分析一下用例的合理性吧,对啊,要是用例针对了大话务量,肯定不会出这么大的事啊。"柴文娜边走边对赵长城说。

"说得轻巧,我不知道啊,关键是这个测试用例如何构建,现在看是没找到有效的方法。"赵长城边走边说。"模拟起来还是有难度啊,尹贤良现场可以抓数据,这样才能知道怎么去改。"看着两人离开,肖云飞对马庆生说。

中午,食堂。"要举行奥运会了。"袁一帆看着电视说。"哪天?"达荣生问。"13号吧。"朱文学说。"不知道中国能拿几枚金牌。"谢锦林说。"女排不知道会怎么样。"麦哲渊说。"哎，郎平这次是带美国女排参加奥运。"夏润泽说。"陈忠和带的中国女排，不知道碰上郎平带的美国女排会怎么样。"杭岩说。"哎，尹贤良呢？"柴文娜问。"估计办事去了，机票、签证都要盯着。在公司，可能在别的食堂吃着呢。"肖云飞说。

"对了，王厚林，尹贤良去了怎么搞，你得给他支支招啊，我怕尹贤良去了摸不着北，忙半天定位不出根因在哪儿就麻烦了。"肖云飞边吃边说。"在想，在想。会给他发邮件的。"王厚林说。"赵长城，你们也得想啊，大家集思广益，拓展思路，但愿可以帮到尹贤良快速定位。"肖云飞又说。"都在考虑，准备明天和王厚林一起讨论一下。"赵长城说。"今天下午就讨论。"肖云飞说。"先各自想想，然后再讨论比较好。"赵长城说。"我还是需要先熟悉一下。"王厚林说。

"明天去巨峰。"曹瑞祥说。"怎么亲自去搞？"肖云飞说。"没错，亲自调找感觉，好改进啊。"曹瑞祥说。"这次真是逼急了，我就说我不急，有奎斯特在那儿呢。"肖云飞得意地说。"出来混早晚是要还的。"曹瑞祥说。"我们现在的开发呀，还是要对自己提要求，而且要高，至少跳着才能够得着吧，否则，站着就轻松够着，也太没挑战了，而且实践证明，没竞争力不说，成本也损失。"肖云飞说。"瞧你，逮着机会就数落，行，知道啦，明天就给你搞。"曹瑞祥说着端起盘子走了。

"肖云飞，你这又搞出什么双工器的事来？多载波改板他也要参与啊。"邓学佳说。"柳超智不在，美国发货必须是宽带，他不搞谁搞？何况不是有你和廖默然嘛。"肖云飞说。"他毕竟都能拉通了看，廖默然功放，我中频，真缺一个拉通的人。"邓学佳说。"可以电话沟通嘛，我觉得有你们俩应该够了，再有啥拿不准的打电话呗，没问题的。"肖云飞说。

"哎，他电话沟通不行吗？还要亲自去厂家调？"邓学佳说。"难度大知道不？厂家不肯做，你说他不去行吗？你不去可以啊，回头告诉你不行，你信还是不信？都是没办法的事。我觉得你们俩没问题的。"肖云飞说。"行吧，问题不大，邓学佳。"廖默然说。"你说的，出了问题你负责。"邓学佳说。"好，我负责。"廖默然说。"还是廖默然敢担责。"肖云飞说。

下午刚上班，肖云飞的固话就响了。"喂，楼晓明啊，怎么？"肖云飞接了计划楼晓明的电话。"一轮沟通下来，效果不好，肖总。"楼晓明说。"不是就沟通不下来叫上我的吗，也没见你叫我就说效果不好。"肖云飞不高兴地说。"是货期问题？"肖云飞追问道。"不是。"楼晓明回道。"不是货期问题，那你说的效果不好是指啥？"肖云飞问。"听说天线出问题，很多一线客户直接换厂家了。"楼晓明说。"怎么？撤单啦？"肖云飞急着问。"可不嘛，这下备的货恐怕要成呆死料了。"楼晓明说。

"讲不讲信誉，说撤单就撤单，都是哪些啊？开会的时候为什么不叫上我？"肖云飞埋怨楼晓明道。"关键是跟他沟通时，客户已经撤单了，找您肖总也没什么用。这次支架断裂影响太大了，运营商都怕了。"楼晓明说。"运营商怎么知道的？"肖云飞说。"好事不出门，坏事传千里，一传十，十传百，再说别的厂家拱的也凶，纷纷跳出来打击燎原的天线。唉，研发做不好真是坑人呐。"楼晓明说。

"你别这么说。"肖云飞不悦地说。"市场闹到金总那儿啦。"楼晓明说。"那金总怎么说？"肖云飞又问。"金总能怎么说。迫于市场的压力，为了不影响主设备的销售，同意一线销售时主设备可以不绑定自产天线。"楼晓明说。"一线这帮烂人。"肖云飞说。"一线都出这个策略了，不来订单没关系，关键是要把我备的料给消耗了，这事儿只能求助您肖总了，帮忙把备的料消耗了。清单发给您了，肖总，拜托了。"楼晓明说。

"我？"肖云飞说。"我都被领导骂死了，搞了这么多呆死料，只能求助产品线啊。"楼晓明说。"你拜托我可以啊，关键是我怎么做才能帮到你呢？"肖云飞反问道。"清单发给您了，每单都有详细说明，哪个办事处，哪个运营商，接口人都有。"楼晓明说。"什么意思？让我一个个跟他们沟通啊，我还要不要干别的啦，真是的。"肖云飞生气地说。"您没空安排个手下人嘛，拜托了肖总。"楼晓明说完就把电话挂了。

"拿我当秘书了，简直岂有此理。"肖云飞气得大叫着。"这下真的惨了。"马庆生在一旁说。"看，东西做不好，狗都嫌。"肖云飞说。"怎么办，怎么办？"肖云飞冲着马庆生说。"别，跟我没关系啊。"马庆生转身不理肖云飞了。"得找个人专门与一线沟通啊。否则这些真成呆死料了。找谁，谁合适？"肖云飞凑到马庆生耳边说。"反正我肯定不合适，爱找谁找谁。"马庆生说。"找技服吧。"马庆生又说。"江嘉陵？嗯，可以。给他先发个邮件。"说着，肖云飞给江嘉陵发了邮件。

"嗯，怎么着？"肖云飞一抬头见尹贤良走过来问。"签证、机票都拿到了，还是明天走。"尹贤良说。"好啊，这回看你的了。"肖云飞说。"回去呗。"马庆生在一旁说。"四点他们讨论，我还是参加一下。哎呀，脑子有点乱啊。"尹贤良说。"都准备好了吗？"肖云飞问。"没啥可准备的，差不多了。"尹贤良说。"告诉印宏伟周二就能过去啦？"肖云飞又说。"刚发了邮件。"尹贤良说。

这时，肖云飞的固话响了。"哪位？"肖云飞问。"江嘉陵。"江嘉陵在电话里说。"啊，江嘉陵，正找你呢，看邮件啦？"肖云飞说。"看了，没看懂。"江嘉陵在电话里说。肖云飞正要说，江嘉陵又说："不是为天线的事，这准3G渐渐地搞起来了，但1800的继电器开关的问题好像还没解决。"江嘉陵在电话里说。"怎么会呢？"肖云飞说。"当然是判断，因为我见多了，相信我，应该是没解决。"江嘉陵说。

"你现在在哪儿啊？"肖云飞问。"波兰，有几个故障单板，我查了，你们在家赶紧模拟一下，机顶驻波不好，就会有问题。"江嘉陵说。"把数据发过来。"肖云飞说。"刚发了。天线的事嘛，比较难。"江嘉陵又说。

"撤单搞了一大堆物料，怎么办？计划就赖上我了。你们这事搞得全球都知道了。"肖云飞说。

"什么叫我们把这事搞的。你们研发东西烂，好事不出门，坏事传千里。'珍惜生命，远离天线'已经成市场的口头禅了。"江嘉陵说。"哎，别光说马达加斯加，墨西哥呢？墨西哥不能怪我吧。"江嘉陵又说。"我现在心里发毛，本来要回深圳的，吓得我不敢走，继电器开关的事，可是我们技服永远的噩梦啊。肖云飞，为了能让技服的兄弟睡上踏实觉，能不能干掉这个鬼开关？"江嘉陵说。"你这是在逼我啊，我组织看看，我也是想干掉的。"肖云飞说。"那好，等你好消息，挂了。故障单板马上就给你寄过去。"江嘉陵说完挂了。

通完电话，肖云飞急忙来到测试实验室。"夏润泽，把赵长城叫过来。"肖云飞急切地说。"1800的开关估计又出事了。"见赵长城进来，肖云飞说。"确定吗？"赵长城问。"不确定，刚江嘉陵从波兰打来的电话。故障单板这就寄过来，故障数据已经发过来了。"肖云飞说。"看了数据怎么说？"夏润泽问。"江嘉陵说了，相信他，就是开关的问题。江嘉陵说就是驻波不好导致的，赶紧搞，模拟一下，看看波兰现场的问题能否重现。"肖云飞说。"是准3G模块？"夏润泽问。"没错，就是刚发欧洲的准3G模块。"肖云飞说。

这时，廖默然也进来了。"看了邮件了？"肖云飞问廖默然。"下决心吧。"廖默然说。"方案有吗？"肖云飞说。"当时要不是你，就做啦。"廖默然对肖云飞说。"我？这不是金总吗，这下不用找金总了，搞。"肖云飞说。"定了？"廖默然问。"定了。"肖云飞坚定地说。"就是嘛，我这就去落实。"廖默然转身走了。"人人恨啊，江嘉陵他们都恨死了。"肖云飞说。"我们测试的时候，有没有出现过这种问题？"赵长城问夏润泽。

"没有。"夏润泽边准备环境边说。"没有？"赵长城说。"哎呀，这个时候问这种问题已经没有意义了，赶紧做。"肖云飞说。

这时，柴文娜进来了。"你又听到什么风声啦？"看着柴文娜，肖云飞问。"看你邮件了，你们怎么测的？"柴文娜对赵长城说。"整天光知道说问题不大，一出这个门，就出问题。真不知道还有多少坑？"柴文娜又说。

"尹贤良的也门版本，准3G的1800模块，什么近乎完美，结果呢？没有好的结果，再完美的过程都是白搭。"肖云飞对柴文娜说。"你应该是看到问题多多就兴奋才对，可你显然不是嘛，动不动就是怎么又这么多问题啊，你们怎么搞的啊，看过程数据又变差了……"肖云飞对柴文娜说。"好好反省反省吧，拿出点真材实料来，否则怎么搞？"肖云飞说完气冲冲地走了。

"看来是要狠点才行啊，搞这么个烂开关，其实大家是有顾虑的。总的心态是怕出问题。"赵长城说。"怕什么就来什么，不能这样啊。暴露问题怕什么，测试部测出问题是应该的呀，为什么要怕测出问题来呢？"柴文娜说。"要都是这个导向，我们就放心大胆地去做了，无所顾忌。"夏润泽说。"今后就得这样。"赵长城说。

9. 珍惜生命，远离天线

周二一早，肖云飞来到测试实验室。"夏润泽，波兰的问题重现了吗？"肖云飞问。"没有。"夏润泽回道。"没有？"肖云飞又问。"是没有。"夏润泽说。"我看看你是怎么测的？"肖云飞查看着。"这是什么东西，假负载。拆了，什么都别接，说不定没过多久就挂了。"看夏润泽犹豫着，肖云飞亲自动手。"你把功率关了。"肖云飞说。"嗯，关了。"夏润泽说。"我来拆，什么都不接，才是真正的开路。"肖云飞边拆边说。"行了，跑着吧，把功率加上。"说完，肖云飞走了。"下午过来看。"肖云飞边走边说。

中午，食堂。"总的来说主人翁意识不强，看看天线这副惨样。市场上都出现'珍惜生命，远离天线'的口号了。"肖云飞边吃边说。"对了，夏润泽，怎么样？"肖云飞又问。"什么怎么样？"夏润泽问。"装糊涂是吧，什么都不接，开关顶得住吗？"肖云飞问。"你刚走就挂了。"夏润泽说。"什么，我刚走就挂了，为什么不打电话？"肖云飞说。"赵长城说，看看900兆的情况再说。"夏润泽说。"900兆的怎么样？应该都是同样条件，什么都不接的。"肖云飞说。"是的，都是什么都不接。"夏润泽说。"条件一样，结果？"肖云飞问。"来吃饭之前还是好的，吃完饭再去看看。"夏润泽说。"多久，几个小时？"肖云飞说。"至少两小时二十分钟。"夏润泽说。

"一个上去就挂了，一个过了两个多小时还是好的。赵长城，怎么解释？"肖云飞说。"我们已经在改板了，争取尽快投一板没开关的。"廖默然说。"要快，看来1800兆的风险确实大。"肖云飞说。"要快啊，正式发货的一定是不带开关的。好在现在是实验局，只能辛苦江嘉陵了。"肖云飞又说。"900兆的要不要改？"廖默然问。"先改1800兆的，要快。900兆的再说，900兆的问题应该不大。都改了，开关该成呆死料了。"肖云飞说。

"那不行，我们质量部门不同意。就是要改掉不用这个烂开关。"柴文娜说。"就是，要改都得改。"王厚林说。"哪儿那么容易啊，900兆的量大，备的货多，再说不是没问题吗。"肖云飞说。"呆死料太多，金总也难交差的。"肖云飞又说。"采购也不愿意啊。"马庆生说。"你就关心你们家查曼丽。"王厚林说。"不是，她们领导肯定不干，会去找金总的。"马庆生说。"知道，所以只改1800兆的嘛。"肖云飞说。"廖默然，这下别再出问题喽。赵长城，给我使劲整。"柴文娜说。"这下决不放过。"赵长城恶狠狠地说。

"别走极端啊。"肖云飞说。"看，来真的又说这话。"赵长城又说。"不怕，有你把关呢。"王厚林说。"就是，一直都是白脸、红脸地唱着。"马庆生说。"我是说，还是要抓住关键点，不要太盲目。你们好好商量，简洁、高效是目标。"肖云飞说。"好，接下来找廖默然商量。"赵长城说。

"曹瑞祥去厂家了，廖默然去开关，多载波咋办？"邓学佳问肖云飞。"去开关是朱文学搞的，不用我操心。"廖默然说。"当时猛搞了一阵，样机都做了，方案是现成的。"朱文学说。"记得当时定了用开关，他们还怪我呢。又不是我定的，赖我也没用，现在好了，有贮备，正好。朱文学，这回就看你的了。"肖云飞说。"知道。"朱文学说。"要快。"肖云飞又说。"朱文学，下午找你啊。"柴文娜说。"记得叫上我。"夏润泽说。

下午，多载波小实验。"真的不影响你们多载波？"肖云飞问。"当时定下用开关的时候，做了不用开关的备份设计，知道早晚会出事。"廖默然说。"还是你们有远见，我当时……唉，不说了。也说明你们这个团队还是很有主人翁意识的。好啊。"肖云飞赞许道。"怎么样，这边？估计什么时候能投小批量？"肖云飞又说。"先搞个5到10块吧，直接小批量不合适。"邓学佳说。"就是挪个耦合位置，至于那么谨慎吗？"肖云飞又说。"还是谨慎点好，这个地方还是没有想得太清楚。"廖默然说。

"怎么还没想清楚？说出来听听。"肖云飞说。"还是需要和曹瑞祥讨论讨论。"廖默然说。"正在讨论呢，你又让他去搞什么1900的全频段双工器。"邓学佳对肖云飞说。"打电话，打电话嘛。"肖云飞说。"打电话哪有在一起讨论的效果好啊。"廖默然说。"对了达荣生，两个都要怎么样？"廖默然突然问。"都要？"达荣生反问道。"对，都要。一个是双工器耦合回来的，一个是从功放输出耦合回来的。"廖默然说。"都给我？"杭岩说。"都给你？怎么给啊？"达荣生说。

"廖默然想得好啊，请问，如果没有多载波的DPD反馈，双工器输出耦合的信号给谁？"肖云飞说。"噢，明白了。双工器输出耦合回来的功率电平是真实输出功率，最准了。"邓学佳说。"都要嘛，宽带功放耦合信号给算法，对吧杭岩，双工器耦合的信号电平准，作为基准电平。这样可保证机顶输出功率是准的。"廖默然说。"都要，双工器是现成的，不要废了，充分利用起来。"邓学佳说。"这样，电路，现在的电路还是要改。"廖默然说。"跟曹瑞祥赶紧商量一下，定了。该改就赶紧改。"肖云飞说。

"好，再想想，回头找曹瑞祥。"廖默然说。"那生产是不是就不需要校准啦？"达荣生问。"生产该校的校。"肖云飞说。"是不是有点多余？"达荣生问。"不多余，生产的校准也存在不确定性，有了双工器，输出口的功率耦合作为检测口，它就代表了真实的输出模块功率。可以确保整机功率的准确性。"肖云飞说。"功率准确双保险。"廖默然说。

从多载波实验室出来，肖云飞又来到功放实验室。"什么时候可以投板？"肖云飞一进门就问。"刚讨论就要定投板时间啊？"朱文学问。"嗯，廖默然跟我说，定开关方案的时候，就考虑了去开关的方案，还做了样机。既然当初已经考虑到了，为什么不能快点投板啊？"肖云飞说。"有样机？要不要我们先测测，没什么问题直接小批量得了。"赵长城说。"当时投了5块板，加工了2块。"朱文学说。"为什么不把5块板都加工了？"赵长城问。"当时就够2块的料，不敢领，怕肖云飞不同意。"朱文学说。"不说了，这2块赶紧测，夏润泽。这3块赶紧再加工，也给测试测。"肖云飞说。

"这样就跟我们讨论的计划完全不一样了。"柴文娜说。"先测，测完了再说。"朱文学说。"那你先前为什么不早说？"柴文娜对朱文学说。

"这……"朱文学欲言又止。"这是什么？莫非这板有什么问题？"赵长城问朱文学。"问题发现了一些，但我认为都不大，先测先测，没啥大问题，测完了一起改，直接小批量。"朱文学说。"我们不清楚，只要你有信心就好。"赵长城说。"这样，当时测试发现的问题有记录吧？"肖云飞说。"有，找找，肯定有。"朱文学说。

"把当时发现的问题发给夏润泽。夏润泽测的时候也别被这几个问题局限了，最好能发现更多的问题。问题多不怕，多多益善，不要有顾虑。在家里多发现问题总比出去出问题强，大家的思想一定要转过来啊。"肖云飞说。"对，看你是不是能比朱文学发现更多问题。"赵长城对夏润泽说。

"要多想想办法，怎么样才能发现更多的问题。"肖云飞说。"放心，问题单我会抄送你的。"柴文娜对肖云飞说。"赵长城，这个时候，资源多投入一些，有些工作可以同步开展。"肖云飞说。"现在就2个模块，只能让夏润泽先搞。到后面3个模块都有了，可以全面铺开。"赵长城说。"对了，应该没有版本吧？"夏润泽说。"忘了，赶紧找王厚林出。夏润泽，你先用临时版本测着。"肖云飞说。

10. 舍小家顾大家

8月4号。凌晨三点，尹贤良家。尹贤良的太太杨颖颖正准备去上厕所。"妈，怎么回事，妈，怎么全是水啊？"杨颖颖大呼着走出卧室，敲着自己爹妈房间的门。"什么，颖颖。"睡得正香的母亲打开门。"怎么了，出什么事啦？"杨颖颖的母亲看着站在门口的女儿问。"没看到啊？全湿啦。"

杨颖颖冲着自己的母亲大叫着。这时，颖颖妈赶紧打开厅里的灯，仔细一看，"坏了，羊水破了。老头子，赶紧起床，打120急救车，送颖颖去北大医院。快啊，老头子。出大事了，快快快。"颖颖妈着急地叫着颖颖爸。

不久，家住蛇口的肖云飞在梦中被尹贤良老丈人的电话惊醒了。"喂，你是肖云飞吗？"尹贤良的老丈人在电话里说。"我是肖云飞，您是……"肖云飞说。"我是尹贤良的老丈人，他说有事找你的。现在真出事了，我女儿，也就是尹贤良的媳妇，羊水破了，我们一家三口正坐120急救车去北大医院。你们是不是该安排个女同志过来帮帮忙啊，赶紧的。"尹贤良的老丈人说完挂了电话。"是哪家医院？没听清楚就挂了。"肖云飞又回拨过去。"哎，老伯，刚没听清楚，是哪家医院？"肖云飞说。"北大医院，北大医院，听清楚啦？"尹贤良的老丈人说。"听清楚了，老伯，北大医院。"肖云飞说。"对，是北大医院，赶紧派个女同志来帮忙照料下。"尹贤良的老丈人说完挂了电话。

"出什么事啦？"一旁被吵醒的卢梦娇问。"尹贤良媳妇羊水破了，正坐120急救车去北大医院。"肖云飞边穿衣服边说。"谁打的电话？"卢梦娇说。"尹贤良的老丈人。"肖云飞说。"有她父母陪着，还要你去啊？"卢梦娇不高兴地说。"没办法，谁让我这时候把尹贤良派到也门了呢。在电话里就能听到他丈母娘骂骂咧咧的，说什么公司，没有人性什么的，不去不行啊。"肖云飞说。"还提要求，让安排个女的帮忙照料。"肖云飞又说。"那你去干啥，叫牡丹去。也是，你个大老爷们儿去也不合适啊。"卢梦娇说。"我是肯定要去的，一会儿路上给牡丹打电话，让她辛苦一下。"肖云飞说着往外走。"开车小心点。"卢梦娇关心地说。"知道。"说着，肖云飞走了。

"喂，牡丹吗？"肖云飞边开车边打电话。"谁啊，这时候找牡丹有什么事啊？""方俊凯吗？"肖云飞问。"啊，肖云飞。"方俊凯在电话里说。"啊，方俊凯你回来啦，赶紧让牡丹听电话，快，有急事。"肖云飞急切地说。"喂，肖云飞，什么事这么急，不能等到白天再打啊。"东方牡丹不爽地说。"真对不起，牡丹。尹贤良的媳妇杨颖颖羊水破了，尹贤良的丈母娘、老丈人正坐120急救车送杨颖颖去北大医院。老爷子明确跟我说，要去个女的帮忙，这不就……"肖云飞在电话里说。

"有没有搞错，我中午的飞机要去南京，完了又要去西安、武汉，哪有时间啊。"东方牡丹说。"公司退机票很容易的，打个电话就行了。"肖云飞说。"肖云飞，你有没有搞错啊你，都安排好了。"东方牡丹说。"没事儿，你先让方俊凯开车送你过来。至于出差招聘的事，我给你们领导打电话。真的牡丹，没办法，你得先帮我把尹贤良家的事摆平了，其他的都先放一放。我们得对得起尹贤良，别让他在也门不安心。就这样，北大医院，一会儿见。"说完，肖云飞挂了电话。

过了一会儿，肖云飞又给东方牡丹打电话。"坐车出门啦，牡丹？"肖云飞问。"出来了，肖总的命令，谁敢不服从啊。"东方牡丹在电话里说。"牡丹，关键是要安抚杨颖颖的父母，否则，怕他们情绪失控导致不可预测的后果就麻烦了。"肖云飞说。"明白，肖总。医院有医生，叫我肯定是为了这啦，挂了。"东方牡丹说完挂了电话。

一个多小时后，北大医院。"你们看看，阿良不在，出了这种事，还不知道医生怎么说。"尹贤良的老丈人对肖云飞、东方牡丹、方俊凯三人说。"我进去看看。"东方牡丹说着进去了。不久，东方牡丹和尹贤良的丈母娘都被医生请了出来。"伯母，尹贤良是因为公司有重要的事，只有他能解决，非他不可。"东方牡丹说。"非他不可，这老婆要生了也不顾？"颖颖妈气呼呼地说。"太没人性了，有个好歹，跟你们公司没完。"颖颖妈又说。

"伯母您说他能送我来，也是赶巧。他昨天刚从俄罗斯回公司，年后就去了俄罗斯，昨天刚回来，是长期外派俄罗斯的。"东方牡丹指着方俊凯对颖颖妈说。"你生孩子的时候他在哪儿？"颖颖妈问东方牡丹。"我生孩子的时候，也是在这家医院，当时他倒是专程赶回来的。"东方牡丹说。"是啊，可现在，我们家颖颖的阿良被你们派到什么也门，听说还有战乱，有个好歹可怎么办？嫁给燎原男人的女人真命苦。"颖颖妈说。

"工作需要嘛，再说谁知道会出这种事。"颖颖爸说。"你懂个屁。"颖颖妈冲着颖颖爸说，吓得老头子不敢再吭声了。"这个阿良也是，就不去能怎么样，还一个劲地劝我们。这个公司缺了他就不转啦。"颖颖妈说。"牡丹，怎么这么久？进去看看怎么回事。"肖云飞对牡丹说。

正说着，医生出来了，径直走到颖颖妈跟前说："产妇丈夫不在，您是产妇母亲，有些事要跟您商量。""别，跟她爸说。"颖颖妈一把拉过颖颖爸对医生说。"好，产妇的父亲在更好。老先生，您女儿的羊水破了，胎位也不正，需要立即剖腹以确保大人孩子都安全。"医生说。"现在都是生一个，剖腹产问题不大。如果自己生，风险比较大，大人有风险自不必多说。小孩子，有可能由于缺氧导致……"医生正说着，颖颖妈一把捂住医生的嘴，"别，别说了，老头子，就剖腹产。"颖颖妈对颖颖爸说。

"那好，老先生，请在这儿签字。"医生说。尹贤良的老丈人正签着字，突然从产房传来杨颖颖的哭叫声："我要阿良，我害怕，我要阿良，我害怕……"颖颖妈听后急忙冲了进去。"妈妈在这儿，妈妈在这儿。"颖颖妈说。"妈，我要阿良，我害怕呀，妈。"杨颖颖哭喊着说。被女儿感染着的颖颖妈，此时失去了控制，破口大骂起来："缺德没人性的公司，老婆要生孩子了，还要硬派去出差。这是什么公司，丧尽天良……"杨颖颖的母亲情绪失控地一直哭喊着大骂燎原公司。

见此情景，肖云飞赶紧叫来医生和东方牡丹。"医生，情况是这样的，阿姨说的是事实，杨颖颖的丈夫确实是昨天紧急出差去也门处理重大事情。"肖云飞说。"这种时候，非他不可吗？"医生反问道。"这个项目是杨颖颖的丈夫一手负责的，在也门出了大事。这时候，只有他有能力处理，别人都不熟悉，真替代不了。"肖云飞向医生解释道。"大夫，您看这种情况，我们燎原的人去劝肯定不行了。拜托医生去劝劝，情况您都清楚了。"东方牡丹冷静地对医生说。

"燎原公司是深圳的骄傲，我是非常佩服你们燎原公司的，你们二位是……"医生问。"我叫肖云飞，是杨颖颖丈夫尹贤良的领导。"肖云飞说。"我是燎原人事部的，我叫东方牡丹。"牡丹说。"看，这是我们的工卡。"肖云飞、东方牡丹同时亮出了自己的工卡。"不说了，我去劝劝，你们看能不能联系上杨颖颖的丈夫。"说着，医生进了产房。

"不要给尹贤良打电话，还是发短信吧，只要他开机，就会收到信息，赶紧发短信。"东方牡丹对肖云飞说。"这会儿肯定在飞机上。"肖云飞说。"你不管，发短信就是了。"东方牡丹说。"马上手术，进手术室。"医生进门对护士们说。"妈，我害怕，我要阿良陪我。"杨颖颖紧张地说。"阿良被缺德、没人性的燎原派到也门啦，能不能回得来还难说呢。"颖颖妈说。"这么说不是给孩子压力吗。"颖颖爸在一旁说。"你闭嘴，燎原公司，缺德，没人性。"颖颖妈恶狠狠地说。

这时，医生说话了。"你们听好了，必须马上手术，否则胎儿保不住。杨颖颖你必须控制好你的情绪，否则手术没法做。做父母的，这个时候要帮助女儿稳定情绪，而不是像你们这样激化矛盾。听见没，别再哭了，好好配合护士送女儿去手术室。"医生坚定地说。宣泄过后的颖颖妈，被医生提醒后也清醒了许多，劝说着女儿去了手术室。

11. 迎接新生命

也门萨那机场，也门时间8月4日早上8点，北京时间8月4日下午1点。尹贤良走出机场坐上办事处的车直奔市区的旅店。"一路上还好吧？"印宏伟问。"嗯，还算顺利。"尹贤良边开手机边回道。"啊，我做爸爸了。"看着手机，尹贤良兴奋地喊了起来。"不是说月底才生吗？"印宏伟说。"是啊，我也不知道，肖云飞发短信说的，我得问一下。"说着，尹贤良就要打电话。

"别，很贵的，到办事处打IP电话吧。你先发短信再确认一下。"印宏伟说。"肖云飞说，要我给媳妇儿打个电话安慰一下。现在还不知道家里闹成啥样呢。"尹贤良说。"先发个短信看肖云飞咋说，摸清门道再给媳妇打呀。毕竟你不在，你媳妇生孩子，你丈母娘、老丈人咋想啊，再想想。在燎原，真是没办法啊。"印宏伟说。

"走时劝了半天，说是能赶上生的，谁知道怎么就提前了呢？"尹贤良自语道。"你小子走前没干什么坏事吧？"印宏伟说。尹贤良没吭声。"肖云飞说是剖腹产，母女平安，在北大医院，牡丹陪着呢。"尹贤良念着肖云飞的短信。"是个女儿，老了不用愁了。"印宏伟说。"为什么生女儿就老了不用愁啊？"尹贤良问。"不是都这么说吗，女儿是父母的贴心小棉袄。几斤啊？"印宏伟问。"没说几斤。"尹贤良说。"旅店到了，这样，先登记放下行李，我带你去办事处打电话。"

印宏伟说着下车帮尹贤良拿行李，办登记手续，把行李放到房间。"去办事处。"上了车，印宏伟说。"哎，刚才那个老板嘴里嚼的什么？像块糖。"尹贤良问。"卡特。"印宏伟说。"卡特？那是什么东西？"尹贤良问。"也门人喜欢嚼卡特，实际上是一种类似鸦片的毒品。卡特就是卡特树的叶子。"印宏伟说。"毒品？毒品还明目张胆地嚼啊？"尹贤良问。"唉，也门人就是这种习惯，像邻国沙特是禁止卡特入境的。"印宏伟说。

说话间两人来到办事处。尹贤良来到电话机旁，想了想问："现在深圳几点？""两点左右吧，下午两点左右。"印宏伟说。"先给牡丹打。"说着，尹贤良拿起固话拨打起来。"通了。"尹贤良兴奋地说。"喂，牡丹吗，我尹贤良啊。"尹贤良兴奋地说。"收到肖云飞的短信了是吧，你老婆正在休息。"东方牡丹说。"你在她旁边是吧？"尹贤良问。"我出来了，怕吵醒她。"东方牡丹说。"不怕，让她听电话。"尹贤良说。"那好，我给她。"说着，牡丹进到房间。

"醒醒，醒醒，尹贤良的电话。"东方牡丹摇了摇杨颖颖说。"阿良来的，阿良，你在哪儿啊，我要你回来。"说着，杨颖颖又哭了起来。"颖颖，快别哭啊，坐月子可不能哭，会伤身体的。"尹贤良的这句话一说，杨颖颖顿时收住了，接着说："什么时候到的也门啊？""早上8点，也门时间早上8点，你那儿是下午1点吧，时差5个小时。8点我出机场，到了大概是7点多吧。"尹贤良说。"知道是个丫头不？7斤4两的胖丫头，牡丹姐说一会儿发E-mail给你，让你看照片。"杨颖颖说。"爸妈呢？"尹贤良问。"昨晚太折腾了，牡丹姐让他们回去休息了，晚上再过来，牡丹姐再回去休息。"杨颖颖说。"你让牡丹听电话。"尹贤良说。

"喂。"牡丹接过电话。"牡丹，帮我找个护工吧，这样太麻烦你了，他们二老年纪也大了。"尹贤良说。"钱你先帮我垫着，回头还你。"尹贤良说。"放心，肖云飞已经帮你找好啦，护工一会儿就到，我等二老来，再交代一下护工，我也就回去了。"东方牡丹说。"谢谢牡丹，赶紧把我女儿的照片发给我啊。"尹贤良急切地说。"等我回去就发，还有事吗？"东方牡丹问颖颖。"让他打我手机。"杨颖颖说。"想说话就打颖颖的手机吧，挂了。"东方牡丹说完就挂了。

　　"还好吗，丈母娘没怎么……"一旁的印宏伟说。"丈母娘不在，是我们人事的东方牡丹，还有我媳妇。"尹贤良说。"这一关还没过啊。"印宏伟说。"晚些再打吧，先工作，把情况介绍一下，时间也就差不多两周，家里的事算过去了。"尹贤良说。"还是研发兄弟觉悟高啊。好，我来介绍情况。"印宏伟说。"还是去机房吧。"印宏伟想了想又说。"那最好。"尹贤良说。

　　两人迅速离开办事处上车去了机房。"买两个馕当早餐。"开出不远看见路边有卖馕的，印宏伟下来买了两个馕。"阿拉伯人，一个馕一杯茶就是一顿饭。"上车印宏伟说。"有钱一点儿的再加一串肉串。"印宏伟又说。"听说老板在也门吃了一只羊腿？"尹贤良说。"是啊，我陪着去吃的。对了，完事了，带你也去吃正宗也门烤全羊。"印宏伟说。转眼两人来到机房。"BAM在哪儿？先查数据吧。"尹贤良一到机房就急不可耐地问。"来，在这儿。"说着，两人在BAM上查看起数据。

　　8月5日早上，深圳，测试实验室。"昨晚，尹贤良把数据和自己的分析都发过来了，王厚林，我们该怎么搞？很急啊，这把搞不定真麻烦大了。"肖云飞焦虑地说。"前期确实没怎么关心，我看了数据和分析，当务之急是镜像环境和大话务量测试。"王厚林说。"镜像环境有啊。"麦哲渊说。"有？那为啥测不出打爆情况？"王厚林说。看麦哲渊无话可说，王厚林又说："显然不是真正的镜像环境。"

　　"怎么才能真正镜像？"赵长城反问。"这就需要一起讨论啊。"王厚林说。"就是，你都测不出也门现场的情况，算什么镜像环境？自欺欺人嘛。"肖云飞说。"哎，麦哲渊，简单。你先想办法呼死，这总可以了吧。"肖云飞又说。"先想办法呼死，只要你能呼死，我想就有办法，王厚林，对吧？"肖云飞继续说。"只要能呼死，就有办法解决。"王厚林对麦哲渊说。"以前你们不是想了很多招测大话务量的吗？去核心网、固网还取过经，该用的都用上啊。"肖云飞对赵长城说。

"要费点劲，还得借些东西。"赵长城说。"费点劲就费点劲呗，该借的赶紧去借。对了，为啥我们自己不能有呢，还要去借？"肖云飞说。"我们现在用的是笨办法，想着王厚林他们能开发个软件就能进行大话务量测试。"赵长城说。"公司有块平台在搞，我们哪有这个时间搞。"王厚林说。"说到底还是测试不充分，整天这个没问题，那个也没问题。不测自然没有问题，自娱自乐多爽啊。"肖云飞说。

"你来干吗？"看着进来的柴文娜，肖云飞说。"来学习学习。"柴文娜说。"看看这个质量管的，好好反省反省，还好意思要奖。"肖云飞说。"麦哲渊，赶紧搞吧。"赵长城说。"嗯，我去借设备。"麦哲渊说着急忙离开了。"我们老是这样下去，会把自己玩死的。"肖云飞说。"大家应该还是没有抓住关键点。"柴文娜说。"临门一脚是那么容易练的？不下功夫，像中国足球似的，光钱多有什么用？"肖云飞说。"图省事儿肯定是不行的。"说完，肖云飞走了。"好了，我再仔细研究下尹贤良的数据和分析。赵长城，下午，让麦哲渊组织，和尹贤良开个电话会，交流一下。"王厚林说完也走了。

下午四点，深圳和也门的电话会议。"看邮件你们在搭大话务量的环境，什么时候能搭好？"尹贤良在电话里问。"争取今天晚上吧。"麦哲渊说。"我的数据和分析都看了吧？"尹贤良说。"看了。"王厚林说。"有什么有价值的吗？"尹贤良问。"有价值，有价值，都有价值。"王厚林忙说。"光说有价值，具体的呢？"尹贤良问，王厚林这边没回声。"虚伪，就说价值不大不就行啦。不来不行，来了，感觉很难有大作为啊。"尹贤良说。"别，这时候一线必须要有自己的人，这样沟通理解都容易，操作个啥也能及时获取想要的数据。"王厚林说。"其实你说的，印宏伟都能做。"尹贤良说。

"怎么搞，怎么搞？"尹贤良急切地问。"尹贤良，你在一线，问我们怎么搞，应该是我们问你啊。"王厚林说。"怎么搞，先搭环境，看能不能重现也门的问题。"麦哲渊不紧不慢地说。"王厚林，要搞不定怎么办？我啥时候能回去？"尹贤良心虚地问。"昨天刚到，才一天就想回来，你也太那什么了吧？"王厚林说。"别太受家里人的影响，打电话时还是要注意回避一些敏感性的问题。"王厚林又说。"什么是敏感性的问题？"尹贤良反问道。"好了好了，不说这些了，麦哲渊赶紧搭环境，争取今天搞定。"王厚林说。

"什么争取，必须。搞不定今天晚上都不许回家。"尹贤良在电话那头说。"好，今天，大话务量环境，一定搞定，搞不定不回家，行了吧。"麦哲渊重复着尹贤良的话。"这还差不多。行了，你们赶紧忙，我去机房蹲着。"尹贤良说。"这小子在那儿难受，压我们快点搞。"王厚林说。"可以理解，今天能搞定，放心。"麦哲渊说。"你跟尹贤良关系好，就当帮哥们儿的忙吧。"王厚林说。"应该的，应该的。"麦哲渊说着开始搭环境了。

晚上，食堂。"尹贤良那丫头挺像尹贤良的。"肖云飞边吃边说。"估计尹贤良的电脑屏保都设成女儿的照片了。"王厚林说。"麦哲渊呢？"肖云飞问。"在为尹贤良搭环境呢。"肖云飞说。"说是今天不搭好尹贤良不让他们回家。"赵长城说。"下午尹贤良在电话会议上说的？"肖云飞问王厚林。"发飙了。"王厚林点头示意着。

"一会儿吃完饭去看看搭得怎么样？"肖云飞说。"给他带饭了吗？"肖云飞又问赵长城。"秘书柜里有方便面。"赵长城回道。"老吃方便面咋行。"肖云飞说。"没有，麦哲渊说今天胃口不好，可能受了点儿凉，吃方便面胃比较舒服。"赵长城说。"尹贤良女儿的照片用什么拍的，像素有点儿低。"马庆生说。"牡丹用手机拍的。"肖云飞说。"难怪，手机还是赶不上数码相机。"马庆生说。"也还可以，别放大了看。"王厚林说。

晚上八点，测试实验室。"搭起来了是吧？"肖云飞一进门看着新搭的环境问。"先试着跑一下。"麦哲渊边操作边说。"搞瘫它。"肖云飞说。"好，搞瘫尹贤良。"王厚林调侃道。"只要能搞瘫，应该就大功告成了。"肖云飞兴奋地说。"看吧。"王厚林说。

正说着，王厚林的手机响了。"喂，哪位？"王厚林问。"你们那边应该是八九点钟吧，搭得怎么样，在不在搭，没回家吧，王厚林？"尹贤良在电话里问。"没有，哪儿敢呢，正在搭正在搭。"王厚林说。"搭不起来不许回家，熬通宵。我会一直骚扰你们的。"尹贤良说。"尹贤良啊？"肖云飞问。"是。"王厚林正说着，肖云飞一把抢过手机。"尹贤良，盯得够紧的。"肖云飞说。"不盯紧了，我能回得去吗？我可是在也门，一个鸟不拉屎的地方。"尹贤良抱怨道。

"放心，这边肯定全力以赴，你回不来，我有什么好？环境已经搭起来了，正试着跑一下呢。麦哲渊为了给你搭环境，晚饭都顾不上吃。"肖云飞说。"错，什么叫给我搭环境？你这个做领导的说话真是没水平啊，都是在给你干活，难道不是吗？"尹贤良在电话那头说。"好好好，是给我搭环境，行了吧。你在那边也别光指望这边啊，现场也得想想如何规避啊？"肖云飞说。

"现场，如何规避？怎么规避？"尹贤良说。"你要想啊，如何规避。"肖云飞说。"我想？怎么想？你有经验你帮我想。"尹贤良在电话里说。"不不，不能这样啊，尹贤良你在现场，你得想规避的措施啊。代码是你写的吧，好好检视一下代码，没准能发现什么BUG呢。"肖云飞说。"不能咋样啊。"尹贤良回道。"尹贤良，你东西做得烂，反倒有理啦，说都不能说啦，别讨价还价，都这个时候了，还带着情绪，想清楚。"肖云飞说。"好，我东西做得烂，我活该倒霉来也门，行了吧，挂了吧。"说完，尹贤良挂了电话。

"哎，得赶紧的，真不是开玩笑。"肖云飞急切地对王厚林和麦哲渊说。"没人开玩笑，都当真着呢，尹贤良也就发泄发泄，家里一摊子事有点儿闹心，一会儿我跟他说说。"王厚林宽慰肖云飞道。"真不开玩笑，这次要真搞不定又瘫了，反正我是没法交差了，要是真影响了这单生意，估计我在燎原也就到头了。"肖云飞说。

"别说得这么严重。"王厚林说。"不是说得严重，是真就这么严重，我有数的。"肖云飞说。"我心里有数，要是真找不到问题点，尹贤良在一线就是至关重要的。"肖云飞又说。"这刚开始呢，麦哲渊一旦呼瘫了，就能找到根因，找到了根因，问题就迎刃而解了。"王厚林客观地说。"好，这是理想情况，要是找不到根因呢？"肖云飞又追问。"不可能，只要呼瘫机了，一定能找到根因。"王厚林自信地说。"先信你喽。"肖云飞说。

12. 阿尔及利亚项目麻烦了

6号一早，测试实验室。"呼瘫了吗？"肖云飞问麦哲渊。"嗯，王厚林在分析根因。"麦哲渊说。"晚上能出版本不？"肖云飞又问。"根因找到，出测试的版本，晚上应该可以。"麦哲渊说。"那明天就能出结果喽？"肖云飞说。"今天6号，明天7号，按理就可以出结果了。"麦哲渊说。

转眼肖云飞来到王厚林的工位。"分析得怎么样？"肖云飞故作镇静地问。"在分析，在分析。"王厚林看着屏幕说。"数据发给尹贤良，让他也分析分析。"肖云飞说。"发啦。"王厚林说。"什么时候能出版本？"

肖云飞问。王厚林没吭声。"今天能出个测试版本不？"肖云飞又问。"争取。"王厚林边分析数据边应付着。

看着王厚林聚精会神地工作着，肖云飞自觉无趣，离开了。"怎么样？根因找到啦？"见肖云飞回到工位，马庆生问。"正在分析，能呼瘫就是一大胜利。"肖云飞坐下后说。"还是前期工作不踏实，测试用例的问题。唉，幸亏8月1号没给他们发奖。"马庆生说。"说到这个奖，我本来是想鼓励鼓励他们的，毕竟是新业务，柴文娜又那么起劲。但后来一想，连老板都担心大话务量冲击，这种事儿，光打两个电话真的是还不够。"肖云飞说。"还是要结果导向啊。"马庆生说。"所以礼拜天不搞的那些理由，都是借口，真心是不想奖。"肖云飞说。"其实大家心里都有数。"马庆生说。

"对了，曹瑞祥的双工器怎么样啦？"肖云飞问。"先别说双工器了，那个支架断裂的事，市场一撤单，一大堆呆死料。估计金鼎要破产了。"马庆生说。"有这么严重？"肖云飞问。"一线撤单都知道了，金鼎被隔离的料，返工质量合格了也没人要。金鼎多聪明，这个结果由他造成的，罚款这事，燎原能饶了它？"马庆生说。"真的假的，有这么严重？破产？"肖云飞说。"你问查曼丽吧。"马庆生说。"我问她干吗？又不关我的事。"肖云飞说。

这时，曹瑞祥打电话过来了。"收到短信啦？"肖云飞接通曹瑞祥的电话说。"刚看到，什么事？"曹瑞祥问。"我能有什么事，你的宽带双工器怎么样啦？"肖云飞问。"已经去开模了，明天就回深圳。"曹瑞祥在电话里说。"搞定了是吧？"肖云飞问。"不存在搞定搞不定的事，主要是愿不愿意做。"曹瑞祥说。"愿意啦？"肖云飞又问。"有什么不愿意的，现在改的又不难调。"曹瑞祥说。"再说归一了，备货简单了，好处多多，自然没话说了。"曹瑞祥说。"还是我们曹总牛啊，好，快回吧。"肖云飞说完开心地挂了电话。

这时柴文娜走了过来。"有什么指示？"看着柴文娜，肖云飞调侃道。"别逗，哪敢，阿尔及利亚现场麻烦了。"柴文娜说。"什么意思？不是还没去人吗？"肖云飞说。"去啦，到了有几天了。"柴文娜。"去了？厂家巨峰派人去啦？"肖云飞问。"人家说派不出人是因为没得赚，有得赚就有人啦。"柴文娜说。"对了，刚去工作开展得还挺好，两个人在一起也渐渐熟了。"柴文娜继续说。

"等等，你说两个人是巨峰和燎原各去了一个人？"肖云飞问。"是，我们制造去了一个人，巨峰去了一个人，头两天工作开展得还好，两人熟了以后，就聊到了补助的事。这下麻烦就出来了。"柴文娜说。"制造的什么人啊，这种事能随便说嘛。"肖云飞说。"按理，我们制造的人，是一工人，公司的补助也是很低的。只是当时师建宏据理力争……"柴文娜正要往下说，肖云飞插话道："跟研发一样，那肯定是产品线出喽。""没错，张总同意了。"柴文娜说。"这……两个人一比，干同样的活，差别却那么大，肯定闹啊。"肖云飞说。"是啊，直接罢工不干了。"柴文娜说。

"真是惹事儿，现在怎么说？"肖云飞说。"反正我把事情告诉查曼丽了，我们也插不上手。"柴文娜说。"你知道这事儿不？"肖云飞回过头问马庆生。"应该是刚发生的吧，没听她说。"马庆生说。"问问啥情况？"肖云飞示意马庆生。"晚上回去问。"马庆生说。"现在就打电话问问。"肖云飞对马庆生说。"发个邮件问吧，抄你。"马庆生说。"供应链的事俺们也掺和不了。"柴文娜边说边不露声色地离开了。

"最后只能多给钱，怎么着对我们来说都划算啊。"肖云飞自言自语道。"没有，查曼丽回了，巨峰自己搞定，谈的价格已经很优惠了，燎原不会再额外给的。"马庆生边看邮件边说。"哟，去开关的事……"肖云飞突然想起了什么，拔腿就往功放实验室走。

"3块板子都加工好啦？"一进门肖云飞就急着问。"拜托，刚3天，怎么也要下周一啊。"朱文学说。"最快不是可以3天吗？"肖云飞说。"那是在万事俱备的情况下。"朱文学说。"有什么不具备吗？"肖云飞又问。"有什么不具备，这种临时性的排产很难的，只能见缝插针。更何况，料全得研发搞定。就3块单板，生产很不情愿的。"朱文学说。

"周一就周一。那2个模块夏润泽测得怎么样？"肖云飞又问。"还好吧，没见他找我呀。"朱文学说。"没找你，你是没关心。按理你该跟着一起测。"肖云飞说。"这时候要各司其职好不好。我在检视，梳理上次测试发现的问题，考虑改板的事。"朱文学说。"嗯，你忙，我去夏润泽那儿看看。"说着，肖云飞走了。"哼，就知道催。"朱文学望着肖云飞的背影说。

中午，食堂。"猜猜明晚决赛国足能不能赢日本？"肖云飞吃着午饭问大家。"日本，难。"袁一帆说。"中国队主场，工体8万人。"肖云飞说。"8万人，不知道是动力还是压力？"王厚林说。"中国队就是心理抗压能力差，要是8万人成不了动力，就麻烦了。"赵长城说。"肯定赢肯定赢，主场都赢不了？"肖云飞说。"愿望是好的，怎么还关心足球啊，尤其是中国足球。哎，马庆生，查曼丽说啥啦？"柴文娜问。

"查曼丽说厂家自己搞定。"马庆生说。"这样啊。"柴文娜说。"有合同的，价格又没有亏待巨峰，拿了钱，该出血还是要出啊。"马庆生说。"好像巨峰那个人的补助是按国内标准的。"柴文娜说。"关键是燎原的补助太高。"马庆生说。"哎呀，这种巨峰自己内部能摆平的，不操这个心。"肖云飞说。"王厚林，没问题吧？"肖云飞又说。"啥，啥没问题，噢，争取晚上出个测试版本。根因应该是找到了，下午自己测测，晚上给麦哲渊测。"王厚林说。

8月7日，立秋。"看来没那么简单啊。"得知王厚林的版本没能解决问题，肖云飞感叹道。"说明，即使呼死了，也未必一下就能找到根因。"马庆生在一旁说。"是啊，也就是说尹贤良及时去也门是非常正确的决定，绝不是应付金总。"肖云飞说。"有人在一线肯定是最好的，很难有什么心想事成的事儿。"马庆生说。"肖云飞，恐怕是要考虑规避措施了，两手准备吧。"马庆生提醒着肖云飞。

"反正尹贤良一时半会儿是回不来了，现场规避全靠他了。"肖云飞说。"就没省事儿的事儿。"肖云飞突然大叫着。"这样看来，尹贤良至少9月中旬才能回来，哟，没准儿要9月下旬。"马庆生说。"是啊，8月底高考，两周吧，也就中旬了，估计要三周才能查分，可不就下旬啦。"肖云飞说。"正好回来过中秋节。"马庆生说。"中秋节几号？"肖云飞问。"28号。"马庆生说。"这真是太好了，回来过中秋节。否则，尹贤良又要冲我要脾气了，家里难摆平啊。"肖云飞说。

"满月酒，到时我们给尹贤良女儿搞得热闹点。"马庆生又说。"但愿能搞定事情啊，那就皆大欢喜了。"肖云飞说。"必须的，没有搞不定的事，不到最后一刻就是搞不定。"马庆生说。"也没退路。"肖云飞说。"不过还是要努力一下，根本解决才是最好的。"肖云飞又说。"一个人继续根因分析，从根本上解决问题。一个人把故障现象分析到，找出有效的规避方法。规避方案的核心点应该是对业务影响小，用户有感觉但没有明显感觉，用户完全感觉不到估计很难。"肖云飞继续说。

"就是有时很难拨，很快又好了。"马庆生说。"这就需要做大量的工作啊，像他们现场爆了硬复位，时间较长，用户各方都明显感受到了，这种硬复位的方式肯定不行。"肖云飞又说。"硬的不行来软的。"马庆生说。"软复位，就需要摸索啊，哪个最敏感。还要做到有效控制，打到多少电话软复位一次，都有讲究，这就要摸索了，前期的数据很重要。"肖云飞说。"数多少次，没必要吧。打爆的时间肯定知道嘛，定时软复位。"马庆生说。"定时软复位。简单了，摸索这个时间就行了。"肖云飞说。

"我们做硬件的把他们的工作变成简单的定时复位，就跟和尚撞钟差不多了。"马庆生说。"当他们的面可别这么说，这种招数，他们软件的不屑。"肖云飞说。"我也不屑，有办法吗？"马庆生说。"所以这方面得硬件的来主导，这两天你好好想想。问他们要数据，找邓学佳也帮着看看。主要是可复位的点，而且是对话务量有影响的点。好好分析下吧，差不多了开个会。先不打搅他们。"肖云飞说。"我看看吧。"马庆生说。"规避的方案也没那么容易。"肖云飞说。

中午，食堂。"柴文娜，阿尔及利亚复工了吗？"肖云飞边吃边问。"不知道，要有消息也应该是下午。"柴文娜说。"唉，这事儿要问马庆生啊。"肖云飞说。"你们家的协调得咋样啦？"柴文娜问马庆生。"她说厂家说自己能协调。"马庆生说。"能不能协调得下来，下午应该就能知道了，复工了就说明协调有效。"柴文娜说。

"没见王厚林来吃饭啊。"肖云飞说。"焦头烂额了。"赵长城说。"麦哲渊跟他一起呢。"夏润泽说。"没说要带点吃的？"肖云飞问。"他们常常会搞完一段出去吃。"夏润泽说。"其实是盒饭吃得不爽。"赵长城说。"我们食堂的小店要是引进7-ELEVEn就好了。24小时都有得吃。"夏润泽说。"在公司，做不到24小时吧？"赵长城说。"为什么？"夏润泽反问道。"到晚上十点也行。"肖云飞说。"好像说是有这个计划。"柴文娜说。"而且还会引进咖啡店。"柴文娜又说。"星巴克吗？"赵长城问。"是不是星巴克就不知道了。"柴文娜说。

"今天曹瑞祥回。"邓学佳说。"那不好嘛，多载波改板，去开关。他回来正好。"肖云飞说。"哎，我发现牛玉江也没来吃饭。"马庆生说。"都在一起，估计王厚林得放血了。"赵长城说。"压力大了。"夏润泽说。"当然压力大啦，说测试没测出来，现在我测出来啦。球又踢到软件开发的脚下。"赵长城说。"你们别这样踢来踢去，都有问题。"肖云飞说。"是啊，开发、测试互踢皮球非常不好。要想办法扼制你们这种质量不负责任的行为。"柴文娜说。

"娜姐，别借题发挥好不好。"赵长城说。"没借题发挥，仅仅是陈述事实。"柴文娜说。"陈述事实？我问你，什么叫对质量不负责任。你这句话要是让大领导听到了，不定会怎么想呢。娜姐，对上面说话是要慎重的。"马庆生说。"这不闲聊嘛。"柴文娜不高兴地说。"工作做不到位，东西烂，还不让人说。"柴文娜自言自语道。"有本事你来做。"赵长城大声说。"都省省吧，散了。"说着，肖云飞端起盘子走了。"今晚，中国队必胜。"肖云飞边走边说。"还很执着。"柴文娜笑着说。"现在这么执着的人不多了。"廖默然端起盘子边走边说。

13. 从根本上解决

下午上班没多久，马庆生的固话响了。"喂，哪位？"马庆生说。"你的邮件什么意思？"尹贤良在电话那头说。"尹贤良，你们那儿几点？"马庆生说。"九点半。"尹贤良说。"没吃早饭呢吧？"马庆生又问。"嗯，哎，你发那个邮件是什么意思啊？"尹贤良在电话里问。"没什么意思，看到问题虽然能重现，但根因还是没弄清楚。"马庆生说。"谁说没弄清楚？"尹贤良问。"谁说？还用得着谁说吗？"马庆生说。"在搞，我、王厚林，还有牛玉江，都在分析。这刚一下，你们就这样，着实有点不太好吧？"尹贤良说。

"我们怎么啦，没怎么呀。仅仅是从我们的角度提醒一下你们这些搞软件的，开拓一下思路。"马庆生说。"不用，差不多了，马上会出版本让麦哲渊验证的。"尹贤良自信地说。"好啊，你们能彻底解决，肯定最好啦。这样也能尽快回来。"马庆生说。"放心，月底肯定回来。"尹贤良说。"九月底？"马庆生问。"有没有搞错，九月底？八月二十几号肯定能回。"尹贤良在电话里又说。"我可提醒你，也门的高考是在八月底。"马庆生说。"什么意思？告诉你，如果公务员考试查分没问题，局方就认可，也就是二十几号的事儿。别想得太多了，问题在实验室重现了还搞不定，那也太无能了。放心，周一应该就搞定了。"尹贤良说。

"好啊，今儿是周六，周日、周一，还有两天，但愿你们能搞定，你也能月底回来，皆大欢喜。"马庆生说。"等好吧，挂了。"尹贤良说着正要挂电话，马庆生忙说："别，别急着挂呀。还是要多想后路，好好看看我的邮件，闲暇之余也可以想想。""你那些太没技术含量了。还是您自个儿欣赏吧。"说完，尹贤良挂了。

"哼，死要面子，但愿……"马庆生自语道。"尹贤良的电话？"肖云飞问。"嗯，周一就是9号嘛，看他们这两天的，能搞定最好啦。"马庆生说。"你是说明天他们还要加班？"肖云飞问。"这时候必须加啊，不加尹贤良也不干呢。"马庆生说。"尹贤良好像很自信啊。"马庆生又说。"与其说是自信，不如说是企盼。周一看他们的进展，你我帮他们想后路，没必要一条道走到黑。"肖云飞说。

"万一，我说是万一周一还没搞定，接下来具体该怎么办？"马庆生说。"我也在想是力出一孔还是两路分兵。"肖云飞说。"对啊，要下功夫摸索，没有现成的方案。要找出有效规避的最佳方案，并非易事。估计还得集中精力，否则有可能……"马庆生说。"拿不准。"肖云飞说。"不过，要是周一情况不妙，只能赌现场规避了。"肖云飞想了想又说。"我也这样想，其实搞规避方案最有经验的肯定是王厚林，按道理应该是尹贤良解决问题，王厚林搞规避。但现在是王厚林在解决问题，干脆全让尹贤良搞吧，毕竟代码主要是尹贤良写的。"马庆生说。"再看吧。"肖云飞说。

周一一早，肖云飞来到自己的工位坐下，打开电脑看着邮件，马庆生也看着邮件。两人谁也不说话，只是默默地浏览着每一封邮件，一片红逐渐变成了一片黑。肖云飞缓缓地起身走了。

转眼，肖云飞来到功放实验室。"朱文学，3块板子加工好了吗？"肖云飞一进门就问。"明早。"朱文学说。"明早也行，不会后天吧？"肖云飞说。"已经差不多了，有些要手工补焊。"朱文学说。"嗯，盯得紧今晚应该可以拿到手。"肖云飞说完转身离开了。"见缝插针，已经够帮忙的了。"朱文学望着肖云飞的背影说。"知道。"肖云飞头也不回地说。

"知道你在这。"肖云飞又来到多载波实验室，并对曹瑞祥说。"柳超智总算回到拉萨了。"曹瑞祥说。"谢天谢地阿里摆平了。说实话，我都不太敢问。"肖云飞如释重负地说。"你这个领导当的，难怪柳超智有意见。"曹瑞祥说。"知道你一直跟他保持联系。所以……关键是不知道说啥。其实我一想到柳超智在阿里的路上出车祸受伤，一想到他受伤后给我打的那个电话，我的心就……"肖云飞说。"好啦，柳超智这次算是吃足了苦了，性情也大变。"曹瑞祥说。"经历真正苦难的人，也许对人生有了更多的感悟。"肖云飞说。

"哎，王厚林他们怎么样了？"廖默然问肖云飞。"他们这两天都在加班，昨晚熬了通宵。"达荣生说。"不清楚。"肖云飞说。"你不清楚？"廖默然说。"没见到人，邮件也没有。"肖云飞说。"问下赵长城，他们会加班的。"邓学佳。"不问啦，下午再说。"肖云飞说。"哎，你们怎么说，什么时候能投？"肖云飞问。"还得多做些测试才能定。"邓学佳说。"稳妥点儿也好。"肖云飞说。"大概什么时间，总有预期吧？"肖云飞又问。"希望下周。"廖默然说。"是周一啊，还是周末？"肖云飞问。"看情况。"廖默然说。"等于没说。"肖云飞有点儿心不在焉地说。

"怎么不多聊会儿？"曹瑞祥看着肖云飞转身要走说。"不打扰你们。"肖云飞说着走了。"估计王厚林他们没搞定，有点麻烦了。"邓学佳说。"国足输了，心情也受影响。"杭岩说。"国足输了不会影响这么大的。"廖默然说。"国足输给日本，正常。"曹瑞祥说。肖云飞缓缓地走回自己的工位。这时，柴文娜正在那儿等着他。

肖云飞看了眼柴文娜坐了下来。"啥事？"肖云飞问柴文娜。"也门没搞定。"柴文娜说。"意料之中。"肖云飞淡淡地说。"下午看王厚林、尹贤良怎么说吧。"马庆生说。"你们要开电话会，对吧？"柴文娜说。"下午开，尹贤良那儿是上午，能参加。"马庆生说。

中午，食堂。"在自己的主场，裁判都向着我们。也不要向着我们，公正就行。哎，慢镜头清清楚楚是手球，裁判典型的黑哨。没有这个手球，中国队肯定拿冠军啊。"肖云飞边吃午饭边愤愤不平地说。"客观地说，中国队这次踢得不错。"赵长城说。"世界杯预选赛要开打了。看中国队现在这势头，2006年德国世界杯可是有希望了。"邓学佳说。

"嗯，应该有希望。"曹瑞祥说。"毕竟日本队还是比中国队强。"曹瑞祥又说。"有希望，有希望。"邓学佳说。"日本队里有好几个在欧洲踢过球。"朱文学说。"我们也有啊，邵佳一。"杭岩说。"邵佳一在哪儿踢过球？"柴文娜问。"德国。"杭岩说。"哟，在德国，德国足球很厉害啊。"柴文娜说。"德国的国家队很厉害，但德甲在五大联赛里仅比法甲强点。"夏润泽说。"啊，这样啊。"柴文娜说。

下午两点半，作战室电话会议。"王厚林、麦哲渊，辛苦了。"肖云飞一开场就说。"这么着急开这个会是什么意思，准备今天再出个版本试试。"王厚林不爽地说。"对啊，你现在开这个会，是想放弃，掉头去搞规避方案吗？"尹贤良在电门那头说。"说什么呢尹贤良，什么规避不规避的，别打歪主意啊。"王厚林说。"不是我要打歪主意，王厚林。"尹贤良在电话里说。"你给我再好好看看你的代码，别胡思乱想，争取再努力一把，放心，搞得定的。"王厚林依然自信满满地说。

"我相信你们能搞得定，关键是今天都9号了。"肖云飞说。"再给3天时间，如果12号还搞不定，那就听你的。"王厚林说。"别听我的呀，还是你们搞。"肖云飞说。"就按你的思路搞嘛。"王厚林对肖云飞说。"3天，12号。"肖云飞想了想又说，"规避也没那么简单吧？20号必须要上线的。""不懂你在说什么。"王厚林说。"现场的规避是要靠摸索的，不得花时间啊？我觉得如果要搞规避方案，必须从现在就开始，而且要集中精力，全力以赴。"肖云飞说。

"瞎搞。"王厚林立刻反对说。"你先别说瞎搞不瞎搞，要面对现实，如果现在开始做规避方案，你说要多久能做出来？"肖云飞问王厚林。"别瞎搞好不好，我不知道。"王厚林说。"对你这话，我的解读是规避方案也不好搞。"肖云飞对王厚林说。肖云飞的话把王厚林给说愣了，王厚林半天才缓过劲儿来："你的意思是……""别我的意思，你们要面对现实。"肖云飞说。

"现实？"王厚林说。"对，现实。现实的情况就是今天开这个会一定要确定最有把握的方向，否则真有可能来不及了。"肖云飞说。"说来说去就是想搞规避方案，那问题根因就不找了，就这么稀里糊涂地蒙混过关？"王厚林略显松动地说。

"没说不找根因，找，一定要找。谁说规避方案就是蒙混过关？现在是要解决实际问题。"肖云飞停了停又说。"根因是一定要找的，可以等尹贤良回来后，环境也有嘛，想呼死就能呼死。对吧，尹贤良，回来慢慢搞。"肖云飞说。"话都说到这份上了，行啦，领导说了算。"王厚林退一步说。

"想通啦？"肖云飞问王厚林。"哼，哪一回不都依你？你这种死缠烂打的。"王厚林说。"想通了就行，你玩这套规避的手段最在行了，行，你们接着讨论如何实现有效的规避方案，我还有事得先走了。王厚林，注意目标导向，20号。"肖云飞说完离开了作战室。

"我们真的就不搞啦？"尹贤良在电话那头问。王厚林想了想，说："还是先搞规避吧，也不好搞，尽量要快，否则用户还是会投诉的。""留下个根，回来解闷吧。"马庆生对电话那边的尹贤良说。"省省吧你。"尹贤良说。"现在你就很重要啦，尹贤良。"王厚林说。"为什么？"尹贤良问。"想想就知道了。"王厚林说。

"先得搞个测试版本，麦哲渊，用这个测试版本来摸索出最敏感的点。"马庆生说。"怎么摸索，王厚林，不会让我手动一点点试吧？"麦哲渊把目光从马庆生转到了王厚林。"哎哎哎，王厚林，你们不会搞个人机协同的，难道要把我拴在电脑旁，连上厕所都不行？"尹贤良说。"你怎么那么聪明！"王厚林说。"上帝啊，不会吧。"尹贤良在电话那头大喊着。"我也不想啊，要不怎么说规避也不是那么好搞的呢。"王厚林说。

"不是还有印宏伟吗，两个人轮班守着。"马庆生说。"瞧你们说的，真要这样吗？"尹贤良说。"争取不这样，但万一呢。所以在现场守着是必须的，这可不是在说笑。要不怎么说你在现场重要呢。"王厚林说。"你和印宏伟轮班吧，没有别的办法，这样可以确保万无一失。当然，靠软件自动和你的手动都能搞。你去现场可不是为了应付什么金总，而是至关重要、确保成功的关键一步。"王厚林说。"直接被绑定了，命苦啊。"尹贤良说。

"出版本先摸索，今天就这样。"王厚林说。"哎，尹贤良，你把当时的数据再全面收集一下，尽量要全，任何细节都别放过。看看有什么可以利用的。"马庆生提醒道。"嗯，好，我看看。"尹贤良说。"结合当地实际，想想怎么搞更有效。"王厚林说。"当地就是有事没事就祈祷，一大早还没睡醒呢，大喇叭就开始叫唤了，想睡都睡不着。"尹贤良说。"你再多想想吧，就这样。"王厚林最后说。马庆生回到工位，肖云飞问："会开完啦？""开完了，先出测试版本摸索一下。"马庆生说。"尹贤良那边要多了解细节，最好能找到有价值的信息。规避手段虽然丰富，但都没把握，只能靠尽可能多的规避手段。"肖云飞说。

14. 丢人丢大了

第二天，8月10号一早。"10号啦。"肖云飞说。"是啊，我去看看。"说着，马庆生来到麦哲渊的实验室。"有成效，继续摸索。"看着马庆生进来，王厚林说。"是不是得再改改软件，尽量减少人工干预。"麦哲渊说。"这时候就别提这种要求了，这不挺有效果的吗。现在主要是怕有疏漏，需要有人盯着，一个一个地试。"王厚林说。"一个人搞多了会麻木，我们仨轮着来。"麦哲渊说。"行，今天我来试。"马庆生说。"这就类似好记性不如烂笔头的道理。方法虽然笨点儿，但是管用，主要是时间太紧。"马庆生说。

不一会儿，肖云飞来了。"怎么是你在搞？"肖云飞问马庆生。"我有点不放心，别漏了什么细节，自己做踏实。"马庆生说。"他们就觉得这种工作没水平，不愿做。"肖云飞说。"没事，我来，心里更踏实。"马庆生说。"把他们摸索的也验证一下。"说完，肖云飞说走了。

肖云飞转眼来到王厚林处。"马庆生对你们不放心。"肖云飞说。"没错，以前都是我俩合作的，他摸索出的数据，我看着心里比较踏实，做这件事关键是得有耐心。"王厚林说。"说实话，别说麦哲渊，我也觉着枯燥无味，没耐心。"王厚林说。"规避措施就是玩经验、玩对细节的把握，我们几个不都是玩这个过来的吗？"肖云飞说。"马庆生摸索完，版本验证一下，15号左右应该差不多。"王厚林说。

"既然是规避，就不能想得太乐观。我提醒你，家里的环境毕竟和现场有区别，不是百分之百的镜像。这一点很重要，真不能再出事了。"肖云飞说。"我在想，下午再看看尹贤良那边收集的前期故障数据。"王厚林说。"前期的故障数据？不是都分析过了吗？"肖云飞问。"现在着眼点不同，需要再挖掘挖掘。"王厚林说。"嗯，这下我就放心了。"肖云飞说。"放心？那还派个马庆生来监督我，谁不知道啊。"王厚林说。"马庆生在这方面也是很有经验的，是来帮你的，怎么能说成是监督呢？"肖云飞说。"欢迎欢迎，我小人，我说错了，行了吧？"王厚林说。"本来就是嘛。"肖云飞说完转身离开了。

肖云飞刚回到座位，固话响了。"喂，哪位？"肖云飞问。"方俊凯。"方俊凯在电话里说。"哎，方俊凯，你……"肖云飞问。"我在深圳，在公司。"方俊凯说。"别打电话啦，过来聊吧。"肖云飞说。"好，马上过来。"方俊凯说完挂了电话。肖云飞刚放下电话就看见东方牡丹过来了。

"刚和方俊凯通完电话，他马上过来。"肖云飞说。"啊，他马上过来啊，我不知道啊。"东方牡丹说。"我刚回来，给你汇报下工作。"东方牡丹又说。"别，尹贤良家里的事多亏有你。"肖云飞说。"对了，你回来得正好。尹贤良估计要9月底才能回，争取回来过中秋节。"肖云飞对东方牡丹说。"8月底吧？"东方牡丹问。"没错，是9月底，进展不顺，只能争取回来过中秋节了。"肖云飞说。

"中秋节是几号？"东方牡丹问。"9月28号。"肖云飞说。"两个月啊，他们家……"东方牡丹说。"是啊，你回来最好，不再出差了吧？"肖云飞问。"短期应该不会。"东方牡丹说。"你这周不出差的话，再去尹贤良家看看，安慰安慰。"肖云飞说。"一起去吧，一个人我怕……"东方牡丹略显忧虑地说。"你和柴文娜一起去吧，也门的事已经让我焦头烂额了。"肖云飞说。"关键是去了怎么说啊，我和尹贤良联系一下，看他是不是已经搞定媳妇和丈母娘了。"东方牡丹说着走了。"拜托啊，牡丹。"肖云飞说。东方牡丹头也不回地走了。

不久，方俊凯来了。"走，去多载波实验室看看。"肖云飞带着方俊凯来到多载波实验室。"哎，肖云飞，也门的问题你们搞定了吗？"方俊凯突然问。"也门问题？你怎么知道的？"肖云飞惊奇地看着方俊凯。"金总在俄罗斯说的，还说门都没让进就被客户赶出来了，说你肖云飞太不给他长脸了。金总在俄罗斯那几天，想起来就说这事。"方俊凯说。"真是好事不出门，坏事传千里。"一旁的邓学佳说。"估计金总离开也门就去了你们俄研所。"肖云飞说。"上周去的。"方俊凯说。"你不是在国内吗，怎么知道的？"肖云飞又问。"同事在电话里说的。"方俊凯说。"估计是当笑话说的。"曹瑞祥说。

"完了完了完了，这下丢人丢大了，海外肯定全传开了。"肖云飞说。"哎，你们给方俊凯介绍介绍吧，我是没心情陪着了。"说完，肖云飞掉头走了。"受刺激了。"大家看着离开的肖云飞说。"还没搞定啊？"方俊凯问。"你看他那样，搞定了会这样吗？"邓学佳说。"怪我多嘴了。"方俊说。"尹贤良老婆生孩子，都硬着头皮去了。"廖默然说。"这我知道。"方俊凯说。"这……哦，牡丹。"廖默然说。"不是，那天肖云飞半夜给牡丹打电话，说尹贤良媳妇去了北大医院，让牡丹也赶紧过去，我开车送牡丹去的。"方俊凯说。

"你回来干吗？"曹瑞祥问方俊凯。"给公司汇报工作。"方俊凯说。"汇报多载波？"杭岩问。"都有，主要是统一平台的算法。"方俊凯说。"公司领导还是更关心统一平台的算法。"杭岩说。"也关心多载波算法，主要是成本压力大，拼不过麦克斯韦。"方俊凯说。"你们的算法怎么样了？"邓学佳问。"在搞在搞，先说说你们的吧。"方俊凯说。

"我们准备正式投一板。"曹瑞祥说。"班德芯片用起来还可以吧？"方俊凯问。"怎么说呢，既然我们都在准备产品的正式投板了，应该说用是可以的，只不过……"杭岩说。"只不过什么？"方俊凯问。"就是，怎么说呢，要是自己的算法，可能配合度更好些。有的时候真的，没办法，只能等。"杭岩说。"明白你们的意思了。"方俊凯说。

"现在看，多载波不仅仅靠算法，功放、功控都很重要。"杭岩说。"都很重要？"方俊凯问。"没错，功放本身和功率的控制。总之，功放、功控、算法三者必须要有良好的协调，不同的功放可能会产生差别。"廖默然说。"看来你们已经很有体会了。"方俊凯说。"为什么说很希望用自己的算法，道理很简单，可以及时根据不同情况进行修改，但是用班德的芯片，有时只能干着急。要和他们沟通，等他们理解了还不一定肯做，肯做了时间又不确定。如果是用自己的算法，我们可以随时更改随时试，一旦试出了新问题，就再改再试。这样效率高啊。"达荣生说。

"这位是……？"方俊凯问。"达荣生，新来的，搞软件的。"杭岩说。"看来你们理解得已经很深了，哎呀，现在压力在我这了。"方俊凯说。"算法不能说是根本，但却是独立的一块。要想把DPD做得有实用价值，功放、功控间的协调，温度的变化，如何保证DPD的正常运作这些，如果是自己的算法，一起搞，进步会很快的，跟班德，哎，还是先把正式板投下去再说吧。总之，企盼早日用上自己的算法啊。"邓学佳拍了拍方俊凯说。

"我就是来了解情况的，没想到你们已经这么深入了，我得赶紧回去搞了，争取元旦前吧。"方俊凯说。"等忙完投板，就可以考虑自己算法的测试验证平台了。"曹瑞祥对方俊凯说。"再等等吧，到时候我们一起讨论一下验证平台如何搞。"方俊凯说。"那好，等你。还是希望尽快。说句实话，多载波不太适合用这种通用型的芯片，综合考虑太多，性能必然很难达到最佳。"邓学佳说。"你这话说得太对了，是这么个理儿。"方俊凯说。"哎呀，说来说去就是给我压力。好，我要把压力变成动力。"方俊凯握紧拳头说。"好，等你。"曹瑞祥说。

下午，作战室，电话会议。"尹贤良，你先说说。"王厚林说。"还没分析完，先说说已有的事项吧。"尹贤良说，"这次的关注重点是用户数量和时间，目前这两项数据还不是很全，我想看看能不能找出些规律的东西来。""从宏观上看了啊，很好。前面太注重微观，只关注代码，现在这个思路应该是对的。我理解一下，尹贤良，你是想做张表，把用户数量、时间、复位都列在一张表上，对吧？"肖云飞说。

"还是你水平高，说实话，我仅仅是朦朦胧胧地想把数据整理出来，你这么一说，我就明白了。做个表，往上填，都列在一张表上，一目了然。"尹贤良说。"这就叫教练式辅导。"马庆生说。"那好，会就别开啦，赶紧去搞吧，希望你明天就能把这张表做出来。"王厚林说。"数据要全。"肖云飞提醒说。

转眼，肖云飞来到功放实验室。"把曹瑞祥叫过来。"肖云飞对朱文学说。不一会儿，曹瑞祥过来了。"曹瑞祥，目前最要紧的是开关的事。"肖云飞说。曹瑞祥说："你是到哪儿都说是最要紧的。""你什么意思？准3G大批发欧洲不要紧吗？把人家江嘉陵紧张得跟啥似的。想想大批开关出问题，燎原还能在欧洲混下去吗？"肖云飞不爽地说。"我知道开关重要，肯定重要啊。5块板都全了，夏润泽那边测出啥问题啦？"曹瑞祥问朱文学。"还好。"朱文学说。"还好是怎么个意思？"曹瑞祥说。"看问题单吧。"朱文学说。

"有几个严重问题？"曹瑞祥问。"目前没看到严重问题。"朱文学回道。"嗯？"曹瑞祥怀疑地问。"目前是没有严重问题，他们每单都抄送我的。"肖云飞说。"那什么时候正式投一板？"曹瑞祥问。"今天是10号，如果没啥大问题就20号吧。"朱文学说。"20号可以，准备投多少？"肖云飞问。"50套？"朱文学试探地说。"我是希望投300套，看你们，可以投300套，但只加工50套PCB，剩下的先不动。看看这50套的情况，如果要改还可以改，省得300套PCB全浪费了。"肖云飞建议道。

"这样好，只是具体操作时，朱文学，一定要把控好，千万别让厂家一下都做了。"曹瑞祥说。"知道。"朱文学说。"这可不是一句'知道'那么简单，要到厂家去说清楚。"曹瑞祥说。"你是说我们研发的亲自去PCB厂？"朱文学问。"当然，采购下单时虽然会备注说明，但有的时候厂家未必真能落实到位。我问你，要是厂家说没注意看怎么办？"曹瑞祥说。"对于既成事实你是没办法的，更何况下单就是300套。真要这样，公司也不能说是厂家的错。"肖云飞说。"为什么？"朱文学又问。"公司其实不主张研发这么做的，但知道你没把握又要赶进度，也就睁一只眼，闭一只眼了。"肖云飞说。

"这样啊，那我得找采购，看看单下到哪家，我亲自去盯。"朱文学说。"有可能会下到两个厂家。"肖云飞说。"可以让采购把300套PCB先只下一家。朱文学，你去找采购落实，这样你也好跟进。"曹瑞祥说。"可以，我去找采购。"朱文学。"PCB的采购知道吗？"肖云飞问。"知道。"朱文学说。

15.六载波改回四载波

　　肖云飞离开功放实验室，刚回到工位，桌上的固话响了。"喂，哪位？"肖云飞拿起电话说。"方俊凯。"方俊凯说。"啊，怎么？"肖云飞说。"你们都快投正式板了，明显感觉到来自你们的压力。"方俊凯在电话里说。"你当时说的是年底，就年底吧，只是别再往后推了就行。"肖云飞说。"一定争取。"方俊凯说。"可不是争取哟，是必须。"肖云飞说。"好，必须。我明天回俄罗斯，给你打个招呼。"方俊凯说。"等你，年底。"肖云飞说完挂了电话。

　　"嗯，什么意思？"肖云飞看着邮件嘀咕着又拿起了电话。"师建宏，我是肖云飞，刚看了你的邮件，没太明白。"肖云飞说。"是这样，我们的人不是去了阿尔及利亚更改收发信机嘛，当地还有不少其他坏板，问我们的人能不能修，我们的人看了以后把单板清单发了回来，还把故障信息也发了回来。这边一看，故障信息很明确，主要是器件故障。换句话说，只要换了器件，单板就能好。"师建宏在电话里说。

　　"那怎么办，准备去哪儿修啊？"肖云飞问。"有人在那边，那边负责维修的建议把相应的器件寄过去，换上就可以搞定。"师建宏说。"好啊，那就寄过去换。"肖云飞说。"都是你的单板。"师建宏说。"能修就修呗，这很好啊，省得再申请备件了。"肖云飞说。"这你就说对了，制造的领导也这么说。"师建宏说。"好啊，赶紧把器件寄过去修啊。"肖云飞说。"肖总，你知道这都需要费用。"师建宏说。"邮费能有多少，没几个钱的。"肖云飞说。"邮费是没几个钱，但元器件没有出处不好领啊，肖总。"师建宏在电话里说。

　　"你们正常的单板维修是怎么领的元器件？"肖云飞问。"正常生产的单板维修，一个萝卜一个坑，用多少，领多少。用不完的都有记录，下次再用。总之，是有数量控制的。"师建宏在电话里说。"对啊，一样的。"肖云飞说。"不一样。"师建宏说。"怎么不一样？"肖云飞问。"首先，生产维修的单板都是线上的或库里市场返回的故障品，系统都能查得到的。"师建宏说。

"阿尔及利亚的系统没有吗？"肖云飞问。"有发货记录的，就不是燎原的东西了。"师建宏说。"换句话说，生产维修的是燎原自己的故障品，阿尔及利亚系统里的是客户的，我们是帮客户修单板。"师建宏又说。"不对，单板坏了应该买备件，客户应该花钱买备件啊。"肖云飞说。"合同签的是3年保修。"师建宏说。"你不会是要我帮你领元器件寄过去吧？"肖云飞说。"还请肖总多帮忙啊，这也是帮肖总提升客户满意度啊。下面还有单，一线市场已经承诺客户了。"师建宏说。

"我觉得还是别让研发领，我知道你们生产是有备损的，每个月都有费用的。"肖云飞说。"备损都被您知道了，肖总太厉害了。不过制造的领导都抠得很，我找您就是领导的意思，这点对研发来说不过是九牛一毛啊。"师建宏在电话里说。"算了吧，对你们更是一毛九牛。"肖云飞说。"对啊，就像你说的，是一毛九牛啊。"师建宏趁机说。"哎呀，说不过你，制造的领导怎么这么抠？"肖云飞说。"帮帮忙啦，肖总。"师建宏说。

"让他们寄过来呗，别在现场修啦。"肖云飞说。"现场要用啊，不然站开不起来。"师建宏说。"寄单板过去啊。"肖云飞又说。"客户可不买单，你寄过去的单板是有3年保修期的！"师建宏说。"燎原的研发怎么什么都要管？"肖云飞说。"拜托啦，肖总。附件里有清单编码和数量，地址也写得很清楚。去公司研发委托发货，1周准到。"师建宏在电话里说。"收货人呢，有没有？"肖云飞问。"有，都有。寄前给他发个邮件确认一下。"师建宏说。"那好吧。"肖云飞无奈地说。

"谢谢啦。"师建宏说完挂了电话。"哎……"肖云飞赶紧又拨了过去。"师建宏,不对,是不是移频停了,只能修单板啦?"肖云飞在电话里问。"没有,罢工结束了,移频正常进行。"师建宏说。"啊,罢工结束了?怎么摆平的?"肖云飞问。"不知道,厂家自己摆平的。"师建宏说。"我还以为你的人没事干,跑去修单板呢。好,就这样,我帮你领。"说完,肖云飞挂了电话。肖云飞放下电话看着师建宏发来的邮件。"看看,都是些什么元器件。"肖云飞边看边自语道。"转给马庆生,都是他的单板。"肖云飞边说边把邮件转给马庆生。

这时,肖云飞的手机响了。"喂,哪位?"肖云飞问。"肖云飞,印尼梅清波。""啊,梅清波,你好你好。怎么有空给我打电话?"肖云飞说。"当然是有事啦。"梅清波在电话里说。"怎么啦?"肖云飞问。"六载波改回四载波,建得差不多了。"梅清波说。"好啊,这不挺好嘛。"肖云飞说。"好是好,不过局方当初决定用六载波还是有一定依据的。"梅清波说。"怎么?又要改回六载波?"肖云飞紧张地问。"有问题吗?"梅清波反问。"问题倒是没有,只是变来变去的。"肖云飞说。

"是这样,有的扇区话务量有点大,所以有人建议用六载波,也有人建议把扇区劈裂。"梅清波说。"我们的建议是什么?"肖云飞问。"我们建议他们加站。"梅清波在电话里说。"对啊,应该加站啊。"肖云飞说。"一提加站,局方就很反感,我们也没办法。"梅清波说。"肯定是你们当初承诺过,人家才这样的。"肖云飞说。"不能这么说。"梅清波在电话里说。"不行就加载波呗。"肖云飞说。

"局方倾向于把扇区劈裂,但是他们找了几个天线厂家都没有满意的。"梅清波说。"所以你就来找我了。"肖云飞说。"说实话,我们是不想的,只是为了大局。既然局方正式提出了,我们也得搞啊,没办法。"梅清波说。"哎呀,你们不是信誓旦旦地说珍惜生命,远离天线吗?现在又来搞，找国外厂家做啊。"肖云飞说。"目前局方也仅仅是想开个实验局，并没有大批量商用的打算。"梅清波说。"难怪来找我，人家都不愿意做。"肖云飞说。"我给你发了邮件，先给个计划吧，我好给局方一个交代。"梅清波说。"这就算搞上啦？"肖云飞说。"你还要怎样？"梅清波反问。肖云飞没吭声。"就这样吧，先出个计划，尽快发过来，挂了。"梅清波说完挂了电话。

放下电话，肖云飞来到曹瑞祥处。"又来活了。"肖云飞说。"什么活？"曹瑞祥问。"印尼要劈裂天线，我把梅清波的邮件转给你了。"肖云飞说。"我看看。"曹瑞祥说着开始查看邮件。"3个月就要开实验局，有点太急了。"肖云飞自语道。"3个月，可以啊。"曹瑞祥说。"可以什么，又没有现成的。"肖云飞说。"怎么没有，有。"曹瑞祥一脸轻松地说。

"我记得当初沙特是四劈裂，这次是要求水平劈裂。"肖云飞说。"你是忘了，沙特是先做的水平劈裂，所以，有现成的。"曹瑞祥说。"那好，你直接给梅清波回邮件吧。"肖云飞说完正要离开了，曹瑞祥又说："开实验局，我们可没人去啊。""3个月后的事，再说吧。"肖云飞头也不回地走了。"3个月后也没人能去啊。"曹瑞祥自语道。

8月11号一早。"一看座位上没人，就知道你在这儿。"测试实验室里，肖云飞对马庆生说。"定时复位的效果不错啊，用户感觉应该不是很明显。麦哲渊，再多测测。20号前正式发布给尹贤良升级。"王厚林说。"马庆生，你感觉怎么样？"肖云飞问。"还行，应该问题不大。"马庆生说。"这么说，大功告成啦。"肖云飞看着王厚林说。"可以这么说。"王厚林略显得意地说。"尹贤良那边的表也无所谓了？"肖云飞又问。"下午再看看吧。"王厚林说。

"下午和尹贤良开会，没什么特别的就先归个版本吧，用你归的版本测。"麦哲渊对王厚林说。"要这么正规吗？"王厚林说。"要。"麦哲渊说。"还是正规点儿好，免得出了问题又找客观理由。"马庆生说。"那我去准备版本了。"说着，王厚林走开了。"像这种情况，应该是有归档流程的吧，麦哲渊？"肖云飞问。"归档转测试嘛，不是正式对外发布。"麦哲渊说。"那就应该归起来。"肖云飞说。"这种情况，按理说，一旦测试通过就可以正式发布了。"麦哲渊说。"不过还是要过专门的软件质量的关。"麦哲渊又说。"难怪。"肖云飞说完也走了。

回到座位，肖云飞拿起了固话。"牡丹，招人的事怎么样啦？""在招，这不刚回来没几天嘛，应该能招几个时分的人。"东方牡丹在电话里说。"没说光招时分的人啊，这天线一有事，就曹瑞祥一人，这样不行啊。"肖云飞说。"天线？你们没提啊。天线不是有个独立团队吗，让他们帮忙派个人不就行啦。"东方牡丹说。"他们侧重天线本身的设计和生产，这实验局是系统工程，他们不行的。即使他们去人，产品线也要派人，否则保证不了实验局的效果。"肖云飞说。

"怎么办，我找曹瑞祥问问情况？"东方牡丹说。"你去找曹瑞祥，让他推荐一下双工器和天线方面的人。"肖云飞说。"那好吧。"东方牡丹说完挂了电话。转眼，东方牡丹来到曹瑞祥处。"又跟领导说什么了，现在让我招什么天线、双工器的人。"东方牡丹说。"是啊，柳超智人在西藏，我一大堆事忙不过来。这不，刚又说什么印尼要劈裂天线，还要派人去现场开实验局。哪来的人嘛。"曹瑞祥说。

"虽然肖云飞解释了，我还是有点不明白，想了解了解，为什么非要产品线的人去，他们天线团队为什么就不能独立承担？"东方牡丹说。"他们只是把我们提的需求实现了。我们要个什么方向性图，他们就给个方向性图，至于我们为什么要，他们是不明白的，因为他们对系统不了解。"曹瑞祥说。"他们不明白，你们让他们明白不就行啦？"东方牡丹说。

"这么说吧，其实天线这个团队就是给产品线配套的，他们和国外的天线供应商扮演一样的角色。我不知道这样说你是不是有点概念了？"曹瑞祥说。"嗯，有点概念了。"东方牡丹若有所思地说。"有点概念了吧。再有，其实他们这个团队的设计主要还是在我们的指导下完成的，他们仅仅是实现我们的需求。"曹瑞祥说。"那你对要招的人岂不是要求很高？"东方牡丹说。"那倒不会，只是侧重的领域不同。应届硕士，学电磁场的，就可以。一张白纸也能画出最新最美的图画，我们可以培养的。当然，最好是招有经验的。"曹瑞祥说。"好，可以。给我发邮件推荐一下社招的人吧。"说完，东方牡丹走了。"好嘛，绕了一圈，球又踢到我这儿了。"曹瑞祥说。

16. 水平臭，复位凑

下午两点半，作战室，电话会议。"尹贤良，你的表做得怎么样了？"王厚林轻松地说。"刚发给你们，现在打开，有什么疑问我来解释。"尹贤良在电话那头说。"发过来就行，不急。先说一下版本的事。"王厚林说。"好，你先说。"尹贤良说。"经过这几天马庆生和麦哲渊的测试，都觉得应该采用策略性的定时软复位。可以有效规避目前也门查询电话打爆的问题。准备今天就归一版给麦哲渊他们测试，如果没啥问题，20号前正式发布给一线升级。"王厚林说。"可以，有版本的说明材料吧？我要跟办事处的人沟通一下。"尹贤良说。"说明材料有，一会儿发给你。"王厚林说。"还看不看我的表啦？不想看就赶紧把材料发过来，我找印宏伟沟通。"尹贤良说。"好，马上发。就这样，下了。"王厚林说。

也门萨那办事处，尹贤良正在和印宏伟沟通版本的事。"到小会议室来，这里有投影仪，我多叫几个同事一起看看。"印宏伟边说着边叫人到小会议室开会。人到齐了。"来，你跟大家讲讲。"印宏伟对尹贤良说。

"好，我介绍一下，20号要升级的版本情况……"尹贤良正说着，技服贺文东打断了尹贤良的话："日报里没说根因已经找到了，怎么都要出正式版本啦？""是啊，还等着看总部的根因分析报告呢。"技服黄晨光说。"根因没找到，规避方案也行嘛，只要能解决问题，对吧，尹贤良？"印宏伟说。

"谢谢理解。现在肯定是以解决实际问题为主要任务。"尹贤良说。"耗不起啊。我同意采用规避方案。"印宏伟说。"我们的研发就这水平，连根因都定位不出？"黄晨光说。"显然是你经历的太少，在燎原，这种事太多了。水平臭，复位凑。"印宏伟说。"你是不是做开发的时候也经常这样？"贺文东问印宏伟。"是的，整天蹲机房，偷偷复位。蹲着蹲着就把自己蹲成了技服。"印宏伟调侃地说。"就跟炒房把自己炒成了房东一样。"贺文东大笑着说。

"那，我继续？"尹贤良征求大家的意见。"继续。"印宏伟说。"好。"尹贤良接着往下讲。正讲着，贺文东又打断了尹贤良，说："利用软复位来规避，对用户的影响是怎样的？""这个，家里测了，应该是影响比较小的。"尹贤良答道。"这个影响大小，不同的人的感受是不一样的。我们并不太清楚也门人的忍耐度是高还是低。"贺文东又说。"你先让尹贤良说完嘛，尹贤良，继续。"印宏伟说。

尹贤良正要说，黄晨光又开口了："就是个软复位，其实没啥好讲的。你这个软复位只能是定时的嘛，对吧。这么做没能很好地结合也门当地的特点。""没听明白，能解释得更清楚一些吗？"尹贤良问黄晨光。"这边的特点太明显了，也门人一天要进行五次祈祷，为什么不充分利用呢？"黄晨光说。"嗯，有道理。"尹贤良边听边记录着。"看看，你们研发考虑一下。"印宏伟说。

"每天还是要有一次硬复位的，光靠软复位我怕出问题。"贺文东又说。"硬复位安排在深夜，凌晨两三点，通常都这么做。"印宏伟说。"你那会儿就是这样的？"贺文东问印宏伟。"是的，凌晨两三点硬复位一次，把整个单板清零。"印宏伟说。"还有，就是在数量上能不能进行主动控制？"黄晨光说。"反正是规避，就要做得保险点，猛药全用上。"黄晨光又说。"说白了，家里虽说有镜像环境，但毕竟与现场有差异。仅仅用软复位来规避，从道理上就很难做到万无一失。毕竟有点盲目。"黄晨光接着说。

"盲目？不能这么说吧。"尹贤良回道。"哎呀，别自己骗自己啦，不可能万无一失的。"印宏伟说。"主动从数量上进行控制，再加上让电话用户排队，数数进去查，一波一波地放。"黄晨光说。"那我问你，数量怎么定？"尹贤良问。"你那张表上就有。"黄晨光说。"黄晨光说得对，数量控制，打爆机用户数量打9折。"贺文东说。"9折不保险，5折最保险。5折，再加上祈祷时的软复位，凌晨两三点的硬复位，双保险。"黄晨光说。"三保险。"印宏伟说。

"对了，还有人工值守随时可干预。多重保险，渡过难关。"黄晨光说。"能做吧？"印宏伟问尹贤良。"不存在能不能做的问题，仅仅是想不想做的问题。"黄晨光又说。"伊索夫扛不住了，要是高考查分再出问题，总统肯定百分之百会让他下课。"印宏伟说。"总统还管这事？"尹贤良问。"哎，你别说，总统就是管了。"贺文东说。"总统为什么要管这事？"尹贤良不解地问。

"当初是伊索夫坚持用燎原的，不用美国的，坚持用中国的。总统就说如果高考成绩查询系统不出事，就认可中国的东西。毕竟中国的通信设备给人的印象有些差。虽然也门跟中国很友好，这里的路基本上都是中国帮着修的。"印宏伟说。"你们这么一说，让我们研发压力好大呀。"尹贤良说。

"我觉得稳妥最重要，只要不瘫就是赢。数量减半控制，听起来就踏实多了。和踢足球的道理一样，最好的防守就是进攻。"印宏伟说。

"嗯，应该比较全面了。好，我做个方案，明天让家里出版本试一把。现在感到信心满满了，争取月底回家。"尹贤良说。"9月底，一定让你回去过中秋节。"印宏伟说。"啊，我说的可是8月底。"尹贤良说。"8月底刚高考完，分数还没开始查，想什么呢？"贺文东对尹贤良说。"能回去过中秋节也心满意足了。"见情况不妙，尹贤良赶紧改口。"这就对啦，忙完这阵子，带你去看看国王住的石头房。"印宏伟说。"石头房？"尹贤良问。"一整块石头硬抠成了一幢楼，很罕见的。"黄晨光说。"好啊，见识见识从石头里抠出来的楼房长啥样。"尹贤良说。

第二天下午两点半，作战室电话会议。"版本已经归档给测试测了，你那边跟印宏伟他们沟通得怎么样？"王厚林对电话那头的尹贤良说。"先别问我沟通得怎么样，你们觉得怎么样？"尹贤良在电话那头说。"你说你沟通的情况就行了，问我们觉得怎么样？什么意思？"王厚林问。"对啊，尹贤良，你怎么好像话中有话呀。"肖云飞说。

"我跟你们说，如果再出事，伊索夫总裁就铁定下课了，直接被总统撸掉。"尹贤良说。"这样吗？背景我知道一些，是这个伊索夫总裁坚持用我们的设备。"肖云飞说。"好，肖云飞，你知道就好。换句话说，这次必须百分之百不能出问题了。"尹贤良说。"你的意思是这个版本会出问题？"王厚林说。"现在不要我说，要你们自己说。"尹贤良说。"麦哲渊，这个版本有什么问题？"王厚林说。看麦哲渊没回话，王厚林又说："不能无中生有吧，为了保险，就胡乱怀疑一切。你们担心我理解，但版本该发还得发。除非……"王厚林想了想又说："除非谁能提出更完美的替代方案。"

"这么说，你也觉得自己的方案不够完美喽？"尹贤良说。"没这个意思，这是目前大家达成一致的最佳方案。"王厚林说。"尹贤良，你也别绕弯子了，办事处怎么说？"肖云飞问。"办事处啊，他们认为这个版本就是公司的老套路，定时软复位，家里测可以，但他们认为家里的镜像毕竟与真实环境有差别，不可能完全一样。"尹贤良说。"还是要具体些，否则就变成不可知论了。"肖云飞说。"有没有一些具体的建议？"马庆生说。

"有啊，他们提了一些建议，而且我也觉得很好。"尹贤良说。"说嘛。"肖云飞说。"哟，还有具体的建议，说来听听。"王厚林说。"其实很简单。"尹贤良说。"说呀。"肖云飞大声说。"他们认为定时软复位的时间可以结合当地人祈祷的时间来搞，这样也门人不会感觉太敏感。这一条应该没问题吧？"尹贤良问。"嗯，往下说。"王厚林说。"有道理，接着说。"肖云飞说。"下面的比较猛了。"尹贤良说。"什么猛不猛的，快说。"马庆生不耐烦地说。

"数量减半控制，用户排队，一波一波地放进去查，每天凌晨两三点钟硬复位，这样双保险，再加上人工干预，三保险。"尹贤良说。"这样，就把你的全否定了。"麦哲渊对王厚林说。"你别这么说，先看看人家提的合理性怎么样。"肖云飞说。"王厚林，想想？"肖云飞又说。"数量减半是什么意思？"王厚林问。"数量减半啊，我不是做了表嘛，上面有打爆时的用户数。对这个用户数进行减半控制，为了保险嘛。"尹贤良解释道。"他们提的？"肖云飞问。"是啊。他们说反正是规避，那就按最保险的方式去搞。印宏伟说得更白。"尹贤良说。

"印宏伟怎么说？"肖云飞问。"只要不瘫就是赢。"尹贤良说。"只要不瘫就是赢，这方案肯定不会瘫啊。"肖云飞说。"这方案肯定不行。"王厚林说。"为什么？"肖云飞问。"一半的用户都不让接进去，不被投诉才见鬼呢。"王厚林说。"你就没理解人家印宏伟的话，不瘫就是赢。"肖云飞说。"那投诉呢?"王厚林说。"投诉还是可以想其他办法减少的。"尹贤良说。"什么办法?"王厚林说。"办法有的是,你想啊,他打不进去电话可能会投诉,那我就让他进来等,放点音乐让他听着。"尹贤良说。"等的时间长了也会投诉的。"王厚林又说。

"十全十美的方案是没有的,谁让咱们做得烂呢。"尹贤良说。"是你做得烂,别把我扯进去。"王厚林说。"好,我做得烂。"尹贤良说。"长出息了啊,尹贤良。"肖云飞说。"现在看,来现场确实有必要。"尹贤良又说。"嗯,总算说了句人话。"马庆生说。"你才不说人话呢。"尹贤良说。"怎么样啊,王厚林?"肖云飞说。"不瘫就是赢嘛,可以啊。"王厚林瞬间如释重负地说。

"这就对啦,一线这么重视,又自己提出规避方案,又可行,为什么不执行呢?傻呀!"肖云飞说。"哎呀,只是这三保险把我拖住啦,只能回去过中秋节了。"尹贤良在电话那头无奈地说。"到这份儿上了,搞定最重要,前功尽弃就惨了。"肖云飞说。"建议数量门限可设,默认减半,外加6成、7成、8成、9成4个档。"麦哲渊说。"嗯,好建议。"王厚林欣赏地说。"没准就是要靠规避。版本做得太单纯了,规避措施想得不多才爆的。"尹贤良说。"别找理由啊,回来一定要把根因给我查清楚。"肖云飞说。"要查不清楚呢?"尹贤良耍赖地说。"别耍赖。"肖云飞说。"对了,提醒大家。别出现低级错误。"肖云飞最后说。

第三章

吹响冲锋号，多载波启航

1. 老板要听多载波的汇报

周五中午，食堂。"也门一趟，尹贤良似乎长进不小啊，考虑问题更加切合实际了。"肖云飞边吃边说。"其实他们提的那叫什么方案，是个人都能想得出，根本不需要什么专业知识。"马庆生说。"哎哎哎，损人不带这么损的。"王厚林不爽地说。"你可别多心，真的。我们都是当局者迷。"马庆生说。"是啊，搞了半天。"王厚林说。"在一线，面对实际的状况，他们没想别的，就想着不瘫就行，保险。"马庆生又说。

"关键是一定要保住伊索夫。否则，换了总裁，事就难说了。"肖云飞说。"是啊，他们一看我们找不到根因，又感觉规避方案不是特别有把握，索性就寻求最稳妥的，力保不瘫。一旦再瘫机，就难收场了。瘫机和投诉多一点，还是要保不瘫机。更何况，也未必投诉真会多，毕竟人们排队轮候，耐心点总能查到的。"马庆生说。"我在想，这个思路是尹贤良主导着想出来的，还是他们一线几个人讨论出来的？"肖云飞说。

"从尹贤良说话的意思看，首先可以肯定的是尹贤良是很认可这个思路的。"麦哲渊说。"其实这一点是很重要的，要不说尹贤良这小子有长进了呢。"肖云飞说。"哎，牡丹，你们去看他媳妇了吗？"肖云飞忽然问东方牡丹。"去了，周三去的。"东方牡丹说。"怎么样？"肖云飞又问。"女儿长得挺像尹贤良的，胖乎乎的很可爱。"柴文娜说。"他丈母娘的情绪怎么样？"肖云飞问。"表面上还行。"东方牡丹说。"怎么？"肖云飞又问。"这种事呢，面子上能过得去也就行了。想想还是很不爽的。"东方牡丹又说。"实际还是不爽是吧？"肖云飞又说。

"本来，尹贤良的小舅子想来燎原。"柴文娜说。"他小舅子要毕业了是吧？"肖云飞问。"是啊，你们学校的硕士。"柴文娜又说。"来啊，欢迎啊。"肖云飞说。"你欢迎有什么用啊，原本是打算来燎原的，尹贤良的丈母娘是死活都不让自己的儿子来燎原。"柴文娜说。肖云飞转眼看着牡丹。"看我干吗？是真的。"东方牡丹说。"他丈母娘太目光短浅了吧。"肖云飞说。"那是你认为。"东方牡丹说。

"那他小舅子去哪儿啦？"肖云飞说。"好像打算去上海的一家外企。"柴文娜说。"他小舅子不愿意来燎原就不来呗，不多他一个，也不少他一个啊。对吧，达荣生？"马庆生说。"是啊，还是有很多人想来燎原的。"达荣生说。"他这小舅子也没啥主见，不来也罢。"肖云飞说。"他老婆的情绪还是比较稳定的。"柴文娜说。"想通了嘛，又能怎样？"东方牡丹说。"小算盘一打，一天一百美金，没准儿还希望尹贤良多待几天呢。"曹瑞祥说。"没想到曹瑞祥也这么小人。"东方牡丹说。"不好意思，不好意思。"曹瑞祥说。

"你以为公司给这么高的补助是随便给的？都是有用意的。"王厚林说。"这不就体现出效果来了。"马庆生附和着。"周一出版本是吧，王厚林？"肖云飞问。"这两天加加班，争取周一一早给麦哲渊他们。周一是16号，17、18、19共测4天，20号尹贤良升级。"王厚林说。"这次只要不出现低级错误，应该是比较稳妥的，对不对，麦哲渊？"肖云飞说。"应该是这样的。"麦哲渊回道。

周一一早，张立彪的办公室。"多载波怎么样？"张立彪问肖云飞。"发现了一些新问题，还没投。"肖云飞说。"28号，老板要听我们多载波的汇报。"张立彪说。"28号，这个月啊？"肖云飞说。"当然，8月28号，应该是上午。"张立彪说。"老板怎么突然这么关注多载波？"肖云飞问。"在印度，麦克斯韦的出价居然比我们还低，成本没优势啊。"张立彪说。"这就想到多载波啦？"肖云飞说。"你不是一直说自己能搞吗，你们的这些观点我在向上汇报的时候都说了。现在看，当时他们并没有表态，但显然是记在心里的。"张立彪说。"知道，业界没人搞，所以下不了决心。说到底还是不相信我们。"肖云飞说。

"给我透个底，把握有多大？"张立彪说。"你要我说实话吗？"肖云飞说。"实话你怎么说？不是实话你又怎么说？"张立彪说。"说实话吧，问题不是特别大。尤其是现在频点基本都是连续的，带宽也比较窄，通常10兆差不多了。10兆没啥问题。"肖云飞说。"那20兆呢？"张立彪问。"张总，饭要一口一口地吃。更何况人家麦克斯韦都还没有正式地产品化。"肖云飞说。"不是说着玩的，从目前的频点来看，印度就有20兆的需求。"张立彪说。

"他们提20兆的需求要你做？"肖云飞问。"那倒没有，只是我们在分析印度的频点时发现了这个情况。"张立彪说。"我跟您说，张总。如果不切实际地提20兆带宽，就等于宣布不要搞多载波了。"肖云飞说。"为什么这么说呢？"张立彪问。"张总，现实一点，不能拿一个印度市场来提需求，要看大头。"肖云飞说。"印度市场算是大头了，12亿人呢。"张立彪说。"不能这么说嘛，张总。"肖云飞说。"我说的是实话，我们进印度市场比较少，麦克斯韦、奈奎斯特占了印度的绝大部分，知道吗？"张立彪说。

"张总，我看要不这么说吧，印度是一个大市场，有可能有20兆的需求。但其他市场，包括欧洲，基本都是10兆以内，多数只有5兆。当然，美国也有20兆甚至更宽的需求。"肖云飞说。"分开看嘛，不要一刀切。这个思路可以啊，先10兆解决大部分运营商，在这个基础上，我相信随着10兆的成熟和技术的进步，20兆也能搞定。"张立彪说。"就是先做10兆嘛。"肖云飞说。"行啊，汇报材料可以就这么写，但……"张立彪欲言又止。

"怎么？"肖云飞问。"20兆的技术规划和时间表一定要给出来，让老大们看到希望。"张立彪说。"20兆的时间表……"肖云飞犹豫地说。"必须给出来。"张立彪说。"你心目中有没有个预期？"肖云飞问。"10兆出来1年后出20兆。"张立彪说。"1年后，你是说10兆开发出来后，仅仅是1年的时间20兆就得产品化？"肖云飞说。"是的，没错。这个时间是我感觉出来的，恐怕不能再慢了。很有可能……"张立彪说。

"可能什么？"肖云飞问。"一旦我们发布了10兆多载波的产品，很有可能麦克斯韦直接搞20兆的。"张立彪说。"所以，所以只能按我预估的1年时间来写。没准儿老大们还嫌慢呢。"张立彪又说。"1年20兆还嫌慢？真是逼死人不偿命啊。"肖云飞说。"别说没用的，赶紧回去准备材料。别看两周，不长，要有真材实料，不能有虚的。要经得住老大们的提问，翻盘就靠它啦。"张立彪说。肖云飞想了想，最后说："知道了，我去组织准备。"说完，肖云飞就离开了。

离开张总的办公室，肖云飞一路思考着来到了麦哲渊的测试实验室。"版本出了吗？"肖云飞问麦哲渊。"出了，刚下载下来。"麦哲渊说。"16、17、18、19，4天，调动大家充分测试。哎，把马庆生也叫上，他在这方面有经验。"肖云飞说。"他马上就过来，比我都积极。"麦哲渊正说着，马庆生进来了，后面还跟着王厚林。"说曹操，曹操就到。好，用心点，一定要把这关闯过去。接下来还有更重要的任务。"肖云飞说。

"什么呀？"马庆生问。"28号，老板要来我们这儿听有关多载波的汇报。"肖云飞说。"老板这是要动真格的了。"王厚林在一旁说。"28号，你们这一摊在也门应该会有结果了，但愿不出问题。否则，一线一定会知会老板的。"肖云飞说。"知道，在老板面前排了号的。"王厚林说。"这个方案不会有问题，再有问题只能是你们水平臭了。"肖云飞说完转身走了。

"给老板汇报多载波，跑我们这儿干吗？"麦哲渊自语道。

"这是他的特点，要打大仗，先撸一遍。这会儿准是去功放朱文学那儿了解准3G去开关的事了。"王厚林说。"不会吧，应该是去多载波实验室了吧。"麦哲渊说。"不信，你现在就给朱文学打电话。"王厚林对麦哲渊说。"没那闲工夫，来，开测开测。"麦哲渊说。"我来打。"马庆生说着给朱文学打电话。"喂，朱文学，我是马庆生。前两天那个功放修好了吗？修好了赶紧送过来，等着用呢。"马庆生在电话里说。"要投板没顾得上呢，过两天吧，你没那么急吧？好，肖云飞找我有事，不跟你说了，挂了。"朱文学说完挂了电话。

"肖云飞找他有事，挂了。"马庆生笑着说。"没错吧，而且，肖云飞应该下午才会去多载波实验室。这么大的事，要自己先想明白，有个基本思路才好找他们谈啊。"王厚林说。"看来你是把肖云飞给摸透了。"麦哲渊说。"不信中午你们看，一定会给他们几个先吹风。"王厚林又说。

2. 打铁还需自身硬

中午，食堂。"雅典的奥运会用水，悉尼也用水。怎么现在奥运会的开幕式都跟水干上了。"肖云飞边吃边说。"但愿2008年北京奥运会别再用水了。"赵长城说。"橄榄枝，有意思，省钱啊，从树上摘下来就行了。"柴文娜说。"不是你这么说的，橄榄枝是和平的意思。"马庆生说。"哟，知道得还挺多。"柴文娜调侃道。

"杭岩、廖默然、达荣生，这回可要动真格的啦。"肖云飞正说着，麦哲渊和马庆生突然放声大笑。"笑什么笑，有什么好笑的？"王厚林装疯卖傻地说。"这几个人怎么啦？吃错药啦？"东方牡丹一头雾水地说。"多载波可能真的要上了。"肖云飞说。"我们不是已经在搞了吗？"廖默然说。"这回可是要大干了。"肖云飞说。"怎么，有什么新的指示？"曹瑞祥问。"下午吧，在你们多载波实验室讨论一下28号给老板汇报的事。"肖云飞说。

"给老板汇报？"邓学佳惊讶地问。"老板要来我们这儿听关于多载波的汇报。"肖云飞说。"嗯，多载波算是熬出头了。"杭岩说。"被逼无奈了呗，有根稻草赶紧去抓。就是不知道抓得住不？"王厚林说。"为啥抓不住？"廖默然说。"抓得住好啊。"王厚林说。"当然能抓得住。不对，我们就不是什么稻草，我们是树根，牢得很呢。"曹瑞祥说。"但愿你们是树根。"王厚林说。"好好好，以后就靠你们多载波了。"赵长城说。

下午，多载波实验室。"曹瑞祥，材料还是你来组织，注意几个方面，首先是开发现状，其次是着重谈用班德的芯片、用自己的算法，最后一定要谈谈自己的芯片。"肖云飞说。"另外强调一下，目前以开发10兆带宽为主。"肖云飞又说。"不是说印度有20兆的需求吗？"邓学佳说。"在这一点上，我跟张总说了，先10兆。一定是先10兆，我跟张总说，10兆是有把握的。"肖云飞说。"万一老板提出20兆呢？"杭岩说。"所以，汇报材料要着重体现出10兆比较有把握，20兆的计划是在10兆出来之后1年内搞定。"肖云飞说。

"1年是谁定的？"曹瑞祥问。"张总，张总定的。"肖云飞说。"那还不如直接搞20兆呢。"杭岩说。"哼哼，在这一点上，大家一定要保持一致。先10兆，10兆完了1年后再20兆，口径一定要一致。"肖云飞说。"为什么？"杭岩不解地问。"不为什么，曹瑞祥，这一点必须高度统一，听见没？"肖云飞对曹瑞祥说。"说说为什么？"杭岩说。"为什么呀，我们首先是要把多载波做成。大家承认不承认，10兆是比较有把握的，哪怕是用自己的算法，对不对？"肖云飞说。

看大家没反对，肖云飞继续说："想想，如果我们直接上20兆，麦克斯韦他们没准儿就会一口气吃个胖子把自己噎着呢？""不会吧？"杭岩说。"难说。"廖默然说。"更何况，曹瑞祥、赵长城你们肯定清楚主流是10兆以内。肯定是先保大头，大头保住了，等钱赚到手了，再说20兆的事。"肖云飞说。"而且你说印度有20兆的需求，是大市场，没错，那美国还有更宽的需求，你做不做？"肖云飞又说。"所以，只能是先10兆。如果做了20兆，产品发布一拖再拖，就会影响到老大们的信心。更何况，我们承诺10兆，但可以挑战20兆啊，也可以针对印度特定20兆的频点来定制开发，而不是任意20兆频点随便配。"肖云飞继续说。

"好了，就这个意思嘛，搞10兆，挑战20兆。统一了，啊。"曹瑞祥对大家说。"杭岩，我问你，如果我们10兆的产品出来了，在市场上拿了单了，你说麦克斯韦会怎么做？"肖云飞问。"如果麦克斯韦了解到我们的多载波是10兆的，恐怕他们会直接上20兆来压我们一头。"杭岩答道。"听到了吧，这就叫英雄所见略同，张总也是这么想的。"肖云飞说。"那我们怎么办？"达荣生问。"能怎么办，曹瑞祥？"肖云飞说。"能怎么办？加紧猛搞呗。"廖默然说。"就是，还能有什么办法？"曹瑞祥说。"都是这么干过来的。"邓学佳说。"要是做不成呢？"达荣生又问。"搞不定也得搞定，你愿意输给麦克斯韦吗？"肖云飞盯着达荣生说。

"麦克斯韦能搞定，你为什么就搞不定？"肖云飞又说。"麦克斯韦能搞定的，我们没理由搞不定。"邓学佳说。"没错。"杭岩说。"搞不定就是有问题嘛，解决啊，解决了不就搞定了嘛。"肖云飞又说。"明白了，就是你的质量方针嘛。"达荣生说。"很好，都能记住了。另外，芯片，得有自己的芯片，你找方俊凯商量一下，一定要给出芯片的规划。"肖云飞对曹瑞祥说。"好，下来找方俊凯。"曹瑞祥说。"材料准备好了要先评一下，差不多了先找张总汇报。"肖云飞又说。

"嗯，我来约张总。"曹瑞祥说。"估计至少要评两次，你们要多想想，尤其是针对大领导们可能提出的问题。"肖云飞又说。"首先还是要客观吧，否则……"廖默然说。"客观是肯定的，10兆就是我们综合考虑得出的客观结论，但……"肖云飞环顾大家又说，"挑战20兆既是给大家一个缓冲……"肖云飞正要往下说，邓学佳接上茬说："同时又是必须的，不得不、越快越好……""别绕啦，就是20兆必须尽快搞定。"曹瑞祥说。"而且20兆绝不能用班德的芯片。"肖云飞说。"这话说得绝。"杭岩赞赏地说。"嗯，确实绝。肖云飞，这句话最关键。"邓学佳说。

"你们俩能对我这句话如此敏感，说明你们也一直在想这个问题。很好，非常好，达成共识啦？"肖云飞看着大家问。大伙默默地点点头。"有点遵义会议的味道。"曹瑞祥说。"比喻得不是很恰当吧？"杭岩说。"恰当，我觉得非常恰当。遵义会议是决定长征胜利的重要会议，虽然千辛万苦，但成功了。大家想一下，如果我们沿着班德芯片一直这么走下去，会是什么结果？"肖云飞说。"首先，即使搞定20兆，其实不太可能，也是为别人做嫁衣裳。"邓学佳。"这倒是。"杭岩说。

"这份材料就是关于10兆和班德芯片的，20兆就需要靠方俊凯了。"曹瑞祥说。"就是这个意思。"肖云飞说。"那你是不是要跟方俊凯打个招呼？"曹瑞祥说。"你打我打都一样，没区别。"肖云飞说。"他要是不答应呢？"曹瑞祥又问。"这种事可就由不得他喽。"肖云飞说。"况且，方俊凯也不是这种人呐。"肖云飞又说。"那倒也是，当时看他折腾的。"邓学佳说。"这就很简单啦，现在投的就是班德的10兆，等年底方俊凯的算法出来，直接奔20兆去，互不相干。"杭岩说。"怎么会互不相干呢？当然要借鉴10兆的经验啦。"廖默然说。

"在班德上要摸20兆的性能，这样才能为方俊凯的20兆提供有价值的经验教训呐。"邓学佳说。"班德打前站。"曹瑞祥说。"其实老板很在意芯片，所以芯片的计划一定要想好，估计老板会问。"肖云飞说。"其实现在所谓成果，就是芯片。保密保什么？就是保芯片的秘密。你们看一块单板上，除了芯片，都是外围配套电路，一看都明白，没什么东西，不怕你拆开来分析。"肖云飞继续说。"嗯，知道了。这真要和方俊凯好好商量，看看怎么写了，还要找做芯片的那帮人，一起看看怎么定这个计划。"曹瑞祥说。

"所以说，不评个两次行吗？"肖云飞说。"照这样看，没准要评个三五次的。"邓学佳说。"别别别，没那么多时间啊。别看说了那么多，其实也没啥。现实的班德10兆，挑战方俊凯的20兆，芯片啥时候能出工程样片？有时间节点TCP5的，行啦。噢，还有产能，其实老大们最关心的是好不好生产，说得再好，做不出来，有什么用呢？"肖云飞说。"还有成本。"赵长城说。"对，成本，成本……"肖云飞看着曹瑞祥说。

"我找查曼丽吧。"曹瑞祥说。"成本自然是最重要的，拼市场就靠它，在这儿反倒显得不重要了。我们肯定是按低成本设计嘛，但不能过多强调低成本。"肖云飞说。"为什么？"曹瑞祥不解地问。"怕领导认为我们过多考虑成本因素，限制了多载波的性能。毕竟这个汇报是侧重技术的，至于成本方面，金总肯定会开专门召集会的。"肖云飞说。"曹瑞祥，只要体现出成本意识就可以了。"廖默然说。"关于成本，我是想得很明白的。搞多载波就是降成本的方法，这叫架构降成本，也可以说是技术进步降成本，你可以说是被逼的，但也可以说是市场的需求驱动技术进步。这也体现了技术的进步是为市场服务的，技术本身不值钱，只有服务于市场的技术才值钱。"肖云飞说。

"市场还是老大，我们是小儿子。"廖默然说。"不能这么说。接下来降成本的核心是什么？"肖云飞问。"用自己的算法。"杭岩说。"说得没错，再接下来呢？"肖云飞又问。"用自己的芯片，FPGA太贵。"邓学佳说。"就是这个思路，曹瑞祥。"肖云飞说。"至于其他的，功放是大头。廖默然，好好想想功放如何能再降成本。"肖云飞说。"小管子换大管子，两个管子用更大的管子替代。"廖默然说。"这些你们慢慢想，材料就是刚刚说的，大思路，别太碎了。"肖云飞对瑞祥说。

"功放还是要专门写写吧？"曹瑞祥问。"效率，重点写效率，老大们就关心这个。"肖云飞说。"效率这一块你们要琢磨琢磨怎样写比较好。"肖云飞又说。"给个建议。"曹瑞祥说。"我还没想好，让廖默然说说。"肖云飞说。"按业界通用的说法写就行啦。"廖默然说。"高人就是高人，我一直在纠结，让他这么简单的一句话就给点透了。"肖云飞说。"嗯，差不多了。"曹瑞祥说。"行，就按刚才说的思路先写个初稿吧。"肖云飞说。"另外，这两天我一直在想以前奥运会上感人的一幕。"肖云飞又说。

"什么感人的一幕？"赵长城说。"你们肯定猜不出来，或者说不是感人的一幕，而是悲壮的一幕。"肖云飞说。"典型的只想结果、忽视过程，犯了运动员的大忌。"肖云飞又说。"你说的是熊倪吧？1988年汉城奥运会上输给了洛加尼斯。最后颁奖的时候，洛加尼斯把自己的金牌挂在了熊倪的脖子上，以示金牌应该属于熊倪。"曹瑞祥说。"不是，那一年熊倪发挥得很好，他根本就没敢想结果，只想着怎么发挥好，想动作细节。"肖云飞说。"是董炯，打羽毛球的，1996年亚特兰大奥运会，决赛输给了丹麦的拉尔森。"肖云飞又说。

"啊，没错。当时你说是感动吧，也行；你说是悲壮吧，也行。总之，没输给过拉尔森，前一天晚上光想着拿了冠军以后怎么着怎么着了，结果一上场全傻了。"廖默然说。"我一说你们都想起来了吧。我这几天老是想起当时董炯在领奖台上哭得跟啥似的，连拉尔森都过意不去地安慰他。"肖云飞说。"咱们别像董炯似的，功败垂成啊。"邓学佳说。"邓学佳说得对，就是这意思。"肖云飞说。

"没人做出来，只有我们尝到头啖汤，激动啊，虽说不是特别自信，但毕竟做了，而且觉得结果还挺好，这种自我膨胀是难免的。"肖云飞又说。"没有自我膨胀啊。"廖默然说。"没有更好。告诉你们，头啖汤不可能那么轻而易举地喝到，不扒一层皮是不可能的。赵长城，你可要好好把关啊。"肖云飞接着说。"说的也是，业界没人做出来，各方在骨头里挑刺是在所难免的。"曹瑞祥说。"一句话，打铁还需自身硬。"肖云飞最后说。

回到多载波实验室，杭岩问廖默然："咱这还这么急着投吗？""什么意思？为什么不？"廖默然和达荣生同时问。"如果公司真的决策要大规模上的话，肯定不会是拼拼凑凑的，一定是新立一个大版本，从整机到单板，我们急急忙忙地投，未必能匹配整个版本思路。"杭岩说。"哎，你来得正好，杭岩问要不要按原计划投目前的板？"廖默然看着进来的曹瑞祥说。

"嗯？"曹瑞祥疑惑地说。"如果要新立一个多载波版本，我怕结构会大变。"廖默然解释道。

"结构会变吗？单板槽位会变吗？"曹瑞祥问。"这哪儿知道啊？"廖默然说。"如果要大变，一时半会儿也定不下来。"和曹瑞祥一同进来的邓学佳说。"有道理，按原计划投。我相信一定会大变，这一板就当技术验证了。"曹瑞祥说。"好吧。"杭岩说。"真要大变，没准儿方俊凯的算法都能赶得上了。"邓学佳说。"先投吧，也难说。基带板变不变？"曹瑞祥又问。"基带板？没必要变吧。"杭岩说。"所以，都难说。还是按原计划投，以不变应万变。"曹瑞祥说。"好好好，先投先投。"廖默然说。

3.停止生产PCB

周二刚上班，麦哲渊正在进行版本测试，赵长城走了进来。"怎么样？"赵长城问。"目前还好。"麦哲渊说。"别光是好好的，你们说了多少好啦，结果呢？搞得我们测试部多被动，好像我们测试没什么用，明确地跟你说啊，如果这次也门再出事，你的考评只能是C。"赵长城说。"再出事啊，我也在燎原待不下去了。"麦哲渊说。"一说你就要走人，能不能说点别的？"赵长城说。"说实话，也门会不会再出事，我是没法把握的，这边肯定会尽力的。更何况马庆生、王厚林他们开发的都怕再出事，也在测。目前这个版本的方案不存在呼瘫的情况。瘫机是不可能的，至于其他，还得再看。"麦哲渊说。

"其他？"赵长城问。"是啊，我担心其他的会不会造成严重事件，还在看。"麦哲渊说。"别吓唬我，其他会有什么？"赵长城急着问。"这不在梳理嘛，正在做极端异常的测试。"麦哲渊说。"别就你一个人啊，多叫几个人进行异常测试。"赵长城说。"别人不放心，常规由他们去搞，包括马庆生他们。我想极端异常的还是我亲自来，王厚林也在做这方面的测试。都很怕再出事，不仅仅是你一个人，也不仅仅是什么测试部的面子。"麦哲渊说。赵长城听了麦哲渊的一席话觉得自己眼光狭隘了，说："嗯，是要多想想极端异常的用例。好，你忙，我还有事。"说完，赵长城离开了。

此时，肖云飞的工位处。"结构是不是要大动，不知道张总是何意，所以我们自己达成了一致，以不变应万变。"曹瑞祥说。"对的，以不变应万变，该投的就投啊。"肖云飞说。"我们研发还是要有个主导的意见。"曹瑞祥说。"你看啊，S666十八个载频的大机柜，到S444十二个载频的中等机柜，还有S222的小柜子都有了。S222是典型的学奈奎斯特。"肖云飞说。"从背板出线，到前出线去背板，这一步一步的，主要是市场因素的牵动，成本是关键要素。"肖云飞又说。

"18扇区的大机柜，也就印尼折腾了一下，结果也没用上，白浪费。"曹瑞祥说。"没准儿这次劈裂要是不想用，大机柜兴许能派上用场。"肖云飞说。"不可能的。"曹瑞祥摇着头说。"为什么？难道真要用扇区劈裂？"肖云飞问。"更不可能。"曹瑞祥又说。"更不可能？那还忙着开什么实验局？"肖云飞又问。"因为局方正式向燎原提出了，我们只能陪着玩。局方一些对技术感兴趣的人，尤其是某些高层，对开实验局兴趣极浓。局方的老大只是想让他们开心开心，据说私下表示最终还是要加站。"曹瑞祥说。

"那……"肖云飞说。"燎原为客户提供了一个解决方案，又有这么个好机会开商用的实验局，我们何乐而不为呢？没准儿哪天真用上了呢？"曹瑞祥说。"好了，不说印尼了。"肖云飞说。"多载波，一个扇区2个模块，撑死了，真的。"曹瑞祥说。"极限是4个模块，不过几乎不可能。"曹瑞祥又说。"小机柜堆叠，全搞定。"肖云飞说。"这种思路好是好，就怕有的运营商不接受。"曹瑞祥说。"不接受就用S444的柜子嘛。"肖云飞说。"所以最终也是要砍去那个本来就没啥用的大机柜。"曹瑞祥说。"相信S444的柜子也不会有什么用处的。"肖云飞说。

"哎，马庆生不在。回头我让马庆生组织，找结构、技服的讨论多载波机柜的事，你还是去准备材料吧。"肖云飞对曹瑞祥说。"最好我这要投的结构不要变。"曹瑞祥边走边说。"看讨论的结果，该变还得变。"肖云飞说。"那就尽量少变。"曹瑞祥回头说。"少变也是变。"肖云飞说。"变得少，工作量就小啊。"曹瑞祥说。"干大事的不在乎这么点吧。"肖云飞说。"你是干大事的，我们只能想这些没水平的小事。"曹瑞祥说着走了。"少来。"肖云飞回道。

转眼间，肖云飞来到功放实验室。见肖云飞进来，朱文学急急地问："肖云飞，听说要上多载波啦？""嗯，不过再怎么着，暂时也影响不到准3G，你们现在做的去开关，还是要靠它。"肖云飞说。"其实最有意义，或者说意义最大的应该是准3G的多载波。"朱文学说。"为什么这么说？"肖云飞问。"现在这种去开关的还是麻烦，要是有了多载波，想怎么设置就怎么设置。"朱文学说。"准3G的多载波，时分多址的有点难，这是下一步的事。目前还是要靠你们马上要投的这个，20号能投吗？"肖云飞说。"今天才17号，肯定能投。"朱文学说。

"毕竟有一板的经验，又测了那么久，应该问题不大了。欧洲大规模发货就指望这一板了。"肖云飞说。"对了，现在是按你这一板备的料吗？"肖云飞突然问。"这个……"朱文学一时答不上来。"不备料有什么用啊。"肖云飞说着赶紧拨通了查曼丽的电话。"不接电话。BOM升级了吗？"肖云飞没打通查曼丽的电话又接着问朱文学。"没，都没正式做过怎么升BOM啊？"朱文学说。"查一下计划楼晓明的电话。"肖云飞对朱文学说。"好，就这个。"朱文学查完让肖云飞看。肖云飞边看边拨打楼晓明的电话。

"喂，楼晓明吗？我是肖云飞。"肖云飞说。"您好，肖总。"楼晓明在电话里说。"给欧洲发货的TIO，1800的，要改板，你知道吧？"肖云飞问。"什么时候说的,印象不深啊。"楼晓明说。"印象不深?那我现在通知你,给欧洲发货的TIO1800的单板要改板,20号投板。记住,再给欧洲发货,必须发这个新的,老的一个都不准发,听到没?"肖云飞说。"这,老的料已经备下去了,怎么办?"楼晓明在电话里说。

"你是问我怎么办吗?那要你干吗?打电话就是要你想办法的。"肖云飞生气地说。"肖总,您现在才跟我说,您让我怎么想办法?"楼晓明在电话里说。"欧洲的单没下吧?"肖云飞问。"还没下。"楼晓明回道。"当时只是策略性的备货。好,不说了。你赶紧找供应商把情况搞清楚,这边研发马上给你发一份新的清单,你看一下新老的差异。赶紧啊,记住是1800的,仅仅是1800的变了,900的没变。赶紧找供应商把情况了解清楚,咱们再商量下一步该怎么搞。明天搞清楚啊。"说完,肖云飞挂了电话。

"都听见啦?"肖云飞问朱文学。"听见了,清单有,马上发给楼晓明,抄送你。"朱文学说着把清单发给了楼晓明。"你们啊,唉,忙半天不备料,有什么用呢?"肖云飞气得边走边说。"对了,现在事多,你要把这事全权负责起来,听见没?催楼晓明赶紧找供应商了解情况,了解清楚了才能知道接下来该怎么做。"肖云飞回过头又说。"好,我盯。"朱文学说。

回到座位,肖云飞越想越觉得不对劲,便拿起了固话。"喂,在啊,查曼丽。"肖云飞说。"肖云飞啊。"查曼丽在电话里说。"你怎么知道?"肖云飞问。"看号码啊,马庆生就是这个号码,听声音不是马庆生,除了你还能是谁?"查曼丽说。"查曼丽,有急事,要找管PCB采购的,现在是谁在搞?"肖云飞问。"PCB什么事啊?"查曼丽问。"你先告诉我PCB的人,我直接找他。"肖云飞说。

"先跟我说,我看是什么情况再说。"查曼丽说。"TIO要改板,仅仅是1800的单板。接下来发的货必须保证用新的，就是去开关，你知道的。"肖云飞说。"啊，把开关去了库存物料怎么办？"查曼丽问。"先不谈这个，说PCB。我要已下单的PCB停止生产，正在生产的停止生产，没生产的就不做了，做新的。"肖云飞说。"这样啊，现在负责PCB采购的刚接手，叫何文华。"查曼丽说。"何文华，确实不熟。"肖云飞说。"所以说我先了解一下情况，毕竟他们的业务我们也是要负责的。我给她打个招呼，让她马上来找你。"查曼丽说："好啊，要马上，这事儿急。"肖云飞说完正要挂电话，查曼丽说："正好，她过来了，我让她跟你说。"

"喂，我是何文华，肖总，您好。"在查曼丽的示意下，何文华接过电话说。"你好，你好，有个非常非常紧急的事需要你帮忙。"肖云飞在电话里说。"您说，什么事？愿为肖总效劳。"何文华说。"长话短说，我们1800的TIO单板要改板，请你立即通知厂家，没生产的就不要生产了，已经生产的停止生产，如果生产完了的，停止出货给燎原，编码查曼丽知道，记住是1800的TIO单板，不是900的TIO单板。"肖云飞说。"曼丽姐清楚是吧，我问曼丽姐吧，不清楚再找肖总，挂了啊。"何文华说完挂了电话。

"靠不靠谱啊，这个新来的妹子？"肖云飞自语道。说着，肖云飞又拨给查曼丽："喂……""肖总，知道啦，正在查单下到哪个厂家，放心，这事我帮你盯着，挂了啊。"查曼丽说。"朱文学这帮小子，缺脑子，只顾闷头做。"肖云飞自语着。

4. 把开关坚决干掉

肖云飞坐不住,又打给查曼丽,还没开口,就听对方说一会儿打过来。"查这么久……"肖云飞自语道。不久,查曼丽的电话打了过来。"查曼丽,怎么样?"肖云飞急切地问。"查啦,贝斯特的单,已经做了一些,还没做完。"查曼丽说。"赶紧让贝斯特停,不要往下做了。"肖云飞急着说。"我是给厂家说了,厂家说暂停生产也可以。只是单是公司计划下的,要计划楼晓明通知厂家停才能停。"查曼丽在电话里说。"好,我找楼晓明。"说着,肖云飞挂断电话又打给楼晓明。

"楼晓明,我是肖云飞。"肖云飞急呼呼地说。"您好,肖总。"楼晓明在电话里说。"刚才采购查到1800的TIO下到贝斯特了。据说已经做了一部分,你赶紧让厂家停,而且做出来的不许送到燎原来。"肖云飞命令般地说。"肖总,这样是不是有点太草率了,我们下这个单可是计委会上张总决策的,是不是应该跟张总沟通一下,否则不好办啊。"楼晓明说。"张总那边我去说,你先让贝斯特暂停。"肖云飞说。"这样不好吧?"楼晓明为难地说。"楼晓明我警告你,现在贝斯特已经做出来的没办法了,我认,但是如果你不马上通知贝斯特停止生产,再做出来的报废全算你头上。"肖云飞强硬地说。

"怎么算我头上,我是按规矩办事。"楼晓明说。"楼晓明,你要是不马上让厂家停止生产,我就让你在公司待不下去,信不信?"肖云飞威胁道。"别,肖总,我马上通知贝斯特停止生产1800的TIO板。"楼晓明说。"很好,我会叫人盯着的。"肖云飞说。"不过,肖总,您得给张总打招呼,真的。我知道张总会听您的,您必须要把这事向张总说明白,拜托了,肖总。"楼晓明说。"好,没问题,我会向张总说明此事的,你赶紧通知厂家。"肖云飞说完挂了电话。

肖云飞想了想又拿起电话拨给查曼丽。"查曼丽，我刚给楼晓明打电话了，他马上就会给贝斯特打电话让厂家停止生产，你帮我盯着，及时知会我。"肖云飞说完挂了电话。十分钟后查曼丽打来电话。"看见楼晓明的邮件啦？""嗯，看见了，这块石头总算落地了。"肖云飞在电话里说。"哎，1800的开关怎么办？"查曼丽问。"你想办法退货，退给厂家。"肖云飞说。"说得轻巧，金总费了多大的劲啊。"查曼丽说。"我不可能让一个个定时炸弹发出去，绝不可能。大不了报废。"肖云飞说。"报废，哼哼，我还是想办法退给厂家吧，麦克斯韦能用得上的。"查曼丽说完挂了电话。

中午，食堂。"朱文学，我已经摆平PCB厂家了，剩下就是你的事了。"肖云飞说。"我已经找了楼晓明了。"朱文学说。"要按他的计划时间点该归档的归档，归不了档的提供清单，他好备料。记住，楼晓明的事重要。"肖云飞对朱文学说。"知道了。"朱文学说。"版本怎么样，有没有问题？"肖云飞又问王厚林。"我这儿测了没啥问题，不知道麦哲渊那边情况怎么样。"王厚林说。

"麦哲渊连班，来吃饭前我问了，还好。"赵长城说。"还好，又是一个还好。"肖云飞听了赵长城的话重复着。"马庆生，你不也测了吗，真没问题？"肖云飞又问。"这个版本确实像他俩说的，还好。"马庆生说。"好，好啊，28号老板来我们这儿，不至于尴尬。"肖云飞又说。"哪天升级？"柴文娜问。"看来你是真不关心啊，娜姐。"马庆生说。"哎呀，不是不关心，是怕你们计划有变，还是20号吗？"柴文娜问。

"是的，20号这个时间是局方定的。"赵长城说。"上午被朱文学气了个半死。"肖云飞说。"你也别这么说。"廖默然说。"噢，光知道埋头干，不想着备料，还不许人说啊。"肖云飞说。"分明是你们自己事太多没顾得上，却赖朱文学，这有点不太好吧。"廖默然说。

听了这话，肖云飞腾地站了起来，刚要开口，愣是被一旁的马庆生给拽了下来。"都少说两句吧。"马庆生说。"本来嘛，开发的什么都要管，那还要那么多采购、计划干什么？"廖默然又说。"廖默然，我都没说了，最好你也别说了。"肖云飞忍着气说。"你不说，可我还是要说。开发难度越来越大，自然压力也就大，精力不集中，还要想着备料这种破事。哪点没做到，还要被责难，真跟头牛差不多了。"廖默然又说。

原本有气的肖云飞此时倒坦然起来，静静地听大伙说。"说到底，大家还是没有真正了解燎原、没有真正了解燎原的产品线。刚才的那些话，是从你们射频人的口里说出来的。你们有没有发现，马庆生、王厚林，甚至你们的曹瑞祥都没吭声吧。"肖云飞停了停，扫了大家一眼又接着说，"要是他们三个敢说这种话，我骂死他们。"肖云飞停顿了一下，又接着说："如果他们三个敢说这种话，就是忘本，你们说，我不介意。看到啦，刚才马庆生拉我坐下，就说明了一切，为什么我会那么听话地乖乖坐下。因为，马庆生在提醒我，你们不清楚燎原产品线的真正含义。"

"什么是产品线啊，告诉你们吧，就是吃喝拉撒都得管。你不上心，是没人真正上心的。再说得白一些，这些事主要是我和肖云飞具体张罗着。TIO改板，按理，备料还是我和肖云飞管，具体我落实，这不因为忙着也门的事，我确实是忽视了，但没忘啊。这种事不存在采购和计划来管，人家只管你正式过点和归完档的东西。当然，产品线有人挑头，找到了他们，他们还是会积极配合的。听说上午不到1小时的工夫，肖云飞把TIO改板备料的事摆平了，本来应该是我做的。"马庆生说。

"你和肖云飞做这种事也不对。"廖默然说。"你啊，别那么书生气好不好。当然，你们是专家，还是要集中精力做好专家该做的事，我们都靠你们呐。"肖云飞说。"曹瑞祥，你要多担待些。"马庆生说。"我，也难。"曹瑞祥说。"他更是大专家，什么事不找他。"肖云飞又说。"是该有个人专门负责开发中的物料备货。"柴文娜说。"其实这些我都想过，就像刚才大家听到的，似乎我们不该做这些事。是啊，否则要采购和计划干什么呢？"肖云飞话锋一转又说。"其实仔细想想，这是确定性工作和不确定性工作的性质决定的。开发过程存在变数，是不确定的，采购、计划很难把握的，你们仔细想想是不是这么个理儿？"肖云飞说。

此时，大家都沉默了。"主要是你们老是变，我都怕你们了。"柴文娜说。"这就叫不确定性，你能怪采购和计划吗？不能吧，人家刚下单，你说这个不行，要换那个。朱文学，你说呢？"肖云飞说。"这次改板的没有啊，都没到采购和计划那儿，当然不存在。"朱文学说。"你嘴硬是吧，柴文娜，把他做的产品BOM调出来，看改动过几次。"肖云飞说。看大家都摇头，肖云飞又说："是吧，正式归了档的都更改过BOM，还有菲林也会改的，更何况……"

肖云飞正说着，柴文娜插话说："开发过程就不用说了，孙猴子的脸，一天七十二变。""娜姐，你说得太夸张了吧。"大伙齐声说。"也未必夸张。"柴文娜说。"娜姐。"大家齐声说。"廖默然，备料的事，该管还得管，是开发的组成部分，其实很重要的，一定要想通。其实想通了，也没啥。毕竟你自个儿最清楚。"肖云飞对廖默然说。"就是当保姆嘛，知道啦。"廖默然说。"这思想对了，干活才有劲头。"马庆生附和着。

下午刚上班，肖云飞的固话响了。"肖云飞，怎么回事，TIO改板？"张立彪在电话里说。"您怎么知道的？"肖云飞问。"我怎么知道，楼晓明的邮件上说的。"张立彪说。"邮件抄送您啦？"肖云飞问。"嗯，抄送我了。"张立彪说。"这个楼晓明。"肖云飞说。"怎么回事？说说吧。"张立彪问。"没啥，就是改板啊，在波兰的江嘉陵发现1800的坏板严重，最后证实是开关损坏。我可受不了，顾不了那么多了，把开关坚决干掉。"肖云飞说。

"金总那边怎么交代，想好了吗？"张立彪说。"我让查曼丽想办法把1800的退给厂家，麦克斯韦可以用啊。"肖云飞说。"但愿吧，很难的。"张立彪说完挂了电话。"报废就报废，总比出去惹事强。"肖云飞自语道。

这时，肖云飞的固话又响了，肖云飞看着来电显示的号码拿起了电话。"楼晓明，又怎么啦？"肖云飞说。"肖总，有事再请示一下。"楼晓明说。"什么事？"肖云飞问。"贝斯特已经做好的板子怎么办？"楼晓明问。"你也太着急了吧。"肖云飞说。"不是我着急，我希望没人提，就放在厂家呢。"楼晓明说。"那你这么急着找我。"肖云飞说。"不是我急，是厂家急，中午休息就打电话过来问做好的板子怎么处理了。"楼晓明说。"报废。"肖云飞干脆地说。"报废啊。"楼晓明说。"你看怎么让公司损失最小。"肖云飞又说。"我让财务看看厂家报废和取消在途订单哪个对公司更有利。"楼晓明说。"总之，要损失最小的方案。"肖云飞说。"知道了，我会按肖总您的吩咐去处理的。"楼晓明说完挂了电话。

5. 欧洲来单了

周三一早，肖云飞的固话响了。"楼晓明，又有啥事？"肖云飞问。"欧洲来单了，我也是刚看到的。"楼晓明在电话里说。"来单就做呗，找我干啥？"肖云飞说。"肖总，昨天刚把贝斯特的PCB给停了，朱文学的这两天才投，我拿什么交啊？"楼晓明说。"朱文学的马上就投了，催快点一周能回吧，交接有问题吗？"肖云飞问。"不是说先投50，后面才做那250套吗？"楼晓明说。"啊，是啊，总要先试试的。"肖云飞说。"那万一……"楼晓明正要说，却被肖云飞打住了。"放心，不会有问题的，投过一板了，这次仅是微动。欧洲要求什么时候发货？"肖云飞问。

"10月中旬到货。"楼晓明说。"空运来得及。"肖云飞说。"我打电话只是希望肖总要重视，让研发确保发货。"楼晓明说。"没问题，欧洲的单，我会亲自盯的，放心。有问题直接找我，这样快。"肖云飞干脆地说。"那好，我就盯肖总您了。"楼晓明说。"没问题。"肖云飞说。"好，就这么说定了，挂了。"说完，楼晓明挂了电话。"好险呐，多亏我当机立断。"肖云飞自语道。

转眼，肖云飞来到功放实验室。"今天18号，明天还是后天投？"肖云飞问朱文学。"争取今天就投，CAD正在评审。"朱文学说。"好，很好。"肖云飞说。"刚才楼晓明也给我打电话了。"朱文学说。"搞得及时啊，要是晚一步，只能发老的了，那才叫一个惨啊。"肖云飞说。"领导英明。"朱文学说。"这得谢谢你，前期工作做得扎实。否则我再英明也没用。"肖云飞说。"盯紧了，有问题一定要第一时间给我打电话，听见没？"肖云飞又说。"一定，一定。"朱文学回道。

"明天能发吗？"肖云飞来到王厚林的工位问。"肯定啊。"王厚林回道。"这次输不起啊。"肖云飞说。"没事儿，尹贤良在现场，怎么都能扛过去。"王厚林说。"辛苦尹贤良了，他和印宏伟两人就吃住在机房呗。"肖云飞说。"我跟尹贤良说了，可不是当摆设，做做样子，千万别大意。"王厚林说。"他怎么说？"肖云飞问。"尹贤良开始还觉得这个版本这么搞怎么也不会出事，但我反复跟他强调输不起，不怕一万，就怕万一，他自己也意识到一旦再出问题的严重性了。尹贤良最后说他自己在现场，再出问题，责任可就全在他了，谁也怪不了。"王厚林说。

"有这种认识，可以。细节上你有经验，还是要多替他想想。"肖云飞说。"哎呀，欧洲来单了，亏了改版及时。"肖云飞又说。"这回就看朱文学的了。"王厚林说。"欧洲都来单了，遍地开花啊。"王厚林又说。"是啊，别让也门的业务扫了公司的兴。"肖云飞说完离开了。

下午两点，王厚林的手机响了。"喂，哪位？"王厚林问。"王厚林，我是尹贤良。"尹贤良在电话里说。"一会儿就开会了，这会儿急着打什么电话啊？"王厚林说。"刚接到局方通知，要求我们也门当地时间19号凌晨3点就升级，刚接到的正式通知，赶紧给你打电话。"尹贤良说。"也门19号凌晨3点就是深圳19号早上8点，可以啊。"王厚林说。"那太好了，印宏伟，王厚林说可以。哎，20号周五，他们是休息日。其实我想也是可以，只是提前了几个小时罢了。没问题吧，王厚林？"尹贤良问。

"没问题，计划就是今晚八点向你们发布，对我们来说没提前，你们要赶紧准备喽。"王厚林说。"是啊，两点半的会就不开了，我要去准备了，挂了。"尹贤良说完挂了电话。"哟，明早六点就得来守着啦。"王厚林自语道。

两点半，肖云飞准时来到作战室。"怎么没人？"肖云飞说着给王厚林打电话。"怎么没人开会啊？"肖云飞说。"不开了，也门局方要求提前到当地时间19号凌晨3点，也就是我们这边明早8点左右升级。尹贤良刚通了电话，现在去准备了。"王厚林说。"哦，问题不大，我们准备在今晚8点对也门发布，问题不大，问题不大。你明早要早点来守着喽？"肖云飞说。"6点来守着。"王厚林说。"辛苦辛苦。"肖云飞说完挂了电话。

肖云飞离开作战室正往工位走，手机又响了，张立彪打来的。"喂，张总，什么事？"肖云飞问。"也门今夜升级啊？"张立彪问。"明天早上8点。"肖云飞说。"嗯，杨天峰说是也门时间19号凌晨3点。"张立彪说。"就是我们的19号早上8点，没错的，张总。"肖云飞说。"怎么样？"张立彪问。"放心，张总，不是都跟您汇报过了吗，杨天峰也跟您说过了，更何况尹贤良还可以现场监控随时人工干预。"肖云飞向张立彪解释道。

"对对对，有尹贤良这个搞研发的在现场，那是保险。"张立彪说。"也难说，尹贤良的压力是很大的。他觉得如果再出事，只能怪自己，怪不得别人。"肖云飞说。"有尹贤良这句话，我就放心了。看来大家是真用心了。"张立彪说。"都输不起。"肖云飞说。"知道了。"张立彪说完挂了电话。

和张立彪通完电话，肖云飞转向来到了曹瑞祥处。"材料准备得怎么样？"肖云飞问。"在搞。"曹瑞祥说。"对了，跟方俊凯沟通了吗？"肖云飞又问。"发邮件了。"曹瑞祥说。"为什么不沟通一下？"肖云飞说。"主要怕说不清楚，还是邮件说得更清楚，而且他回得也会慎重些。电话里，无凭无据的。"曹瑞祥说。"他回了吗？"肖云飞问。"估计得好好考虑考虑，没敢轻易回。"曹瑞祥说。"是啊，给老板汇报的。"肖云飞说。"跟做芯片的沟通了吗？"肖云飞问。"沟通了，他们要和方俊凯商量，说是让方俊凯回给我，他们不直接回。"曹瑞祥说。"盯着方俊凯吧，这盘棋，关键还要看方俊凯。"肖云飞说。

这时，肖云飞的手机响了。"喂，哪位？"肖云飞问。"肖总，我是楼晓明。"楼晓明在电话里说。"什么事？"肖云飞问。"是这样，新的TIO看了下器件清单，和原来的差不多，只是有一个功放管变了。"楼晓明说。"嗯，影响这批发货吗？"肖云飞急忙问。"朱文学他们备了料，够这批发的。"楼晓明说。"不影响发货就行啦，找我干吗？"肖云飞问。

"那是研发备的料，刚够这批的。下一批单子就没了，要赶紧计划下单备料。"楼晓明说。"下啊，你下就得了。这种事还要找我？"肖云飞不耐烦地说。

"不是，肖总是这样的，朱文学的清单没有正式归档，能不能让他今天归了，我好下。"楼晓明说。"器件的编码肯定是生效的，对吧？"肖云飞问。"是的，正式生效的。"楼晓明说。"正式生效的你就可以下单啊。"肖云飞说。"查曼丽提醒我，说怕会变动。"楼晓明问。"查曼丽提醒你？恐怕是你自己怕变吧。"肖云飞说。"研发正式归档了，我就没顾虑了。"楼晓明说。"关键还是看这50套。"肖云飞说。

"我就问，朱文学提供的清单会不会变？有多少会变？关键的器件，比如这个功放管，会不会变？如果只是微小的变化，无碍大局。我建议朱文学今天就升BOM。"楼晓明说。"你的意思是先升级再说？"肖云飞说。"对啊，否则跟不上下一批的节奏。"楼晓明说。"这样，我马上去找朱文学商量，然后再给你答复。"肖云飞说。"今天下班前啊。"楼晓明说。"好，下班前。"说完，肖云飞挂了电话直奔功放实验室。

来到功放实验室，肖云飞问朱文学："能不能今天就升BOM？"紧接着，肖云飞又说："楼晓明是这个意思，这样他好下单。他是怕我们会变。""这个管子肯定不会变。"朱文学说。"那就立马升BOM。"肖云飞说。"只是……"朱文学犹豫着说。"你看看，难怪楼晓明和查曼丽都怕呢。"肖云飞说。"你要想明白，备料和清单验证这两个概念要分清楚。备料，关键器件不变就行，至于你验证后，什么电阻、电容，什么小东西要变变，都是无碍大局的，明白吗？"肖云飞说。

"这个管子肯定不会变。"朱文学说。"那就升级，马上升级，争取今天就搞定，你什么都别干了，就催流程。"肖云飞说。"行吧，流程已经准备好了，一提交就行。"朱文学说。"那好，你提交，抄送我和楼晓明。"

肖云飞说。"楼晓明在流程里，我一提交他就知道了。"朱文学说。"那好，你赶紧提交，然后催。"说完，肖云飞走了。

回到工位，肖云飞拿起固话打给楼晓明。"哎，朱文学马上归档。"肖云飞说。"看见流程了，谢谢肖总。"楼晓明说。"别，流程走完生效才算数。"肖云飞说。"只要他启动了，我就可以下单了，拷贝粘贴到下单的流程中就可以了。"楼晓明说。"这样啊，那……"肖云飞说。"不怕，真有什么变动还可以撤，明天还走不完吗？"楼晓明说。"我催朱文学，明天一定走完。"肖云飞说。"好，挂了。"楼晓明说完挂了电话。"明天一定要走完啊，楼晓明已经下单了。把你的流程剪切粘到下单的流程里。"肖云飞给朱文学打电话说。"不用明天，争取今天下班前搞定。"朱文学在电话那头说。"牛啊，看你的了。"说完，肖云飞挂了电话。

6. 初战告捷

19号早上9点，王厚林的工位处。"升啦？"肖云飞问。"升了有一个多小时了。"王厚林说。"怎么样？"肖云飞问。"现在不会有问题，关键看22号到26号查公务员录取的情况。"王厚林说。"高考呢？"肖云飞又问。"29、30号两天。"王厚林说。"查分呢？"肖云飞又问。"9月19号到23号高考查分。"王厚林说。

"28号是中秋？"肖云飞问。"没错，9月28号是中秋，尹贤良应该能赶回来。"王厚林说。"谢天谢地谢人啊。"肖云飞说。"这是徐根宝当年保级成功时说的话。"王厚林说。"用这儿正合适，你不觉得吗？"肖云飞说。"正合适，正合适。"王厚林附和着。"22号是礼拜天啊。"肖云飞说。"阿拉伯地区，周五休息周日上班。"王厚林说。"辛苦你了。"肖云飞转身边走边说。

22号下午两点，肖云飞来到公司。"在哪儿呢？"肖云飞给王厚林打电话。"在工位。"王厚林说。"好，我过来。"肖云飞说着朝王厚林的工位走去。"现在是也门的九点，应该开始查了。"见到王厚林，肖云飞说。"嗯，也没啥可做的，只能等尹贤良的消息。"王厚林说。"就你自己？"肖云飞问。"麦哲渊在实验室。"王厚林说。"麦哲渊也来啦。"肖云飞说着给麦哲渊打电话。"麦哲渊，辛苦啊，我和王厚林在一起，辛苦啊。"肖云飞说完挂了。"没啥事，你回去呗，有我和麦哲渊在呢。"王厚林对肖云飞说。"没事，我去处理处理邮件。每天一大堆，都来不及看。"说完，肖云飞回自己的工位了。

23号，周一中午，食堂。"真没想到，奥运会网球女双，孙甜甜、李婷拿了冠军，简直是。"柴文娜边吃边说。"哎，没听孙甜甜赛后说吗，本来准备雅典一日游来着，结果拿了个金牌，简直像做梦。"东方牡丹说。"也门那边怎么样？"柴文娜问王厚林。"算是初战告捷吧。"王厚林低调地说。"行啊，第一天扛过去了，接下来应该问题不大了吧。"柴文娜又说。"但愿吧，不过高考的人可比考公务员的人多得多了。"王厚林说。"小试牛刀，接下来要动真格的了。"肖云飞略显轻松地说。

下午，作战室，汇报材料评审。"别的没什么，杭岩觉得可以写15兆，你看？"曹瑞祥问肖云飞。"能做到就能做到呗，干吗非要写上去呢，没必要。"肖云飞说。"其实，香港已有用15兆的3G了。"杭岩说。"我知道。"肖云飞说。"你知道？那为什么还坚持写10兆啊？"杭岩不解地问。"这个嘛，总之，我知道你们可以做到15兆就行啦。曹瑞祥，材料还是写10兆，你懂的。"肖云飞说。"你知道就行。领导什么都清楚，就按领导的意思写就行了。"曹瑞祥对杭岩说。"那好吧。"杭岩说。

"芯片，2007年出来啊。"肖云飞说。"2007年可以批量商用，2006年就出来了。"曹瑞祥说。"大领导们对这个时间安排应该可以满意的。"肖云飞说。"够快啦，只是不知道实际能不能做到。"邓学佳说。"嗯，结合大家提的意见，再修改修改，约张总一起看看。"肖云飞对曹瑞祥说。"好，我来约。"曹瑞祥说。"我看就定26号吧。"肖云飞说。"行，就26号，只要张总有时间。"曹瑞祥说。"这种大事，张总肯定是有时间的。"肖云飞说。

晚上九点，王厚林的工位处。"今晚还是你守着吗？"肖云飞看了看表说。"没事，我也就守到十二点吧，没事就回去了。"王厚林说。"这边晚上十二点，也门是晚上七点，也差不多。"肖云飞说。"高峰过了。"王厚林说。"没什么异常吧？"肖云飞问。"目前都比较平稳。"王厚林说。"还是不能大意，我跟尹贤良反复强调了。"王厚林又说。"他什么反应？"肖云飞说。"他来劲着呢，盯得很紧。"王厚林说。"这样挺好，省得胡思乱想。"肖云飞说。"别这么说。怎么走了啊？"王厚林说。"要我陪吗？"肖云飞边走边说。"要啊。"王厚林说。"好，明天接着陪。"肖云飞说。

24号中午，食堂。"没什么事吧？"肖云飞边吃边问王厚林。"没什么事。"王厚林回道。"昨天孙甜甜她们拿冠军，其实也没啥。网球，奥运会不算啥，主要是四大满贯。"肖云飞又说。"没啥，你去拿拿看。"柴文娜对肖云飞说。"网球，双打，很多都是临时配对，而且很多不是一个国家的，本身这个项目的含金量就不足。"赵长城说。"你说含金量不足，金牌排行榜上可有它，你说是不是？"柴文娜说。"净说些没用的，奥运会本来就是场游戏，你在这个项目上是第一就是第一，至于说什么四大满贯，那是另外一回事，不相干的。"东方牡丹说。

"不会是看到我们女同胞拿了网球的金牌，嫉妒了吧？"东方牡丹又说。"不至于，不至于啊，妇女能顶半边天，不嫉妒，不嫉妒，高兴还来不及呢。"麦哲渊说。"没准儿哪天一样能拿大满贯的冠军呢。"东方牡丹说。"牡丹喜欢网球？"肖云飞问。"喜欢啊，我有专业教练。"东方牡丹说。"这么专业？"王厚林说。"玩嘛，就得上档次。"东方牡丹说。

"哎，你们说刘翔这次有没有可能夺冠？"朱文学问大家。"刘翔？怎么可能，阿兰·约翰逊在那儿呢。"袁一帆说。"那是欧美人绝对垄断的项目。"邓学佳摇着头说。"为什么刘翔就不能拿冠军，从现在的情况看，有可能的。"肖云飞说。"这又不是你说有可能就有可能，光分析有啥用。"夏润泽说。"我们国家的跳水、乒乓球、举重也不错，跨栏就难说了。"杭岩说。

下午刚上班，肖云飞的手机响了。"肖云飞，睡醒啦？""尹贤良？"肖云飞说。"还是比较平稳的，看来这一波问题不大了。"尹贤良在电话里说。"好啊，你辛苦了。"肖云飞说。"不辛苦，要是来了还搞不定，那可就白辛苦了，下个月的19号才是关键点啊。"尹贤良说。"有你在，我放心。"肖云飞说。"你放心，我还不放心呢。"尹贤良说。"哟哟哟，可别这么说，放心，真放心。"肖云飞说。"要是19号没搞定，我该怎么办？我就想啊，也门国王有个石头宫殿，我干脆撞石头房撞死算了。"尹贤良说。"别，你可是有老婆孩子的人，有什么大不了的啊。"肖云飞说。

"肖云飞，别这么虚情假意的好不好，真再出事，你会觉得没什么大不了的？虚伪。"尹贤良说。"我是逗你玩的，放心，为了你的位置，我会全力以赴的。"尹贤良又说。"不是这么说的，是为我们。"肖云飞说。"为你，就为你，我们图个啥。"尹贤良说。"你硬要这么说我也没办法，咱们是拴在一根绳上的蚂蚱。"肖云飞说。"谁跟你拴在一根绳上，美的你，挂了。"尹贤良说完挂了电话。"对我还是一肚子气。"肖云飞放下电话对身旁的马庆生说。"你就让他撒吧，想想这边他什么都照顾不到，能好受吗，他能找谁说，可不就只能找你这做师兄的撒气了吗。事搞定了最重要。"马庆生说。

第二天下午刚上班，肖云飞的固话响了。"肖云飞，我是方俊凯。""哦，方俊凯，你好你好。"肖云飞说。"我在莫斯科，你那儿是下午两点吧，算好了点儿才给你打的电话。"方俊凯说。"你那儿是几点？"肖云飞问。"早上九点。"方俊凯回道。"有什么事吗？"肖云飞问。"当然，曹瑞祥说明天你们给张立彪汇报多载波的材料。我是想建议你们下午两点开始，搞个电话会，我到时接入。"方俊凯说。"你那边十点，我们这边下午三点行不？"肖云飞问。"也行。"方俊凯说。"好，就定这个时间。为什么突然要参加会议？"肖云飞问。

"还是跟张总谈透比较好。"方俊凯说。"芯片的时间我看了，我觉得可以。估计你们也没法再快了，不现实，再快我认为就会有问题，起码的验证周期是要保证的。"肖云飞说。"就这时间也是被曹瑞祥逼的。"方俊凯说。"难道你没答应？不可能，我可是再三问了曹瑞祥的。所以，我才没有直接找你确认。"肖云飞说。"你们就这样强压，当然不用再找我确认了。你刚才自己都说了，不可能再快了。你们对时间满意了，自然也就用不着再找我确认了，道理很简单。"方俊凯说。

"道理怎么个简单法？"肖云飞问。"怕我反悔啊。"方俊凯说。"这……你……啊，把人想得就太那什么了。"肖云飞不知所措地说。"看看，我说到点子上了吧，你都语无伦次了。"方俊凯说。"俊凯兄一言九鼎，一定会信守诺言的。这一点我坚信不疑。"肖云飞说。"说到底，这个时间点也是必须的。这一点大家都明白，否则赶不上趟，白搭。"方俊凯停了停又说。"做芯片为什么呀？没产品用，有什么意思。我只是想说，要想让芯片尽快成熟，大家恐怕要全力以赴，付出百分之两百的努力才有可能。"方俊凯说。

"就是一天当两天用呗，你是想让我们不吃不喝不睡啊？"肖云飞问。"不是这个意思，是加人手，关键要尽快完成测试项，测试项完成得越快，问题发现得就越多，这样完善得也越快。"方俊凯说。"你的目的是要张总调人搞芯片测试？"肖云飞问。"对，只有这样，才能保质保量按时完成。"方俊凯说。"这得好好规划，人从哪儿来？"肖云飞问。"从各产品线调啊，各产品线都有做芯片测试的人，让张总想办法调。"方俊凯说。"好吧，到时候你跟张总说。"肖云飞说。"就这样，明天会上见。"说完，方俊凯挂了电话。

7. 也门项目又出事了

8月26号，下午三点，作战室。曹瑞祥正在向张立彪讲解多载波的汇报材料。这时，肖云飞的手机响了，肖云飞赶紧走出房间。"喂，哪位？"肖云飞问。"肖云飞，我是尹贤良。不好了，又出大事了。"尹贤良在电话里急切地说。"别急，前两天不好好的吗，怎么就？"肖云飞冷静地问尹贤良。"这次跟这没关系，是突然掉话严重。"尹贤良在电话里说。"你怎么知道没关系？是哪儿突然掉话严重？之前的数据是怎样的？"肖云飞立刻用问题牵引着尹贤良的情绪。

"查询还是正常的，掉话严重主要集中在局方总部大楼，不敢轻易动，一动就特别容易掉话。"尹贤良说。"之前的数据呢？"肖云飞又问。"我也是刚知道，局方的人找过来的。我查一下之前的数据，应该是突发的。

哎，肖云飞，你赶紧找王厚林配合我，现在局方上上下下一锅粥，必须尽快搞定，否则……哎，快啊。我马上把相关数据发给王厚林，就这样，我要干活了。"尹贤良说完挂了电话。

"怎么回事？"肖云飞自语着给作战室里的王厚林打电话，就见王厚林悄悄出门正要接电话。"别接了，我打的，快去你工位等尹贤良发来的数据。走，快。"肖云飞拖着王厚林回到工位。"什么事，这么急？"王厚林说。"你在里面干啥？跟你又没太大关系，也门又出事了，这回是总部大楼突然掉话严重。"肖云飞边走边说。"没关系？那你非叫我来。"王厚林说。"现在不是把你拽出来了吗，你该待在你应该待的地方。"肖云飞说。

王厚林回到工位打开电脑，问："怎么回事吗？这么急急忙忙的。""尹贤良说也门局方总部都炸了锅了，总之，突然掉话严重。"肖云飞说。"肯定是突发，前两天没听尹贤良提啊。哦，邮件发过来了。"王厚林边说边打开尹贤良的邮件仔细查看着。这时，王厚林的座机响了。"尹贤良的。"王厚林说着拿起了固话。

"喂，尹贤良。"王厚林说。"哎，赶紧看一下发来的数据，我和你对一下，别挂。"尹贤良说。"我看看啊。"王厚林边看邮件边和尹贤良通着话。"看到什么了？底噪是不是比前几天明显抬升？"尹贤良在电话里问。"是啊，有干扰。"王厚林第一反应是干扰。"干扰，那要找曹瑞祥啊，我打电话。"说着，肖云飞给曹瑞祥打电话。拨了几次，曹瑞祥都不接，肖云飞转而给马庆生打。"喂，马庆生，有急事，也门的，赶紧叫曹瑞祥到王厚林工位来，快，让邓学佳接着讲。急啊。"肖云飞说完挂了电话。

不一会儿，曹瑞祥走了过来。"啥事不能等汇报完了再说？"曹瑞祥一头雾水地说。"也门又出事了。"肖云飞说。"啊，不是吧。"曹瑞祥惊讶地问。"看这个，像不像干扰？"王厚林打断曹瑞祥说。"这是什么呀？"

曹瑞祥说。"是什么？底噪都不知道了。"王厚林说。"那得把谱分析了才能知道，可不敢轻易就说干扰什么的。"曹瑞祥的话让大家似乎平静了一些。"你说，除了干扰能抬底噪，还有什么能抬底噪？"肖云飞问曹瑞祥。"这……邻区漏配也会啊。"曹瑞祥说。

"显然不是邻区漏配造成的，都没动过。"王厚林说。这时，电话那头的尹贤良听到后说。"按理是没动过，我再确认一下。"尹贤良说。"尹贤良去确认动没动过邻区关系。"王厚林说。"还有什么？"肖云飞问曹瑞祥。"软件自身有BUG也会啊。"曹瑞祥说。"尹贤良刚确认了，邻区关系没动过。"王厚林说。"也是，谁没事会动它啊。"肖云飞说。"哎，那你想想，不是干扰又会是什么？"肖云飞对曹瑞祥说。正说着，肖云飞的手机响了。

"张总，您这么快就知道啦。"肖云飞接通电话后说。"也门的事吧？难怪个个都溜出去了。赶快搞定，别等着28号在老板面前丢人现眼。杨天峰给我打电话了。"说完，张总挂了电话。定了定神，肖云飞又问："刚才问你的，还有啥可能抬升底噪？""再有就是……"曹瑞祥边想边说。"什么？"肖云飞问。"就是软件自身有BUG。"曹瑞祥说。"不是说没动过邻区吗？"肖云飞说。"BUG，你有什么BUG？"肖云飞拍着王厚林的肩膀说。"又搞到我这儿，什么BUG？能不能说清楚些？"王厚林说。

"看啊，我把尹贤良发来的数据整理了一下，你们能看出什么来？"王厚林继续说。"从这张图看，基本可以判断不是干扰。"曹瑞祥说。"为什么？"肖云飞问。"不为什么，我觉得有基本常识的人都能做出这个判断。"曹瑞祥说。"我智商低，缺乏这样的基本常识，您能不能再解释解释？"肖云飞说。"一般干扰有它自身的特点，这显然不符合干扰的一些特点。"曹瑞祥说。

"具体说说，怎么个不符合？当前的现象是底噪抬升了，影响了接入和通话。"王厚林说。"唉，只要底噪一抬升，你们就赖到干扰，不能这样的。"曹瑞祥说。"听到了吧，也门那边正在找干扰呢！"王厚林说。"这些人。"曹瑞祥说。"局方已派人出去找干扰了。"尹贤良在电话里说。"先让他们找嘛，到时候就知道不是干扰的问题了。"曹瑞祥说。"你说这些没用，又讲不出具体的理由。"肖云飞对曹瑞祥说。

"肖云飞、王厚林，你们难道也认为真的是干扰？"曹瑞祥问。"我们依据当前的数据，只能这么推测。"王厚林说。"我们你们，如果找不到干扰怎么办？"曹瑞祥说。"找不到再说呗。"王厚林说。"不不不，这样太被动了。明天必须搞定这件事，曹瑞祥问得有道理，找不到干扰怎么办？"肖云飞说。"所以，不是局方去查干扰了吗，我们赶紧再想辙啊，现在还不正常吗？问一下尹贤良。"曹瑞祥说。

"哎，尹贤良，曹瑞祥问你，现在异常消除了吗？"王厚林通过电话问尹贤良。"没有，还不正常。他们现在主要用固话，手机接听都不太敢移动，就怕掉话。"尹贤良在电话那头说。"尹贤良说还不正常。"王厚林说。"哎，我听他还说了许多。"曹瑞祥说。"说局方现在主要用固话打电话，用手机接听都不敢挪地方，生怕掉话。"王厚林说。"肯定不是干扰。"曹瑞祥斩钉截铁地说。"为什么这么肯定？"肖云飞问。"我感觉你智商确实低，你就一丝丝都感觉不到？我给你机会来为自己的智商正名，别等我说出来，你可就没机会了。"曹瑞祥激将地说。

"你还别说，我就是猪脑子，没办法。"肖云飞将计就计地说。"如果是干扰，那么干扰的是基站，要掉话怎么都掉话。现在是手机接话挪挪地儿就掉话，显然不是干扰啊。"曹瑞祥说。"真是猪脑子，王厚林。"肖云飞用手拍着自己的脑袋说。王厚林没吭声，赶紧仔细查看尹贤良发来的数据。"要让尹贤良把这几天配置数据都传过来，好有个比较。"王厚林边看边说。"跟他说啊。"肖云飞说。

"这会儿他不在，发邮件给他了。"王厚林说。"你们看，问题一直存在。如果是干扰，这个干扰就会真实存在，不可能只有今天存在，清频是怎么搞的？"曹瑞祥说。"那不好说，没准儿就今天有干扰，到明天，干扰就消失了呢。"肖云飞说。"那好，王厚林，别搞了，等明天它自己就会好的，还搞个啥呀？"曹瑞祥说。"搞笑。"王厚林不屑地说。

晚上十点。"问问尹贤良干扰查得怎么样了。"肖云飞跟王厚林说。王厚林给尹贤良发了封邮件。"黄晨光说找到干扰了，是军用雷达的。"王厚林看着邮件说。"军用雷达的干扰，不可能。这个黄晨光是谁？竟然胡说八道，让他把抓到的干扰图发过来。"曹瑞祥说。"是技服的，我让尹贤良发。"王厚林说。"为什么军用雷达的干扰不可能呢？"王厚林问。"我看黄晨光是认定了干扰，所以硬搞了个军用雷达干扰。这显然是不可能的。"肖云飞说。

"为什么？"王厚林问。"干扰图发过来没有？"肖云飞问。"正在从仪表里拷贝过来。哎，说呀，为什么不可能是军用雷达的干扰？"王厚林问肖云飞。"想想，军用雷达不可能是刚装上的吧。首先，布网选频率的时候，不可能选在军用雷达的频点上，这一点可以肯定。"肖云飞说。"发过来了，看频点是不是和移动网的频点重合。"王厚林边说边看。"显然不重合嘛，让尹贤良打过来。"肖云飞说。

不一会儿，尹贤良打了过来。"尹贤良，问你，局方认可是干扰所致吗？"肖云飞问。"频点挨得比较近，黄晨光坚持认为是雷达干扰，局方至少很难反对这种说法。"尹贤良在电话里说。"照这么说，局方认了。那还搞吗？"肖云飞问。"下面工程师没提异议，但伊索夫坚决不认可这种说法。"尹贤良说。"为什么？"曹瑞祥问。"当时伊索夫知道有雷达频点靠得比较近，但当时我们燎原经过大量测试实验，最后证明可以用。"尹贤良说。

　　"就是开通也正常，这么久也没出什么异常。对了，今天有谁对系统配置进行过操作？"肖云飞突然问。"应该没有和这个相关的操作。"尹贤良说。"你先别管相关不相关，有还是没有对系统进行配置更改操作的？"肖云飞又问。"这个，据说，这里局方的一个员工，仔细看了我们软件说明书。"尹贤良说。"看说明书干啥？"王厚林问。"这个总部大楼由于用户密集，有时接入比较慢，要打好几次才能接得通。领导就让手下看看有什么提升接入的方法。"尹贤良说。

　　"就看软件说明书了？"王厚林问。"没错。"尹贤良说。"看了后有收获吗？"王厚林又问。"别说，看了有关接入宏分集的描述，这位好学的员工就去问黄晨光。黄晨光说接入宏分集就是为提升接入成功率搞的，于是这位员工就打开了接入宏分集。"尹贤良说。"你确定？"肖云飞问。"确定，刚去确认过。"尹贤良说。"拷贝了发过来看看。"王厚林说。"两者有关吗，黄晨光一口咬定毫不相关的。"尹贤良说。

　　"所以他硬说是干扰。"曹瑞祥说。"发过去了。"尹贤良说。"应该就是这个问题。"肖云飞看着邮件低声对王厚林、曹瑞祥说。"嗯，应该是。"曹瑞祥赞同地说。"不会吧，一个帮助改善接入的怎么会恶化接入和通话呢？这个功能是网规看到协议后坚决要求我们给做上去的。"王厚林说。"我是不知道还有这个功能，我们的现网都打开了吗？"肖云飞问。"版本默认是关闭的，现网都没打开过，也门是第一次。"王厚林说。

　　"哎，这也不能说打开就打开，也太没规矩了吧。"王厚林说。"要问你们啊，说明书里写了有，人家自己的东西，打开有什么错？"肖云飞说。"就是，自家的东西，你管得了吗？"曹瑞祥说。"别废话了，把接入宏分集关了就好了，让尹贤良赶紧关了。"肖云飞说。"不可能，不相干的事。"王厚林不情愿地说。"别那么要面子，赶紧的，让尹贤良关了。"肖云飞又说。看王厚林不肯，肖云飞抓起话筒说："尹贤良，我现在命令你，立即关闭接入宏分集，快去。""好，我去关。"尹贤良说。

不一会，尹贤良回到话筒旁说："关了，接入宏分集。""尹贤良，你赶紧叫几个人去拨测，我们先撤了。"肖云飞说。"好。"说完，尹贤良挂了电话。"走吧，应该就是这个问题。这么晚了，没必要在这儿守着了。"肖云飞自信地说。"别这么愁眉苦脸的，先解决问题再说。回头，让测试把接入宏分集好好再测测。"曹瑞祥拍着王厚林的肩说。

8. 接入宏分集

第二天一早，王厚林的工位处。"怎么样，尹贤良那边有消息没？"肖云飞急切地问。"嗯，从回复的邮件看，应该是搞定了。"王厚林不紧不慢地说。"真的啊，真是接入宏分集的问题。"肖云飞兴奋地说。忽然，肖云飞又说："尹贤良应该还没睡吧，给他发邮件，让他打个电话沟通沟通。""凌晨三点了好不好，还没睡？！"王厚林说。"问问嘛，没准真没睡呢。"肖云飞对王厚林说。

邮件过去没多久，固话真的响了。肖云飞急忙先于王厚林拿起电话。"喂，尹贤良，搞定了是吧？"肖云飞急切地问。"目前我们几个人测是这样，还要看明早上班后的情况，糟糕，明天是周五，也门不上班，要等周日、周一了。"尹贤良说。"没事，看底噪降了没？"肖云飞说。"看了，数据发给王厚林了，底噪降了，和以前的一样。"尹贤良说。"你就动了个接入宏分集，底噪就降到正常水平，肯定就不是干扰了嘛，人家总裁说的没错啊。"肖云飞说。

"尹贤良，你找杨天峰、印宏伟，让他们派人在局方总部大楼进行拨测。能不能也找局方的人一起参与啊？周五就不能加加班吗？不至于这么死板吧。"肖云飞又说。"好，我给杨天峰打电话。"尹贤良说。"好，就这样，找杨天峰组织拨测，一定要给结果啊，多晚都要给，28号要给老板汇报工作，也门的事一定要有说法，而且一定要杨天峰认可，听到没？"肖云飞对电话那头的尹贤良说。"好，我死拽住杨天峰，和他一起拨测，一定让他认可。"说完，尹贤良挂了电话。

转眼，肖云飞来到多载波实验室。"昨天的汇报怎么样？"肖云飞一进门就问。"15兆和25兆，张总定的，让我们知会你。"邓学佳说。"你们被张总诈了吧，意志不够坚定。"肖云飞说。"方俊凯呢？"肖云飞又问。"他没吭声。"杭岩说。"难怪，他都不出来抗争，你们自然更不会。关键是15兆能搞定吗？"肖云飞问。"搞搞看吧。"杭岩说。"怎么？定了你又这么说。定了可就一定要搞定的，明白不？不是小孩过家家。"肖云飞对杭岩说。"知道。"杭岩说。

"明白就好，就怕你们是迫于领导的压力。"肖云飞又说。"有些是硬的，香港就是15兆。"邓学佳说。"15兆和总功率可以分别来看。"廖默然插话说。"都学精了。记住，到时候系统规格里，你们要特别关注啊，曹瑞祥。"肖云飞说。"协议也是允许的，这一点协议还是很明确的。"曹瑞祥说。"这是另话，不过张总和公司肯定是希望带宽、功率都能达到的。"肖云飞说。"这，大伙都明白。"曹瑞祥说。"都明白？都明白就好。"肖云飞说。

回到工位，肖云飞拨通了楼晓明的电话。"楼晓明，我是肖云飞。""肖总好。"楼晓明说。"没问题了吧？"肖云飞问。"肖总您指的是哪个项目？"楼晓明问。"难道除了TIO改板备料有问题，还有别的？"肖云飞问。"有，3G的一个数控衰减器，出了批次质量问题。"楼晓明说。

"什么时候的事？"肖云飞问。"昨晚发生的，今早有质量问题的已经隔离了。"楼晓明说。"有人在处理，不能影响发货吧？"肖云飞又问。"临时从另一个厂家调货，会影响发货，但问题不大。"楼晓明说。"有问题需要帮忙就找我啊。"肖云飞说。"好，谢谢肖总。"说完，楼晓明挂了电话。

中午，食堂。"今晚看刘翔能不能拿冠军。"肖云飞边吃边说。"是哦，阿兰·约翰逊还是很强的。"赵长城说。"银牌也可以了，前三都可以。"柴文娜说。"前三已经很不错了，不要期待太高，毕竟是奥运会。"杭岩说。"哎，我说赵长城，接入宏分集你们怎么测的？"肖云飞喝了口汤说。"怎么了？"麦哲渊问。"怎么了？问王厚林吧。"肖云飞说。"王厚林？"麦哲渊问。"还没定论呢。"王厚林含糊地说。"我看差不多了。"肖云飞说。"也门掉话不是说是因为干扰吗？"赵长城说。

"谁说是因为干扰？"曹瑞祥说。"底噪抬升了，不是干扰是什么？"赵长城说。"谁说底噪抬升了就是干扰？"肖云飞说。"麦哲渊，不是吗？"赵长城问麦哲渊。"邻区漏配也会。"麦哲渊说。"对喽，现在又加个接入宏分集。"曹瑞祥说。"别，还没定论呢。"王厚林急忙解释道。"哼，还没定论，别自己骗自己了。在我看，板上钉钉。尹贤良过去一关，底噪立马就降下来了，恢复到和以前一样的状态，还想要什么证明？"肖云飞对王厚林说。

"赵长城，你们怎么测的？柴文娜，都是你们抓的，该好好反省反省。"肖云飞说。"哎呀，我都没听明白你们说的是啥，就把我给拖进来了。麦哲渊，到底什么事啊？"柴文娜说。"接入宏分集。"麦哲渊说。"接入宏分集，没什么印象啊。"柴文娜说。"出什么问题了？"柴文娜又问。"出什么问题，一打开就掉话。"曹瑞祥说。"啊，怎么会这样？"柴文娜问王厚林。"还没定论呢，周日、周一才有定论。"王厚林说。"周日、周一也就是后天的事，周一就真相大白了。"肖云飞说。"等周一有了定论再说吧。"赵长城说。"好啊，等周一我听听你们还有什么说法。"肖云飞说。

下午上班没多久，肖云飞把赵长城、柴文娜叫到自己的工位处。"也门掉话基本定论了，就是接入宏分集的问题，王厚林只是在尽量维护自己团队的脸面，其实没啥意思。"肖云飞对二人说。"看看，尹贤良在也门的版本，捅了这么大的篓子，刚有起色，又出个接入宏分集的问题。哎呀，怎么搞？"肖云飞又说。"说话呀，平时不是都挺能说的吗？"肖云飞看两人不吭声接着说。

"哎呀，肖总，情况确实不是很清楚，了解一下，搞个回溯。"柴文娜说。"净打官腔，你们回溯几回啦，也没见个起色。是用心的，还是敷衍了事？"肖云飞问。"这没法回答了，怎么回，您肯定都不满。"柴文娜说。"死猪不怕开水烫是吧？"肖云飞又说。"有点难听。"柴文娜说。"还想听好听的，赵长城，你怎么不吭声？"肖云飞说。

"没什么好说的，工作确实没做好。"赵长城说。"真的，出事太频繁了。"肖云飞说。"真得好好回溯一下。"柴文娜对赵长城说。"光走形式不行的。核心是测试用例的设计出了根本性、原则性、方向性的大问题，很有可能你们的测试用例根本就是驴唇对不上马嘴。"肖云飞说。"肖云飞，你这话说得太严重了，大家也是辛辛苦苦的。这么说有点太伤自尊了。"赵长城说。

"哦，自尊都出来了。就说自尊，是伤到你们了还是伤到我和张总了，你们好好想想这个问题。"肖云飞说。"我只是在这私下说你们，就给我来什么自尊。我和张总要面对整个公司，那可比我们现在的谈话要……行啦，还是不说了。记住，在燎原千万别提自尊这种幼稚可笑的词儿。"肖云飞说。"我都怀疑接入宏分集的原理你们弄清楚了没有？原理都没整明白就敢说测试OK，你们的胆子也大了。"肖云飞又说。

"损人也别这么损。"赵长城说。"你别说，我就没弄明白，所以，我也有理由相信你们也未必弄得清楚。"肖云飞说。"这……列出来的任务书里有这个测试用例，就必须要做。"赵长城说。"弄明白怎么回事啦，就要去做？"肖云飞说。"回头还是了解一下，看是不是像你说的那样。"赵长城说。"快去了解，越快越好，别在这儿瞎耽误工夫了。"肖云飞说。"还不是你要我们来的。"赵长城、柴文娜边走边说。

晚上十点，王厚林的工位处。"还在这儿等消息呢？"肖云飞走过来问。王厚林盯着电脑没吭声。"我在想啊，你是盼着有问题呢？还是盼着没问题呢？"肖云飞说。"怎么说的，我会盼着有问题吗，真是的。"王厚林说。"难说。客观看没问题，但主观未必。"肖云飞说。"你……"王厚林生气地说。"别急，你的潜意识肯定不希望这个问题是接入宏分集所致的，你赖也赖不掉，我要是你，自然也会这么想。毕竟谁也不希望自己的东西出问题。一线的黄晨光也跟你一样。"肖云飞说。

"为什么黄晨光会跟你一样，道理很简单。接入宏分集是他们网规强烈要求做的。其实这次出事，始作俑者就是黄晨光，我看得很清楚。装腔作势地去抓什么干扰。"肖云飞又说。"当然了，下午我说了赵长城，他估计没弄明白呢，就凭瞎测，居然敢出测试报告，简直是。"肖云飞继续说。"我也是这么想，不过也不全怪他们。"王厚林说。

"说实话，我是觉得你们都没弄得很明白，所以才会出现今天的结果。"肖云飞说。"也许吧。"王厚林若有所思地说。"看来你也意识到了，这就好啊。弄明白后，再好好搞一下。"肖云飞说。"为什么现在都用固定的红绿灯？那是因为警察站在马路中央动态指挥交通有时也会出问题。索性像现在这样规定死，牺牲点效率就牺牲点效率。"肖云飞又说。"挺形象啊，似乎是这么个理儿。"王厚林说。"有时候啊，心眼也不能太活。"肖云飞最后说。

9. 一切皆有可能

第二天早上九点，华今朝亲临作战室，听负责多载波的部门汇报。一开场，华老板首先开了腔。"昨晚，哦，是今天凌晨，大家都看了吧？"华老板说着环顾大家，又继续说，"在我的印象中，跨栏是美国人绝对垄断的项目。""刘翔能拿奥运金牌，就说明一切皆有可能。"华今朝铿锵有力地说。"我是激动得一夜没合眼啊，中国人没有办不到的事。不用再纠结，金海明、张立彪，立即全面启动多载波产品化开发工作，冲锋号就算是吹响了啊，剩下就看你们的啦。"华今朝说完转身离开了会场。

此时大家齐声鼓起掌来，目送老板离开。"好好好，老板已经下定了决心，我们看看具体怎么落实吧。"金海明说。"首先，要针对正在招标的泰国、巴基斯坦、印度这几个低商务大单。张立彪、肖云飞，目标够明确了吧？"金海明又说。"那明年3月就要发货啊。"张立彪说。"对啊，泰国、巴基斯坦差不多是这个时间。"金海明说。"8个月，够宽裕了，没问题的。对你们有信心，肖云飞。"金海明又说。

"金总对我们这么有信心，我们肯定是更有信心了。"曹瑞祥说。"好，曹瑞祥，看见没，射频团队，不愧是移动的中流砥柱，关键时刻不退缩，就是要有曹瑞祥的这种精气神。"金海明说。"移动个个都有精气神。"张立彪跟着说。"方俊凯跟我沟通了芯片测试人员的事，张立彪，我主张还是你们移动自己想办法搞定，但没说可以延期啊，听见没？"金海明对张立彪说。

"人员的事，我们下来再仔细盘算一下吧。"张立彪说。"趁着这个机会培养队伍啊。再说了，想办法多搞些提高效率的工具才是真正的王道。"金海明又说。"这个，我们下来考虑吧。"肖云飞说。"多动动脑，少搞什么人海战术。"金海明说。"搞个专项，要派个得力的人专门负责工具这块。"张立彪对肖云飞说。

中午，食堂。"金总都没提带宽的事。"杭岩说。"定了你的15兆和方俊凯的25兆，对泰国和巴基斯坦应该够用了。张总跟金总沟通过，领导心里有数。"肖云飞说。"我是担心要我们搞20兆，金总不是提印度了吗？"杭岩说。"是张总他们自己分析的印度需要20兆，局方并没明确提。"肖云飞说。"成本还是很重要，我预计，一旦明年3月发货了，金总一定会压张总用自己的算法。"邓学佳说。"这是肯定的。"曹瑞祥说。"领导都这样。"廖默然说。

"哎呀，赵长城，对工具这一块有什么想法？"肖云飞问。"找王厚林啊。"赵长城指着王厚林说。"要派专人，别都指望我们软件啊。"王厚林说。"牡丹，还得多招人啊。"肖云飞说。"招招招。"东方牡丹说。"测试和芯片测试都要招。"赵长城说。"这个时候要是能来个工具高手是最好的。"王厚林说。"有人没？推荐一下。"东方牡丹说。"回头看看吧。"王厚林说。

"多载波这么大张旗鼓地上，招人得……牡丹，这样，招人要成为多载波工作的重要一环，你组织大家开个专题会讨论一下，列出具体的行动纲领。"肖云飞说。"好，我来召集。"东方牡丹说。"柴文娜，你……"肖云飞说。"知道知道。"柴文娜说。"知道什么？"肖云飞说。"也门，什么宏分集啊。"柴文娜说。"看看，就这么个小格局，多载波会不会又是什么S666的，什么打爆了，什么宏分集白分集的。"肖云飞说。"下来思考一下，不敢轻易回您。"柴文娜说。

"吃一堑，长一智。同样的错误可别再重犯啊。"肖云飞说。"目前燎原还没跳出这个怪圈。"曹瑞祥说。"只能尽量少。"邓学佳跟着说。"你们就这追求？"肖云飞说。"哎哎哎，我说刘翔能拿金牌吧，是谁说的省省吧。"肖云飞突然对杭岩说。"刘翔拿了金牌咱们应该好好庆贺一下。我觉得，肖云飞你猜中了，得了头奖，得请客。"杭岩话锋一转机灵地说。

"对对对，肖云飞请客，丹桂轩，您那信用卡老不用都生锈了，就今晚。"马庆生在一旁起哄。"好，就今晚，丹桂轩，我来组织啊。"东方牡丹来劲地说。"这……"肖云飞正要说话，王厚林从身后拍着肖云飞的肩膀说："这啥呀，刘翔拿金牌你请客，多风光的事啊。""早知道中午少吃点了。"袁一帆调侃道。

晚上九点多，聚餐结束了，大家纷纷走出丹桂轩。肖云飞见王厚林独自一人快速往公司走，喊住了王厚林。"哎，王厚林，回家啦，别再去公司了。"肖云飞喊道。王厚林头也不回地挥了挥手说："去看看也门的情况。""还不死心啊。"肖云飞边说边去开车。不一会儿，肖云飞开着车追上了王厚林，按了两声喇叭停在了王厚林旁边。肖云飞打开车窗对王厚林说："上来吧，送你过去。""不用，刚吃完，走走，消化消化。"王厚林说。"哎呀，上来吧，快，送你过去。"肖云飞说。

看肖云飞执意要送，王厚林便上了车。"你呀，别太执着了，已经是定论了，该死心了。"上车后肖云飞说。"没有啊，我去看看尹贤良他们测的情况，分析分析数据，没别的意思。"王厚林说。"好啊，分析呗，分析清楚了以后好改进。"肖云飞说。一听这话，王厚林又不高兴了，说："还没定论呢。""想问题啊，还是要跳出来，能正反两面地看，这样才更客观，也更容易想明白。"肖云飞边开车边说。"想明白啥呀，还是要靠数据说话。"王厚林说。"对啊，靠数据，底噪就是恢复了呀，和先前一样了。"肖云飞说。

"底噪是底噪，除了底噪，其他数据呢？"王厚林说。"什么其他数据？"肖云飞问。"我问你，难道判断接入宏分集是否有效仅仅是靠底噪吗？"王厚林问。"这……我……"肖云飞一时答不上来。"一听就知道，你根本就不懂什么是接入宏分集。"王厚林说。"那我倒要问问，你们是通过什么判断接入宏分集的？"肖云飞反问道。"肯定不是靠底噪来判断的。"王厚林说。"那靠什么判断？"肖云飞这一问倒把王厚林给问醒了。"嗯，测接入宏分集功能的时候，根本就没想到会跟底噪相关。"王厚林愣了半天若有所思地说。

"看前面，十字路口，现在红灯不能走。好，看上面是20秒，到了，绿灯，走。"肖云飞边说边启动车子。"这就相当于没有接入宏分集插手。"肖云飞又说。"想想，如果不是固定时间的红绿灯，靠动态调配，那得时间卡得准啊，否则肯定出事啊。"肖云飞兴致勃勃地说。"行啦，到了，我上去了，你回吧。"王厚林开门下车说。"好好想想，走啦。"肖云飞说完开着车走了。

10. 成竹在胸

周一刚上班，麦哲渊的实验室。"我们忽视了接入宏分集与底噪的关系，所以……"王厚林对麦哲渊说。"确实谁也没想到。"麦哲渊说。"都想想吧，找个时间讨论一下，拿出一个有效的测试方案来。"王厚林说着离开了。回到自己的工位，王厚林看见肖云飞正坐在自己的座位上，旁边还坐着马庆生。一见王厚林来了，肖云飞兴奋地对王厚林说："你们测试的时候肯定只顾头没顾尾。""什么乱七八糟的，起来，干活。"王厚林对肖云飞说。"让给你。"肖云飞从王厚林的椅子上站了起来说。

　　"哎……"肖云飞又要开口，就被王厚林堵了回去。"知道啦。"王厚林不耐烦地说。"知道什么啦？我还没说呢。"肖云飞说。"能不能别烦我？我要工作了。"王厚林说。"好好好，我找麦哲渊说去。"说着，肖云飞直奔麦哲渊的实验室。"麦哲渊，你们的测试都是静态的，信噪比很富裕，即使底噪高，你在后台也看不出啥影响，这就是根因所在。"肖云飞一进来就说。"知道，刚才王厚林说的差不多也是这个意思。正在搞新的测试方案，先拿出个初稿，让大家讨论。"麦哲渊说。

　　"别王厚林说的差不多，像真的似的。肖云飞刚才说的很重要。"跟过来的马庆生对麦哲渊说。"其实再理解一下，肖云飞刚才说的就不难发现，并非你们所谓测试方案有啥大问题，关键是你们没把实际的应用和什么宏分集结合起来。不用搞什么新方案，测试的时候把底噪同步监测起来就行了，不要再瞎折腾什么新测试方案了。"马庆生说。"我们肯定要全面审视一下，再说你刚才说的也仅仅是一部分，一小部分。"麦哲渊说。"你……"马庆生正要再说却被肖云飞打住了。

　　"好，你们好好考虑吧，全面地考虑一下，这是对的，走。"肖云飞示意马庆生。"死要面子。"马庆生边走边说。"少说两句。"肖云飞低声对马庆生说。

　　肖云飞刚回到工位，桌上的固话响了，肖云飞拿起话筒："喂，哪位？""肖云飞，我是邵利伟。""啊，邵总，怎么，有事啊？"肖云飞问。"这不在准备泰国和巴基斯坦的投标嘛，你的多载波哪天能把成本估算出来啊？"邵利伟在电话里说。"不会吧，邵总。"肖云飞说。"不会吧，肖总，没成本我怎么投标啊。"邵利伟说。

　　"周六老板刚定下来。"肖云飞说。"老板为什么这么急着定下来，你当玩呢？"邵利伟说。"哪天要？"肖云飞问。"本周必须给出来，就2号吧。"邵利伟说。"拜托，时间太紧了，4号吧。"肖云飞说。"不行，5号老大们要评审，就得2号。3号、4号两天给我留点时间。大项目，金总要亲自过目，老板也要看的。肖云飞，2号啊，就这样。"说完，邵利伟挂了电话。"没啥，沿用原来的机柜，就估一下多载波模块的，分分钟搞定。"马庆生在一旁说。

"你倒是会偷听啊。"肖云飞说。"需要偷听吗？想躲都躲不掉，还偷听，亏你说得出口。"马庆生说。"看来领导都想好了，就改个收发信机模块。对啊，这样小柜子就行了。"肖云飞说。"你以为呢，还想着架势拉开，什么系统设计、详细设计的一大套。"马庆生说。"我想着新系统，新机柜呢。"肖云飞。"老大们想问题都很现实的，像邵利伟他们，其实已经有估算了，只是你这是正式的渠道。"马庆生说。

"你怎么知道？"肖云飞问。"他们找过查曼丽。"马庆生说。"邵利伟他们？"肖云飞问。"你以为呢。"马庆生说。"哦，先摸了个底，只有这样才不会亏，说服了老板，才有了周六这一幕。"肖云飞自语道。"对喽。"马庆生说。"给曹瑞祥发邮件，这么简单的事，让他去搞。"说着，肖云飞给曹瑞祥发了封邮件。

发完邮件，肖云飞来到多载波实验室。"曹瑞祥，刚给你发邮件了，赶紧去吧，把现在要投的这板的模块成本找查曼丽估算一下。"肖云飞说。"什么意思？"曹瑞祥不解地问。"什么意思？这个模块的成本给我个评估。周四，也就是9月2号下班前给我。"肖云飞说。"看我干吗，听不懂啊？发邮件给你了，不懂去看邮件。"肖云飞对曹瑞祥说。"怎么个意思？"曹瑞祥问。"给邵利伟他们投标用。"肖云飞故意轻描淡写地说。"哇，这就上赶子啦，就这就行了，不用重新搞个平台？"曹瑞祥问。

"邵利伟他们准备拿你们要投的这一板去泰国和巴基斯坦投标。"肖云飞说。"这……"曹瑞祥说。"动静大就赶不上啦。"肖云飞说。"那倒也是。"廖默然在一旁说。"就是单载波模块变多载波，其他的都不变。而且估计泰国和巴基斯坦用小机柜就够了，成本最优。"邓学佳说。"快去搞啊，曹瑞祥。"肖云飞说完走了。

中午，食堂。"女排也拿了冠军，陈忠和还行啊。"柴文娜边吃边说。"谁说美国女排是郎平当教练的，不是啊。"东方牡丹说。"听说奥运会后郎平会接手美国女排。"柴文娜说。"这个王皓还是不行啊，柳承敏之前没赢过王皓，但你看人家，到了奥运决赛，我看王皓简直被打傻了。"肖云飞说。"王皓就是心理素质不行，缺少像刘国梁那样的霸气。"东方牡丹说。"看来要想拿奥运冠军，首先心理素质得过关。"赵长城说。

"哎，王厚林，你转的尹贤良的照片是啥意思？他是在也门待疯了吗，用头撞大石柱子。"柴文娜问。"不是大石柱子，是也门以前的国王住的宫殿。尹贤良说那个宫殿是在一块大石柱上凿出来的，没错，就是个大石柱。"王厚林说。"他周六去玩的。"王厚林补充道。"告诉你们背景吧，尹贤良前一阵给我打过电话，说如果他的软件再出问题，他就一头撞在国王的石头宫殿上撞死算了。"肖云飞说。

"呀，王厚林，你都不问弟兄们的死活，光知道转邮件逗乐，太不像话了，赶紧问问尹贤良撞得咋样了？"柴文娜故意说。"对啊，我咋忘了这茬了！是不像话，我发邮件问问。"王厚林顺着柴文娜的话说。"说得跟真的似的。"东方牡丹在一旁说。"别说，不知情的没准儿就真信了。娜姐，你真是好演技，没去好莱坞屈才了。"马庆生说。"看照片上尹贤良一脸轻松，往下高考查分应该是成竹在胸了。"赵长城说。"按理是，但也不能功亏一篑啊，王厚林。"肖云飞说。"放心，不会放松的。"王厚林说。

"王皓就是一面镜子，世界上就没有百分之百的事。"肖云飞说。"老板那天说一切皆有可能。这句话的常规理解是我们多载波能搞成，但反过来，也不是没可能的，廖默然，我说的对吧？"曹瑞祥说。"太对了，我现在觉得我们对多载波有点过于乐观了。"杭岩说。"谁乐观了？反正我没有。"廖默然说。"这回可真不是闹着玩的，量大呀。"肖云飞说。

"不会一开机瘫一片吧？"柴文娜说。"噼里啪啦，功放爆一片，像放炮仗似的。"柴文娜绘声绘色地说。"柴文娜，说得有点不靠谱了吧，功放什么时候这么爆过啊？"廖默然不爽地说。"人家娜姐就这么一说，开玩笑啊。"东方牡丹说。"其实很多事没那么悬乎，要是做件事能充分贴近实际应用的场景就会省很多事，接入宏分集就是个典型。"肖云飞说完端着盘子走了。"没完没了。"王厚林不爽地自言自语道。

下午上班没多久，曹瑞祥来到肖云飞的工位处。"班德的芯片，还是得让查曼丽他们想办法把价格谈下来。"曹瑞祥说。"嗯，你让他们去谈啊。"肖云飞说。"他们管用我就不来找你了。"曹瑞祥说。"这种事，我说也未必管用。"肖云飞说。"再怎么说，你是代表产品线，能给采购人员点儿压力。"曹瑞祥说。肖云飞想了想，拿起固话打给查曼丽。"肖总，又有啥事？"查曼丽在电话那头问。

"何来又有？"肖云飞反问道。"哎呀，曹瑞祥骚扰我很久了，估计这会儿他找你来帮忙了。"查曼丽说。"哎，真的，能不能再谈谈？班德不能这样趁火打劫啊。"肖云飞说。"班德知道我们早晚是会用自己的算法的。"查曼丽语气平缓地说。"那又怎样？"肖云飞问。"那又怎样？你说呢？"查曼丽说。"哎，我们能不能跟班德的人说，我们不会用自己的算法。"肖云飞说。

"这种小孩儿过家家的游戏，还是回家自己玩吧。你想想，麦克斯韦和香农都不用它的，燎原凭什么非要用？简单推理就知道这是早晚的事。"查曼丽说。"照你这么说就没招啦，任凭班德宰我们？"肖云飞说。"我们会再去谈的，这个时候只能从量上来谈。"查曼丽在电话里说。"从量上谈关键要平衡班德和自己的比例，否则呆死料就不好办了。"查曼丽又说。

"我们自己的究竟如何？给我个底。"查曼丽又说。"想搞出来是肯定能搞出来的，方俊凯承诺是年底。"肖云飞回道。"肖云飞，还是要给我个计划，这样才能确定和班德谈判的策略。"查曼丽说。"好，我找曹瑞祥给你弄个计划。"肖云飞说。"今天行不行？"查曼丽问。"今天，行吧，马上搞。好，就这样。"说完，肖云飞挂了电话。

"看到没，很多是身不由己的。"肖云飞放下电话说。"关键要看方俊凯。"曹瑞祥说。"FPGA的价格也很重要，自己的FPGA选型选好了吗？"肖云飞问。"算法没出来怎么选？"曹瑞祥反问。"你们再和方俊凯沟通一下。记住，做产品核心器件的价格是关键。另外，跟厂家也要沟通，多找几家。"肖云飞说。"FPGA又不能Pin对Pin替代。"曹瑞祥说。"板级替代啊。"肖云飞说。"板级替代？哪有那么多人搞？"曹瑞祥说。"那也得搞啊，又不是没搞过。"肖云飞说。

"现在，赶紧按查曼丽的要求搞个计划发给她。"肖云飞说。"怎么做？"曹瑞祥反问。"这种事还问我？"肖云飞说。"这种事当然要问你了，比例怎么定？我可定不了。"曹瑞祥说。"你先去吧，我想想再说。"肖云飞说。"等你。"曹瑞祥说完转身离开了。

"等我，我怎么定？"肖云飞看着离开的曹瑞祥说。"不好定啊。"肖云飞自语道。"就是定方俊凯算法过点的时间点。"一旁的马庆生说。"是啊，一遍都没走过，完全没底啊。怎么定？"肖云飞说。"乐观的，悲观的。"马庆生建议道。"那你说是按乐观的给，还是按悲观的给呢？"肖云飞说。"都给。"马庆生说。"万一比悲观的还悲观，怎么办？"肖云飞说。"能怎么办？凉拌。定一个就行啦，想太多也没啥用。"马庆生说。

"旁观者清。先拍一个，管他呢。"肖云飞说着急匆匆走了。转眼间，肖云飞又来到曹瑞祥处。"哎，年底算法出来，我们的硬件是可以先投的。"肖云飞说。"这两天先集中精力把班德的投下去，转过头再搞方俊凯的，FPGA定了就可以投了。"肖云飞又说。"FPGA没定啊。别做无用功，还是等算法定了再说。"曹瑞祥说。"那你说什么时候投板？"肖云飞问。"争取1月底2月初。"曹瑞祥说。"过年是哪天？"肖云飞问。"不知道。"曹瑞祥说。

"不知道？赶紧查一下。"肖云飞说。"怎么查？我上不了网的，没有权限。"曹瑞祥说。"好，我找牡丹查一下。"说着，肖云飞给东方牡丹打电话。"喂，牡丹，我是肖云飞，帮忙查一下今年过年是哪天。"肖云飞拨通电话问。"好，一会查了发邮件给你。"东方牡丹在电话里说。"现在就要，牡丹，帮忙现在就查一下，拜托，很重要。"肖云飞说。"好好好，我现在查。"东方牡丹边说边查。"噢，2005年的春节是2月9号，除夕是8号。"东方牡丹在电话里说。"2月9号是大年初一，对吧？"肖云飞重复着说。"2月9号，大年初一。"东方牡丹回道。"好，谢谢牡丹。"肖云飞说完挂了电话。

"2月9号是春节，除夕是8号。也就是6号或7号必须投下去。"肖云飞说。"不对，得提前点儿，5号之前必须投下去。"肖云飞盯着曹瑞祥激动地说。"嗯，2月5号，也只能是这个时间了。"曹瑞祥说。"考虑几板？"肖云飞又问。"一般要三板，争取两板搞定。"曹瑞祥说。"你这都是空头支票，按两板给查曼丽吧。"肖云飞说。"2月底板回来，5月中旬投第二板？"肖云飞问曹瑞祥。"先这样定吧。"曹瑞祥说。"那好，5月中旬投第二板，就这么定了。你赶紧按刚才说的做个计划给查曼丽吧。"肖云飞说完离开了。

11.能干掉一个电源吗

第二天一早，肖云飞还没走到工位，张立彪的电话就打来了。"肖云飞，要1年啊，太慢了吧。"张立彪在电话里说。"张总，您是说……"肖云飞正说着，张立彪打断了说道："方俊凯要1年啊，不至于吧。""没说1年啊。"肖云飞说。"没说1年？我问你，现在是8月吧，你那两板到过点不就是明年的这个时候？整整1年。"张立彪说。"从年底算就8个月。"肖云飞说。"8个月也太长了，给你6个月。"张立彪说。"这就真不敢承诺了，毕竟一板没走过。"肖云飞说。

"明年六七月可能就要给印度发货了。"张立彪说。"只能是争取了。如果不行，只能用班德的。"肖云飞说。"要是能用班德的还给你打电话？"张立彪不爽地说。"知道，只能先看第一板的情况，现在说什么都是空的。"肖云飞如实说。"行啦，就按印度发货的时间点去牵引。"说完，张立彪挂了电话。

肖云飞和张立彪通完话郁闷地来到多载波实验室。"明天，最迟后天就可以投了。"邓学佳说。"好啊。"肖云飞面无表情地回道。"邓学佳，方俊凯他们的算法年底究竟能不能出来？"肖云飞一脸严肃地问。"这……"邓学佳说。"大概明年六七月份就要给印度发货，张总想用自家的东西发。"肖云飞说。"没搞错吧？"杭岩说。"我倒希望是搞错，可这就是现实情况。"肖云飞说。"你答应了？"廖默然问。"这话问的，由不得你表态，做就行了。"肖云飞说。

"那万一……"达荣生说。"如果不行，只好发班德的。"杭岩说。"按理可以，但没备货。"肖云飞说。"没备货等于没有。"廖默然说。"巴基斯坦、泰国的后期发货也要用自己的，所以印度就更不可能了。"肖云飞说。"张总是不是太急了点？"邓学佳说。"他认为今年12月底，方俊凯的算法应该就可以了。他可能了解的比我们更多一些，又亲自去过俄研所。"肖云飞说。

"假定，仅仅是假定啊，张总说的是对的，那6月份有可能。"邓学佳说。"看来张总是事先想好了的。"肖云飞说。"一定是想好了才找你的。"邓学佳说。"凭你的了解，可能性有多大？"肖云飞问邓学佳。"我只能说有可能。"邓学佳谨慎地说。"只要固件没啥问题，其他的问题不大。"杭岩说。"FPGA什么时候能定？"肖云飞又问。"这是小问题，固件定了，FPGA也就定了。"邓学佳说。"固件定了，选FPGA大概要多久？"肖云飞又问。"实不相瞒，这板一投下去，就会开始FPGA的选型工作。"杭岩说。

"啊，曹瑞祥跟我说要固件算法定了才行。"肖云飞说。"没错，那是最后敲定，但前期的工作要开展起来，你没看最近FPGA的几个厂家来得可勤了。"杭岩说。"看见了。"肖云飞说。"原来也就是不太稳，算法自身有缺陷，把问题解决了，应该就无大碍了。"邓学佳说。"好，咱们自己的争取明年6月份量产，大家加油啊。"肖云飞略显兴奋地说。"方俊凯还是比较靠谱的，我信他。"邓学佳说。

正说着，肖云飞的手机响了。"肖云飞，你们可要说话算话呀。"查曼丽在电话里说。"怎么了，什么时候说话不算话了？"肖云飞摸不着头脑地问。"曹瑞祥的计划是你定的吧？"查曼丽问。"怎么了，有问题吗？"肖云飞问。"你说没问题，我可就按这个量去跟班德谈啦？"查曼丽说。"可以啊。"肖云飞说。"你说的可以，到时候再要用班德的可是没有了，这一点要和你说明白的。"查曼丽说。"放心，可以，没问题的。你就在这个基础上再乘个1.3就行啦。"肖云飞说。"这是你说的，那行，我现在给你发邮件，你回我一下，到时候别不认账。邮件发给你了，回一下。"查曼丽说完挂了电话。

"还是对我们没信心。"肖云飞挂了电话对大家说。"可以理解。"邓学佳说。"也没啥可想的了，一门心思搞呗。"廖默然说。"对了，说到这儿想起来了，效率呢，看看机柜能不能少配一个电源模块。"肖云飞对廖默然说。"廖默然，这意义很大的，你想想。"肖云飞又说。"到时候我让马庆生和你一起先算算，看怎么给你定目标。真的，这可是实打实的。"肖云飞说。"都是实打实的，哪个不是？"廖默然说。"先算算，也许很容易就达到了。"肖云飞说。"直接省掉一个电源模块，你觉得可能吗？恐怕都得努力才行。"廖默然说。

"你是指收发信机吧？"邓学佳问。"对啊，我发现收发信机的功耗也不小，FPGA也是大户。"廖默然说。"节电模式肯定要考虑。"达荣生说。"节电模式？"杭岩问。"现在的芯片大多都有节电模式，只是大家一般不太关注。"达荣生说。"好，挖潜，不仅仅是功放。"肖云飞赞许地说。"这一板没考虑吧？"肖云飞敏锐地问。"还是先投吧，下一板再考虑。"邓学佳说。"先把器件资料好好消化消化，下一板搞上。"肖云飞说。"我去看看我的功放。"廖默然说完走了。

"看，压力立马就来了。"肖云飞看着离开的廖默然说。回到工位，肖云飞对马庆生说："多载波要省一个电源模块，你去找廖默然一起算算，看给功放提什么目标。""嗯，应该可以吧。"马庆生回道。"这是张总提的要求。"肖云飞说。"我先估估。"马庆生说。

下午上班不久，曹瑞祥来到肖云飞的工位处。"柳超智中午打电话来了。"曹瑞祥说。"怎么说？"肖云飞问。"在配合局方整改，他觉得有局方的人在就可以了，再加上郝树斌他们技服的人，柳超智觉得他自己没必要再待在西藏了。"曹瑞祥说。"他想回来自己跟郝树斌说啊，跟我们说有什么用。"肖云飞说。"你不是领导嘛。"曹瑞祥说。"我怎么说，要是整改完了，自然就回了，没整改完，郝树斌能随便就让他回来吗？"肖云飞说。"够辛苦的了，在阿里还差点把命搭上。"曹瑞祥说。

"这事啊，还得柳超智自己想办法说服郝树斌。柳超智应该清楚自己的作用，如果他认为自己的作用不大，刚好郝树斌也是这么认为的最好，就让柳超智把这层纸捅破。"肖云飞说。"其实现状就是局方要双工器，巨峰给提供双工器。"曹瑞祥说。"而且柳超智说，双工器就在局方的仓库里，想要就能去拿。"曹瑞祥又说。"噢，都简捷成这样啦，那柳超智就跟郝树斌说呗。他自己先说，不行我再出面。"肖云飞说。

"这样行，让柳超智先自己沟通。"曹瑞祥说完正要走。"等等，我想把机柜的电源模块干掉一个，正压着廖默然、马庆生评估呢，你也帮着想想。廖默然只提了收发信机要降功耗，你看还有啥油水可捞？"肖云飞说。"好，我去找他们。"曹瑞祥说完走了。

"怎么样？能干掉一个电源吗？"曹瑞祥来到功放实验室问。"来，一起分析啊。"马庆生说。"我们正在把有功耗的模块列出来，你看看全不全。"马庆生又说。"不会吧，双工器也列出来啦？"曹瑞祥说。"不是有低噪放嘛。"马庆生说。"那能有多少啊。"曹瑞祥说。"一点点抠啊。"廖默然说。"我看看啊，还有风扇。"曹瑞祥说。"对对对，风扇，加上。"马庆生边说边写。

正说着，肖云飞走了过来。"有眉目了吗？"肖云飞问。"在讨论。"马庆生说。"你还得再多加些条件。"肖云飞说。"你说我加。"马庆生说。"首先是室内柜。"肖云飞说。"好，室内柜。还有呢？"马庆生说。"肯定是指满配对吧。"肖云飞又说。"那是。"马庆生说。"写上。"肖云飞说。

"这也要写啊？"曹瑞祥说。"头脑风暴鱼骨图，想到的都写上，一个不能少。"肖云飞说。"基带也加上。"肖云飞又说。"基带又改不了。"

马庆生说。"改不改再说，先把要素写全了。"肖云飞说。"我再问问，你们的模块功耗，是以算出来的最大功耗为准，还是按实测的？"肖云飞问。

"哎呀，这两个的差别有点大啊。"曹瑞祥说。"这就是大家要好好琢磨的地方。"肖云飞说。"没事，能去就去，不能去就再加上呗。"廖默然说。"嗯，可不是这么说的。"肖云飞说。

"槽位有啊。"马庆生说。"没有，如果决定去掉，槽位就干掉，不用为什么要留？要节省成本啊。"肖云飞说。"那可得好好考虑考虑，要慎重。"曹瑞祥说。"感觉没那么轻松了吧。"肖云飞说。"这件事意义很大。当初没办法，加了一个备份的，其实开始也是想省的，结果省不下来。"肖云飞接着说。"还有频段。"廖默然说。"对，不同频段，效率有差异。"曹瑞祥说。

"你把槽位删了干吗？留着还能以防万一。"马庆生对肖云飞说。"有可能有别的用处。"肖云飞说。"有什么用？"曹瑞祥问。"存在不同频段共柜的可能性。"肖云飞说。"那空出来的空间做什么用呢？"马庆生问。"如果共天馈，就用得着了。"肖云飞说。"噢，放合路器。"曹瑞祥说。"明白了吧？"肖云飞说。"那我们得好好挖挖潜，价值太大了。"曹瑞祥说。"对，深入挖，结果就是要省掉一个电源模块。"肖云飞说完离开了。

"根本就是他自己的主意，还打着张总的旗号。"廖默然说。"没有啊，他跟我说是他自己想的，没说张总。"曹瑞祥说。"对不同的人说不同的话啊，这个肖云飞。"廖默然说。"怕你不肯嘛。"马庆生说。"我是那种人吗？还拿张总来压。"廖默然略显不爽地说。"别跟他一般见识啊。"曹瑞祥说。"嗯。"廖默然说。

"别说，肖云飞的这个想法要是实现了，真是省大发了。"马庆生转移话题说。"嗯，必须实现。"曹瑞祥说。"但是有一个问题。"马庆生说。

"什么问题？"曹瑞祥问。"新模块可以插到老机柜里，但老模块如果要插到新机柜里去，恐怕就要有一定的限制了。"马庆生说。"这是个问题，但问题不大。"曹瑞祥说。"为什么要把老模块往新机柜里插？没道理的。"廖默然说。"也是，应该问题不大。"马庆生说。

12. 禁用接入宏分集

2004年9月1号，周三。"咋样，能去不？"肖云飞一上班就问马庆生。"在努力，应该是有希望的。"马庆生说。"真的？"肖云飞惊喜地说。"好好搞搞，太值得了。"肖云飞说着离开工位，去了测试实验室。

"都在，接入宏分集测得咋样啊？"肖云飞问。麦哲渊摇着头没回答。"王厚林，不会是原理都没弄明白，瞎整的吧？"肖云飞望着王厚林说，王厚林也没吭声。"不会真被我说中了吧？"肖云飞又说。王厚林、麦哲渊看着肖云飞不作声。"要真是这样，赶紧通知一线，禁用接入宏分集，王厚林。"肖云飞说。"正想找你说这事呢。"王厚林开口说。"你们啊，怎么说你们好呢。"肖云飞说。"我找柴文娜去。"王厚林说着赶紧离开了。

"到底怎么回事？"肖云飞问麦哲渊。"我也不知道，本以为监控了底噪，王厚林改改，就可以的。"麦哲渊说。"你们这算是做的啥事？白吃人民大米饭。"肖云飞说完气呼呼地走了。"哎，王厚林，先把接入宏分集的部分删了。"肖云飞边走边给王厚林打电话。"好。"王厚林应着。

转眼，肖云飞来到多载波实验室。"忙了半天，一个特性给做废了，上哪儿说理去。"肖云飞一进门就自语道。"你是说接入宏分集吧？"邓学佳问。"不是它是谁。"肖云飞愤愤地说。"你们可别学他们啊。"肖云飞又说。"板投下去了。"邓学佳说。"噢，20号能回来了。"肖云飞说。"大概两周，月中，20号之前。"杭岩说。

"先说好啊，国庆要加班。"肖云飞说。"还有功耗，你们有考虑吗？"肖云飞问。"这一板没来得及，下一板把省电模式加上。"邓学佳说。"应该都是3.3伏或5伏吧？"肖云飞又问。"基本是，射频还有大于5伏的。"邓学佳说。"为什么？"肖云飞问。"那得问曹瑞祥。"杭岩说。"应该是没有找到合适的，他也想5伏啊。"邓学佳说。"计划什么时候投第二板？"肖云飞问。"力争元旦前。"邓学佳说。

"元旦前差不多。第二板问题回归，至少要比第一板问题少很多。"肖云飞说。"那当然，否则就发散了。"邓学佳说。"达荣生，软件尤其是功控，就看你的了。"肖云飞说。"另外，功放也是你控的，要特别关注功耗的控制，节点是关键。"肖云飞又说。"功控是关键，功率控制的波动小，功耗才能稳定。"邓学佳说。

"能做到0.1还是0.2？"肖云飞问达荣生。"现在提的是0.1分贝。"达荣生说。"0.1，能做到吗？"肖云飞问。"正负0.1。"达荣生说。"正负0.1，能做到是吧？"肖云飞问。"做好了能做到。"达荣生回道。"话里有话啊。"肖云飞说。"要系统考虑，都要有温补，否则就很难了。"邓学佳说。"温度传感器多布置点呗。"肖云飞说。

测试实验室。王厚林的固话响了。"喂？"王厚林拿起固话说。"王厚林，我是牡丹。"东方牡丹在电话里说。"啊，牡丹，有何指教？"王厚林说。"哪敢？为你服务。哎，说正事，有个搞工具的，据说是高手。简历发给你看看，尽快给个回话。"说完，东方牡丹挂了电话。

王厚林放下电话仔细看着东方牡丹发来的简历。"喂，牡丹，这个苏嘉

庆，从简历上看可以。什么时候面谈一下？"王厚林看完简历后给东方牡丹
打电话说。"他本人现在在上海的一家外企做芯片测试，我约一下吧，看是
他来深圳，还是我们去上海。"东方牡丹说。"我这可走不开啊，还是尽量
让他来深圳吧。"王厚林说。"如果你觉得值，去一趟也是可以的，就一两
天的事。除非你觉得他不值？"东方牡丹说。

"他来找工作，怎么架子这么大？"王厚林说。"没有，是我们通过
渠道打听到他的，你们不是要高手嘛。"东方牡丹说。"能不能先电话沟通
一下？"王厚林问。"这个……我是先和他电话沟通了一下的。"东方牡丹
说。"你都和他谈了些啥？"王厚林问。"基本信息啊，简历上的信息肯定
要确认一下的。"东方牡丹说。"他的态度如何？他有没有意愿来燎原？"
王厚林问。"他没想到燎原也做芯片。另外，我跟他说燎原会在上海设立芯
片研发中心。"东方牡丹说。

"你的意思是，如果工作地点在上海，他就有可能来燎原？"王厚林
问。"我不是随便说的，我这么说是公司要求的口径。而且公司确实正在筹
建，想必他也能打听到。"东方牡丹说。"所以你让我过去跟他谈。"王厚
林说。"我跟你一起去，你的任务就是鉴别一下，从技术、专业的角度看看
值不值。你要知道，他目前的状况是比较好的。"东方牡丹说。"行吧。"
王厚林说。"那好，具体时间我来安排，你等消息就行了。"说完，东方牡
丹挂了电话。

"去上海，也不错啊。"王厚林放下电话自语道。没多久，固话又响
了。"喂，牡丹，联系上了？"王厚林问。"苏嘉庆答应周六下午见面。"
东方牡丹在电话里说。"周六？为啥是周六啊。"王厚林问。"他休息
啊。"东方牡丹说。"他休息……"王厚林欲言又止。"好啦，为了保险，
咱们周五晚上去上海，我帮你一起订机票。"东方牡丹说。"你帮我订？"
王厚林说。"是啊，为你服务还不高兴？"东方牡丹说。"高兴高兴，谢谢

牡丹。"王厚林不好意思地说。"周五晚上啊，订了给你发短信。"说完，东方牡丹挂了电话。

中午，食堂。"上海人就是架子大啊。"王厚林边吃午饭边说。"人家也不是上海人，是浙江宁波的。"东方牡丹说。"上海主要就是江浙一带的人，浙江宁波差不多就是上海人了。"廖默然说。"你们说谁呢？"肖云飞问。"牡丹找了一个工具高手。"王厚林说。"怎么架子大啦？"肖云飞问。"周五晚上，我和王厚林去上海，周六下午和这个苏嘉庆见个面。"东方牡丹说。

"他不肯过来是吧？"曹瑞祥说。东方牡丹和王厚林都没吭声。"好啊，真是高手对我们就太有用了。"邓学佳说。"大上海挺好的，深圳这个小渔村可比不上。"肖云飞说。"宁波，船王包玉刚就是宁波人。"赵长城说。"浙江人可会做生意了，除了宁波，还有温州。"袁一帆说。"对对对，温州人，温州人有句话叫'饭可以不吃，觉可以不睡，钱不可以不赚'。"夏润泽说。"不吃不喝不得饿死啊？"朱文学说。

"现在好像浙江的义乌比较有名气，全是小商品。"杭岩说。"义乌这个地方没什么地，乡下人就靠走街串巷做点小生意，没想到越做越大，好像还销往海外了。"达荣生说。"怎么着，一个个都不想搞基站，想做小生意啦？"柴文娜说。"就说说。"赵长城说。"柳超智今天回来。"曹瑞祥对肖云飞说。"是吗？"肖云飞惊喜地说。"郝树斌也觉得他没必要再待在西藏了。"曹瑞祥说。"好啊，好啊，就剩个尹贤良了。"肖云飞说。

"尹贤良不出意外能回来过中秋。"马庆生说。"还要等到下旬吧。"肖云飞说。"19到23号高考查分。"马庆生说。"也门高考完了吗？"肖云飞又问。"就前两天，8月底嘛。"马庆生说。"唉，王厚林，也门最后的临门一脚，可别功亏一篑了。"肖云飞说。"知道，知道。"王厚林说。"麦哲渊，你再好好测测，别松懈。"肖云飞说。"好。"麦哲渊说。

"后天是吧，牡丹？"王厚林端起盘子说。"后天？唉，要是电影《后天》说的是真的，那……"马庆生喝了口汤说。"那什么那，地球上的事，说不准的。你看西藏，什么世界第三极，可是在去日喀则的路上看到路边山坡上就有海里的贝壳。那不就说明地球至少发生过一次'后天'了吗？"肖云飞说。"海变成了山，山自然就有可能变成海。"肖云飞又说。"不会被我们撞上吧？"柴文娜说。"难说。"马庆生说。

"《后天》说的比较悲观，虽说气候变化几大洲都不好，但非洲气候似乎在变好。据说非洲的雨水比以往要多，整天忙着上什么火星啊，也许非洲就是未来的天堂。"曹瑞祥说。"那我们国家岂不是赚到啦？"赵长城说。"我们为什么赚到了？"马庆生问。"中国对非洲一直有投入嘛，这都不明白。"东方牡丹说着端起盘子走了。

周六下午三点，上海，在东方牡丹和王厚林住的宾馆咖啡厅里。"这个时候上海和深圳的气候差不多。"东方牡丹说。"深圳太热了，一年到头都热。"苏嘉庆说。"去过深圳？"王厚林问。"去过。"苏嘉庆说。"广东一年四季不分明，太热，时间长了，人就受不了了。"苏嘉庆说。"是吗？"王厚林有点尴尬地应付道。"消耗太多，容易寿命短。"苏嘉庆又说。"还好吧，深圳比较适合老人，我老爸在东北咳嗽，一下深圳机场，立马不咳了。"东方牡丹说。"噢，这么灵，可能对老人是有好处的。"苏嘉庆说。"没事，我们公司正在上海筹建芯片研发中心。如果可以，您可以先在深圳工作一段时间，再回上海研究所。"东方牡丹逐渐把话题转了过来。

"听说了，这样我是很感兴趣的。"苏嘉庆说。"苏先生您在这家公司主要从事哪一块的开发？"王厚林故作不知地问。"我们给美国人做测试，哪里轮得到搞开发。"苏嘉庆说。"具体做些什么？我对芯片这方面不太清楚。"王厚林说。"主要是芯片验证。"苏嘉庆说。"都是什么芯片？"王厚林问。"芯片啊，有FPGA，也有其他样片，FPGA多一些。"苏嘉庆说。

"验证工具也是美国的吧？"王厚林问。"主要是美国那边提供，我们也做些优化和改进。"苏嘉庆说。

"能说说吗？"王厚林说。"其实也没啥可说的，比如在管理测试用例方面，为了提高效率，做了个管理用例的自动化测试工具。"苏嘉庆略显得意地说。"噢，管理用例的，确实很有必要。"王厚林表现出很有兴趣的样子说。一看王厚林很感兴趣，苏嘉庆也来了兴致，侃侃而谈起来。"这个用例管理的工具，不仅可以增加步骤，还可以增加函数。"苏嘉庆说。"还可以增加函数啊，那能不能增加比较器？"王厚林饶有兴趣地问。"当然。"苏嘉庆得意地说。

这时，王厚林用肯定的眼神看了一眼东方牡丹，正要说什么。打开话匣子的苏嘉庆又抢着说："其实老外给的工具也不怎么样，跟我对接的是个华裔，我觉得他的水平一般般。""他是在美国长大的，还是从中国过去的？"王厚林问。"不太清楚，感觉不太像从大陆过去的，说话有点台湾腔。我没问，他也不肯说，反正对我们很牛的样子。"苏嘉庆说。

"来过上海吗？"王厚林问。"我们是说请他来上海亲自指导一下，主要是觉得测试的效率有点低，希望他过来一起讨论一下，指导我们如何改进。"苏嘉庆说。"来了吗？"东方牡丹问。"没有，不愿意来。说是发邮件反馈问题给他，他去考虑改善。"苏嘉庆说。"后来改善了吗？"王厚林问。"哪来的改善，反馈过去就石沉大海了。没办法，效率太低，完成不了美国方面对我们的进度要求，我们就只好自己想办法。"苏嘉庆说。

"想了什么办法？"王厚林又问。"就搞了管理用例的工具，可这怎么够呢，又搞了个自动化控制与调度自动化生成，无需人工干预的。"苏嘉庆说。"另外，还搞了个海量数据自动生成，通过参数规则实现数据验证覆盖，而且是自动化执行，提升验证覆盖率。这样效率就大大提升了。"苏嘉庆又说。"到燎原来吧，想怎么干就怎么干，没人对你指手画脚。因为我们都不懂，你就是大拿。"王厚林对苏嘉庆说。

"按理，我目前确实挺好的，各方面都不错，只是……唉。"苏嘉庆说。"是啊，别人水平不怎地，又指手画脚的，确实不爽。来吧，燎原也是一个有追求的公司，你来应该可以成就一番事业。"王厚林说。"我也打听了一下，你们的收入还是不错的，只是……"苏嘉庆说。"你也打听到了，公司确实正在上海建研发中心。你先到深圳工作一段时间，我可以保证你一定能回到上海工作。"东方牡丹说。

"其实深圳也没那么差，要是去深圳，我把父母接过去过冬。我爸一到冬天也是老咳。"苏嘉庆说。"你太太的态度怎么样？支持你吗？"东方牡丹问。"我老婆带着孩子跟我父母住在宁波乡下。"苏嘉庆说。"噢，那好啊，老婆孩子，爸爸妈妈都接到深圳过冬。"东方牡丹满脸堆笑地说。"要是去你们那儿，是这么想的。"苏嘉庆说。

送走了苏嘉庆，王厚林说："是个高手，应该不虚此行。""挺满意的吧？"东方牡丹说。"嗯，可以。快点搞过来吧，真需要这样的。"王厚林说。"是不是说技术方面没问题了？"东方牡丹再次跟王厚林确认道。"至少我认为是这样，要不要再找人面试技术方面就你看了。"王厚林说。"先回深圳，向领导汇报后再说吧。"东方牡丹说。

第四章

高原上的天线也疯狂

1. 天地通麻烦不断

周日下午，深圳。肖云飞正准备去招北踢球，走到育才中学时手机响了。"喂，哪位？"肖云飞问。"肖云飞，我是郝树斌。""啊，郝树斌，你好你好。"肖云飞在电话里说。"哎，干吗呢，是不是要去招北踢球啊？"郝树斌在电话那头说。"你还真了解我，正在路上呢，已经走到育才门口，马上就到了。哎，你不会来深圳了吧？"肖云飞轻松地说。"我可没你那么悠闲，在拉萨。"郝树斌说。

"有事儿啊？"肖云飞紧张地问。"哎呀，这破天地通就没断过事。"郝树斌在电话那头说。"都怪我们不好，我们水平臭，让你费心了。"一听语气不对，肖云飞赶紧说。"本来打算下周四去深圳参加个培训，周末请你一起看球。我查了，9月15号周三晚上，深圳主场对上海国际，金星碰地球啊，两支夺冠热门。"郝树斌说。"来啊，欢迎，陪你去看球。"肖云飞说。"哎，说真的，朱广沪的这支深圳队，在今年的中超元年，真有可能拿冠军。"肖云飞又说。

"说的是啊，看情况吧。"郝树斌说。"好啊，过来吧，到了打个电话。"肖云飞说。"去不了了，刚接到旺堆的电话，说是主机房的基站中午打不了电话，而且出现过好几回了，这次把局方惹火了，让燎原必须给个说法。"郝树斌说。"双工器的问题？"肖云飞警觉地问。"换过啦。"郝树斌说。"换过啦，那为什么还会……"肖云飞欲言又止。"是啊，按下了葫芦，瓢又起来了。"郝树斌说。

　　"别急，不会的。难道换上双工器还是有问题？"肖云飞说。"不知道，明天看看。反正回不了深圳了。"郝树斌说。"就旺堆一个申话就不回啦，不至于吧。"肖云飞又说。"当然至于了，旺堆他们老总第一时间就给成都办我的老大打电话了。"郝树斌说。"都找贺国伟啦？"肖云飞说。"你以为呢，贺国伟让我把培训的事先放放。"郝树斌说。"局方老总本以为双工器整改后，网络质量会大大提升，结果这个样。"郝树斌又说。"我觉得可能还是双工器的事，你们不这么认为吗？"肖云飞说。"哎呀，不好说。周一先看看吧，就这样，先挂了。"郝树斌说完挂了电话。

　　"怎么就没个清静的时候。"肖云飞接完电话自语道。"记得中心机房的天线是伦比约的，也不可能啊。真是见鬼了，但愿还是双工器的事。"肖云飞边走边琢磨着。"难道是低噪放？"肖云飞又想着。到了球场正要踢球，肖云飞的手机又响了。"啊，张总啊。"肖云飞知道张立彪为何事打来电话。"肖云飞，你们的人还在拉萨吗？"张立彪在电话里问。"柳超智刚回深圳，怎么了？"肖云飞明知故问。

　　"西藏又出事了，这不刚整改得差不多，怎么突然就这样了，肖云飞？"张立彪说。"那个谁，急着回来干啥。"张立彪又说。"知道，刚才郝树斌给我打电话了。明天他先去看看是怎么回事。"肖云飞说。"要重视啊，别又整到老板那儿。"张立彪说完挂了电话。

　　"好不容易踢个球，真不让人安生。"肖云飞自语道。"先踢球，周一再说。"说着，肖云飞就要冲进球场。"电话。"看着肖云飞的手机响，旁边的人对肖云飞喊道。"真是啊。"肖云飞无奈地跑回来拿起手机："喂，曹瑞祥，你又有啥事啊？""郝树斌没给你打电话吗？"曹瑞祥在电话里问。"怎么，他给你打电话啦？"肖云飞说。"他说给你打过电话。"曹瑞祥说。"怎么了吗？"肖云飞不耐烦地问。

　　"郝树斌说是低噪放的问题，你说他，凭什么？"曹瑞祥在电话里说。

"很简单啊，中心机房的天线可是伦比约的，双工器是可能出问题的，但是已经换新的了，剩下还能怀疑啥？"肖云飞说。"那也不能乱怀疑，没有任何证据，跟我掰扯了半天，居然想说服我，让我认识到是低噪放的问题！"曹瑞祥说。"好啦，我知道了，张总也打电话了，让我们重视，别又搞到老板那儿。"肖云飞说。"张总都知道啦？"曹瑞祥吃惊地说。"所以要重视啊，我要踢球了，不说了，明天再说。"肖云飞说完挂了电话。

周一刚上班。"王厚林，接入宏分集的事，通知下发了没有？"肖云飞给王厚林打电话。"发了，资料也删除了。"王厚林在电话里说。"对了，就是禁用，别给自己找麻烦。"肖云飞刚放下话筒，电话铃又响了起来。"肖云飞，西藏的事现在讨论不？不然我去讨论去电源模块的事了。"曹瑞祥在电话里说。"先让郝树斌定位，等他有进一步的消息再说。你先忙删电源的事。"肖云飞放下电话去了测试实验室。

"都在啊，正好，夏润泽，西藏的配置，赶紧做个实验室，看低噪放会不会自激导致底噪抬升。"肖云飞说。"怎么？西藏又出什么事了？"赵长城问。"换了双工器，还有底噪抬升的事。"肖云飞回道。"怀疑低噪放啊？"赵长城问。"所以赶紧做一下，心里有个底。快，今天就做，做温循。夏润泽要想办法折腾，看低噪放会不会自激。"肖云飞说。"低温喽。"夏润泽说。"行啊，你先做，看低噪放会不会自激。"肖云飞说。

"西藏是室内宏。"赵长城说。"不管，夏润泽，低温就低温，先看看低温下会不会自激。"肖云飞说。"如果低温下都不自激，那我心里就有底了。"肖云飞又说。"这个季节，拉萨的气温不可能到0℃以下，更何况基站又是室内宏。"赵长城说。"而且郝树斌说底噪抬升主要是气温高的中午时段。"肖云飞说。"干扰，肯定是干扰。"赵长城说。"如果是干扰，郝树斌和局方的人不会找吗？他们一口咬定是低噪放的问题。"肖云飞说。

"不太像是低噪放的自激，因为外部条件不太符合。更何况设计这个低噪放的时候，是按绝对稳定设计的，测了，很稳定的，多低的温度都没事。"夏润泽说。"不说了，赶紧做，能做多低就做多低，时间长一点，至少保持12小时。"肖云飞说。"那就只能明天看结果了。"夏润泽说。"明天一早，可以。"肖云飞说。

肖云飞回到工位，东方牡丹正在等着。"噢，从上海回来啦，一早给王厚林打电话问了，那人怎么样？"肖云飞问东方牡丹。"我本来叫王厚林一起给你汇报，他说有其他的事，让我先来。"东方牡丹说。"说说怎么样，王厚林认可不？"肖云飞说。"王厚林很认可。找你就看还要不要再找个人面试技术方面的东西？"东方牡丹说。"我们领导说看你的态度。"牡丹又说。

"去上海？"肖云飞问。"不用，电话就可以。"东方牡丹说。"你看呢？"肖云飞问东方牡丹。"我觉得技术和综面你一起来也行，你也是专家啊。"东方牡丹说。"不用专门去上海，电话聊，可以啊。"肖云飞说。"那好，我来安排。"说完，东方牡丹走了。"哎，别走啊，说说你们去上海谈得怎么样？"肖云飞叫住东方牡丹。"主要是王厚林谈的，很专业，我说不大上来，你还是找王厚林详细了解吧。"东方牡丹说。"好，我找王厚林。"肖云飞说。

"喂，赵长城，我跟你说，这次西藏问题，如果，我说是如果郝树斌要研发派人，你们测试部去。"肖云飞用固话打给赵长城说。"为什么？曹瑞祥……"赵长城欲言又止。"该你们去了。我估摸着十有八九，明天郝树斌就会让我们派人，不信你瞧。"肖云飞说。"不用瞧，我信。"赵长城说。"信就好，想好派谁去，明天应该要定了。"肖云飞说。"夏润泽吧。"赵长城说。"你可要想好哦，目前的工作不能受影响。"肖云飞说完挂了电话。

下午，功放实验室，大家讨论去电源模块的事。"困难，肖云飞。"马庆生说。"困难？讨论半天就这结果。"肖云飞不爽地说。"搞不定怎办，都是经过科学精准计算的。"马庆生说。"廖默然、曹瑞祥、邓学佳，你们仨同意马庆生的意见吗？"肖云飞对三人说。"你问他们仨同意不同意，这不搞笑吗，结论是一起讨论出来的，我会随便乱说吗？"马庆生说。

"张口一个科学，闭口一个科学，整得像个科学家似的。告诉你，老板明确说了，燎原不需要科学家，燎原需要的是工程商人。"肖云飞说。

"我是不信去不掉的，你们只不过用所谓科学的精准计算，来掩盖你们的无能。"肖云飞说。"你要这么说，只能你自个儿搞了。"马庆生说。"自个儿搞就自个儿搞，都别走，把你们科学的精准计算一一亮出来给我看看。"肖云飞对马庆生说。"把整个计算过程写给他看。"廖默然说。

"行，我来写。"马庆生说着在纸上写起来。"大家看看有什么不全的？"马庆生写完后请三人又看了一遍。

"我看看。"肖云飞低头仔细看着。看了一遍又一遍，肖云飞不甘心地来回看着，心里同时盘算着。突然，肖云飞说："这个百分之八十是怎么回事？""这你别问我，大家都很清楚。"马庆生说。"这个时候我就是要让你解释。"肖云飞说。"电源都是按百分之八十来用的，不可能按百分之百。"廖默然说。

"没错，我们计算功耗的公式里默认电源模块按百分之八十来计算。你说的也没错，不可能按百分百来用。这些都没错。"肖云飞说。"你想说啥？不会打这个主意吧？"马庆生说。"为什么不？"肖云飞说。"八十五行不行？九十行不行？"肖云飞又说。"要算一下，八十五够呛，九十的可能性……我算一下吧。"说着，马庆生算了起来。

"怎么样？"曹瑞祥问。"嗯，九十可以，还有点余量，八十五就一点余量都没有。"马庆生说。"我为什么一直说行，其实我就是按九十算的。刚才马庆生算得跟我一样。"肖云飞说。"一样没用啊，记得当初定这个的时候，电源那帮人一口咬定必须而且最大用百分之八十。"曹瑞祥说。"别说那个时候了，咱说现在，那个时候水平低。"肖云飞说。"这能是水平高低的事儿吗？"邓学佳说。"我还是做了功课的，你们再问问聂胜斌。告诉你们，所有的测试表明电源模块效率最佳点就是最大功率九成输出的时候，不信找聂胜斌问，还可以请赵长城他们实测。"肖云飞说。

"那为什么不把公式改成百分之九十？说明业界通常还是以百分之八十来算的。"廖默然说。"这样吧，你们两条腿走路来证明我说的对不对。一条去找聂胜斌，另一条去找业界的电源厂家。电源厂家一听说你想用他的电源模块，还不什么都跟你们说啊。你们说呢？"肖云飞看着大家说。"你不早说。"马庆生说。

"不早说？能早说吗，早说了就榨不出油水来了。如果按百分之八十计算都能去掉一个电源，岂不是更好。"肖云飞得意地说。"太阴了你。"邓学佳说。"好，就按你说的，找聂胜斌和国外厂家。"曹瑞祥说。"我找厂家吧。"马庆生说。"我找聂胜斌。"曹瑞祥说。"我现在是胸有成竹。"肖云飞说完转身离开了。"这种领导太阴了。"廖默然说。"不阴怎么能把你榨干啊。"邓学佳说。"两头都得使劲。"曹瑞祥说。"早期整机电源功耗都是他搞的，所以门儿清。"马庆生说。

2. 盲插更不好搞

第二天一早，肖云飞人没走到工位，手机就响了。"准是郝树斌。"肖云飞边掏手机边自语道。"喂，郝树斌，这么早。"肖云飞边走边说。"哎呀，不早不行啊，赶紧，肖云飞，派研发的人上来，今天就来，明天上午到拉萨，我等他。"郝树斌急着说。"别，你等他，什么意思。再说了，我、曹瑞祥、柳超智轮番上，曹瑞祥被整残了，柳超智差点搭在阿里，这刚回来没几天，你这又……"肖云飞说。

"首先，曹瑞祥腰不好是事先就不好，不是到了西藏才不好的，这要说清楚，再说人家现在上班好好的，哪就残了。柳超智去阿里，是差点啊，所以，他一提我就让他回啦。"郝树斌在电话里说。"那这又是干吗？"肖云飞说。"又干吗，我能想干吗，你的意思是我折腾人，是吧？贺国伟给张立彪打电话的事我并不知道。"郝树斌说。"哎哎哎，知道，都知道。这回能不能不去人，这不跟你商量嘛，别急，别急啊。"肖云飞说。

"实话跟你说吧，昨晚我老婆从成都医院给我打电话，我老婆住院了，我得赶紧回去几天，看看什么情况，你们必须得来人，而且必须明天就到。我明天必须回去看我老婆，住着院呢。我的肖总，拜托你好不好。"郝树斌说。"哎哟，真对不起，你太太得了什么病，这么严重还得住院？"肖云飞说。"不是很清楚，说是肾上有肿瘤。"郝树斌说。"不会吧，这么严重。"肖云飞说。"还不知道是恶性的还是良性的，手术后切片才知道。"郝树斌说。"不说了，我马上派人，定了给你打电话，今天就走，明天到拉萨，绝不耽误你回成都。"肖云飞说。"那就拜托了，昨天去定位了，没定出啥来，还得靠你们研发啊。好，就这样。"说完，郝树斌挂了电话。

肖云飞通完话都没顾得上回工位，就直奔测试实验室。"没自激。"看肖云飞进来，夏润泽说。"没自激好。都在啊，赵长城，昨天跟你说过的，郝树斌刚给我打电话了，要我们派人。"肖云飞说。"预料之中。"赵长城说。"我想好了，你去。马上回家准备，今天到成都，明早上拉萨。见了郝树斌交接完，郝树斌就回成都照顾老婆住院。"肖云飞盯着赵长城说。

"我去？"赵长城疑惑地问。"我想好了，你上去，夏润泽在家配合做实验，家里的测试也很重要啊。怎么，有问题吗？"肖云飞问赵长城。看着肖云飞非常坚定的眼神，赵长城没敢再多说。"好吧，我这就去准备。"赵长城说着准备去了。"郝树斌的手机号短信发给你，郝树斌也会给你打电话的。"肖云飞看着赵长城的背影说。随即，肖云飞拨通了郝树斌的手机。"郝树斌，我们测试经理赵长城亲自上去，已经准备去了。他的手机号我发给你，你们联系。"说完，肖云飞挂了电话。

转眼，肖云飞来到王厚林的工位处。"你的宏分集有眉目了吗？"肖云飞问。"什么事？"王厚林不耐烦地问。"我问你有眉目了吗？你都没回答我，反问我。"肖云飞说。"什么事？"王厚林又问。"昨天没空，哎，那个苏嘉庆，听牡丹说你很欣赏？"肖云飞问。"也没。"王厚林说。"那……"肖云飞说。"不是不是，这个上海人确实是高手，这一点是肯定的，你跟他聊了就知道了，你也是懂的。"王厚林说。

"具体点儿。"肖云飞说。"人虽然很高傲，但毕竟给外国公司干活，显然没有归属感，人家也真拿他当个工具，说白了就是简单的重复劳动，自己想点办法，想展示一下，又被那边的一个华裔压得死死的，自然很不爽。"王厚林说。"大陆过去的？"肖云飞问。"说是有台湾口音，没见过面，架子大得很。"王厚林说。"愿不愿意来？"肖云飞又问。"怎么说呢，首先，他对燎原的薪酬是比较满意的，其次，他自己也打听了，燎原确实在上海正在建芯片研发中心。"王厚林说。

"愿意来好啊，你都觉得他是高手了，肯定不会有错啊。好，我心中有数了，等牡丹安排电话面试。"肖云飞说完正要走，却被王厚林叫住了。"接入宏分集要重新做，原来的全废。"王厚林说。"好啊，不破不立。这事儿不急。"肖云飞说。"那是你说，麦克斯韦他们拿这个当卖点呢，市场已经吆喝出去了，一说不能用，都急着来找我，给我压力。"王厚林说。"看见了吧，反正他们没找我，你看着办。我一大堆事，懒得管你这个。"肖云飞拍拍屁股走了。"出来混总是要还的。"肖云飞边走边说。

　　"知道吧，赵长城今天到成都，明早飞拉萨。"肖云飞来到曹瑞祥的工位处说。"啊，什么时候的事？"曹瑞祥说。"就刚才。郝树斌老婆在成都住院，他急着让研发去替他。"肖云飞说。"夏润泽把低噪放冻了至少12小时，结果很稳定，没自激。"肖云飞又说。"我还是有自信的。"曹瑞祥说。"有自信没错，关键是如何摆平西藏的问题。"肖云飞说。"赵长城先上去看看，只能一步步看了。"曹瑞祥说。"多想着点吧。"肖云飞说完走了。

　　功放实验室。"廖默然，功放压力大呀。"肖云飞说。"是啊，领导能意识到这一点，说明动了心思了。"廖默然回道。"是多个频段同步铺开，还是……对了，人，印象中牡丹给你搞了几个应届的硕士，怎么样？"肖云飞问。"他们就是啊。"廖默然伸手指了指说。"怎么样？"肖云飞低声问。"一人一个频段先做。"廖默然说。"直接上啊，能行吗？"肖云飞问。"那你说怎么办？不做东西我怎么知道他们行还是不行？"廖默然说。"放心，又不是没指导。"廖默然又说。"噢噢，有你在，忘了这茬了。直接上赶子，成长得快，我就是这样被硬压的。"肖云飞说。

　　下午，版本例会。柴文娜正谈着接入宏分集的事，肖云飞插话道："现在觉得有压力了，哼，做事知其然，不知其所以然，就是这种下场。这事我不管，反正现在不许商用，谁说也没用。"肖云飞说。"市场闹得可凶了，不信你问王厚林。"柴文娜说。"那我不管，反正我这儿一刀拦死。"肖云飞说。"王厚林，你别不吭气儿啊。"柴文娜对王厚林说。"吭啥气啊，没整明白呢，有那底气吗？"肖云飞说。

　　"柴文娜，你别光说别人，你怎么抓的质量，啊？"肖云飞转过头对柴文娜说。"说这说那的，搞得跟自己没关系似的，好好反省，整天都干什么了？"肖云飞又说。"你们有没有找出根因究竟在哪儿？"马庆生插话道。"一个个连个闷屁都不放，你说我……"柴文娜摊开双手说。"说话要文明，尤其是女同志。"王厚林说。"还文明……"柴文娜正说着，却被肖云飞打断了。"行啦，说说多载波，可别再给我整出个类似宏分集的事了，要是再出事，我是真的没法混了。"肖云飞说。

　　"别这么说呀，大伙都指望你呢。"马庆生说。"都指望我？我不信。告诉你们吧，为接入宏分集的事，张立彪把我骂了一通，威胁说要给我打C。你们多载波要再出个差不多的，我还有得混吗？你们当这是说着玩的？"肖云飞说。"好好，柴文娜，把多载波的计划亮给大伙看看。"曹瑞祥见状赶紧转移话题。"出了那么多事，也该长长记性了，好好用多载波给我扳回来，听见没？说吧。"肖云飞示意柴文娜继续。

3. 搞就一定要搞定

　　周三一早，肖云飞的工位处。王厚林没去自己的工位直接到肖云飞的工位等着肖云飞。看肖云飞走过来，王厚林站了起来。"又什么事啊？"肖云飞看着王厚林说。"来看看你。"王厚林说。"是啊，人家来看看你，关心关心你。"马庆生在一旁说。"看看我，哼，我被打C，你又怎么可能好呢？"肖云飞说。"你被打C，我被打D，咱卷铺盖走人。"王厚林说。

　　"没那么严重，看你说的。"马庆生对王厚林说。"你说不严重就不严重啦，搞得你说了算似的。"肖云飞说。"大不了卷铺盖走人嘛，此处不留爷，自有留爷处。"王厚林说。"你这是来看我，还是来气我。干你的活去，别在我眼前晃悠。"肖云飞一屁股坐下说。"来看看你的多载波。""是啊，有道理，多载波要是再出什么大事，我估计你自己只好卷铺盖走人了。"马庆生对王厚林说。"知道啊,搞软件的就是命苦。"说着王厚林走了。"得给他们压力,做事太随意了。好在接入宏分集我觉得不是特别关键。"看着王厚林的背影,肖云飞对马庆生说。"多载波不会的,达荣生那么强。"马庆生说。"但愿吧。"肖云飞说。

功放实验室。"廖默然,制造这边强烈要求,一次回流焊搞定,苏工,你说呢?"师建宏说。"仇工,你说是不是必须嘛,廖工,你们都很清楚的。听说你们搞多载波,功放要重新开发,我们坚决要求一次回流焊全部搞定功放单板。"功放生产工艺的苏工激动地说。"我都知道,也坚决支持,就看开发的了。"研发单板工艺的仇宝琴对廖默然说。"还有散热用铜的,一是重,二是贵,建议改用铝镀银的。"结构项庆林说。"铝镀银,散热行吗?算过没有?张口就来。"廖默然说。

"我们模拟仿真过,有差别,但认为问题不大,比铜散热慢一点,但时间长了差不多。"热设计的阚雪峰说。"PCB和基板焊温度是比较高的,正面的,好像是环形器,温度高了要退磁的,你们考虑了吗?"廖默然问。

"有考虑。"仇宝琴说。"要是你们都考虑清楚了,我自然不会有意见。"廖默然说。"不过,我提醒你们,据我所知,业界还没有一家像你们说的这么做过。"廖默然说。

"也没有一家像我们量这么大的,我们也是被逼出来的。没办法,量太大了。"师建宏说。"好啊,我支持,如果行不通,走回老路就是了。"廖默然说。"搞就一定要搞定,要么不搞。"师建宏坚定地说。"能搞定,放心,我们是心中有数才敢和你们一起推的。"仇宝琴对师建宏说。"有你这句话就行。"师建宏说。

中午,食堂。"师建宏他们要把功放一次回流焊全搞定。"廖默然边吃边对肖云飞说。"这么牛,能搞定吗?"肖云飞问。"仇宝琴说胸有成竹。"廖默然说。"意见我倒是没有,提高效率当然好,关键是能满足进度的要求吗？"肖云飞说。"这你就放宽心吧。"廖默然说。"大不了用老方法。"朱文学在一旁说。"噢，这样啊，搞，不搞白不搞。"肖云飞说。"师建宏可对仇宝琴说必须搞定。生产的排产就按新工艺方案搞，向上汇报就用这个了。"廖默然说。

"我也希望搞定啊。"肖云飞说。"师建宏他们也太没数了，又嫌功放和双工器之间有连线，提出什么去掉同轴线，直接盲插。你说是不是太过分了？"廖默然说。"那根射频线缆要求比较高，曾经生产上因为这根线缆没接好，导致内芯打火，全烧黑了。"曹瑞祥说。"功率大，接头必须接好，似接非接的，功率一上来，必定打火。"廖默然说。"你看，师建宏说的有道理吧。"肖云飞说。

"其实生产提出的问题都是很现实的，他们不会编故事。当年查到了拧接头的那个工人，好像是给开了。"马庆生说。"后来没开，这事我知道，最后没开。毕竟拧接头也是需要专业培训的，后来就加强培训，拿他做反面教材了。"曹瑞祥说。"师建宏他们趁你要改及时提出问题是合理的，他们也不希望工人出这种问题啊。"肖云飞说。

"显然，生产上也认为这不是一个简单的把人开除的事。"曹瑞祥说。"能不改吗？"肖云飞问。"不现实。现在多载波、双工器是不动的。"曹瑞祥说。"嗯，要动都得动才行。客观地向师建宏他们解释解释呗，以后有机会看看能不能？"肖云飞说。"盲插更不好搞。"曹瑞祥摇着头说。"作为一个课题，给平台提要求，让他们帮忙研究研究射频大功率盲插技术。可以先研究起来，作为技术储备。曹瑞祥，想想给他们提要求啊。"肖云飞说。

"这个要好好想想，该怎么具体地提要求。"曹瑞祥说。"哎，赵长城应该到了，你打个电话问问，和他讨论一下如何搞？"肖云飞对曹瑞祥说。"到成都他会给我打过电话，下午吧，应该会给我打电话的。"曹瑞祥说。"盯紧，别出什么岔子。"肖云飞说完端起盘子走了。"能出什么岔子？"

柳超智问曹瑞祥。"不知道。"说完，曹瑞祥端着盘子也走了。

下午三点左右，赵长城给曹瑞祥打来了电话。"和郝树斌交接好啦？"曹瑞祥问。"哪儿啊，连人影都没见着。"赵长城在电话里说。"那……那里还有他手下的人吧？"曹瑞祥说。"朱炳辉，跟柳超智一起去阿里的。"赵长城说。"有人就行。情况了解得怎么样？"曹瑞祥又问。"主机房这个站今天还好，没出现他们说的情况。"赵长城说。"现象不是必现，不确定是吧？"曹瑞祥说。"是啊，问题没重现，正想问你下一步怎么搞？"赵长城说。

"怎么搞？你刚去，先把整个情况了解清楚再看下一步怎么搞呗。"曹瑞祥说。"怎么个了解清楚？你教教我呗。"赵长城说。"你先和朱炳辉商量嘛，郝树斌走时怎么跟他交代的。"曹瑞祥说。"你说郝树斌啊，朱炳辉说交代了，认为是低噪放自激。"赵长城说。"扯淡，我都跟他说了不可能。"曹瑞祥说。"你说没用啊，我来的时候夏润泽的实验也出结果啦，这边就这么认为。怎么办？"赵长城问。

"我哪知道怎么办啊？"曹瑞祥说。"哎，会不会是伦比约的天线问题？"赵长城问。"别瞎扯，伦比约的天线怎么可能出问题。"曹瑞祥说。"这也不是，那也不是，可事实是问题依然存在啊。"赵长城说。"你不是说今天好点吗，肯定是干扰，刚才不是说不确定吗，干扰就具有不确定的特点。没错，干扰，就是干扰。带YBT250了吗？"曹瑞祥问。"带了。"赵长城说。"好，用YBT250抓干扰。"曹瑞祥说。

"你觉得是干扰？"赵长城问。"是的，我认为是干扰，从你的描述来看，太像干扰了。"曹瑞祥说。"可在这边，我一提干扰都摇头，没人认同，怎么办？"赵长城说。"这种事肯定听研发的呀，他们不认可就不认可呗。"曹瑞祥说。"等你把干扰抓到，给他们看你抓到的截图，他们还能说什么。"曹瑞祥又说。"要是抓不到怎么办？"赵长城又问。"怎么可能抓不到，你那边底噪有抬升就能抓得到。"曹瑞祥回道。

"真的不会是伦比约的天线问题？"赵长城又绕回来问。"你怎么又，告诉你，伦比约的天线世界第一，是业界公认的。"曹瑞祥说。"这我知道啊。"赵长城说。"知道你还怀疑。我跟你说，定位问题，方向最重要，别走偏了，你还想回来不？"曹瑞祥说。"行，先按你说的，抓干扰。"赵长城说。"另外，别盲目抓干扰。"曹瑞祥说。

"怎么讲，指导一下。"赵长城说。"你先观察后台的底噪数据，掌握出一定的规律来，有针对性地去抓。比如说，扇区对应的天线实际覆盖的区域、时间，干扰出现的时间是否有什么规律可循，这些细节都要掌握。这样，这些数据你发过来，我也帮你分析分析，怎么样？"曹瑞祥说。"那好啊，没问题。我每天都发给你，你帮我看看。"赵长城说。"先这样呗，注意别感冒。"曹瑞祥说。"谢谢啦！"赵长城说完挂了电话。

来到肖云飞的工位处，曹瑞祥说："哎，就是干扰。""定位啦，是干扰？"肖云飞惊喜地问。"没有，刚跟赵长城通完话，显然是干扰。"曹瑞祥说。"局方不是不认干扰吗？"肖云飞说。"不认，那要我们上去干啥？赵长城居然怀疑起伦比约的天线了，有没有搞错。"曹瑞祥说。"抓干扰是你的强项，好好指导赵长城。"肖云飞说。"我让他先观察，把数据发回来帮他分析。分析清楚了，再有目的性地去抓干扰。"曹瑞祥说。

"双工器、低噪放、天线，赵长城的怀疑也不无道理。"肖云飞说。"要有问题也是天馈，天馈里的馈线问题，工程没做好。"曹瑞祥说。"别逗，主机房的馈线工程没做好，谁信呐？"肖云飞说。"那没准儿。"曹瑞祥说完走了。"又是干扰。"马庆生看着曹瑞祥的背影摇头自语道。"干扰快成狗皮膏药了。"肖云飞说。

4. 无知者无畏

　　功放实验室。"这一次回流焊对你们的设计影响有多大？"肖云飞问廖默然。"还好，可能影响的环形器已经表贴的了。仇宝琴和厂家沟通认为没啥问题，厂家已经有考虑。"廖默然说。"先做吧，过程中看看有什么问题。"肖云飞说。"主要是他们工艺的工作，炉温、上下的温度控制，还有时间控制，要摸索。"廖默然说。

　　"怎么验证呢？"肖云飞问。"主要看温度分布，如果温度都达到厂家要求的范围内，应该不会有问题。"廖默然回道。"长期可靠性呢？"肖云飞又问。"还是在温度范围，都在厂家要求的范围温度内，长期可靠性应该是有保障的。"廖默然说。"我可以认你，但还是要有可靠性验证的数据。找平台来专门验证评估。"肖云飞说。"那要多久？"廖默然说。"平台是有方法的，找他们啊。"肖云飞说。

　　"我让仇宝琴去找，他们都是平台的。"廖默然说。"一起去，这种大事，别分得那么清。"肖云飞说完走了。"看到了吧，担心可靠性。"廖默然对大家伙说。"开始我也担心，后来仔细听仇宝琴一解释，温度范围符合器件的要求，我就不担心了，想啊，他们搞研发工艺的，应该首先要考虑可靠性的问题，他们应该更慎重。"朱文学说。"业界毕竟没有先例，担心也是正常的。"袁一帆说。

　　"你们说的我都没什么感觉。"刚来功放的新同事季海江说。"应该这么看，我的第一板就是最新的工艺，以前我全然不知啊，真是无知者无畏。"另一个新同事裴俊杰说。"好，无知者无畏。"廖默然说。

　　"我还是有点不太明白，你看他们的单板，只是器件，而且正反面都有上，上SMT完了OK。我们这个板，其实很简单，器件就那么几个，跟他们比起来少得可怜，还是个只有一面有器件的单面板，工艺怎么就如此复杂？还非得焊在个铜块块上。"裴俊杰说。"铝镀银。"季海江补充说。"总之是个金属块嘛，为啥要焊在这个金属块上呢？"裴俊杰问。

"首先，我们这个是功放板，功放知道不？和他们的板完全不一样。"朱文学说。"怎么个完全不一样？"季海江问。"前阵子跟你们都白说了，首先板材就不一样。"朱文学说。"嗯，射频板和环氧板。"季海江说。"射频板是进口的，贵。环氧板一抓一大把，便宜。"裴俊杰说。"对了，说到这儿，有个问题我一直没想明白，憋在心里不好意思问，今儿斗胆问一把。"季海江说。"没事，你大胆地问，看你能问出啥来？"廖默然说。

"我真的想不明白，你们一直强调射频板，难道低噪放不是射频吗？还有收发信机送给功放的驱动电路不也是射频吗？为什么就可以用普通环氧板？"季海江问。"哎，对了，为什么？"裴俊杰也问。"袁一帆，你来答。"廖默然说。"所谓射频板，就是损耗低。功放的功率就像那些缺水的地方，滴水贵如油啊。"袁一帆说。"知道了吧，0.1、0.1地抠。"朱文学补充道。

"低噪放和射频驱动电路功率很小的，再说，你们知道电路面积也很小。功放点的面积大，自然损耗就会大，要是用了环氧板，辛辛苦苦弄出来的功率全耗在板材上，不值当。"袁一帆又说。"功放功率值钱，要用低损耗的射频板。低噪放，射频驱动电路功率小，应该说是余量大，用便宜的环氧板，损失一点也不在乎。"廖默然总结道。"功放功率大，需要良好的散热，所以焊在金属块上利于散热。"朱文学补充道。

"辅导结束，干活。"袁一帆说。"干活，干活。"裴俊杰和季海江齐声说。"做功放，就得一点一点地抠。"廖默然最后说。

周四上午，功放实验室。单板工艺仇宝琴，CAD的许亚萍，结构项庆林和功放开发的同事一起讨论多载波功放的工艺具体实现。"万事要开好头，头开好了，效率就会大大提高。"仇宝琴说。"从我们来看，你必须把工艺限制提清楚，这样才可以确定禁布区。"许亚萍对仇宝琴说。"哎，别搞得我做不出来啊。"项庆林说。"所以大家要一起讨论嘛。"仇宝琴说。

"钢网、夹具、不干涉、温度分布，还有什么，提吧。"廖默然边在白板上写边说。"管子。"裴俊杰说。"管子是什么意思？"朱文学问。裴俊杰不自信地低声说："管子是怎么焊到散热基板上的。""我以为问啥呢，这个没问题的。"朱文学说。"也不是，预置片用多厚啊？薄了可是要出问题的。"仇宝琴说。"什么问题？"朱文学问。"有时候一片预置片可能不够。"仇宝琴说。

"你怎么知道？"袁一帆问。"从维修能看出来。"仇宝琴说。"怎么看出来的？"袁一帆问。"你们啊，生产的情况还是了解得太少。生产维修的找过我，我让他们重熔，也没什么好办法。"廖默然说。"重熔？就是放到炉子上重新把锡熔一下？"朱文学问。"是啊。"仇宝琴说。"好使吗？"袁一帆问。"好使啊，现在杂散不行的都重熔一把。"仇宝琴说。"噢，你刚才说的意思是一片预置片锡量有点不够，是这个意思吧？"朱文学说。"你们现在谈的和今天讨论的有关系吗？"许亚萍插话道。

"好好好，言归正传。"仇宝琴说。"有关系。"廖默然说。"夹具的设计要考虑。你说是预置片薄了，锡量不够，我说是夹具不紧造成的，有没有可能？"廖默然接着说。"有可能。"仇宝琴说。"跟我还是没关系啊。"许亚萍说。"但是跟结构有关系。"仇宝琴看着项庆林说。"仇宝琴，我觉得你这个做工艺的不合格。"廖默然说。"怎么这么讲我？"仇宝琴说。"跟CAD有关的，你忘了爬锡，管子根部。那一带禁布的范围好像还没定，都短路过好几回了。"廖默然说。

"对，跟你有关，跟你有关。"仇宝琴对许亚萍说。"是还没定啊，不然我怎么开展工作。"许亚萍说。"关键是定多少呢？主要是定不下来，难定。"仇宝琴说。"0.5毫米够不够？"许亚萍说。"0.5啊，这个不能拍脑袋吧？回去做些试验，评审一下再说。"仇宝琴说。"那要多久？不行就1毫米？"许亚萍说。"回去和大家商量一下，做些验证，再参考下业界的。"仇宝琴说。

"放心，他们给不了我给，大于0.5小于1不就完啦？没那么复杂。"廖默然说。"我们布局的时候尽量考虑管子附近离得远点就行啦，没那么悬乎。"朱文学说。"还是要有规范，你说的都是仁者见仁，智者见智。"许亚萍说。"不行，我的就是规范1.0版本。"廖默然说。"好啊，反正是你们的东西。"许亚萍说。"我回去尽快给一个吧。"仇宝琴说。"项庆林，夹具肯定是要优化的，这里是有油水可捞的。"廖默然说。

"没准儿夹具做好了，也就不用重熔了。"朱文学说。"哎，有这种可能，至少维修时重熔量会减少。"仇宝琴说。"有一点需要说明，夹具整天在高温炉里烘，是会有松动的可能的。"项庆林说。"所以你要优化呀。"廖默然拍着项庆林的肩膀说。"也不是我做，我带给做的兄弟。"项庆林说。"做夹具是有专门的团队的。"项庆林又说。"那可得给做的兄弟说清楚。"廖默然说。"到时候一起参与评审呗。"项庆林说。"好啊。"廖默然说。

下午，阚雪峰来到功放实验室。"听说你们要搞多载波的ODU，我们领导让我找你，协助你们进行热设计。"阚雪峰对廖默然说。"ODU？我没得到消息啊。"廖默然说。"也许我说的不够准确，你们张总给我们领导打电话，要求我们先期进行多载波ODU的热评估，强调是自然散热。最好是能出80瓦的。"阚雪峰说。

"80瓦，自然散热？"廖默然惊讶地问。"对啊，怎么，搞不定啊？"阚雪峰说。"低频有可能。"廖默然说。"就是嘛，领导肯定也是有考虑的。说实话，自然散热，以前单载波是绝无可能的。现在你这个高效功放，多载波，没搞过，评估要靠你这大专家了。"阚雪峰说。"我也很难给你想要的数据啊。"廖默然说。"你不给我参数，我怎么仿真啊。"阚雪峰说。

"张总想要多少升出80瓦啊？"廖默然说。"24升80瓦，怎么样？再大确实如张总所说，太大了，也不一定绝对，大概吧。"阚雪峰说。"我看这样，你看容积有了，输出的总功率有了，输入电压负48伏，实际是负53伏。你要仿真出你希望输入的电流，这样我就有奋斗的目标了。你看这样是不是更好的牵引，不然我这边给的功率可能太低，你评估不出来，也没法做。你看这个思路怎么样？当然要考虑全温的。"廖默然说。

"球又踢到我这边来了。"阚雪峰说。"没这个意思啊。"廖默然说。"这样，你先把布局给我，包括收发信机的，全都要。"阚雪峰说。"你知道的，结构新工艺刚开始。初步有布局就先给你，怎么样？"廖默然说。"那好吧，我等你的布局。"阚雪峰说完离开了。

"你知道不？阚雪峰找我说要评估多载波ODU的热设计。"廖默然来到肖云飞的工位处说。"这肯定会搞啊，估计是张总驱动的，我们正在搞室内宏，他不好意思直接说，就让平台热设计的来拱。"肖云飞淡定地说。"你说得没错，就是张总给他们领导打的电话，24升80瓦。"廖默然说。"张总提的？""嗯，阚雪峰说的。"廖默然说。"能搞定吗？"肖云飞又问。"先把球踢给他，让他按照24升80瓦和负53伏来评估希望输入的电流。"廖默然说。"让他来牵引我们。"肖云飞说。

"对了，去电源模块，你和厂家沟通得如何？"肖云飞问身边的马庆生。"明天上午十点见供应商。"马庆生说。"都这么多天了，太慢了。"肖云飞说。"明天一早，供应商从香港过来。"马庆生说。"曹瑞祥呢，见聂胜斌不会也这么久吧？"肖云飞说。"聂胜斌出差了，得周一。"马庆生说。"哎呀，你们不用谈，就百分之九十，不会有问题的。"肖云飞说。"这，还是要了解一下业界。"马庆生说。"业界，我就是业界。"肖云飞说。"吹吧你，就你还是业界呢。"马庆生说。

"让阚雪峰评估呗，估计拿给你的数据一定很难达到。"肖云飞对廖默然说。"估计是。"廖默然说。"砍他个百分之二十，打8折，比较实际些。"肖云飞说。"有道理。"廖默然心领神会地说。"没准儿得打7折。"肖云飞又说。"看吧。"廖默然说。"其实是有需求的，荷兰项目估计是赶不及了。"肖云飞说。

"给张总发个邮件探探风。"马庆生说。"发个短信问问。"说着，肖云飞拿起手机给张立彪发短信。"不会马上回的。"肖云飞正说着，手机铃响了。"张总。"肖云飞看到来电显示后赶紧接听。"喂，张总。"肖云飞说。"他们找你了？"张立彪在电话里说。"没直接找我，阚雪峰找廖默然了。"肖云飞说。"从金总来说，你们在全力搞多载波室内宏，但从现在的情况看，ODU似乎更迫切，至少我是这样想的。你看荷兰项目，单载波扩容，只能增加模块，来不及啊。"张立彪在电话里说。

"知道了，我来调整人力。"肖云飞说。"别影响室内宏啊。"张立彪说。"知道。"肖云飞说。"那就这样吧，我过两天就回去，见面细谈。"张立彪说完挂了电话。

"把曹瑞祥叫过来。"肖云飞放下手机对马庆生说。"好，我叫。"说着，马庆生拿起固话打给曹瑞祥。"立足自己的算法。"肖云飞看着手机上张立彪刚发来的短信说。"那就不急了。"廖默然说。"立足自己的算法就不急了？"肖云飞反问道。"年底才出来呢。"廖默然说。"立足自己的算法不等于不着急。"肖云飞说。

"多载波就是为ODU生的。多载波技术、高效功放技术，等等，这些提高效率的高精尖技术，只有应用到ODU上，它们的价值才能真正得到体现。一个模块支持多个载波，24升80瓦，要是能搞定了，自然散热。不像室内站有风扇啊，热一点，效率低一点，不是那么敏感。"肖云飞说。"做好了，把ODU直接放到室内宏，风扇也省了。"曹瑞祥一来就说。"没准儿真这样。"肖云飞说。

"就这样吧，先用班德的芯片做热测试。多载波的ODU关键是要确定结构热平衡。一旦结构尺寸定了，散热齿啊什么的就都定了。剩下的等自己的算法来了，就是改个板的事。"曹瑞祥说。"我想起来了，欧洲对功率的要求没那么大。"肖云飞说。"但你别忘了，除了欧洲，都要求大功率。"曹瑞祥说。"美国也要大功率。"马庆生说。"用班德的做验证，可以。"廖默然说。"正好填补这段时间的空白，否则就啥也干不了了。"马庆生说。"啥也干不了？这分明是多出来的事。"廖默然说。"功放是一个啊。"马庆生说。"功放肯定共享啊，不然不得疯啦。"廖默然说。

"不一定，廖默然，难说室内宏和ODU功放模块能完全共享。反正，收发信机肯定不行。"曹瑞祥说。"那……"廖默然说。"应该是两个平台，如果都要考虑到的话，就会相互制约。室内宏不怕，但ODU恐怕会受限制。"肖云飞说。"刚才不是说把ODU直接放室内柜里吗？ODU收编室内宏。"曹瑞祥说。"没事，结构外形有差别，核心的电路是不会变的。"廖默然说。

5. 还得再招人

9月13号，周一。下午，肖云飞的工位处，曹瑞祥和马庆生都在。"聂胜斌不松口。"曹瑞祥说。"他不松口，理由呢？"肖云飞不爽地说。"从这个供应商谈的来看，他们强调用百分之九十没问题。"马庆生说。"但推荐百分之八十到八十五，跟聂胜斌一样。"曹瑞祥说。"好吧，不跟他们啰唆，马庆生，从EPD把聂胜斌他们模块的原理图下下来，BOM清单元器件一个个查，我们要从原理上打破聂胜斌他们的所谓框框。这年头，胆大的气死胆小的，我就不信了。最关键的是利益太大了，邵利伟整天问我结论。"肖云飞说。

"你怎么回的？不会已经答应他们了吧？"马庆生说。"估计是。"曹瑞祥跟着说。"不瞒你们说，我当着张总和邵利伟的面拍胸脯了。"肖云飞说。"难怪。"曹瑞祥说。"现在邵利伟他们就是按删除一个电源模块的方案应的标。"肖云飞说。"你都把生米煮成熟饭了，还折腾我们干吗？"马庆生说。

"不说那么多了，赶紧把原理图搞出来，把关键元器件的说明书查到，仔细分析到底能有多少余量，还藏着多少水。"肖云飞说。"好，我这就搞。"马庆生说。"曹瑞祥，你信不，他的实际输出肯定比标称的额定功率还有余量。"肖云飞说。"这我信。"曹瑞祥说。"这你都信，那用百分之九十是不会有问题的。一百个放宽心。你们俩好好分析，分析透了，心里就踏实了。这就是动真格的，要让张总和邵利伟他们不仅信我个人，而且从原理上对删除一个电源模块深信不疑。"肖云飞说。

"其实聂胜斌也认为他的模块用百分之九十没问题，而且确实效率最高。"曹瑞祥说。"不会是为了多卖模块吧？"马庆生说。"唉，难说。"曹瑞祥说。"赵长城那怎么样？"肖云飞话锋一转问曹瑞祥。"抓干扰呢。"曹瑞祥说。"干扰抓到了？"肖云飞又问。"干扰一大把，电磁环境恶劣得很。"曹瑞祥说。"你们别把测到的东西都当干扰，只在我们频带内的才算。"肖云飞说。"知道。"曹瑞祥说。"这你有经验，用不着我提醒。"肖云飞又说。"哎，另外，让李和平负责ODU，也该让新人挑大梁了。"肖云飞对曹瑞祥说。

"人手不够，还得再招人。"曹瑞祥说。"说得没错，现在一个萝卜一个坑都不够，要赶紧。还有各种形态的、各种制式的，还有中国3G，都需要人，给牡丹发邮件。"说着，肖云飞给东方牡丹发邮件求助。发完邮件，肖云飞又对马庆生说："工作做得细点，搞个电源模块，拆开来仔细看，别光盯着原理图和器件资料，要结合实际。万一他们用EC了呢，你就不知道了。""可以，有模块。"马庆生说。

"明天、后天封闭培训，希望来了能有个眉目。"肖云飞说着来到王厚林处。"19到23号，也门的最后5天，这临门一脚千万别踢歪了。"肖云飞说。"盯着呢。"王厚林说。"尹贤良呢，好久没动静了。"肖云飞说。"放心，在准备。你放宽心，他必须全身心投入。"王厚林说。"还是要多想困难，高考的人可比考公务员的人多多了。"肖云飞说完走了。

周二上午，作战室。东方牡丹召集大家开招聘动员会。"很凑巧，都想到一块去了。昨天下午肖云飞给我发邮件，不一会儿，公司要求加强校园招聘力度，为你们移动大发展储备人才。"东方牡丹说。"你们作为技术面试官，我已经把你们报给公司了，到时候你们要听公司的统一调度。"东方牡丹又说。"工作忙走不开怎么办？"邓学佳问。"到时候我来协调，还请大家尽量克服，除非你们不想招人。"东方牡丹说。

"照你的意思，是派我们去抢人？"邓学佳说。"话不能这么说，但我想你们应该明白。"东方牡丹说。"潜规则。"廖默然说。"射频和电磁场的，没人跟你们抢，不过，如果你们不下点功夫，人家未必肯来燎原。"东方牡丹说。"怎么下功夫？"曹瑞祥问。"据我了解，有的公司直接到宿舍做工作。"东方牡丹说。"这帮小子这么俏。"廖默然说。"射频人才紧俏。"邓学佳说。"你们知道就行，自己缺人就要下功夫。一分耕耘，一分收获。"东方牡丹说。"尽量抽时间吧。"曹瑞祥说。

"要是没什么问题，大家就等公司招聘同事的短信。"东方牡丹说。"没邮件吗？"邓学佳问。"邮件肯定有。"东方牡丹说。"要是真去不了呢？"廖默然说。"跟我说，我再协调。"东方牡丹说。"那行。"廖默然说。"没什么问题了，你们忙吧。"东方牡丹说完离开了。

这时，曹瑞祥的手机响了。"嗯，赵长城，怎么样？"曹瑞祥问。"后台的数据和抓到的干扰都发给你了。"赵长城在电话里说。"又出现掉话情况了吗？"曹瑞祥问。"局方的人说有时通话困难，时断时续的，他们自己说像是有干扰。"赵长城说。"我说对了吧，就是干扰，没错。"曹瑞祥说。"发给你的数据我看了，关键是有点说不通。"赵长城说。"怎么说不通，待会儿我看看。还有什么？"曹瑞祥说。"郝树斌过两天就会回来。"赵长城说。

"回来好啊。"曹瑞祥说。"要是干扰，就让他们自己搞。"赵长城说。"你如果能说服郝树斌和局方，就可以回来啦。"曹瑞祥说。"关键是我刚才说的，吻合不上，还得靠你说服郝树斌，郝树斌再去说服局方，关键是局方。"赵长城说。"哎呀，局方那边打电话没问题就行，他们不管那么多的，有投诉，就会影响他们的绩效。"曹瑞祥说。"我怎么着中秋前能回吧？"赵长城说。"28号前，还有两周呢，应该能回。"曹瑞祥说。"但愿吧，你快看看数据，挂了。"赵长城说完挂了电话。

功放实验室，李和平、项庆林、廖默然在讨论ODU布局。"阚雪峰要求先把关键部件，尤其是功耗大的先粗略布置一下，我们讨论一下吧。"李和平说。"项庆林，你要先给我地盘啊。"廖默然说。"你们没叫双工器的人。"项庆林说。"双工器是无源的，叫他们干吗？"李和平说。"外形尺寸是定的，散热齿的高度是要看双工器的。它大我就小，所以双工器厚度要尽量薄。"项庆林说。"叫柳超智。"廖默然示意李和平。"好。我叫。"李和平给柳超智打电话。

"你们是一个平面，先布着，双工器是叠在你们上面的，多厚我得评估，不可能随便拍的，要算，还要试。"柳超智来后说。"也是，项庆林，刨去外壳，能给我俩多大的尺寸，这你是能定的。"廖默然说。"别这么说，我肯定是要综合考虑的。你们张总一句24升，到我这可是要实实在在能落实的。"项庆林停了停又说。

"高了就得瘦，矮了就得胖，实在不行还要突破这个24升。搞多了，领导又未必愿意，怕搞不过竞争对手啊。"项庆林又说。"也是，现在竞争就看大小。"廖默然说。"知道就行了。所以没那么简单的。ODU定结构，首先双工器要定，柳超智。"项庆林说。"那你总得先给我个初步的尺寸，这样好有个目标。"柳超智说。"放心，今天给不了，明天或者后天，最迟后天，一定给。"项庆林说。

"我们呢？"李和平问。"柳超智给了我结果，你们的自然就有了。"项庆林说。"我恐怕没那么快。"柳超智说。"除了仿真，难道还要做实物验证？"项庆林问。"我们就比较着看嘛，你宏基站双工器的尺寸，和你要求我的ODU的比，你们自己看。"柳超智对项庆林说。"没难度要你干吗。"廖默然说。"关键是功率容量，光靠算恐怕不行。"柳超智说。"学你喽，希望给的结果不要变就行。今天就这样吧，我要建模，过程中一些细节单独找你们沟通。"项庆林说。"好啊好啊，等你。对了，你跟阚雪峰打个招呼，省得他老来催我们。"廖默然说。"我去说，就这样。"说完，项庆林离开了。

周四一早，作战室。"来，先听听你们去电源的分析。"肖云飞说。"好，我来介绍一下这两天对机柜电源模块内部电路的分析。"马庆生说。"这是原理图。"马庆生指着大屏幕说。"从原理图可看出关键器件，关键的功率输出路径，以及功率输出的主要瓶颈。"马庆生又说。

"核心功率器件的最大功率是多少？"肖云飞问。"没问题。"曹瑞祥说。"什么意思？"肖云飞问。"这个电源模块用的这个功率器件，从资料上看能输出最大的功率。只是用在这儿，是通过外围电路限制了。"马庆生说。"好了，功率管的能力没问题，额定功率主要受限哪个器件？"肖云飞问。"刚才说的外围电路啊，它是一个闭环功率控制。"马庆生说。"那就是没问题嘛，用百分之九十，对不对？"肖云飞站起来说。

"是这么个意思。"曹瑞祥说。"OK，搞定，材料发给我。如果有谁提出异议，我就把材料发给他，让他自己看。"肖云飞神采飞扬地说，"不跟你们玩了，这边完事，下面就是尹贤良的也门了，我找王厚林去。"说着，肖云飞离开了会议室。

肖云飞转眼来到王厚林的工位处。"也门没问题吧？"肖云飞见了王厚林就问。"现在不能这么说，只有真的没事，才算真没事。"王厚林不紧不慢地说。"只有真的没事，才算真没事，怎么感觉跟没说一样呢，搞得这么有哲理。"肖云飞说。"现在重要的是关注细节，不要想结果。对我们来说，一周的时间还是挺漫长的。19号闯过去了，20号呢？20号闯过去了，还有21号呢。你说是19号人多，还是23号人多？还是21号、22号？不知道，就需要十二分的关注。上半场进球的球队，往往赢不了。"王厚林连珠炮似的说。"好吧，你们关注细节吧。"看着如此投入的王厚林，肖云飞无话可说，转身离开了。

6. 最怕被投诉

9月24号，中午，食堂。"王厚林，现在真的没事了，总算真的没事了。好啊，你、尹贤良、麦哲渊，也门的事做得不错，表扬啊。"肖云飞边吃饭边开心地说。"人也该被放回来了吧？"东方牡丹说。"这话说的，什么叫放回来，该回来了就回来呗。今天是24号，尹贤良明天回。"王厚林说。"谢天谢地，尹贤良总算要回来了。8月初走的，眼看快两个月了。"柴文娜说。

"他小子不会是故意躲的吧，媳妇生孩子，他自个儿啥也没干，回来只能跪搓衣板了。"麦哲渊说。"要我，肯定跪了。"马庆生说。"对对，给尹贤良发邮件，告诉他自个儿买个搓衣板，进门就拿出来跪上。"柴文娜说。"你们那口子是不是经常这样？"马庆生问柴文娜说。"去你的。"柴文娜回道。"赵长城也该回了吧，曹瑞祥？"肖云飞又问。"应该也是这两天吧，郝树斌也回了。"曹瑞祥回道。"他俩一回来，咱们人就全啦。"肖云飞说。

"中秋国庆的，啥也干不了。10月底吧，搞次活动。"东方牡丹说。"哎，招聘的事怎么样啦？"肖云飞问东方牡丹。"节后，校园招聘就会密集开展，说好的啊，大家一定要配合支持啊。有问题事先跟我说，别搞得到最后被公司通报。"东方牡丹说。

"啊，不去会被公司通报？"廖默然说。"是啊，公司这次就准备这样干，到时候扣各产品线的分。"东方牡丹说。"那要是真去不了怎么办？"廖默然又问。"不是说了吗，有事去不了先找我，我去协调，就不会被通报了。"东方牡丹说。"那要是协调不下来呢？"廖默然又问。"一般不会，真协调不了就去呗。"东方牡丹说。"哎呀，一般也就一两天的事，大家还是尽量抽出时间。人对我们来说很重要，没人什么都干不了。"肖云飞最后说。

下午刚上班不久，肖云飞的手机就响了。"喂，哪位？"肖云飞问。"肖云飞，我是郝树斌。"郝树斌从拉萨打来电话。"听说你回拉萨了，怎么样，你太太身体康复了吗？"肖云飞问。"良性的，小手术，是良性的就放心了。说正事，肖云飞，局方老是找我，说用户投诉越来越厉害了，还说来的搞研发的整天抓干扰，不解决实际问题。这不，我中秋节都没法在成都过就赶过来了，不来不行啊。"郝树斌说。"肖云飞，赵长城不能回啊，打电话就是这个意思。我来了，和他一起针对用户投诉的区域，一个扇区一个扇区地搞，目标就是消除用户投诉，不消除也要大大降低。这是必须的，肖云飞，否则没法交代啊。"郝树斌又说。

"到底是不是干扰？听曹瑞祥说得有鼻子有眼儿的。"肖云飞说。"咱们先不说有没有干扰这些事，用户投诉是客观存在的。尤其是主机房和局方主要办公地时常出现打电话困难，甚至有时都打不了电话，你说谁能忍？"郝树斌在电话里说。"赵长城在你旁边吗？"肖云飞问。"刚才在，现在不在了。"郝树斌说。"好，我这就给他打，他不会走的，放心。"肖云飞挂了电话就冲到曹瑞祥处。

"你们搞什么？郝树斌都投诉到我这儿了，抓干扰，抓干扰，啥也没解决就想回，回什么回，给我在那儿待着，郝树斌都没在成都过中秋，同样，赵长城也不许回深圳，你现在就给赵长城打电话，就说我说的，不准回，就待在拉萨，把用户投诉的问题解决了再说。"肖云飞说。"你为什么不打？"曹瑞祥说。"他不是愿意和你沟通吗？一直都是你和他联系的，你打，我又不走。"肖云飞说。"好，我打。"说着，曹瑞祥给赵长城打电话。

"在干吗？"曹瑞祥拨通后问赵长城。"买机票去，明天就回。"赵长城气呼呼地说。"哎，别，千万别回，肖云飞让你把用户投诉解决了再说回来的事。郝树斌刚给肖云飞打电话了。"曹瑞祥说。"我知道。明明是干扰，偏不认，用户投诉关我什么事。"赵长城说。"赵长城，不能这么说。用户的投诉是我们最大的事，千万别意气用事，肖云飞就在我旁边，是他硬逼着我打的。"曹瑞祥说。

"真要让我在山上过中秋和国庆啊。"赵长城在电话里说。"你要这么说，郝树斌不也一样？没办法，谁让用户投诉越来越严重呢，光抓干扰了，没关注到用户投诉，用户投诉才是最紧要的事情，而且现在投诉越来越严重了，没法交差啊。"曹瑞祥说。肖云飞拿过电话说："没办法，你只能和郝树斌一起消除用户的投诉，这样局方就不会进一步向老板投诉了。"肖云飞说。"好，算我倒霉，挂了。"赵长城说完挂了电话。

"倒霉，要是真硬回来，恐怕就不是倒霉这么简单的事了。"肖云飞边递手机给曹瑞祥边说。"他也就是说说。"曹瑞祥打圆场说。"你好好协助，核心是解决投诉。"肖云飞说完离开了。

肖云飞刚回到座位坐下，马庆生就凑了过来。肖云飞打开电脑看着邮件，马庆生似乎看到肖云飞打开了什么邮件，急忙装着什么都不知道地看着自己的电脑。"哎，楼晓明的邮件是啥意思？"肖云飞边看邮件边问马庆生。"什么，我有被抄送吗？"马庆生装糊涂。"转给你，应该会抄送你的。电容也会缺货吗，怎么回事啊？"肖云飞转完邮件凑到马庆生身旁说。

"查一下这个编码是什么电容。"马庆生边说边查。"这是什么电容？"肖云飞看着马庆生的电脑嘀咕道。"是2.2微法的电容。"马庆生说。

"2.2微法就是普通的电容啊，怎么会缺货呢？"肖云飞问马庆生。"是啊，不应该的。"马庆生说。"我给查曼丽打电话。"肖云飞说着拿起固话拨打起来。

"喂，查曼丽。"肖云飞拨通后说。"肖总，怎么了？"查曼丽在电话那头问。"怎么了？马庆生没找你吗？"肖云飞问。"你是说电容缺货的事儿吧？就说他是猪脑子嘛，一个2.2微法的陶瓷电容，脑子进水才会选了个1206封装的，还是耐压100伏的，这不有病吗？0805的大把，用得着100伏吗？"查曼丽在电话里说。

"对啊，吃错药了吧，马庆生？"肖云飞对马庆生说。"50伏撑死了。"肖云飞又说。"要知道，现在业界大趋势是小封装，1206没人用啦。实话说，厂家是嫌量少，不太愿意做。"查曼丽说。"这也不对，要是真要100伏耐压的怎么办？"肖云飞问。"串啊。"查曼丽说。"那要容值大怎么办？"肖云飞又问。"并啊。"查曼丽又说。"关键是你不需要100伏还整个100伏干啥？真的。"查曼丽生气地说。

"对啊，回去好好问问你们家那口子啊，关键是怎么解决，有招没？"肖云飞问。"我只能去追料，大概缺5天的，现在努力减少到3天，没办法，已经尽最大努力了。"查曼丽说。"0805的有，手工能焊上，如果急着发货，你让马庆生去生产线指导工人手工补焊一下，救个急。"查曼丽又说。

"能行吗？"肖云飞问。"表贴不行，手工焊能焊上，没问题的，这招别的产品线用过。"查曼丽说。"行啊，也只能这样啦。"肖云飞说。"不过肖总，坚决要求改板，干掉1206。"查曼丽说。"行，我们考虑一下。就这样，挂了。"肖云飞说完挂了电话。"你，回给楼晓明。"肖云飞对马庆生说。"好，这就回。其实没多大事，都是瞎吵吵。"马庆生说。"改掉，尽快。跟着大趋势走总没错。还有，这显然是你选型不当造成的，赶紧纠错吧。"肖云飞低声说。

7. 双工器有点难

第二天，周六，小周。刚上班，肖云飞桌上的固话就响了。"喂，哪位？"肖云飞拿起电话问。"是肖云飞吧，我是阚雪峰。"阚雪峰在电话里说。"啊，阚雪峰，你好，有事吗？"肖云飞客气地说。"是这样，你们张总安排的多载波ODU的热评估，他希望国庆前有个结论的，可是你们的人给我回话说结构和器件布局节后才能提供，这让我们怎么完成张总的任务啊？"阚雪峰说。

　　"他们有说为什么需要这么长时间吗？"肖云飞问。"说是双工器定不下来。"阚雪峰说。"双工器定不下来？噢，我去了解一下。"肖云飞想了想说。"那你快点给我个时间点啊。"阚雪峰说完挂了电话。

　　"多载波ODU的热评估怎么跟双工器定不定下来有关系呢？"肖云飞用固话打给廖默然问。"项庆林坚持说双工器不定，他的结构尺寸没法定，所以给我们的也就定不下来。"廖默然在电话里说。"嗯，知道了。"肖云飞撂下电话直奔柳超智的工位。

　　"都卡在你这儿了，是吧？"肖云飞见了柳超智就说。"在仿在仿，给我这么薄，功率容量是瓶颈，腔的布局要更加的……"柳超智连比带画地对肖云飞说。"要多久？"肖云飞问。"要多久？反正算了一两天了，还没仿出来，功率容量真不好整，仿真完了，不做个样品心里也没底。"柳超智说。"知道了，耐心仿真，这事还真不能太急。"肖云飞说完离开了。

　　回到工位，肖云飞叫来了项庆林。"向你了解一下多载波ODU，结构设计你们总的思路是什么？24升能做下来不？"肖云飞问。"能不能做下来，目前首要的是看双工器。"肖庆林说。"这我知道，柳超智在仿真。也是，太薄，功率容量方面自然难度增加，估计要花一定的时间。"肖云飞说。"定双工器是最最关键的，它定不下来，没法往下走。"项庆林说。"其他的，比如收发信机、功放，它们是一个平面，应该可以把工作先开展起来。"肖云飞说。

　　"散热齿的高度不定，散热面积就不定，我的结构怎么定？"项庆林说。"有道理。哎，要是你给的厚度柳超智仿不下来怎么办？"肖云飞问。"确实是有这个顾虑，所以收发信机和功放不能急。"项庆林说。"那还是这个问题，柳超智仿不下来怎么办？"肖云飞又问。"再看吧，不能刚开始就打退堂鼓啊，老大们既然明确提出24升，相信他们是有考虑的，不然不会轻易挑战24升，至少我们结构这边是这么想的。"项庆林说。

　　"嗯，知道了。你忙吧。"肖云飞对项庆林说。"24升很有挑战的，你们恐怕要从各方面来综合考虑这个问题。"项庆林说。"能不能说得再明白些？"肖云飞问。"边界条件是不是需要重新审视审视？"项庆林说。"边界条件？"肖云飞问。"或者说是约束条件，就是柳超智仿真建模时输进去的那些参数。"项庆林说。"你是说放宽要求？"肖云飞说。"我可没这么说。我还有事，先走了。"说完，项庆林走了。

　　周一一早。肖云飞正在浏览邮件。"哟，也门给老板发感谢信了。"肖云飞看着公司的公告栏激动地说。"在哪儿，我看看。"马庆生连忙凑过来。"也门阿拉伯电信总裁伊索夫给华老板的感谢信。"马庆生边看边念着。"看来这个总裁位置是坐稳了。"肖云飞说着拿起固话。"喂，干啥呢？"肖云飞给马庆生使着眼色问道。"打给谁啊？"马庆生说。"尹贤良。"肖云飞说。"你是谁啊？"电话那头的尹贤良装糊涂地问道。"我……给你给你。"肖云飞一听尹贤良装疯卖傻，赶紧把电话递给马庆生。

　　"我呀，我是肖云飞啊。"马庆生接过电话说。"什么事一大早骚扰我，我时差还没倒过来呢，别烦我，挂了。"尹贤良在电话里说。"别别，有重要的喜事向你汇报。"马庆生说。"什么喜事？涨工资啦？"尹贤良问。"涨工资这种事也轮不到我跟你说啊。"马庆生说。"你不说你是肖云飞吗？"尹贤良调侃道。

　　"也门伊索夫总裁给老板发感谢信了，公司公告栏刚登出来的。"马庆生兴奋地说。"那又怎样？又不涨工资。"尹贤良冷冰冰地回道。"你小子掉钱眼儿里去啦，就知道涨工资。"马庆生说。"唉，我现在就是掉钱眼儿里了，否则娃的奶粉钱从哪儿来啊？"尹贤良说。"哟哟哟，娃的奶粉钱都出来了。哎，回家没跪搓衣板吧？"马庆生说。"跪啊，现在还跪着没起来呢。"尹贤良说。"刚还说倒时差，这会儿又说跪搓衣板，还有没有准儿啊？"马庆生说。"老婆说跪在搓衣板上倒时差。"尹贤良说。"别逗了，不跟你扯了，挂了。"马庆生说完挂了电话。

"这小子是受刺激了，说话有点不正常。"肖云飞说。"行啦，让着他点，你要有他这经历还指不定咋样呢。"马庆生说。"这小子节前不回来上班也不说一声，好让秘书给他请假啊，我找秘书给他搞调休去。"肖云飞说着去找秘书了。"不搞调休到时候算旷工，又要去解释。"肖云飞边走边说。

下午上班不久，肖云飞的手机响了。"肖云飞，多载波ODU的热评估非要我亲自打电话你才肯动啊？"张立彪在电话里说。"没没没，张总您误会了，阚雪峰给您打电话了是吧？"肖云飞说。"是啊，是我让他们在节前评估结果的，我好综合考虑下一步的事。"张立彪说。"24升80瓦，双工器，有点难。"肖云飞说。"双工器？怎么个难法？"张立彪问。"功率容量。"肖云飞说。"为什么？"张立彪又问。"24升限制了双工器的高度，太薄了，功率容量难搞，仿了两天都仿不出来。"肖云飞说。

"嗯，你们认真评估吧，行不行都得给个理由。"张立彪说。"而且理由要经得住我问。"张立彪又说。"我们在努力想办法实现您要求的24升，不过差一点问题也不大吧？"肖云飞又说。"你是说比24升大吗？"张立彪问。"是啊。"肖云飞说。"最好不要，竞争就靠这个了。你们先评估吧，不行再看。还是要努努力，肯定不会轻而易举就达到的。"张立彪说完挂了电话。

和张立彪通完话，肖云飞随手拨通了曹瑞祥的电话。"在吧，跟你说，多载波ODU的热评估和双工器仿真，你都要多关注，还是要多想想办法，总不能让我把功率容量降下来吧，肯定不会降的，趋势都是功率越做越大。"肖云飞说。"想，在想办法。"曹瑞祥在电话里说。"那就好，张总刚刚给我打电话了，阚雪峰这小子跑他那儿投诉我们不积极配合。"肖云飞说。"还真不好搞。能不能再高一点？"曹瑞祥问。"不能。我刚就在和张总讨价还价，结果被张总数落了。照张总的说法，还是要努努力，肯定不会轻而易举就达到的。"说完，肖云飞挂了电话。

多载波实验室，大家正忙着新板的调试。"明天中秋，明天晚上大家都不加班了。"邓学佳说。"我是无所谓，反正一个人。"达荣生说。"国庆前三天公司要求不加班，剩下几天，希望大家还是要来，看看有没有问题。"邓学佳说。"功放的人要来配合。"杭岩说。"好，我找廖默然，让他安排。"邓学佳说。"我4号有点事，5、6、7号来吧。"达荣生说。"那就都这三天呗。"杭岩说。"好，统一5、6、7号这三天加班。"达荣生说。

"能不能4、5、6号加班，7号休一天，不然接下来连续工作的时间就太长了。"邓学佳说。"我可以，就看达荣生的了。"杭岩说。"我可能不行。没事儿，我7号不休息没事儿。"达荣生说。"这样吧，就5号、6号来两天，7号休息。大家休息的时候多想想，8号来了以后全力以赴。"邓学佳说。

正说着，夏润泽进来了。"国庆你们加班？"夏润泽问。"5号、6号两天。"杭岩说。"你就别来啦，我们在调。"邓学佳说。"意思是国庆前你们调不好，给不了我们模块？"夏润泽问。"计划也是国庆后啊。"邓学佳说。"赵长城让我盯紧你们。听说上午板子回来了，我过来看看。"夏润泽说。"你国庆就好好歇歇吧，等把模块交到你手上，可就没时间休息了。"邓学佳说。"你这个领导真好，挺能为我们着想的。"夏润泽说。"我是什么领导？"邓学佳说。"在我看来你就是领导。"夏润泽说。

"哎呀，板子回来了，过来看看。"肖云飞一进门看着大家说。"还是晚了两天，应该周六就回来的。"邓学佳说。"抓紧就行了。"肖云飞说。"什么时候能到你手上？"肖云飞对夏润泽说。"国庆后。"夏润泽说。"国庆怎么安排？"肖云飞问邓学佳。"5号、6号加班。"邓学佳说。"不能4、5、6号三天吗？"肖云飞问。"4号有事。"邓学佳说。"不能克服一下吗？"肖云飞又问。"我说7号我可以不休，可他们觉得7号还是要休。"达荣生说。"7号不休，连续工作时间太长了，不行的。"肖云飞说。"行吧，节后全力以赴就是了。"肖云飞说。

"哇，还有飞线。"肖云飞看着单板说。"低级错误，低级错误。"邓学佳面露难色。"那肯定要改一板喽。"肖云飞说。"低级错误难免的。"刚进来的曹瑞祥说。"这话我可不爱听啊，刚才邓学佳的态度还是很诚恳的，到你这儿就变成了难免，不成啊，不能有这种思想。"肖云飞严肃地说。"好好好，一定吸取教训，好好总结，下次决不再犯。"曹瑞祥说。

"别扯那么多，要求不高，这次改板之后再投可不能再出问题了。"肖云飞说。"一定。"曹瑞祥说。"怎么保证，邓学佳？"肖云飞问。"现在CAD有一些方法，比如这里，把不动的地方给冻结了，就不会像以前似的，城门失火，殃及池鱼了。"邓学佳说。"嗯，这样最好。以前城门失火，殃及池鱼的事儿经常发生。"肖云飞说。"都是老运动员了，过来人。"曹瑞祥说。"哎，说真的，新一板真别再出问题了。"肖云飞说。"知道。"曹瑞祥说。"我心脏可不好，受不了啊。"肖云飞说。"你还心脏不好，上西藏溜溜的。"曹瑞祥说。"被你们搞几次，再强的心脏……"肖云飞正要说下去，曹瑞祥插嘴道"只会更强"，大家都乐了。"乐归乐，还是要认真。"肖云飞最后说。

8. 真金不怕火炼

转眼到了10月中旬，拉萨中心机房。"你说不是干扰没用，你让旺堆自己说，人防是怎么回事？"赵长城面对郝树斌，理直气壮地说。"还有，朱炳辉查的，前几个月和9月以来的对比，的确是恶化了许多，但放号放得更多。一边人防干扰，一边大批放号，自然加重网络负荷，用户投诉多也就不足为奇了。"赵长城又说。"别老说人防干扰，我不认。"郝树斌说。"你不认有什么用，你让旺堆说，他还跟我商量准备去和人防办的谈呢。"赵长城说。

"人家旺堆诚实，实话实说，你们研发也不能这么钻空子。你是专家，都指望你呢。"郝树斌说。"你说我钻空子，此话怎讲？我钻什么空子了？"赵长城摆出一副得理不饶人的架势说。"想知道吗？我告诉你，我和旺堆一起仔细看了人防干扰的发生时间，对不上的。所以，我坚决不认。"郝树斌。"那照你的意思，就是设备的问题喽。"赵长城说。"至少排除不了干系。"郝树斌说。

"不能空口乱讲的，郝树斌，讲这种话是要负责任的。"赵长城带着威胁的口气对郝树斌说。"别给我扣大帽子，没用。我一定能找出证据证明设备的问题。"郝树斌说。"那好，你找吧，我回宾馆了。"赵长城转身就要走。"走啥？一起定位。你是配合我们工作的专家，怎么能不参与设备问题的定位呢？"郝树斌不客气地说。"你不是说要自己找吗？我以为不需要我了呢。"赵长城说。"需要需要，哪能不需要啊，设备你熟，还要请你帮忙指导怎么定位低噪放的问题。"旺堆打圆场道。

这时，赵长城心里嘀咕着："好啊，郝树斌，你们合伙认定是低噪放的问题，想逼我就范啊。来之前夏润泽的实验证明了啊，低噪放那么低的温度，冻了十几个小时都没自激，难道高原有什么我不知道的特殊神秘的东西？要真是低噪放咋办？难道夏润泽的实验有问题。嗯，一会儿给夏润泽打个电话，让他看看如何模拟拉萨的情况。""说实话，人到这个时候，不免有点心虚。"赵长城心想。

"这样，我们再观察几天，旺堆，看准了去定位。"郝树斌说。"我来观察，把数据整理出来给你们看。"旺堆说。"你帮我们看看，如何定位低噪放的问题。当然,大家都希望没问题。"郝树斌对赵长城说。"怀疑有问题,换就行啦。"赵长城说。"换过,还是有问题。"旺堆说。"还是有问题?"赵长城问旺堆。"是,还是有。"旺堆回道。"那还怀疑?"赵长城盯着郝树斌说。

"我们老大也是做过军品的人,他怀疑是外因导致的低噪放自激。"朱炳辉说。"外因?"赵长城问。"对,外界的扰动,或者说低噪放受空间载荷的影响,导致自激。"郝树斌说。"告诉你,来之前我们专门做了测试,稳得很,零下40℃。"赵长城说。"你们是在固定负载条件下测的,跟实际情况不相符,明白不?我做过多年低噪放开发,比你清楚。"郝树斌对赵长城说。

面对如此咄咄逼人的郝树斌,没做过低噪放开发的赵长城顿时感觉到更大的心虚。"郝树斌说的似乎很有道理。""别胡扯,毫无道理。"赵长城的内心激烈地对抗起来。"要真被郝树斌言中怎么办?怎么可能?难道研发的测试都是扯淡?不可能,不可能,郝树斌不过是虚张声势罢了。要真是,怎么办……"就这样,赵长城陷入了内心挣扎。"赵长城。"郝树斌看赵长城没有反应,又喊了一声:"赵长城。"这时,赵长城才反应过来。郝树斌见势又说:"心里没底了吧,赶紧回去和家里商量,如何定位低噪放的问题。""那我回宾馆了。"说着,赵长城走了。

深圳,作战室。"已经到农历九月了,寒露过了,下周就是重阳。到底怎么说?"肖云飞对柳超智和曹瑞祥说。"一大早张总就给我打电话,我赶紧把大家叫来商量商量。"肖云飞又说。"恐怕我们的策略得调整一下,否则真搞不定。"曹瑞祥说。"24升恐怕没得商量,80瓦更不可能。"肖云飞说。"不是这个意思。"曹瑞祥说。"那你什么意思?"肖云飞问。"作为收发频分的系统,核心是发不要对收有影响。发射的滤波至关重要,杂散抑制肯定不能动的。"曹瑞祥说。

"如果收支路的滤波器分别由双工器和接收机来共同承担，就会柳暗花明。"柳超智说。听到柳超智这么一说，肖云飞顿时两眼放着金光，急忙说："具体说说，怎么个意思，这就是曹瑞祥说的策略调整？""柳超智已经说得很具体啦，原来接收滤波全是由双工器来承担，现在变成由双工器和接收机共同承担。就这么简单。"曹瑞祥说。"这样不会有什么问题吧？"肖云飞担心地说。

"告诉你吧，麦克斯韦就是这么做的。"曹瑞祥说。"真的，有资料吗？"肖云飞问。"柳超智，把资料打开给他看看。"曹瑞祥说。"好。"说着，柳超智把资料展示出来。"我看看啊，嗯，原来是这样。"肖云飞边看边说。"那就搞吧。"肖云飞说。"不过这样一来ODU和室内宏电路就不一样了，想归一就难了。"李和平说。"搞成一样不就行啦。"肖云飞说。"搞不了。"李和平说。"不可能，他们这板有飞线，肯定还要改一板的，到时你们归一就行了。"肖云飞说。

此话说完，李和平和曹瑞祥都不吭声了。"我说的对吧，没话说了吧。"肖云飞说。"国庆期间就把飞线改了再投，估计下周就能回。"李和平说。"说什么？他说的是真的？"肖云飞望着曹瑞祥说。"就一个飞线，改动少。这样给测试才够真实，才能更快地给出可信的结论。"曹瑞祥说。"你们的动作可真够快的。"肖云飞听后平静地说。

"那个飞线实在太刺眼，夏润泽总觉得他的工作会白做。"曹瑞祥解释道。"没怪你啊，这事你们做得果断，夏润泽说得有道理。"肖云飞说。"归一的事你去考虑喽，既然你们自己这么有主见。"肖云飞对曹瑞祥说。"放心，会综合考虑的。"曹瑞祥说。"就是说多载波ODU的双工器定了？"肖云飞又说。"对，没错，定了。"曹瑞祥和柳超智同时点头说。"这可是大喜事，张总那里好交差了。"肖云飞如释重负地说。

"明天周五，你去武汉招聘是吧？"肖云飞问曹瑞祥。"明天下午走。"曹瑞祥说。"为什么不叫我和尹贤良去呢？"肖云飞自语道。"这次主要是招射频的，硬件和软件，别的产品线有人。"曹瑞祥说。"都是赶在周末，周一回，累得很，不去还轻松些。"肖云飞自我安慰道。

多载波实验室。"板子哪天能回？"肖云飞问邓学佳。"下周一二吧。"邓学佳说。"这么快！"肖云飞说。"差不多两周，整天催PCB厂。"邓学佳说。"生产线联系好啦？"肖云飞又问。"都安排了，一来就上线，板子下周末应该能回实验室调。"邓学佳说。"不会又出其他问题吧？"肖云飞又问。"来了就知道了。"邓学佳说。"再出问题真就不好说了。"肖云飞说。"你们这次动作是够迅速，我也觉得挺好。只是测试不测了以后，应该还是会有问题的。我想到时候还会再改一板的，一定是这样的。"肖云飞又说。"那也值。"邓学佳说。"多改一板就多改一板，只要产品能做，就值。"肖云飞看着刚进来的曹瑞祥说。

"没飞线稳定嘛，否则夏润泽发现的问题究竟算谁的。"曹瑞祥说。"说得没错，对了，赵长城那边怎么说？"肖云飞问。"我也没信，好像是郝树斌在折腾。赵长城似乎被郝树斌说动了，忙着定位设备问题。"曹瑞祥说。"我听夏润泽说了，让他接不同负载，开路短路的测低噪放会不会自激。"肖云飞说。"自激啦？"曹瑞祥不爽地问。"没自激。"肖云飞说。"还是啊，明明是干扰，局方都承认有人防系统的干扰，号也放得太多。扯什么低噪放自激，怪不得不找我了。不找好，清静。"曹瑞祥说。

"先让郝树斌折腾吧，真金不怕火炼。是福不是祸，是祸你是躲不过的。"肖云飞说。"没想躲，因为不是低噪放的问题。"曹瑞祥说。"我听王厚林说，来燎原之前，郝树斌在军工研究所专门做电子监听的接收机前端，对低噪放很熟。"肖云飞说。"是自己水平臭做的低噪放老自激，就认定我们的低噪放也自激，惯性思维啊。这回可以好好给他上一课了。"曹瑞祥自信地说。"这么自信啊。"肖云飞说。"当然，绝不可能，不信你看。"曹瑞祥说。"好,骑驴看唱本,咱们走着瞧。"肖云飞说完离开了多载波实验室。

9. 低噪放真的自激了

霜降过后的25号,周一。上午,拉萨主机房楼上的基站机房。"从今天起,我们就在这儿蹲点,后台跟着,前台从低噪放的耦合口用YBT250同时跟,我就不信抓不到自激。"郝树斌说。"行。"说着,赵长城从低噪放耦合口用同轴线缆接到YBT250上,设置好后,开始观察。前三天,系统并没有出现什么异常。

到了10月28号,周四上午,郝树斌说话了:"赵长城,虽说自激没抓到,但从YBT250上也没看到咱们设置的频点上有什么干扰,这是事实吧。不是没成果,证明不是干扰就是成果。"郝树斌正说着,YBT250上明显的底噪抬升了。"看看,这事不过三还真灵,来了吧。"就在郝树斌抬头跟赵长城说话间,YBT250上底噪恢复了正常。"灵什么灵,就晃了一下,不算数吧?"赵长城说。"耐心点,至少我的推理正在得到验证。"郝树斌全神贯注地盯着仪表。

"设MaxHold最大保持,就不用这么盯着了。"朱炳辉说。"你不早说,你来设。"郝树斌示意朱炳辉。"没用,至少要有个十秒左右吧,时间太短对通话影响不大,像刚才,估计就一两秒钟,影响不了通话的。"看着朱炳辉设置最大保持,赵长城说。"要有耐心,我坚信会有你说的十秒底噪抬升。"郝树斌信心满满地说。

快中午一点了。赵长城看了看表说："吃午饭去吧，回来再看。""不用，要去你先去，现在是室外气温最高的时候，应该是最容易出现问题的时候。你们俩先去，吃完了替我。"郝树斌盯着仪表说。"给你带两张饼，一瓶水怎么样？"朱炳辉问郝树斌。这时，郝树斌突然大叫了起来："又起来了，又起来了，快看。"赵长城赶忙回来看。"怎么样，这回时间差不多有10秒了吧，是不是开始信我说的啦？"郝树斌对赵长城说。

"存了吗？"赵长城说。"哎呀，光顾着叫你们了，忘存了。"郝树斌说。"没关系，如果照你说的那么肯定的话，一定还会出现的。"赵长城对郝树斌说。"你们先去吃，给我带两张饼和一瓶水。我要坚守在这儿，看它出来不出来。"郝树斌说。"过了下午四点，天渐渐凉下来，看来今天不会有了。"郝树斌说。"为什么？"赵长城问。"从数据来看，这个站的问题主要出现在上午十点以后到下午三点以前。"朱炳辉说。"应该是十点半之后。"郝树斌补充道。"这段时间话务量应该比较大。"赵长城说。"气温也比较高。"朱炳辉说。"按理温度高，低噪放在低温下比较容易自激，温度高了……"赵长城看了眼郝树斌没把话说完。

"跟功率有关，负载牵引导致自激。"郝树斌说。"是话务量高导致的功率大，空口负载变化？"赵长城问。"有可能。"郝树斌说。"有可能？"赵长城追问。"就是这样的。"郝树斌说。"收摊？"朱炳辉问郝树斌。"就放这儿，明早再来。"郝树斌说。

晚上，吃过晚饭的赵长城独自在宾馆房间里边看电视边琢磨。"要不要给家里打电话？说什么呢？跟肖云飞说我们的设备低噪放真的自激了？对啊，就那么一下，怎么就能断定呢。况且也没把图存下来，全凭嘴说？肖云飞听了会怎么样？什么铁证也没有，家里怎么做都不自激。还是不能打电话回去。别找骂，观察观察再说。"赵长城自己就这么想着。"我上西藏，肖云飞就没主动给我打过一个电话，为什么？难道……不对，肖云飞根本就不想打。哼哼，肯定是让我顶住，把郝树斌摆平，自己落得悠闲。他什么意思？很清楚，就是不许有问题。太阴了，把我一个人顶在这儿，不管不问的。亏了没打这个电话，否则家里还不炸了锅，我就成罪人了。"赵长城此时又庆幸自己没有一时冲动打电话给肖云飞。"躲过一劫啊。想明白了，再有问题我也不能打这个电话，挺住，我要宁死不屈。"赵长城暗自下定了决心。

第二天上午十点左右，三个人又来到机房。"拿相机干啥？"赵长城看着朱炳辉拿来数码相机问。"有用。"郝树斌边说边示意朱炳辉去找张桌子来。"找桌子干啥？"朱炳辉问。"等会你就知道了。"郝树斌说。"门口好像就有张桌子。"赵长城说着和朱炳辉一起把门口的桌子抬进了机房。"来来，放这儿。"郝树斌拿起地上的YBT250对两人说。"知道干啥了吧，竖着放，用相机录像。"郝树斌说。

"你又不可能一直录。"赵长城说。"先准备好，需要的时候一按就录。"郝树斌说。"它自己能保存的。"赵长城说。"存能存多少，过程又存不下来，只能存一张。"郝树斌说。"从里边导得导半天。录像立马就能导到电脑里，最主要是整个过程都能看见。"朱炳辉说。"好啊。"赵长城赞许地说。安置好后，三个人开始观察。"哎。"朱炳辉叫了起来。"这是手机信号，你看很快就下去了。从带宽看，正好是手机损耗的带宽，一接入信号幅度立马就降下去了。"郝树斌解释道。

下午4点。"又一天过去了，郝树斌。"赵长城说。"明天，周六，来不来？"朱炳辉问郝树斌。"来啊，在这儿哪还有周末不周末的。闲着也是闲着，来，明天后天都来啊。放心，一定会抓到的。"郝树斌说。

一周过去了。11月4日，周四，上午10点左右，机房。"上周四开始的，整一周。就开始那么短暂的一下，时间很短都不能算数的。咱们就这么一直抓下去？"赵长城问郝树斌。"这样，如果今天、明天还抓不到，就撤。"郝树斌爽快地说。"那好吧。"赵长城说着聚精会神地观察起来。

"今天的话务量好像比较高。"朱炳辉用反向维护查看着说。"说明有戏。"郝树斌自我鼓励道。

此时深圳，张立彪的办公室。"行啊，肖云飞，什么都能搞定。"张立彪说。"也没，阚雪峰的电流要求很难达到的。"肖云飞说。"这才刚开始，努力努力就达到了，我相信你们。"张立彪说。"别，至少从现在来看，用自己的算法，功放的效率基本不太可能达到。"肖云飞说。"别这么说啊。"张立彪说。"除非双工器采用介质的腔体。"肖云飞说。"好啊，介质就介质。"张立彪说。"只有韩国的，国内厂家不肯投入。"肖云飞说。"韩国的，能搞定也行啊。"张立彪又说。"死贵，又重。"肖云飞说。

"为什么介质的腔体就行呢？"张立彪问。"可以压缩腔体的尺寸，散热片就能高一些。"肖云飞说。"国内厂家为什么不愿意投介质的呢？"张立彪又问。"高Q陶瓷介质，和金属腔体加工制作工艺相差太大，需要买专利，不过这还不是最主要的，最主要的是市场有限。"肖云飞说。"国内厂商只会盯着量大的，目光短浅。"张立彪说。"还是要多动动脑子，开始不也说双工器的功率容量有困难，你看，现在学麦克斯韦就搞定啦。"张立彪又说。"我们再想想办法吧。"肖云飞说。"综合考虑一下，也别光盯着功放。"张立彪说。

中午一点，拉萨机房，郝树斌一人在盯着。"怎么样？有动静吗？"赵长城和朱炳辉吃完饭回来问。郝树斌冷静地拿起相机展示给两人看。"刚录的？"看着录像赵长城问。"你们刚走一会儿就出现了，10秒多。"郝树斌说。此时的赵长城反复看着录像。"先导到你电脑里，还得继续观察。"郝树斌对朱炳辉说。端着朱炳辉的便携电脑，赵长城一遍又一遍地反复看着录像，心里不断盘算着。"难道真是低噪放自激所致？若不是，又会是什么导致的呢？反正肯定是低噪放以上的，双工器、馈线、天线？双工器是刚换的，难道是馈线？"

"郝树斌，有没有可能是馈线的问题？"赵长城问。"不瞒你说，刚开始就怀疑馈线了。你来之前，跳线换了新的，郝树斌亲自把馈线接头重新做了一遍。"朱炳辉说。"这回还说啥，你当我愿意低噪放出问题啊。没办法，你都看到啦。"郝树斌说。"再观察观察吧，多抓到几次更有说服力。"赵长城说。"明天继续，凭直觉，明天至少能抓到两次。"郝树斌说。

"怎么解决？低噪放已经换过了。"朱炳辉说。"这得问你啊。"郝树斌说。"明天继续观察观察再说吧。"赵长城说。"你不会让再观察一周吧？"朱炳辉说。赵长城没回答。"再往下我可不来了，还有别的事呢。"朱炳辉说。"谁说什么了吗？"郝树斌问。"反正我是不上来了，机房一大堆事呢。"朱炳辉说着正要离开，却被郝树斌叫住了："别走，这还没到下周呢，这两天哪儿也不许去。""显然，这两人是在给我施加压力呢。"赵长城在心里想。"宁死不屈，宁死不屈啊。"赵长城自己给自己打气。"好，你俩在这儿守着，我下去吃点东西。"说着，郝树斌走了。

周四的观察抓到了两次，郝树斌抓到的时间长一点的有十几秒。郝树斌吃午饭期间，赵长城和朱炳辉也抓到了一次，不过只有五六秒，比较短。

回到宾馆房间，赵长城打开便携电脑，反复看着这两个录像，心想："要不要把这两个录像发回去？还是别发吧，要发也是郝树斌他们发。他们要发就不关我的事了，我又不能看着他们。不过从录像看，郝树斌是对的。郝树斌是对的，曹瑞祥，尤其是夏润泽，一帮没用的东西，怎么就做不出自激呢？现在只有两种可能，低噪放和天线。我一说天线，曹瑞祥就大骂我，说我不干正经事，瞎琢磨。说低噪放，曹瑞祥又说什么绝对稳定设计，绝无可能自激。那这是什么？难道是太阳黑子运动造成的？净瞎扯，人家太阳黑子要影响也是短暂的卫星通信，跟移动通信不搭边……"

10. 太阳黑子捣的乱

第二天，周五，基站机房，旺堆也来了。"赵工，我们领导现在关心的是怎么解决低噪放带来的问题。"旺堆一见赵长城就急切地问。"今天还要再观察，还没最终结论呢。"赵长城回道。"抓到了吗？"旺堆两眼盯着郝树斌说。"今天你来了正好，一起再看看，别急。"赵长城对旺堆说。"怎么能不急，急，为这事，我们领导天天数落我，这不硬逼着我到这儿和你们一起搞。"旺堆说。"错，是来监视我们。"朱炳辉调侃道。"不能这么说。"旺堆有点不高兴地说。"好啦，知道了，是来和我们一起工作的。"朱炳辉又说。"本来就是嘛。"旺堆说。

"哟哟哟，这把猛，这么猛。"郝树斌看仪表叫喊着。"有二十几秒，这回没得说了吧？"郝树斌说完又聚精会神地观察着。"感觉愈演愈烈的趋势啊。"郝树斌又说。"关键是咋解决？"旺堆说。"耐心看，这小屏幕演得越精彩，解决就不成问题。"郝树斌眼不离屏地说。"坐下，别来回晃悠，来，坐。"朱炳辉按住旺堆的双肩说。刚被按着坐下的旺堆又想站起来说啥，但又被朱炳辉按了下去。"啥也别说，耐心地看着。"朱炳辉对旺堆说。

此时的赵长城心乱如麻，根本无心观察，装着看便携电脑在心里想："完了完了完了，刚才这个真没什么好说的了，怎么办？宁死不屈总得有个理由啊，什么理由呢？太阳黑子运动？对，就说是太阳黑子影响，至少现在得这么说，缓兵之计啊，也算是做到了宁死不屈。对对对，高原离太阳近，受太阳黑子运动的影响大。当然啦，近4000米的海拔，和平原能一样吗？我绝对是高智商，一般人想都想不到这招。不过郝树斌能认吗？旺堆能认吗？要是他们不认怎么办？目前比较有利的一点是问题偶尔才出现一次。当然，要是一直自激，也就不用定位了。"赵长城正想着，那边又是一阵狂叫，"哟哟哟，哟哟哟"，三个人对着屏幕狂喊着。

"录了没有？"赵长城问。不过那边的三人理都不理。"这回跟刚才差不多，也是20多秒。"郝树斌说。"你是希望我们录，还是希望我们忘了录？"朱炳辉问赵长城。"这话问的，怕你们兴奋得忘了录。"赵长城说。"兴奋？你就这么看我们。"朱炳辉对赵长城说。"难怪刚才躲到一边装着看便携电脑。告诉你，我们不是幸灾乐祸。"郝树斌对赵长城说。"不是幸灾乐祸是什么呀？瞧你们刚才那个劲儿，就好像中国足球赢得世界杯似的。我在这儿看得清清楚楚，人心啊，怎么这么……"赵长城说。"哎，我们只是觉得问题得到了定位。要知道，只有定位了问题，才能解决问题。"郝树斌说。

"就你们，这就算定位啦？"赵长城调子一变说。"难道还有什么疑问吗？"郝树斌说。"有疑问可以，把这几个录像发回深圳，让曹瑞祥、肖云飞、张立彪都好好看看，他们敢说不是？"郝树斌激动地说。"没准是太阳黑子捣的乱，海拔这么高，离天这么近。"赵长城回道。"郝工，赵工的话说得有点太悬了，太阳黑子影响，有根据吗？"旺堆十分生气地说。看着旺堆如此生气，赵长城没敢接话。

"你把今天的两个录像发回深圳，看他们敢不敢说是太阳黑子影响。"郝树斌朝门外走去，走到门口又停住了脚步，并没有回头地说，"如果肖云飞、曹瑞祥他们看了这两个录像，敢得出是太阳黑子影响的结论，我就敢信。"说完，头也不回地走了。"要真是太阳黑子那就解决不了了，关键是用户投诉不解决不行啊。"旺堆一把夺过相机气愤地说。"我找我们领导去，让他好好看看。"说着，旺堆拿着相机走了。

"有没有招？还太阳黑子，研发就这水平？"朱炳辉说完也走了。此时，局方运维部主任，也就是旺堆的领导加西平措，在自己的办公室听着旺堆的汇报。"其实郝工前前后后抓到了4次，尤其是今天的两次，你看。"

旺堆点开数码相机的回放给加西平措看。"哇,哇哇,这么厉害。好啊,研发来了就是有办法,现在怎么解决才是关键。旺堆,你可别糊涂啊,投诉要赶紧给我压下去,否则奖金……唉,定位了就赶紧解决,要快。"加西平措对旺堆说。

此时的旺堆面露难色。加西平措紧接着问:"问题定位了,解决应该就快了,看你这样子是有什么难处吗?""那个研发的赵工说是太阳黑子造成的。"旺堆说。"你说什么?没听明白。"加西平措说。"这样,我把郝工叫来跟你说。"旺堆随手拿起手机打给郝树斌。

"喂,郝工,在哪儿啊?"旺堆问。"在机房啊,你在哪儿?"郝树斌反问旺堆。"加西主任找你了解情况。"旺堆说。"好,就来。"郝树斌挂了电话不一会儿就来到加西平措的办公室。郝树斌一进门加西平措便说:"郝工,还是你厉害,听说已经定位了?""没错,定位了,就是低噪放自激。"郝树斌说。

这时,旺堆正要插话,被加西平措用手势阻止了。加西平措说:"那好啊,既然已经定位了,就抓紧时间解决问题吧,除非……"加西平措停了停,望着旺堆又说:"除非旺堆他们不想要奖金了,对不对,旺堆?""领导不想给我们奖金就明说嘛,不要这样。"旺堆说。"好啊,听你这意思,不给奖金你也不在乎,是吧?"加西平措对旺堆说。"不能这么说,即使我不在乎,手下的弟兄们忙了一年了,没功劳还有苦劳呢。"旺堆说。"郝工,你得帮我,你看领导都要不给我奖金了。"旺堆一把拉住郝树斌说。

"帮帮帮,肯定帮。"郝树斌说。"领导,这下放心了吧,郝工肯定能解决,对吧,郝工?"旺堆又说。"我把研发的赵工叫来,让他给你们个承诺。"说着,郝树斌给朱炳辉打电话,让朱炳辉叫赵长城来加西平措的办公室。不久,两人来了。看着一屋子的人,加西平措对郝树斌说:"天地通这张网,我们可是花了大价钱的,现在搞成这样,郝工,你表个态吧,必须搞定。问题已经定位了，哪有理由解决不了呢？""怎么样，赵工，加西主任问你话呢，刚才加西主任要我答复，我想你才代表我们燎原的研发，解决低噪放自激的问题肯定要你们研发给解决方案。问题我们可是给你们研发定位了，你也在现场。"郝树斌说。

"这个，还要再确定一下，还不能说问题已经定位清楚了。"赵长城说。此话一出，加西平措拿着相机对郝树斌说："这还不能确定，还要怎么确定？郝工，你们燎原不能这么不负责任啊。""你们赶紧给我解决，我还有事，你们赶紧去商量怎么解决吧。旺堆，想要奖金就盯紧了。"加西平措说完双手示意大家离开。

11. 亲自上西藏

11月8号，周一，上午十点左右。"肖云飞，在哪儿呢？"张立彪给肖云飞打电话。"在工位，张总。"肖云飞说。"马上到我这儿来，你们干的好事。"说完，张立彪挂了电话。

一进门，张立彪就扔给肖云飞厚厚10页纸的传真，说："看看吧。"肖云飞紧张地边看边说怎么会这样。"怎么会这样？问我吗？"张立彪气愤地说。"就在我这，把赵长城叫上，开个电话会议，把传真的内容一一问清楚了。"张立彪说。"我先把曹瑞祥叫来。"肖云飞说。"可以，你叫。"张立彪说。"马上来。"肖云飞叫完曹瑞祥回头说。"呼吧，先把赵长城叫上来。"张立彪说。"要不要叫郝树斌？"肖云飞问。"你没脑子啊，从传真的内容看，显然郝树斌和局方站到了一条线上了。"张立彪说。"那好，我呼赵长城。"说着，肖云飞给赵长城拨电话。

"通了。"肖云飞说。"喂，哪位？"电话那头传来赵长城的声音。这时，曹瑞祥也来了。"赵长城，我是肖云飞，旁边还有张总、曹瑞祥。"肖云飞说。"啊，张总好。"赵长城客气地说。"知道为什么这个时候拉你上来开会吗？"张立彪说。"不知道，张总。"赵长城说。"不知道？好，我先让你知道知道今早发生的事。"张总说。"啊，今早发生了什么事？"赵长城问。"今早刚上班，总裁办就给我打电话，让我去总裁办取传真，说是老板让我去取的。一听是老板让我去取传真，我还在纳闷。结果真是我的传真，只是没明白为啥老板让人打电话叫我去取。到了总裁办，看了长达10页的传真，我这才明白。"张总说。

"明白什么了，张总？"曹瑞祥一头雾水地问。"曹瑞祥你问得好。"张总正要往下说，肖云飞插话道："我刚看了传真，是西藏天地通的老总给老板发的投诉信。哎，我说你们俩搞什么？""赵长城好久没找我了，发生什么事我可不清楚啊。"曹瑞祥忙解释道。"那好，赵长城你说，到底发生了什么事？"肖云飞追问道。

"大家都别激动啊，我来问。赵长城，是你定位的我们的设备有问题？"张立彪问。"不是我定位的。"赵长城在电话里说。"你说不是你定位的，可投诉信上白纸黑字写着燎原研发专家赵工认可设备有问题，这是怎么回事？"张立彪问。"哎呀，是抓到了一些图，还录了像。说实话，郝树斌的分析是有道理的，我在现场观察发现确实是低噪放自激，你们看了录像就知道了。"赵长城说。

"那局方没说错啊，你是承认了。"张立彪说。"没有，我一看这个情况就编了个太阳黑子的影响，坚决不认是设备的问题。"赵长城说。"太阳黑子，投诉信里有，说你一直狡辩，最后在铁的事实面前不得不认可。"肖云飞说。"你要这种小聪明就等于承认是我们设备的问题了。"张立彪说。

"赵长城,你刚说录了像,传过来看看,就发给张总,现在能发不?"肖云飞问。"我在宾馆,有宽带,能发。"赵长城说。"那好,你现在就发,别挂,我们在这儿等着,别挂啊。"肖云飞说。"赵长城,你别瞎说什么自激不自激的,不可能。"曹瑞祥生气地说。"可不可能看了就知道了。"赵长城在电话那头边说边发邮件。"好,发过去了。张总收一下吧。"赵长城说。

张立彪打开电脑点击赵长城的邮件。"我来,张总。"肖云飞说着点击赵长城发来的录像。"打开啦?怎么样,曹瑞祥?"赵长城说。"哟哟哟,哟哟哟哟哟,这么厉害。"张立彪看着录像说。

这时,肖云飞和曹瑞祥都没再吭声,只是反复看着两个录像。"张总,你们都看到了。我也只能编个太阳黑子的理由了,我是在现场啊。我一提太阳黑子,郝树斌和旺堆就气得跑出去了。"赵长城说。"后来他们那个运维部的主任加西平措让郝树斌把我叫到他的办公室,拿录像给我看,硬逼着我认可。"赵长城说。

"你认啦?"肖云飞问。"我没有。"赵长城说。"没有?"张立彪又问。"没有,张总。"赵长城语气坚定地说。"你说不是设备的问题?"肖云飞问。"也没说不是设备的问题,当时的情况,4个人盯着我一个,我没吭声。"赵长城说。"没吭声不就等于默认了嘛,人家传真写得也没错啊。"张立彪说。"怎么办?肖云飞,你干的好事,让我在老板面前颜面丢尽,怎么办吧?说!"张立彪对肖云飞说。

"我们回去仔细研究一下录像再说吧。"肖云飞打着官腔说。"现在跟我说这些?明天你亲自上西藏,搞不定别回来。"张立彪正冲着肖云飞怒吼,张立彪的手机响了。"金总。"张立彪一看是金海明的电话赶紧接听。"哎,金总,您好,有事啊?"张立彪说。"别装,赶紧把西藏的事搞定,不行你亲自上去督阵。"金海明说完就挂了电话。"要我上去督阵,别说了，肖云飞，你明儿就上去，我争取也尽快上去。就这样，赶紧去准备，明天必须去。"张立彪边说边轰着肖云飞、曹瑞祥走。

回到工位，肖云飞问："要带什么上去？上面有YBT250了。""YBT250是采样处理的，不是实时的。还是把那台最高档的频谱仪带上吧。"曹瑞祥说。"那台？我一人怎么扛。托运？万一搞坏了呢，谁赔得起？"肖云飞说。"再去个人吧？"曹瑞祥说。"你？不行不行，万一在山上腰又不行了，更何况要跟我一起抬又贵又重的仪表。不行不行。"肖云飞摇着头说。"那就柳超智吧。"曹瑞祥说。"打住。上次在阿里差点儿把命搭上，再让他上西藏，他家里人不闹到公司才怪，不行不行。"肖云飞又摇头否定了。

"马庆生，你跟我上去。"肖云飞看着坐在一旁的马庆生说。"我？"马庆生惊讶地说。"对，咱俩上。你们在家支持，就这样。"肖云飞拍了拍曹瑞祥的肩膀说。"马庆生这边……"曹瑞祥说。"马庆生这边的事，你就多担待。走，一起去看下仪表。"说着，肖云飞、马庆生、曹瑞祥来到射频实验室。

"没问题吧？"肖云飞问曹瑞祥。"没问题，这么金贵的仪表，一般我们也不怎么用。"曹瑞祥说。"打开来试一下。"说着，马庆生接通了仪表的电源，几个人验证查看着。"有什么需要注意的吗？"肖云飞问曹瑞祥。"嗯，接地，看见没，怕电源线不好，在这儿单独拉了根接地的线。"曹瑞祥说。"否则会怎么样？"肖云飞又问。"否则？记住噢，西藏是高原，空气干燥，现在又刚立冬，静电很厉害。所以这根接地的线一定要带上，而且开机前必须先把这根接地的线接到实实在在的地上。"曹瑞祥说。

"机房的地在哪儿？"马庆生问。"进机房，先把地搞清楚，通常，机房的地是专门搞的，你们确认清楚后，这根线连机柜就行了。基站机房的就是给机柜用的。"曹瑞祥说。"对了，更关键的是，一定要跟机柜连。两个带电体难免会有电位差，明白吗？"曹瑞祥对二人说。"机柜和仪表连在一块儿，等电位，不会打坏仪表。"肖云飞回道。"你明白就好，之前打坏过。接收前端增益掉了20分贝，送到美国花了好几万才修好的。"曹瑞祥说。"噢，就那次，有印象。"马庆生说。

"对了，还有隔直流。"曹瑞祥又说。"隔直流肯定啊。直流肯定不能进去嘛。"马庆生说。"光知道没用，问题是怎么防？"曹瑞祥说。"基站没直流吧？"马庆生说。"怎么没有，基站的模块用的都是直流。"肖云飞说。"我是说对外接口，肯定没有直流吧？"马庆生说。"不对，塔放接口就有直流馈。"曹瑞祥说。"这我还真不清楚。"马庆生说。"后台控制的吧，打开才有，不打开没有。"肖云飞说。"没错，但谁能保证没打开呢？"曹瑞祥说。

"哎呀，就说基站口可能有直流，怎么保护嘛。"肖云飞问。"我用万用表量一下就可以。"马庆生说。"可以是可以，万一没带万用表怎么办？"肖云飞问。"看，用这个。"曹瑞祥把隔直流连接器拧到仪表输入口说。"这是什么呀？"马庆生问。"隔直流。"曹瑞祥说。"噢，在这儿隔了。看这黄标识，就是警示大家不要输入直流。"肖云飞低下头看着。"好，这我带着。"马庆生说。"双保险啊，万用表和隔直流，一个都不能少。"曹瑞祥说。"面板要搞个塑料泡沫封好，以免碰着。"肖云飞对曹瑞祥说。"好，我来搞。"曹瑞祥说。

第二天，上午十一点左右，两人在深圳机场办完登机手续，把能托运的全托运了，然后抬着仪表来到安检处。

"这个不能随身携带，去那边办托运。"安检员对肖云飞和马庆生说。"对不起，这是非常非常贵重的仪表，为了护送它，公司专门派我们两个人抬着护送到西藏。"肖云飞对安检员说。"我们有规定，这个东西太大，飞机上没地方放。"安检员说。"行李架上放不下吗？"马庆生说。"太重，万一砸下来要出人命的，你们还是去那边办托运吧。"安检员说。"拜托了，我们只能抬着上飞机，放在座位脚下我护着还不行吗？保证不影响别人。"肖云飞说。

"你们是哪个公司的？"安检员见肖云飞死活不肯离开问道。"燎原的，去拉萨紧急处理问题。没办法，必须要随身带着这个仪表，它是非常重要的工具，而且特别贵重，要是损坏了没法跟公司交代。请您行个方便。"肖云飞恳求道。安检员想了想对肖云飞说："我这儿不行，你们去最边上那个安检通道，跟他们说说，他们是专门处理特殊情况的。""好好好，谢谢帅哥。"肖云飞和马庆生连忙抬着仪表走过去……

"终于坐上了头等舱。"马庆生兴奋地说。"要说燎原在深圳还算有些名气，咱们一亮工卡，你再那么一说。嗨，托这仪表的福，咱哥俩头一回坐上了头等舱。"马庆生又说。"里边放不下咱这个呀，头等舱又空着，谁让它这么贵重呢。"肖云飞说。

12. 世界老大又怎样

拉萨，10号下午。午休后，赵长城来到肖云飞和马庆生的房间。这时的肖云飞正反复看着录像，见赵长城进来了，说："坐，坐。""不客气。"赵长城说。"怎么样啊，在这儿挺好呗？"马庆生说。"好啥呀，你们来了，我是不是该回去了，都这么久了。"赵长城说。"我们刚来，你就要回去，不合适吧？言下之意我们不该来喽？"马庆生说。"没这个意思啊。"赵长城忙说。"见见郝树斌，看他什么意见吧。"肖云飞对赵长城说。"那好。"赵长城说。

"赵长城，我刚反复、仔细地看了你们的录像。当时在深圳大家火急火燎地准备上来，没静下心仔细看。"肖云飞停顿了一下，又说："中午睡不着，我就一直在看，反复地看。""怎么样，看出啥眉目了吗？"赵长城凑到便携电脑旁说。"可以肯定不是低噪放自激。"肖云飞从床上下来说。

"你是怎么看的，得出这个结论？"赵长城问。"你们啊，还是对我们这个系统理解得不透。"肖云飞穿上鞋，拿着便携电脑坐到书桌前说。"此话怎讲？"马庆生问。"赵长城，我问你，双工器的接收滤波器是在低噪放前，还是低噪放后？"肖云飞问。"看怎么讲了。"赵长城说。"依你，你说怎么讲就怎么讲。"肖云飞说。"我说啊，天馈和低噪放之间是接收的滤波器，我不说什么前啊后的，那样说不明白。"赵长城说。

"没错，赵长城说得没错。"马庆生说。"没错是吧，接收滤波器在中间是吧？"肖云飞说。"对，在中间。"赵长城应着。"好，赵长城，我问你，看这个频谱图。"肖云飞指着便携电脑继续说，"你看这个图，频谱的宽带正好是接收滤波器的宽带，没错吧？""嗯，没错，下面有频率刻度，标着呢，错不了。"赵长城说。"没错是吧，频谱的带宽就是接收滤波器的带宽，这是肯定的。"肖云飞又说。"肯定。"赵长城回道。

"那好，如果从双工器接收滤波器的输入口，灌这个大的、比接收滤波器带宽宽很多的大电平的信号，是不是也是这个波形？"肖云飞问。"这……"这下把赵长城问住了，半天说不出话来。"肖云飞，你究竟想说啥？别绕来绕去的。"马庆生在一旁着急地说。"我得把原理讲透啊，讲透了大家才能理解，理解了才能有正确的思维，有了正确的思维才能得出正确的结论。"肖云飞连珠炮似的说。"啥正确结论？"马庆生问。"一开始就说啦，肯定不是低噪放自激。如果是低噪放自激，肯定不会是这样的频谱图。"肖云飞说。

"赵长城，肖云飞说得对不对？"马庆生问赵长城。"低噪放自激的频谱图是啥样的？"赵长城问肖云飞。"问得好，看来你的思维走上正轨了。低噪放自激的频谱图一马平川，一条直线，你在耦合看到过。"肖云飞说。

"不信你现在给夏润泽打电话，让他马上验证我说得对不对。"肖云飞又说。"对了，用噪声仪，一个从双工器口灌，一个撤开双工器直接从低噪放灌，一会儿结果就出来了。"肖云飞紧接着又说。"打呀。"马庆生催着赵长城给夏润泽打电话。赵长城却始终没有给夏润泽打电话。

见此情景，肖云飞拨通了曹瑞祥的电话。"曹瑞祥，新板回来调得怎么样啊？"肖云飞问。"问题不大，准备交测试了。"曹瑞祥说。"今天都11月10号了，有点晚了。这次没出什么问题吧？"肖云飞又问。"没有。有就不会交测试啦。"曹瑞祥说。"我跟你说啊，你要有思想准备。"肖云飞又说。"什么事？对了，你们在西藏反应大不大？"曹瑞祥问。

"刚到，中午没睡好。哎，听好了，我对西藏底噪抬升问题，目前的基本判定是伦比约天线无源互调差造成的。"肖云飞说。"为什么呀？"曹瑞祥在电话那头说。"没搞错吧，肖云飞，你一上去就整出伦比约天线互调问题，你真是这样认为的，还是诈我呢？"曹瑞祥又说。"你当说着玩呢，诈你，我有那个必要吗？"肖云飞说。

"肖云飞，你的想象力也太丰富了吧，伦比约是业界老大，百年老店，订单都排着队，你说人家的天线有问题。证据呢？口说无凭的。"曹瑞祥说。"放心，会有证据的。"肖云飞说。"等有确凿的证据再说好吧，而且光你说也不算数啊，要伦比约认才行，否则也白搭。"曹瑞祥又说。"那就让他们派人到拉萨一起定位。"肖云飞说。"你让他们来就来啊？"曹瑞祥说。

"为什么不来？天线有问题，客户要求定位问题，为什么不来？"肖云飞说。"你当所有公司都围着你燎原转啊，人家可是世界最顶尖的天线公司，能说来就来吗？"曹瑞祥说。"难道他不想和燎原做生意吗？"肖云飞说。"两回事。"曹瑞祥说。"怎么是两回事，有问题来定位问题，天经地义啊，不然就要认可燎原的定位结论，这样也行。"肖云飞说。

"告诉你吧，不管伦比约认不认，他都不会给你换的，除非你下订单买。"曹瑞祥说。"强盗逻辑啊，不行换我们自己的。"肖云飞气愤地说。"西藏这边可以换自己的，但海外有些运营商指定用伦比约的天线，你说怎么办？"曹瑞祥说。

"不跟你扯那么多，你先听我说，要是听完我说的，你还这么替伦比约说话，我就服你。"肖云飞说。"你说。"曹瑞祥回道。"你现在去找夏润泽做一个试验，用宽带的噪声源从双工器口往里灌，在低噪放耦合口测频谱。接着断开双工器，用同样的宽带噪声信号直接往低噪放里灌，同样在耦合口测频谱。两个谱一对比，你就明白了。"肖云飞说。"好，我去找夏润泽。"曹瑞祥说。"另外，查一下伦比约这个型号天线的说明书，查到了给我发过来。"肖云飞又说。"好，挂了。"曹瑞祥说。

"还是要用事实说话，要用测试的数据说话，世界老大又怎样？"肖云飞撂下电话说。"他认啦？"赵长城问。"用不着他认，用数据说话，等他跟夏润泽测完看他怎么说。"肖云飞说。"自激不可能有滤波器的形状的，曹瑞祥已经明白了。"肖云飞又说。"他肯定有数了。"马庆生说。"关键是怎么定位到是伦比约天线的问题。"赵长城说。"定位是第二步。首先要说服郝树斌。"肖云飞说。"这可有点难。"赵长城说。"你不说他以前做过低噪放吗，把原理说明白了，他自然就会理解的。郝树斌说晚上在小肥羊吃饭是吧？"肖云飞问。"对，六点，位置你知道的。"赵长城说。"知道。"肖云飞说。

晚上六点，拉萨小肥羊餐厅。"阵容强大啊，听说把你们实验室最贵的仪表都带来了。"郝树斌对肖云飞说。"是啊，你可能不认识，这是马庆生，做基带板的。"肖云飞介绍道。"是没见过面，但听说过大名。"郝树斌说。"朱炳辉，菜点了吗？多点些牦牛肉，肖总上回来，一有空就到这来涮牦牛肉。"郝树斌说。"点了，不够再加，管够。"朱炳辉说。

"张总明天到。"郝树斌说。"你说张立彪？"肖云飞说。"是啊，和我们老大一起上来。"郝树斌说。"局方的老大也太厉害了，搞了10页传真，声情并茂啊。"肖云飞说。"也是没办法。"郝树斌略显尴尬地说。"给你看个东西。"肖云飞说着拿出便携电脑，打开给郝树斌看。"这不是那个录像嘛。"郝树斌说。"再往下看。"肖云飞说。"唉，差不多啊，怎么，你们在实验室重现了？"郝树斌又说。"别急，再看。"肖云飞说。"这是什么？什么都没有啊？"郝树斌边看边说。

"你看到的第一张是你们录像的截图，第二张不是。第二张和第三张是今天下午我让曹瑞祥在家里验证的你们说的。来吃饭前，曹瑞祥发过来的。"肖云飞说。"验证的怎么样？"郝树斌得意地说。"验证的结果很明确，是伦比约天线无源互调问题导致的底噪抬升。"肖云飞一字一句地说。"等等，是伦比约天线的问题，不是低噪放？"郝树斌打起了十二分精神对肖云飞说。"是的，不是燎原的设备问题。"赵长城插话道。

"别别别，肖云飞，这可不能开玩笑啊。"郝树斌说。"我说的每一句话都是负责任的。"肖云飞说。"那好，你想怎么说服我吧？"郝树斌说。"研发不能这样吧，为了推卸责任硬拉别人的天线当垫背，厂家认吗？"朱炳辉说。"要伦比约认，很难。"肖云飞说。"搞了半天，空头支票啊，诚心不想解决问题是吧？"郝树斌生气地说。"你先冷静一下。"肖云飞说。"我冷静不下来，好嘛，搞了半天，开个空头支票给我。就算是你说的伦比约的天线无源互调问题，请问怎么解决？"郝树斌说。

"我知道，伦比约是大牛，定位成是它的问题，等于无解，你们就这么玩我们？不对啊，肖云飞，这不是你的风格啊。"郝树斌说。"这话你说对了，我上来肯定是要把问题解决好，不解决不让下山啊。"肖云飞说。

"真的，金总就是这么要求的。"肖云飞又说。"那好，你给我说说，怎么判断出来是伦比约天线问题的？"郝树斌说。"看第三张图。"肖云飞说。"嗯，这张图什么都没有啊。"郝树斌说。"也不能这么说吧，至少，电平跟第二张是一样的。"马庆生在一旁插话道。"电平一样能说明什么，你这就一条直线，什么都没有。"郝树斌说。

"你是搞过低噪放的，对吧？"肖云飞问。"我搞过很多年，在军队的研究所。"郝树斌说。"你是专家啊，那就更好理解了。如果真是低噪放自激，那应该是这张图。"肖云飞指着便携电脑对郝树斌说。此话一出，郝树斌愣住了，沉思了半天说："是的，没错，自激就是个宽带谱。""专家就是专家，自激就是宽带谱，只有郝树斌这种从事低噪放开发多年的专家才能说出这样有专业水准的话，马庆生、赵长城你俩就说不出。"肖云飞兴奋地说。

"这又能说明什么呢？"郝树斌此时的脑子有点乱。"这是最关键的一点。"肖云飞说。"你看这第二张图。"赵长城说。"看这第二张图，是用噪声源从双工器口灌进去，从低噪放耦合口看到的。"赵长城说。"嗯，天线产生的互调干扰通过接收滤波器，进入到低噪放，接收的滤波器把宽带的互调干扰滤掉了。所以，从低噪放的耦合口看到的是滤波器波形的干扰包。"郝树斌边思考边说。"低噪放自激，就不可能看到滤波器形状的这个包了。"郝树斌又说。

"最专业的解释，听到了吧，赵长城、马庆生？"肖云飞对赵长城、马庆生说。"专家就是专家。"马庆生附和着。"我是什么专家，肖云飞才是真正的专家。"郝树斌说。"就算是这样，怎么解决呢？"朱炳辉说。"对啊，肖云飞，首先得让伦比约认啊。"郝树斌说。"还有一点要再跟你确认一下。"肖云飞对郝树斌说。"你说。"郝树斌说。"馈线没问题吧？"肖云飞问。"放心，绝对没问题。要是有问题，我只能跳雅鲁藏布江了。"郝树斌说。"开始肯定先怀疑馈线的工程质量啦。"朱炳辉说。"那就好。接下来我们就要好好商量一下，如何对付伦比约了。"肖云飞说。

　　就在这时，肖云飞的手机响了。"喂，哪位？"肖云飞问。"肖云飞，欧洲的洪中国不记得啦？"洪中国在电话里兴奋地说。"哎，洪中国，你好你好，好久没听见你的消息了。你这是在哪儿给我打的电话啊？"肖云飞问。"荷兰。此时此刻心情激动啊，就想给你打个电话，感谢你的支持。"洪中国兴奋地说。"中标啦？真的中标啦？哎呀，荷兰ODU又中标啦！"肖云飞兴奋地高喊，搞得整个小肥羊的食客都朝这边看。

　　"真的中标了，欧洲高端的荷兰，我们力压麦克斯韦中标了，整网采用分布式ODU。"洪中国在电话那头说。"我现在在西藏处理网上问题，你什么时候回国咱们好好聚聚。"肖云飞说。"那好，回国再见，再次感谢啊。"洪中国说。"应该的。哎，有什么要支持的尽管说啊，全力支持。"肖云飞说。"好，就这样，你忙。"说完，洪中国挂了电话。"燎原真是越来越厉害了，欧洲的荷兰都能拿下。"郝树斌说。"关键是干掉了麦克斯韦。"肖云飞说。"麦克斯韦不要气晕？"朱炳辉说。"估计不会善罢甘休。"马庆生说。"难道还会翻过来？不太可能吧。"郝树斌说。"应该不会。"肖云飞说。

　　"谈咱们的，伦比约怎么搞？"郝树斌说。"我只关心怎么解决，肖总。"朱炳辉说。"实不相瞒，曹瑞祥已经在家准备天线了，互调比较难搞。"肖云飞说。"我们看了曹瑞祥发来的伦比约这个型号天线的说明书，居然没有无源互调这一项。"赵长城说。"啊，怎么会这样？"郝树斌说。"看了，是没有。"肖云飞说。"那怎么办？"郝树斌说。"这么说还没法找它喽。"朱炳辉说。"没标无源互调，不等于不能找它伦比约，是它的问题，它就得认。"肖云飞说。

　　"这样，今晚我们达成一致。明天张总来，再跟张总一起商量下一步该怎么搞吧。我们都再好好想想。"肖云飞又说。"珠海航展你们去看了吗？

听他们去的人说人山人海，开车简直是受罪了。"郝树斌换了个话题说。

"没去受那个罪。"肖云飞说。

13. 一定要办成铁案

11月11号，周四。晚上，大家聚在宾馆张立彪的房间。"你认可肖云飞他们的分析，不怕胡编乱造啊？"张立彪说。"认可，外来的才会经过滤波器，这是肯定的。"郝树斌说。"真不愿意看到伦比约的天线出问题。"张立彪说。"谁都不愿意。"肖云飞说。"当初之所以选伦比约的天线，就是怕自己的天线出问题。"张立彪说。

"张总，您看下一步怎么搞？"肖云飞问。"听听你们的意见啊，需要我帮你们推动的就提出来，我来这儿就是支持你们定位和解决问题的。"张立彪说。"张总，现在有点拿不定主意的是，是用曹瑞祥在家精心准备的天线直接替换呢，还是请伦比约的技术支持人员上来一起定位问题？"肖云飞说。"说到这儿，我要强调一点，在海外，绝大多数运营商是指定用伦比约的。我的意见是让伦比约的人上来和你们一起把问题定位清楚，一定要办成铁案，明白不？你不让他来亲自定位，这种公司会认你们的结论？做梦，根本不可能。"张立彪说。"一定要定位清楚，为了全球市场，必须这么做。"张立彪又说。

"那您给采购领导打个电话，让伦比约来人。"肖云飞说。"这我知道。在此之前，现场不许动，只观察，多掌握些有用的数据。等伦比约的人来了，够你们对付的。"张立彪说。

"比亚迪牛啊，深圳高交会，听说深圳的出租车准备用比亚迪的全电动车。"第二天，在主机房基站，大家用新带的频谱仪观察着，郝树斌聊着天说。"电动车不知道能跑多少公里？"朱炳辉说。"不清楚。"马庆生说。"比亚迪是深圳的公司？"朱炳辉问。"是深圳的。"马庆生回。"深圳还是牛啊。"郝树斌说。"哟哟，来了来了，肖云飞。"赵长城喊着。"这才多久，感觉出现的频率越来越高了。"郝树斌说。"今儿又是周五。"朱炳辉说。"周五热闹点是吧？"马庆生调侃道。

这时，肖云飞的手机响了。"喂，哪位？"肖云飞问。"是肖总吗？"电话那头说。"我是肖云飞，您是……？"肖云飞问。"肖总，您好，我是伦比约的宁书才。宁静的宁，书香门第的书，才华的才。宁书才。"宁书才在电话里说。"啊，宁先生，您好。"肖云飞捂住电话又说："伦比约的。""肖总您在拉萨是吧？"宁书才问。"是啊，我现在就在拉萨。"肖云飞说。"是您说我们天线有问题的是吧？"宁书才说。"没错，我们通过实验室验证和现场实际的测试判定，是你们伦比约天线无源互调有问题。"肖云飞说。"您……"宁书才正要往下说，肖云飞又说："而且我发现，你们的产品说明书中居然连无源互调这一项都没有，似乎不应该啊。""有有有，马上就更新了，新的肯定会有的。"宁书才赶紧说。"有？你给我发一份，我看看。"肖云飞说。"我发给查曼丽吧。"宁书才说。"好啊，我找查曼丽要。怎么样，专家什么时候上来？我们这儿一帮人等着和你们的专家一起定位呢。"肖云飞问。

"还没定，德国总部并不认可燎原的说法。总部的专家不相信他们的天线会有问题，认为应该是燎原自身设备的问题造成的网上问题。"宁书才说。"来啊，上来一起定位啊。一起定位出结论，就都没话说了，好不好？我们在这儿等，赶紧上来吧，说别的没用。"肖云飞说。"我来这么说吧，你们的专家来了，自己亲自定了位，能证明自己的天线没问题，不更好吗？还是要想通，宁先生，跟总部再沟通沟通。"肖云飞又说。

"好吧，我再跟德国方面沟通一下。"宁书才说完挂了电话。这边刚通完话，肖云飞接着给查曼丽打电话。"查曼丽，我是肖云飞。"肖云飞说。"马庆生的牙怎么样了？牙疼还愣被人拖上去，你这个领导也真是的。"查曼丽不爽地说。"牙疼不是病，是不是，马庆生？"肖云飞调侃道。"好啦，什么事？"查曼丽问。"刚跟伦比约的宁书才通了电话，他说新的DataSheet会发给你，到时转我一下。"肖云飞说。"什么新的DataSheet？"查曼丽问。"就是加了无源互调的。"肖云飞说。"你是说原来的DataSheet没有无源互调？伦比约怎么可能这么快就给加上？做梦吧。"查曼丽说。"宁先生说的。"肖云飞说。"宁先生，就他宁书才，多大能耐，不就一个小小的代理吗，这事他能说了算吗？有没有头脑啊，肖云飞。"查曼丽在电话里说。"他说这两天会把新的发给你，你再转给我。"肖云飞说。"他为啥不让你自个儿上伦比约网站上去查？"查曼丽说。"你说得对，我手上的这份就是曹瑞祥从伦比约网站上查到下载的，不会这么快是吧？"肖云飞又说。"废话，就算要改，最早也得等到元旦过后，你再上网站查一下更新了没。"查曼丽说。"这个宁先生忽悠我。哎，我让他跟德国总部再沟通沟通，让德国派个专家上西藏。"肖云飞说。"肖云飞，你也太单纯了吧，你觉得德国人会为这事儿来中国，上高原和你们一起定位问题？想啥呢？"查曼丽说。

"哎，张总给你们老大可是打了电话的，你们没通知到伦比约吗？"肖云飞说。"打啦，我们老大给宁书才打电话啦，我也催过了。所以他才给你打电话，你的电话号码还是我给他的。"查曼丽说。"搞了半天，他们不打算派人来啊。"肖云飞说。"也不是不想派人，只是比较难，毕竟对伦比约来说，燎原也算比较大的客户，而且我们的上升势头也比较猛。"查曼丽说。"那就派人上来啊。"肖云飞说。"据说，我只是听说啊，他们在香港招了个技术支持，正在德国培训。这说明伦比约还是很重视中国市场的，这其中就包括燎原。估计会紧急培训一下，派这小子上西藏。"查曼丽说。

"那个新兵蛋子能行吗？"肖云飞说。"哎，新人听话啊，电话遥控现场，叫他做什么就做什么。"查曼丽在电话里说。"肯定是在德国设计好了，过来就是执行。"查曼丽又说。"等着呗。要不要跟马庆生说两句？"肖云飞问。"不用，让他多注意身体，挂了。噢，我也会催宁书才的。"说完，查曼丽挂了电话。"人家会通电话的，要你？"赵长城在一旁说。"这到底来不来？"郝树斌问。"应该会来。"肖云飞说。"应该会来？"郝树斌又说。"德国总部的人不会来，估计会派一个正在德国培训的香港人来，德国人会远程控制。"肖云飞说。"只要他们认就行。"郝树斌说。

"肖总，您说准备的天线，准备得怎么样啦？什么时候可以到拉萨？"朱炳辉问。"还在准备，快了吧。"肖云飞说。"不好搞啊。"肖云飞又说。"这回运上来的一定要保证质量。"郝树斌说。"是啊，曹瑞祥亲自督战。"肖云飞说。"我们就这么等着？"马庆生问。"什么话，可不能干等，还有几个问题比较严重的站，赵长城和朱炳辉去监测，多掌握一些数据，不打无准备之仗。"肖云飞说。

一晃到了周三。晚上，张立彪的房间。"这几天跟局方也沟通了，他们倒是很客气，只是希望我们能帮他们。他们说西藏这个地方条件差，设备有问题他们能理解，只是希望尽快解决，别影响他们放号。"张立彪说。"另外，我明早回深圳，伦比约的人可能过几天会上来。"张立彪又说。

"具体哪天能上来？"肖云飞问。"哎哟，采购的领导只跟我说了这么多，具体你问下查曼丽吧。"张立彪回道。"对了肖云飞，其实今晚我主要想跟你说的是跟局方交流的事，局方再三强调他们认郝树斌。"张立彪说。"什么意思？"肖云飞问。"简单地说，你们的任何结论，郝树斌必须认可，说服了郝树斌就等于说服了局方。还有，就是要真正地解决问题。人家的意思是花了那么多钱，得让人家觉得值。"张立彪说。"知道了，张总。"肖云飞说。"那就拜托啦,三位。"张立彪最后说。

回到房间。"马庆生,给你老婆打个电话。"肖云飞说。"问她伦比约的人什么时候上来?"马庆生说。"顺便顺便。"肖云飞说。马庆生拿着手机去走廊打电话,肖云飞独自一人看电视。"打这么长时间,快1个小时了。"见马庆生回屋,肖云飞说。"伦比约的人应该周一上来,就是你说的那个香港人,叫林龙舟。宁书才也来。"马庆生说。"你说宁先生也一同上来?"肖云飞说。"他俩都上来。"马庆生说。"说明德国方面还是很重视啊,也不能太得罪燎原了。"肖云飞说。

22号,拉萨下起了小雪。中午在宾馆的餐厅,伦比约的宁书才请客。"宁先生感觉怎么样?"肖云飞客气地说。"刚来没多久,目前感觉还好。"宁书才回道。"不容易啊,把你们大老远的请到山上来。"肖云飞说。"其实我们来主要是因为贵公司一再要求。照总部的话说,伦比约这种近百年的老店,还是应该尊重燎原这样的新兴公司的。"林龙舟说。"好啊,欢迎。"肖云飞说。"不过话又说回来,伦比约的天线不会有问题的,这是我从德国回来前专家专门强调的。"林龙舟说。"那你们来干吗?"马庆生说。"不是说了吗?尊重燎原。一个电话一个电话地打,一个传真一个传真地往德国总部发,燎原毕竟是客户,甭管大小,我们还是要尊重的。"林龙舟说。

这时,郝树斌有点听不下去了,正要开口,却被肖云飞拦住了。"没关系,一起定位嘛,伦比约的天线没问题也是燎原所期望的,没问题更好。对吧,宁先生?"肖云飞说。"那是那是,一起定位,帮你们把问题搞清楚。很正常啦,一般水平不高的公司通常都会觉得别人配套的东西有问题,这种情况,伦比约见得多了。帮你们把问题搞搞清楚,我们也会省掉不必要的麻烦。"宁书才说。看来这两个人都是这种风格,大家都在心里默默发誓要伦比约好看。

14. 一起定位，把问题搞清楚

第二天上午十点，基站机房。"这个站的天线是伦比约的吧？"宁书才问。"没错，要不要上去确认一下？"郝树斌说。"上去看看。"林龙舟说。"好，跟我来。"说着，郝树斌带着两人上楼顶看天线去了。"今天要他们亲身感受一下，等感受到了看他们怎么说。"肖云飞对大家说。

确认完天线是伦比约的，三人回到机房。"没错吧？"肖云飞问。"没错，是我们的。"林龙舟回道。"我们来观察吧，让你们亲身感受一下。"肖云飞说。"现在看到的是哪个点的？"林龙舟指着频谱仪说。"低噪放的耦合口，专门用来监测的。"肖云飞说。"那就是双工器，低噪放。"林龙舟说。"还有天线。"肖云飞说。"这我知道。"林龙舟边看着频谱仪边说。"馈线也有可能有问题哦，其实遇到问题最多的是工程问题导致馈线没搞好出问题了。"宁书才说。"看来宁先生很专业，放心，馈线绝对不会有问题。"郝树斌说。"这点我倒是相信。"林龙舟说。"有问题早整改好了，对吧。"宁书才附和着。"肯定啦。"朱炳辉在一旁说。

"哟哟，哟哟哟，哟哟哟哟哟哟，这么猛啊。"林龙舟看着频谱仪惊叫道。"这才十几秒，还有更猛的，二十几秒。"肖云飞说。"双工器打火，肯定是。双工器打火就是这样的，我见过。"宁书才说。"没错，双工器打火的确是这样的，只可惜，这肯定不是双工器打火。"郝树斌说。"我听说你们西藏双工器有打火的。"宁书才说。"听谁说的？"郝树斌问。"听朋友说的。"宁书才说。"消息挺灵通啊，听巨峰的人说的吧？"郝树斌问宁书才。"不是，一个朋友说的。"宁书才说。"巨峰的双工器在西藏是有打火，整改还没有完全结束，但拉萨的基站全都整改到位了，不会有问题。"郝树斌说。"那不一定，万一换上的还有问题呢？"林龙舟说。"刚才上楼顶可是看了3副天线，只有这个扇区有问题。"郝树斌说。

"好嘛，你都知道还赖低噪放？"赵长城对郝树斌说。"不敢怀疑天线，只能赖低噪放。"郝树斌说。"天线不会有问题，是你们设备的问题，其他都是假象。"林龙舟说。"我不管你们怎么分析的，又做过什么实验，归根结底还是设备的问题。你们刚才说的，我也不知道是真是假，我现在更相信德国专家说的，还是他们有经验。"林龙舟又说。"何以见得？刚才都说啥了？"肖云飞问。"说啥了你们自己清楚，不想跟你们纠缠。"宁书才说。"什么叫纠缠？一起来商量怎么定位问题。"肖云飞说。"还是先定位你们自己设备的问题吧，别把伦比约的天线扯进来。"宁书才说。

"怎么定位？"郝树斌问。"德国专家建议断开天线，两根跳线接负载，就知道你们的设备有没有问题了。"林龙舟说。"你们有没有负载？"宁书才问。"负载有，带了。"马庆生说。"好啊，断开天线，接上负载再观察，看到的全是你们自己设备的事。"宁书才说。"不行，要断站得局方同意才行，况且现在这个时间肯定不行。"肖云飞赶紧插话。"那就是你们的事了，你们先做吧，我们先回了。"宁书才拉着林龙舟就要走。"哎，你们走了算啥事？"郝树斌说。"这样，你们先回宾馆，我们和局方商量商量再说。"肖云飞对宁书才说。"行，我们先回宾馆，有事打电话。"宁书才说完就和林龙舟走了。

"在家里没有验证过的方案不能直接上。"看着伦比约的人走了，肖云飞说。"就接个负载，有必要吗？"赵长城问。"有必要，其实我刚才特别怕郝树斌说马上就能搞，所以才急着插话说局方不同意。"肖云飞说。"对，不能被他们牵着鼻子走。"郝树斌说。

晚上十一点左右，肖云飞给郝树斌打电话。"怎么有事啊？"郝树斌在电话里问。"亏了没接负载。"坐在床上的肖云飞说。"怎么？"郝树斌问。"不稳定，负载都是N头的，钉头需要转接，再加上负载，本身的互调

274 - 韧4 无知者无畏

也没法保证。"肖云飞说。"那怎么办？"郝树斌问。"德国人真是太毒了，差点啊……"肖云飞说。"怎么办啊？"郝树斌又问。"我现在暂时还想不出什么好办法，先睡觉，明儿继续观察，让他们俩去别的地儿。"肖云飞说。"好吧。"郝树斌说完挂了电话。

"难道真拿他们没办法？"肖云飞躺在床上想。"人就这样被尿憋死？这怎么可能呢？狗急了都能跳墙，我们居然没招？"肖云飞继续想着。"哎，超级计算机11万亿次，世界第三，可以啊。"马庆生边看电视边说。"我们国家的计算机有这么牛吗？第一肯定是美国，第二呢？"肖云飞问。"日本。"马庆生说。"日本还是厉害。我们国家的芯片估计都是用的美国的，中国芯片差得不是一点，是差得太多。"肖云飞又说。

"一步步来嘛，我们还不是用进口器件。"马庆生说。"谁说的，多载波就会有自己的了。"肖云飞说。"准备有，还没有。"马庆生说。"会有的，会有的。"肖云飞说。"我说马庆生，对他们要有信心嘛，凭什么你们基带能有，收发信机就不能有？"肖云飞说。"会有的，会有的。面包会有的，粮食会有的。"马庆生说。"还说上台词了，瓦希里啊。"肖云飞说。

24号早上，肖云飞吃过早餐回到房间，正准备和马庆生一起去机房，手机响了。"宁书才。"肖云飞对马庆生说。"喂，宁先生，吃过早餐了吗？我们刚吃的时候没见你们啊。"肖云飞说。"早餐吃过了，负载加上去了吗？"宁书才在电话里问。"还没有，今天准备跟局方商量这事呢。"肖云飞说。"肖总，您是知道的，我们的时间比较宝贵，按理昨天我们提出后，你们即刻做，应该已经有结论了。"宁书才说。"这样，我们想和您再沟通一下，您在房间吗？"宁书才说。"在房间。"肖云飞说。"那好，我们马上到您房间。"说完，宁书才挂了电话。

不一会儿，宁书才和林龙舟来到肖云飞的房间。"有什么要沟通的？"肖云飞对二位说。"刚才说了，我们不能待太久，负载今天能不能搞？如果明天有结论，我们就可以下山了，还有很多事呢，肖总。"宁书才说。看着两人咄咄逼人的架势，肖云飞也不再躲闪了。"不瞒你们说，昨天二位走后，我让家里试了，不稳定。""那正说明你们的设备有问题啊。"林龙舟说。"怎么能这么说！"马庆生在一旁不爽地说。"那怎么说，是你们说的用端接负载测不稳定。"林龙舟说。"这正说明你们自己的设备不稳定，说得没有错啊。"宁书才说。

"不是你们这么说的，主要是负载是N头，要和钉头连，需要转换，再加上负载自身的无源互调没法保证。所以，是这么个不稳定，跟设备无关。"肖云飞说。"那不一定的。"林龙舟说。"显然，我们肯定不能在这做这种说不清道不明的实验。你们要搞清楚，我的核心任务是要解决问题，正确地定位问题出在哪儿才是我的目的。"肖云飞说。"如果你们真不愿意配合，只能逼我换天线了。"肖云飞又说。"本身就不是我们天线的问题，你们库里如果有我们……"宁书才正说着，林龙舟忙插话说："有办法，可以不用接负载，也能判定是你们设备的问题。""哦，有这等好事？说来听听。"肖云飞说。"别乱说啊。"宁书才对林龙舟说。

见宁书才这么说，林龙舟赶紧把宁书才叫到一旁说："德国人是这么说的，他们应该不敢这么做。""德国人说什么了？"宁书才问。"断开天线，什么都不接。"林龙舟低声说。"开路啊？"宁书才惊讶地说。"小声点。"林龙舟说。"这……他们肯吗？弄不好会把设备搞坏的，那么大的功率返回来……"宁书才压低嗓门说。"不肯也没别的办法了，反正这是一个非常有效的方法。"林龙舟说。"那你跟他们说喽。"宁书才说。"好。我去说。"林龙舟说着回到房间，宁书才跟在后面。

"开路，断开天线开路测，什么都不接，如果你们的设备能挺住，我就认你们的设备没问题。"林龙舟说。"这是刚刚他跟德国总部的专家沟通后，德国专家的建议。"宁书才说。"刚刚？现在才几点，他们还没起床吧？"肖云飞怀疑地说。"确切地说，是他们还没睡，德国人睡得都晚，所以我才敢联系他们。"林龙舟很淡定地说。

"开路，嗯，我得想想。"肖云飞冷静地说。"设备受不了吧？"马庆生急着说。"也……难说。"肖云飞边思考边说。"让曹瑞祥他们赶紧验证下，先别答应。"马庆生说。"也好，宁先生，我们想了想应该可以。不过我的同事说得对，我先让家里验证一下，今天无论多晚，一定给你们一个答复：能做，还是不能做。您看怎么样？"肖云飞客气地说。林龙舟一把拖住宁书才，急忙说："可以可以，我们回去等你的信。"说完，拉着宁书才走了。

15.断开天线开路测

看着两人走出房间，肖云飞关上门说："他们认为给我们挖了个坑。""那你还跳？"马庆生说。"你有没有发现我说要换天线的时候，那个林龙舟有点反常？"肖云飞说。"没太看出来。"马庆生说。"他怕，至少他不情愿换天线。"肖云飞说。"我们也一直没敢换啊，怕破坏现场。"马庆生说。"有没有可能他们自己在德国做实验时就发现自己的天线有可能出问题？"肖云飞说。

"那个林龙舟出的招都是针对我们设备的。"马庆生说。"接负载不稳定估计在他们的预料中。如果咱们头脑简单点，昨天在现场做了，基本会出问题，那咱们就跳进黄河也洗不清了。信不信，一旦出现问题，两人会乐得立马拍屁股走人，只要他们离开了拉萨，这就成了无头案。他们还会到处去说燎原的设备有问题，伦比约怎么怎么好，怎么怎么配合，再次证明伦比约是业界最强者。"肖云飞说。"搅啊，恨不得把水搅得越浑越好。"马庆生说。"给曹瑞祥打电话。"肖云飞说。马庆生正要给曹瑞祥打电话，赵长城在外敲门："走不走？"肖云飞急忙开门说："先进来，有要事。马庆生赶紧给曹瑞祥打电话。"

马庆生拨通了曹瑞祥的电话。"喂，马庆生，有事啊？"曹瑞祥在电话那头说。"没事会给你打电话啊。"肖云飞一把夺过手机说。"又有什么指示？"曹瑞祥问。"刚刚，就在赵长城进来之前，伦比约的林龙舟出了个损招。"肖云飞说。"什么损招？"赵长城问。"什么损招，听好喽，断开天线，什么都不接地测。"肖云飞说。

"开路？"曹瑞祥倒是比较冷静地在电话里说。"有点太损了吧，我们的设备不知道扛不扛得住。"赵长城说。"你问谁？这得问你呀。"马庆生在一旁对赵长城说。"我得问问夏润泽，这属于极限测试，不知道搞过没有。"赵长城说。"甭管搞没搞过，曹瑞祥，你马上去找夏润泽做。今天无论多晚都得有结论。"肖云飞说。"我已经答应宁先生今天给答复了。听好喽，如果今天不给他答复，我相信他们明天一定会买机票下山。一旦他们下了山，我们就算失败了。"肖云飞又说。"行，知道了，我去准备。"曹瑞祥说。"其实之前做过，10分钟还是能挺住的。"曹瑞祥又说。"赶紧去做，以前的不认。"肖云飞说完挂了电话。

"看着吧，曹瑞祥是有准备的。我有印象，曹瑞祥好像专门开路做过，当时有两个担心嘛，双工器打火和功放环形器负载被烧毁。"肖云飞对马庆生说。"他们俩以为是个坑，所以要让我们跳。马庆生，你是看到的，我当时还是很淡定的，没有显示出像你那样的惊慌。"肖云飞又对马庆生说。"慌什么？敌人还没来呢。"肖云飞盯着马庆生调侃道。"别给我整台词啊。"马庆生不屑地说。

"今天还去机房吗？"赵长城问。"得好好想想可能出现的问题，要是真开路测的话。"肖云飞答非所问地说。"不去啦?"赵长城又问。"你们去,我在这里等消息。"肖云飞顺手打开电视说。"我也不想去了。"赵长城说。"那你给郝树斌打个招呼。"肖云飞说。"我去也没啥用,还不如看电视。今天是感恩节,美国人过感恩节都吃火鸡,我还没吃过火鸡哎。"马庆生边看电视边说。

"你给郝树斌打个电话,就说讨论开路测试的事,都别去了。"肖云飞对赵长城说。"中国人不吃的东西,估计好吃不到哪儿去。"肖云飞说。"那不一定,没见中国有火鸡。"马庆生说。"应该是不怎么好吃,否则中国人早大批引进了。"赵长城说。

大伙正看着电视,郝树斌打来电话了。"郝树斌,有事啊?"肖云飞问。"下一步怎么搞,感觉现在僵在这儿了。"郝树斌在电话里说。"今儿不去机房了,你到我们房间来,咱们商量一下。一早宁书才就找我说了新想法,来,咱们商量一下。"肖云飞说。

没过多久,郝树斌来了。"都在这儿呢。"一进门郝树斌说。"断开天线,什么都不接,开路测。"肖云飞说。"开路测,设备能挺得住吗?"郝树斌说。"曹瑞祥正在家里做实验呢。"肖云飞说。"首先双工器行不行?下了雨,线缆进水,驻波恶化都挺不住,你这还是开路,全反射,够呛。"郝树斌说。"那是没改进之前,整改都改进了,10分钟应该能挺住,多了不敢说。"肖云飞说。"看曹瑞祥的结果喽。"郝树斌说。

"跟局方说明天断下站吧。"肖云飞对郝树斌说。"具体什么时间段?"郝树斌问。"上午十点到十二点吧。"肖云飞说。"两个小时太长。十点到十点半,半个小时。"郝树斌说。"半个小时够吗?"肖云飞问。"我想想啊,断功率,用扳手把两个接头从天线上拧下来,10分钟之内应该可以。上功率,观察10分钟。要是曹瑞祥他们说能挺10分钟的话,再恢复10分钟,半个小时到40分钟能搞定。"郝树斌说。

　　"直接断开室内机顶不就得啦，用不着去室外搞。"赵长城说。"不不不，应该是在天线口断开，林龙舟也是这么说的。"肖云飞说。"不一样吗？"赵长城说。"感觉还是不太一样。"肖云飞说。"为什么，不都是开路？"赵长城问。"一时说不上来，但总感觉不一样。"肖云飞说。"我也觉得应该不一样。"郝树斌说。"当然不一样，一个有馈线，一个是直接机顶开路。"马庆生说。"还是带着馈线比较好。"肖云飞说。"这馈线有多长？"赵长城问。"不到20米。"郝树斌说。"确定？"肖云飞问。"确定，是我亲自做的。"郝树斌肯定地说。"我赶紧给曹瑞祥打电话。"说着，肖云飞拿起手机打给曹瑞祥。

　　"哎，郝树斌说机顶的馈线不到20米，接上馈线做呗，更真实。"肖云飞在电话里说。"我们的馈线好像只有10米。"曹瑞祥说。"应该有两根吧？"肖云飞问。"两根，当然有两根。"曹瑞祥回道。"10米的测一次，然后两根连起来，20米的再测一次，十几米全覆盖。"肖云飞说。"行。"说完，曹瑞祥挂了电话。

　　"都十点了，怎么还没消息？"肖云飞边看电视边想。"不行，我得打过去。"肖云飞正要拿手机打给曹瑞祥，手机响了。"宁书才。"肖云飞对马庆生说。"来催债了。"马庆生说。"啊，宁先生，别急，还有两个小时呢，一会儿就有结论了。"肖云飞接通电话急忙说。"那好啊，我们已经买了后天的机票，打电话就是跟您说一声。"宁书才在电话里说。"好，我知道了，你们后天走。我先挂了，他们应该要给我打电话了。"肖云飞说完挂了电话。

　　这时，马庆生的手机响了。"曹瑞祥。"马庆生一看便说，同时把手机直接递给了肖云飞。"曹瑞祥，你可来电话了，怎么样？"肖云飞急切地问。"按你的要求，10米和20米的都测了。"曹瑞祥在电话里平静地说。"怎么样？快说。"肖云飞着急地问。"10分钟肯定没问题。"曹瑞祥说。

"真的？你们不会就做了10分钟吧？不然怎么现在才来电话。"肖云飞说。"各做了4个小时。"曹瑞祥说。"什么什么？"肖云飞又问。"10米的、20米的分别做了4个小时，共计8个小时的开路大功率验证，OK？"曹瑞祥说。

"真的？4个小时？那你为什么老说10分钟呢？"肖云飞问。"还是要保险，你们毕竟是在高原上，低气压、高海拔，余量搞大一些比较保险。"曹瑞祥说。"直接在机顶断开测的吗？"肖云飞又问。"你想想，实验8个小时，还有准备时间呢，忙到现在才给你打电话，你说还有没有时间测？"曹瑞祥说。"是没时间，还是心里没底故意避开？"肖云飞又问。"想听实话吗？"曹瑞祥说。"废话。"肖云飞说。"实话就是都有。"曹瑞祥说。"我就知道。"肖云飞说。"真实场景要优先保证。"曹瑞祥说。"也对，也对。"说完，肖云飞挂了电话。

16. 史无先例换天线

25号，上午10点，主机房的基站机房。"这样，局方给我们30分钟的时间，5到8分钟我把天线断开，你们观察10分钟左右，剩下不到10分钟，我把天线再接上。"郝树斌对大家说。"你们二位有什么意见吗？做之前大家必须达成一致，否则等于白做。"肖云飞对宁书才和林龙舟说。"最少14分钟，最多20分钟的观察时间，对不对？"林龙舟问。"没错。"郝树斌说。"这样啊，我希望能观察至少15到20分钟，行不行？如果同意，我就没意见。"林龙舟说。

此时，几个人的目光都投向了肖云飞。肖云飞想都没想就说："郝树斌，你动作快点，你们俩看好时间，就15到20分钟。""那好，我没意见了，你呢？"林龙舟问宁书才。"我倒没有意见，如果有问题，应该几分钟就行了，根本要不了这么长的时间。5分钟以内，绝对的。"宁书才说。"那好，准备开始。你和局方约定的这半小时是怎么说的？"肖云飞问郝树斌。"反正就是断半小时的站，具体我来把控。"郝树斌说。

"等等，再确认一下判断的标准。"赵长城提醒道。"朱炳辉，把电脑打开，把几个录像都放一遍，大家共同选一个作为标准。"郝树斌说。"好。"朱炳辉说着打开了电脑，把几个比较有代表性的录像又放了一遍。"怎么样？"肖云飞问大家。"时间最短的那个，我看好像是12秒。"林龙舟说。"12秒很长了，都能跑100米了。"宁书才说。"行，不过说好了，低于12秒的不能算。"肖云飞说。"不能这么说，到时候看吧。"宁书才说。"行，到时候看。有问题就是有问题，没问题就是没问题。"肖云飞说。

"都达成一致了吧，可以开始了吧？"郝树斌拿着扳手问大家。看大家默默点头，郝树斌说："你们俩看着我搞。哎，朱炳辉，一会儿我一喊断功率，你就把二扇区的功率给闭了。""我们陪你去。"宁书才说。"那好，走吧。"说完，郝树斌带他们俩去了。

"听好喽，朱炳辉，断功率。"郝树斌从老远处喊着。"闭了。"朱炳辉大声说。"好。"郝树斌说完拎着扳手冲向二扇区天线。宁书才和林龙舟也跟了过去。不一会儿，只听郝树斌大喊一声"开功率。""好，打开了。"肖云飞说完聚精会神地观察起来。宁书才和林龙舟也飞快地来到频谱仪旁看着。

没一会儿，一个尖锐的信号扫过整个屏幕。"好。"宁书才腾地跳起来，离开原地大叫，激动地认为是设备出了问题。"别急，过来接着看，仅仅是一晃而过，显然是干扰信号，也就一秒钟的时间。"肖云飞冷静地对宁书才说。宁书才又凑到频谱仪旁看着，不一会儿自言自语道："怎么没了？""看好时间，十点二十五分开始的。"肖云飞说。

此时，大家全神贯注地盯着屏幕，眼睛都不敢眨一下，生怕漏看了。"放心，有录像，这半个小时全录下来了。"马庆生边看边说。10分钟过去了。"十点三十五分，没问题。"郝树斌说。"再看再看，如果出问题，应该就是这个时间点。"林龙舟说。

又过了10分钟。"十点四十五分，差不多20分钟了，把功率闭了，赶紧。"郝树斌不由分说地对朱炳辉说。"闭了。"朱炳辉操作完说。"真闭了？再确认一下。"郝树斌又说。"确认闭了。"朱炳辉说。郝树斌听后头也不回地冲了出去，不一会儿又回到机房。"恢复。"郝树斌对朱炳辉说。朱炳辉操作完后说OK。

就在大家都认为尘埃落定的时候，林龙舟发难了："不对，我们观察的是接收，我怎么知道你功率发了没有。即便发了，你发的很小，我也不知道，自然就不会有问题。"此话一出，马庆生不干了，冲着林龙舟就要动手。肖云飞赶紧上前一把拉住马庆生，强忍着怒火对赵长城说："用YBT250发功率同时观察，再来一遍。郝树斌，你去协调局方再给半个小时。"

"这回心里有底了，行，我再去协调，谁怕谁啊。"郝树斌说完下去找局方协调去了。"其实我看了，加不加功率，接收也能看出来，底噪是有变化。"宁书才见此情景说。"没关系，咱们再来一遍，收发一起看。YBT250你们熟悉的，你们自己看，觉得不准，自己校功率。用SiteMaster测一下衰减器准不准，朱炳辉拿SiteMaster。"肖云飞说。"我带了个SiteMaster。"林龙舟从自己的包里拿出SiteMaster说。"好，你用自己的自然最放心。"肖云飞说。

晚上，小肥羊餐厅。"上个世纪50年代，麻省理工的一个教授在家洗澡。洗完后把浴缸里的水放了，当时这个教授发现水是左旋转流下去的。

发现这个现象后，这个教授就进行了一番研究。"请客的宁书才绘声绘色地说着。"嗯，最后研究出啥结果了？"肖云飞说。"大家一定想不到，这个教授的研究结论是由地球自转造成的。"宁书才说。"地球自转？"林龙舟说。"想不到吧，而且北半球是左旋转流下去的，南半球是右旋转流下去的。"宁书才说。"赤道岂不是直着流下去？"赵长城说。"没错，在赤道上，水就是不旋转直着流下去的。"宁书才说。"长见识。"大家齐声说。

"哎，宁先生，接下来怎么搞？"郝树斌说。"对了，你们下午和总部沟通得怎么样？"肖云飞问。"下PO，换新的。"宁书才说。"你是说让我们重新下采购单，买新的天线？"郝树斌问宁书才。"是的，要下新的PO，否则我们没法处理。"林龙舟在一旁插话。"岂有此理！"朱炳辉腾地站了起来，吓得伦比约的两位不敢吭声。"别激动，坐，坐下，涮羊肉。"肖云飞示意道。"吃个球。"说着，朱炳辉转身离开了，边走边说吃臊子面去。"吃什么小肥羊，和马庆生作伴，吃岐山臊子面去。"郝树斌也起身随朱炳辉去了。

一桌就剩下了4个人。马庆生根本就不愿意来，早吃臊子面去了。"确实有点说不通，伦比约的天线出了问题，影响到天地通的业务，为啥还要受害的我们再花钱采购你们的天线来换？按此理，你们岂不是要赚双份的钱？"肖云飞说。"这简直太没道理了。"赵长城说。"没没没，没这个意思，怎么可能赚你们双份的钱嘛。是这样，伦比约也有难处。我们的天线不愁卖，免费更换在伦比约的历史上确无先例。你们不下正式的采购PO，整个公司都不知道该如何操作，因为没有先例啊。"宁书才说。"这个饭真是没法吃了。"说着，肖云飞也起身走了，赵长城跟着也走了。"没法谈了，下采购PO还用和他们谈呀。"肖云飞边走边说。"就是，找查曼丽就完了。"赵长城附和着。

26号上午，宁书才和林龙舟走了。临上飞机前，宁书才给肖云飞发了个短信。"肖云飞，他们走了，我们是不是也该……"马庆生边看电视边说。"你给曹瑞祥打个电话，问问他天线整得怎么样了，差不多就赶紧发过来。"肖云飞说。"喂，马庆生，是不是该下山啦？"通过免提，曹瑞祥的声音满屋都听得清清楚楚。"天线准备得怎么样啦？你不把天线发过来，郝树斌会放我们下山吗？"肖云飞对着手机说。"在搞，哎，你要几根啊？"曹瑞祥问。"第一次发，怎么也得够两个站的吧？"肖云飞又说。"6根啊，你说什么时候要吧？"曹瑞祥问。

"我现在就要，你能发吗？"肖云飞说。"下个月5号可以发6根。"曹瑞祥说。"不能3号吗？"肖云飞又说。"争取吧，差不多。"曹瑞祥说。"好，你忙吧。"说完，马庆生挂了电话。"我先走吧，你和赵长城把频谱仪带下去啊。"肖云飞对马庆生说。

26号晚，小肥羊餐厅。"哎呀，感谢肖总，局方还是比较满意的，局方的老总给华老板打电话表示感谢了。"郝树斌边吃边说。"我也该回去了，自己的天线，有问题再换。"肖云飞说。"哎，今天《功夫》上映，吃完饭我请二位老大看电影，怎么样？"朱炳辉说。"好，今晚看完《功夫》，明天回深圳。"肖云飞说。"我感觉林芝和西藏的其他地方还是有区别的啊，到处郁郁葱葱，氧气也不少，好地方啊。一路上，5020米的米拉山口、热情好客的工布江达、东方瑞士鲁朗，简直是人间仙境啊。"肖云飞边吃边兴奋地说。"肖总是第二次上西藏了吧？"朱炳辉问。"可不，不过这次压力太大了。"肖云飞说。"天大的事，就没有咱肖总搞不定的。"郝树斌赞许地说。

第五章

泰国，多载波悲壮的第一枪

1. 自觉的奉献者

27日，周一，作战室。"总算凑齐了。"肖云飞望着大家说。"我们都习惯缺胳膊少腿的状态了。"柴文娜说。"意思是我不在，没人管你们，爽呗？"肖云飞说。"谁说的，我们都是自觉的奉献者。"邓学佳说。"说说呗。对了，方俊凯那边怎么说？"肖云飞问。"差不多了。"杭岩说。"多载波ODU可以直接上喽？"肖云飞看着曹瑞祥说。"否则怎么叫差不多了。"曹瑞祥说。"太好了。李和平？"肖云飞又问。"已经开始配合热设计在布置呢。"李和平说。

"杭岩的多载波这几天准备投个小批量。"柴文娜说。"准备投多少？"肖云飞问杭岩。"50套。"杭岩回道。"测得怎么样啊，夏润泽？"肖云飞又问。"还好吧。"夏润泽回道。"有没有烧功放？"肖云飞又问。"主要是做单元测试，软的、硬的，模块数量有限。做了，没烧。"夏润泽说。"这50套主要给测试做各种整机满配实验用，有常规的，也有极限的。"赵长城说。"这50套值，报废一半也值。"肖云飞说。

"这次室内宏投的有没有跟ODU归一化，说是收通道有变化？"肖云飞问。"没必要吧，不是一个板子，芯片也不一样。更何况室内宏的双工器也没动。"曹瑞祥说。"说你们没有归一化意识，就是没有意识。你先做个兼容行不？"肖云飞说。"班德的就别动了，要归一化也是用自己的算法归。"邓学佳说。"这样也行。"肖云飞想了想说。"肯定是这样啦。"曹瑞祥说。"廖默然，功放新工艺怎么样了？"肖云飞又问。"配合着搞呗，估计得多次。"廖默然说。"你那儿改起来也快。"肖云飞说。

"几号过年，曹瑞祥？"肖云飞又问。"2月9号是春节，8号是除夕。"邓学佳说。"你确定？"肖云飞问。"前两天FPGA厂家刚送的笔记本，这上面写着呢。"说着，邓学佳打开笔记本给大家看。"今年过年有点晚。年前再投100套？"肖云飞问。"这个到时候定吧，具体是投100套还是300套。"曹瑞祥说。"行，到时看吧。"肖云飞说。"这50套做下来，心里基本就有数了。"赵长城说。"但愿吧，第一次做多载波，未必一下就能把特点摸清楚。"肖云飞说。

"肖云飞，ODU直接用自己的算法，是不是有点太……"柴文娜提醒道。"啊，柴文娜问的？"肖云飞对曹瑞祥说。"不行就把室内宏改用呗。"曹瑞祥说。"直接上，问题暴露得及时充分，更利于快速成熟。"肖云飞对柴文娜说。"我只是提醒一下，你们把握。"柴文娜说。

"FPGA备货，备货啊，邓学佳。"肖云飞说。"给查曼丽发邮件了。"邓学佳说。"要是能赶上给荷兰发货就好了。"肖云飞说。"荷兰ODU马上就要发了。"马庆生说。"这么快？"肖云飞问。"是啊，就这么快，洪中国整天催。"马庆生说。"这么快。"肖云飞自语道。"而且第一批是走空运。"马庆生又说。"下血本了。"肖云飞说。

下午，功放实验室。"ODU目前有什么问题？"肖云飞问廖默然。"问题很多，24升80瓦，有可能实现不了，至少目前从阚雪峰的仿真看是这样。"廖默然说。"差多少？"肖云飞又问。"5°到10°吧，不同的点不一样。"廖默然说。"5°到10°，有没有20°，30°的？"肖云飞说。"没有，不过好像有15°的。"李和平说。"15°的点，想想办法，让阚雪峰想想办法增大散热面积，或者在导热上想想办法。主要应该是FPGA和芯片，对吧？印象中，功放管倒是问题不大。"肖云飞说。

"功放管是问题不大，但环形器有问题。"廖默然说。"那就看看有没有温度性能更好的环形器，国内不行就找国外厂家，都看看。"肖云飞说。
"那就要新增编码了。"廖默然说。"新增就新增吧，室内宏ODU毕竟在热上要求区别太大。自然散热哎，当然要选适应室外环境的元器件啦。"肖云飞说。

"行吧，朱文学，你再去找找，温度范围大的，和阚雪峰沟通一下基本的规格要求。"廖默然对朱文学说。"嗯，我去找。"朱文学说。
"FPGA，想办法散热啊，应该是背面紧贴散热器吧？"肖云飞说。"对公差要求高。"李和平说。"放正面省事，热能散掉。但是没有风扇的，一定要解决，否则放正面就是死路一条。"肖云飞对李和平说。"把项庆林叫来。"肖云飞又说。"你们知道吗，以前电源放正面，再加个散热器，只能靠风扇。现在分布式了，一打散，热就分散了，自然散热也就搞得定了，一定要想办法啊。"肖云飞又说。

"项庆林，来得正好，FPGA肯定要放背面。"肖云飞见项庆林走进来说。"正在想办法解决公差问题。肖总您看啊，器件本身肯定有公差，器件资料都给出来了。24升这么个大体积，局部的公差保证可想而知。"项庆林说。"这些都知道，总得想办法解决啊，我就说放正面就是死路一条。"肖云飞说。"在想办法，在想办法。"项庆林说。"别光说在想啊，有没有眉目？"肖云飞又问。"最近我去了一家美国公司，他们搞了个能导热的垫子，好像就是解决公差的问题。"肖庆林说。"这不是有希望了吗，只有想不到，没有做不到。嗯，这是什么？"肖云飞看着项庆林带过来的资料问。"那家公司导热垫的资料。"项庆林说。"真的？"肖云飞喜出望外地接了过来，赶紧翻开看。

第二天上班没多久，肖云飞来到功放实验室。"昨天那家美国公司的导热垫思路，确实值得好好借鉴。"肖云飞说。"拿来用好了。"廖默然说。"不是，关键是人家那个思路真好。"肖云飞有所指地说。"想说啥？"廖默然说。

"你看，我们常规的散热，就拿单载波模块来说，芯片在正面，硅脂涂上，有风扇的话，上面放个散热器。单载波的ODU，没有风扇，自然散热，就搞个结构件往上一装，两边再用螺钉与底座相连，把芯片的热导到底座上。这就占高度啊，导致多载波ODU高度吃紧，用不了吧。哎，人家美国人怎么想的，芯片贴着散热器底座，不是有公差吗，人家搞个薄薄的导热垫就把公差给吃掉了，还顺带搞出个导热垫的新产业来。"肖云飞说。"关键是这种思路最重要。压高度只能放背面，有公差不要紧，用导热垫来弥补。怎么样，提升功放的效率是不是也可以借鉴借鉴这种思路？"肖云飞对廖默然说。

"怎么借鉴？"廖默然问。"怎么借鉴，要你们受启发后去思考啊。"肖云飞说。"我问过阚雪峰了，其他的油水能榨的都榨得差不多了，现在啊，就得解放思想了。"肖云飞说。"准3G效率高，那是因为管子不需要回推，正好，让曹瑞祥把回推降低一些，怎么样？"廖默然见曹瑞祥进来说。"那要看对数据业务的影响。"曹瑞祥说。"驱动级先不要搞那么大的余量。"曹瑞祥又说。

"驱动级好说，准备改。"廖默然说。"看见了吧，你让他做点啥，他就立马给你提要求。"廖默然对肖云飞说。"还是要寻求平衡。"肖云飞说。"担心影响数据业务，回推少了。"曹瑞祥说。"找邓学佳一起研究一下，应该有油水可捞。"肖云飞说。"不知道。"曹瑞祥说。"研究研究嘛，我相信，一定有油水可捞。敢不敢打赌？"肖云飞对曹瑞祥说。"不敢。"曹瑞祥回道。"行喽。"肖云飞说。"好，曹瑞祥，我可盯着了。"廖默然说。

2. 把自己逼到悬崖

2005年元旦放假后第一天上班，4号，星期二。肖云飞刚坐下，手机就响了。"啊，张总。"肖云飞说。"你马上来我这儿。"张立彪说完就挂了电话。急忙赶来的肖云飞一进张立彪的门，张立彪就说："敢不敢赌一把，我是真不甘心。"肖云飞听后一愣，没吭声。

"2月中旬要给泰国紧急发一批货，要快，抢地盘的。按理，可以发老的，可我……不甘心啊。肖云飞，这回就看你的了，有种就发多载波。"张立彪说。"多载波刚投了50套，准备做个小批量，再做一些极限测试。"肖云飞说。"追加150套，2月中旬要发50个站。你说搞就搞，搞不了，拉倒。多载波泰国这一波就算是没戏了，只能看巴基斯坦和印度的。"张立彪说。"关键看张总您的决心。"肖云飞说。"我肯定是想搞啊。"张立彪说。"那好，就按张总您说的，马上追加150套料，2月中旬发50个站。"肖云飞说着就要走。"等等，这可不是闹着玩的，要动真格的，我马上就得回邮件。"张立彪说。"回啊，军中无戏言。"肖云飞说。"好，肖云飞，马上回，我会抄送你的，你赶紧去准备。"张立彪挥着手说。

一转眼，肖云飞急步来到多载波实验室。肖云飞一进门就说："杭岩，赶紧再追加150套的物料。""150套，为什么？"邓学佳忙问。"2月中旬给泰国发50个站，150套收发信机。对了，多加10套，留着备份。160套，杭岩，立刻马上。PCB追加160套，快。"肖云飞说。"什么呀？你冷静点好不好。"曹瑞祥进来见状说。

"我很冷静，已经答应张总了。养兵千日，到用兵的时候都别屁。"肖云飞说。"你和张总做这事儿是不是太随意啦？"曹瑞祥说。"不这样做，就得给泰国发老的，上万个站啊，都是靠价格拼的，不用多载波，只能是赔本赚吆喝。"肖云飞说。"能不能先发老的，就2月中旬这50个站，剩下的全发多载波，这样岂不两全其美？"邓学佳说。"有本事跟一线说去，张总没搞定一线。一张网两种模块，你觉得局方会答应吗？"肖云飞说。

"这恐怕不行吧。"刚进门的廖默然说。"说不过去的，邓学佳。哎，你们不说目前测试没太大问题吗？我刚从西藏回来你们就准备投了，信心满满的。除非你们是在糊弄我，不然你们怕什么？"肖云飞说。"过了这个村，可就没这个店啦。此时不搏，更待何时？"肖云飞又说。"对，此时不搏，更待何时？大不了多烧几个功放，我们派人去现场用电磁炉修。"廖默然说。"也对，有你这句话，也没啥大不了的。此时不搏，更待何时？搏搏搏。"曹瑞祥激动地说。

肖云飞刚回到工位坐下，柴文娜和赵长城就过来了。"肖云飞，听说杭岩的多载波又追加了160套，是真的吗？"柴文娜问。"杭岩还没投吗？他敢！"肖云飞激动地说。"肖云飞，你们不能这样，这么不成熟的东西就敢这么往外弄，你觉得合适吗？"赵长城说。"前几天我刚回来就问过你们，夏润泽可是当着大家的面说没发现什么大问题，他难道是说着玩的？"肖云飞反问。"那肯定不是。"赵长城说。"那不就得啦。"肖云飞说。"关键是条件不充分啊，这不才下50套吗？"赵长城说。"关键是过了这个村，可就没这个店啦。泰国上万个站啊，用老的发只能赔本赚吆喝。"肖云飞说。

"能不能先发一些老的顶住，随后再……"柴文娜正要往下说，被肖云飞立马打断了："就你智商高是吧？""什么话啊，我说的也是……"柴文娜的话再次被肖云飞打断："也是什么？什么也不是，别在这儿咸吃萝卜淡操心。好好把把质量关，把发出去的货质量风险降到最低。"肖云飞说。"这我把不了。"柴文娜生气地说。"把不了就别干了，还稀罕了。"肖云飞说。此时的柴文娜两眼含泪，扭头就走，边走边说不干就不干。

"你好好把关，把该做的都做了。"肖云飞对赵长城说。"放心，没什么大不了的，最多就是多烧几个功放，派人现场修就得了。"肖云飞又说。"倒也是，知道了。"赵长城说完也走了。"也别怪他们，确实够冒风险的。"马庆生在一旁说。"张总可是逼死人不偿命的主，我能怎么办？"肖云飞说。

中午，食堂。"娜姐，怎么坐那么远？"尹贤良端着盘子边坐边说。"哟，我们坐错地方了。"肖云飞端起盘子凑到柴文娜身边。柴文娜见状翻着白眼低头只顾吃饭。赵长城和马庆生也跟了过来，陆陆续续地大部队都转移了过来。

"那个傻根是个叫王宝强的演的，听说他以前就是个群众演员。"尹贤良说。"什么傻根？"肖云飞问。"《天下无贼》里面的啊。"尹贤良说。"电影《天下无贼》？没看过。"肖云飞说。"没看电影你当然不知道喽。"尹贤良说。"《功夫》我倒是看了，在拉萨看的。"肖云飞说。"娜姐，《功夫》看了没？"肖云飞讨好地说。"没那闲工夫。"柴文娜没好气地说。"怎么啦？娜姐，今儿有点不对劲啊。"尹贤良说。"你才不对劲呢，别瞎说。"马庆生说。"就是，你才不对劲呢。你在那边吃得好好的，跑这儿来干啥？"柴文娜对尹贤良说。"这……他们都过来了，我就跟着过来了。"尹贤良说。"要不说你傻呢，给女儿起啥名啦？"柴文娜问。"尹思佳。"尹贤良说。"郝思嘉，嗯，还行。"柴文娜说。"尹思佳。"贤良说。"我知道，肯定是从郝思嘉这儿来的嘛。"柴文娜说。

"怎么没见牡丹啊？"肖云飞问。"招聘去了。"廖默然说。"廖默然，又要开始小炉匠生涯啦？"马庆生说。"哼，就那么点出息。"柴文娜没好气地说。"肩扛背驮，一群土鳖。"柴文娜又说。"哎呀，没办法呀，总比赔本赚吆喝强。"肖云飞说。"好死不如赖活着。"王厚林说。"这话可有点糙啊，低俗。"马庆生对王厚林说。"我低俗，你高雅？一个土鳖还整高雅，简直是。"王厚林说完端起盘子走了。

　　下午，多载波实验室。"又把自己逼到悬崖了。"肖云飞说。"能理解，大家全力以赴呗。"曹瑞祥说。"我是很有信心的。"达荣生说。"好，自古英雄出少年，看你们的了。"肖云飞说。"还是多想想细节吧。"邓学佳说。"计划得更周密些，这个年肯定又过不踏实了。"肖云飞说。"看这架势，没准儿休不上3天。"杭岩说。"不会吧。"达荣生说。"难说。"杭岩说。

　　"哎，说真的，虽然可以让廖默然他们派人去修功放，但关键还在我们。要真是修了烧，烧了修，可就惨了。"肖云飞说。"我们肯定也会去人的，让杭岩去，说好了啊。"曹瑞祥说。"去人是肯定的，关键还是要在家里先测试好，或者有什么招能规避也行。"肖云飞说。"这些就要摸索了，本来可以好好摸索的，这不又得压缩时间了，不过就算压缩了，还是要针对温循专门搞。"邓学佳说。"这回可是真刀真枪的了。"肖云飞说。

　　"哟，娜姐也去啊？"肖云飞一进测试实验室便说。"没办法，在别人屋檐下。"柴文娜说。"别别别，大家一定要理解，理解万岁，理解万岁啊。"肖云飞说。"理解。"赵长城说。"说真的，忙活半天不赚钱也不好受。再说了，咱们也不是完全没底，对吧。"肖云飞说。"也不能光靠小炉匠精神，挎个电磁炉就到处跑啊。"柴文娜说。"娜姐说得挺形象啊。"肖云飞说。"我是客观地说。"柴文娜说。

　　"是啊，这不是跟你们商量嘛。时间这么紧，还是重点抓温循啊，夏润泽。"肖云飞说。"通过解决温循中出现的问题，逐步完善，软件也一起搞。"肖云飞对麦哲渊说。"软件还不能全依赖这个。"麦哲渊说。"当然，按规矩啊，柴文娜，该测的一定要测，一个都不能少，全都要覆盖到。"肖云飞说。"还是抓重点，时间这么紧，全覆盖不太可能，我们正在讨论优先保证的重点。"柴文娜说。

　　回到工位，肖云飞把曹瑞祥叫了过来。"哎，这样，多载波的ODU要加快，难道你不觉得吗？"肖云飞说。"还没顾上呢，你想干吗？"曹瑞祥说。"嗯，看室内宏这样，是应该加快，不能光有室内宏，ODU也得配套着来。"曹瑞祥补充道。"这话有深度。多载波室内站有了，室外的是必须的。所以，杭岩不能去泰国，换个人吧。"肖云飞说。"不让他去？他最熟，他不去，谁能去啊？他去了就等于在现场开发，有可能还要跟班德那边沟通，之前都是他沟通的，我们都没沟通过。"曹瑞祥说。

"那你做逻辑的人够吗？"肖云飞问。"忘了跟你说了，你出去这段时间牡丹刚给招了俩。元旦后人就到位了。"曹瑞祥说。"让新员工直接上啊，能行吗？"肖云飞问。"都不是刚毕业的，之前就在深圳别的公司做逻辑。得给他们压担子啊，如果能力强，很快就上手了。"曹瑞祥说。"也只能这样了。牡丹可以啊，一下招俩做逻辑的，我还一直在琢磨这事呢。"肖云飞说。"牡丹给力。自己搞算法，逻辑的工作量肯定很大。"曹瑞祥说。

"PCB什么时候回？"肖云飞又问。"杭岩在催，很快的。"曹瑞祥说。"10号？"肖云飞问。"还真没准儿，元旦嘛，又不是什么重要的节日。"曹瑞祥说。"10号是周一，按理12号应该出现在实验室。"肖云飞说。"错。"曹瑞祥说。"怎么，两天还不够？"肖云飞说。"这次可是200套的正式任务令，生产小批量，生产完了正式入库。"曹瑞祥说。"哎，那研发怎么办？"肖云飞说。"填单自己领啊。"马庆生在一旁说。"能不能借？"肖云飞说。"找师建宏啊。"马庆生说。

"装备准备好啦？"肖云飞问曹瑞祥。"说实话，我是把这事给忘了，还是师建宏提醒的，正在搞。"曹瑞祥说。"装备好了再找师建宏吧，你们，哼，顾头不顾尾。"肖云飞对曹瑞祥说。"一周能搞定。"曹瑞祥说。"先搞50套，没啥问题了再启动后面150套的加工。"曹瑞祥又说。"嗯。"肖云飞应着。"物料都齐了吧？"肖云飞问。"计划正在核对，应该没啥问题，班德的芯片是够的。"曹瑞祥说。"班德的芯片够，其他不该有问题，如果有问题，就是计划自己的事了。"肖云飞说。

肖云飞又来到功放实验室。"他们单板10号就回了。"肖云飞跟廖默然说。"这么快，我们匹配上就行了。"廖默然说。"这次是新工艺吧？"肖云飞说。"当然。"廖默然说。"不会有什么问题吧？"肖云飞问。"有问题也不怕，大不了重熔。"廖默然说。"有问题还是要解决，功放的工艺不能成为产能的瓶颈。"肖云飞不放心地说。"放心，这事儿师建宏比我们急。"廖默然说。"那是。"肖云飞说。"板子什么时候能来？"肖云飞问。"6号就到。"廖默然说。"新工艺，跟紧点。"肖云飞说。"我会跟的。"廖默然说。"让新人也一起跟，了解了解功放的工艺。"肖云飞说。"安排了，到时候会扑上生产线，有问题就在生产线当场定位解决。"廖默然说。"很好。"肖云飞说。

3.做事还得靠脑子

6号，周四中午，食堂。"板子怎么样了？"肖云飞边吃边问廖默然。"下午到，和厂家联系了，明天上线。"廖默然说。"为什么今晚不上线？"肖云飞问。"给欧洲发货的单占着生产线。没事，他们今晚一定做完把生产线腾给我们，不必在乎这一晚。"廖默然说。"还是要分秒必争，不知道会发生什么事呢。"肖云飞说。

"哇，13亿了。"柴文娜看着新闻边吃边说。"13亿人，在中国，除了人多，还是人多。"马庆生说。"去趟医院，那叫一个人多啊。"尹贤良说。"孩子生病，常去医院吧？"柴文娜问。"还好，咱丫头比较皮实。"

尹贤良说。"人多，人多好啊，人多力量大，我们不就是靠人多嘛，不然怎么能又是班德，又是自己的算法，室内宏搞着，又同时在搞ODU。"肖云飞说。"是的，没有人，怎么可能几个频段同时上。"廖默然说。

"一帮没脑子的人胡乱上阵。瞧人家老外，四两拨千斤，做一个成一个，靠脑子，人多没用。"柴文娜说。"那怎么办呢？谁让咱没那个脑子，只能学笨鸟。"马庆生说。"哟哟哟，挺能高看自己的，想笨鸟先飞啊，想什么呢？做梦吧你。"柴文娜说。"至少从现在看，对我们来说，人多也不是坏事，想干的都能干起来，满足客户需求啊。"肖云飞说。"你们这些土鳖，就只会讨好客户。像人家麦克斯韦、森尼韦尔，都是引领客户。"柴文娜说。"引领客户，咱不会啊。咱只会说，客户要什么，咱就满足什么。一帮人扑上去累个半死，拼命也要做出来。"肖云飞说。

"所以说你们是土鳖啊，没脑子嘛。"柴文娜说。"别张口闭口没脑子的，听着不爽。"廖默然说。"不爽是吧，好，想要爽，去引领客户啊。你们能引领客户了，就算有脑子了。"说完，柴文娜端起盘子走了。"咱啥时候能引领客户？"马庆生问肖云飞。"想什么呢？回家引领自己媳妇去吧。"肖云飞说完也端起盘子走了。"这，几乎不可能。"马庆生说着也走了。"我也不信，他们就真能让客户听他们的？"曹瑞祥说。"关键看市场是卖方的，还是买方的。"邓学佳说。"有道理。要是买方市场，我就不信麦克斯韦还能这么牛。"赵长城说。

下午，测试实验室。"生产装备，多载波的，你们也要参与。不能漏了关键项，但也不能不考虑效率。"肖云飞对赵长城说。"都参与的。"赵长城说。"要把好关啊。"肖云飞说。"夏润泽，我问你，给泰国发货，具体应用的频点知道吗？"肖云飞问。"装备测试不应该只关注给泰国发的这次货的频点吧？"夏润泽说。"还是得知道，这样比较有针对性。"赵长城说。"你刚才说装备要综合考虑，这没错。但马上东西就来了，你的测试还是要有针对性。"肖云飞对夏润泽说。

"找一线要泰国运营商的具体频点。"赵长城插话道。"他们知道吗？"夏润泽问。"这话说的，一线肯定知道啊。要知道，局方要建这张网，首先就得有频点。"肖云飞说。"好吧，我找一线要。"夏润泽说。"这是技巧，一切都要有针对性，包括版本。"肖云飞说。"信息尽量收集全。"赵长城说。

"那我要问一个问题。"夏润泽说。"什么问题，你说？"肖云飞说。"我们的测试用例主要是高、中、低三个频点，泰国的可能是这三个中的一个，怎么办？"夏润泽说。"很简单，都测。"肖云飞说。"工作量可就上去了。"夏润泽说。"还是那句话，都测。"肖云飞说。"那，到时候不能按时完成任务别怪我。"夏润泽说。"看看，这就不对了吧。"肖云飞看着赵长城说。"我们下来讨论一下，看怎么完成。"赵长城示意夏润泽说。

"我有个建议，正常测试按你们的高、中、低频点来，温循用泰国频点，针对性强，怎么样？"肖云飞说。"就按你说的。"赵长城忙对肖云飞说。"没问题了吧？"肖云飞摊开双手对夏润泽说。"嗯，这样可以。"夏润泽说。"普遍性和针对性的统一，完美。"肖云飞说完走了。"不过，高、中、低三个频点的温循可以往后延，但还是要做，这是完备性。"赵长城对夏润泽说。"能不能省啊？"夏润泽问。"必须做。"赵长城说完回自己工位去了。

肖云飞并没有回自己的工位，而是来到了多载波实验室。肖云飞一进门就问邓学佳："方俊凯的算法你们有没有验证过？""在验证平台上跑过。"杭岩说。"怎么样？"肖云飞问。"就是跟你说的那样。"邓学佳说。"你们有和班德的对比验证报告吗？"肖云飞问。"有，发给你？"杭岩问。"那倒不用，就说说差异吧。"肖云飞说。"还是给你发一份吧。"邓学佳示意杭岩。"都到现在了，我对你们的这份报告不感兴趣了，我要的是真正的结果,产品化的ODU。"肖云飞说。"所以我们没有到处发这份报告,我们也觉得要看实际的结果。"邓学佳说。

"其实搞到最后,恐怕最大的难点还是怎么样把时域的峰均比降下来。"肖云飞说。"是啊,是啊。"邓学佳说。"一步步来吧。"肖云飞说。"在仿。"杭岩说。"有什么进展吗?"肖云飞赶紧问。"才刚开始。"杭岩说。"是你在搞?又要忙这,又要忙那,搞这个专题吧?"肖云飞对邓学佳说。"是专题,在搞啊,这要根据实际摸索的,还要多做测试,现象也很重要,然后才能透过现象抓本质。"邓学佳说。"很有哲理啊。"肖云飞听完说。

"杭岩,你说中午去食堂吃饭,为什么有的人是十二点,我们却是十二点半?"肖云飞问。"都一个点儿去坐不下。"杭岩说。"一样的。"肖云飞看着杭岩说。"没太明白你的意思。"杭岩看着肖云飞说。"没理解就好好想想,道理是一样的。"说着,肖云飞离开了。"关键是我们能错开吗?"杭岩对邓学佳说。"不知道,但有一点可以肯定,如果多个载波能错开,那过山车式的峰均比至少不会那么陡。"邓学佳说。"那肯定的。"杭岩赞同道。"要搞台好的示波器,咱们这台不行。"杭岩又说。"我找马庆生去。"说着,邓学佳来到马庆生的工位。

"找我什么事?"看着邓学佳站在自己面前马庆生问。"你有8G的示波器吗?"邓学佳问。"8个G的,要这么高频率的示波器干吗?"马庆生问。"看时域,我们那台太低档了,高档的示波器更真实,不失真。"邓学佳说。"我这儿没有这么高的,我知道光网络有。"马庆生说。"赵长城那儿没有吗?"邓学佳问。"没听说有,你问问。"马庆生说。"好,我去找他。"说着,邓学佳走了。

第二天中午,食堂。"邓学佳,8G示波器有着落了吗?"肖云飞问。"我们产品线是没有的,据说光网有一台。"邓学佳说。"现在时域很重要，应该加大投入。马庆生，赶紧去申购，我来批。"肖云飞说。"有点贵哦，恐怕得张总批才行。"马庆生说。"张总批就张总批，在备注里说明，我再给张总打招呼。"肖云飞说。想了想，肖云飞又说："一不做，二不休，买两台，一台不够用。""先买一台呗。"马庆生说。"一台不够的，至少也是开发用一台，测试用一台。一定要买两台啊。"肖云飞说。

看马庆生疑惑的样子，肖云飞又说："其实啊，最真实的波形是时域波形。谱域是经傅里叶变换出来的，我们要提升水平，就要有高水准的仪表。光靠猜是不行的，就跟医生看病一样，B超、CT、核磁共振、胃镜、验血，什么都得做，为什么呀，就是为了看清楚。把你的五脏六腑看得清清楚楚，问题也就一目了然了。"肖云飞说。"好仪表提高效率。"曹瑞祥说。"买啊，两台，赶紧的。下午就提流程，我跟张总说。"肖云飞说。"行，没问题。"马庆生说。

4. 重熔搞死人

周一，上午十点左右。"曹瑞祥，PCB今天能到吗？"肖云飞给曹瑞祥打电话。"刚确认，下午六点到公司。"曹瑞祥说。"好。"说完，肖云飞又给廖默然打电话。"在哪儿呢？新工艺怎么样啊？"肖云飞在电话里说。"我在车间，不怎么样？"廖默然说。"啊，怎么个不怎么样？"肖云飞急忙问。"哎呀，杂散，要重熔。"廖默然有点不耐烦地说。"哦，那你们赶紧搞。在几楼？"肖云飞问。"二楼左手边。"廖默然说完挂了电话。"都要重熔，搞死人啊。"肖云飞放下电话自语道。"生产线上的人已经给我发邮件吐苦水了。"马庆生在一旁说。

下午两点多，肖云飞和马庆生来到二楼生产线。马庆生直接去和生产线的工人了解具体情况，肖云飞来到廖默然旁边，仇宝琴和苏常青都在。"苏工，有什么想法？"肖云飞问。"生产线意见很大。"苏常青说。"仇宝琴，你们得拿出个方案来啊，否则怎么整？"肖云飞说。"目前没想出什么好方法。"仇宝琴说。"谁说没有，有好方法，是你们嫌麻烦，不愿意用。"廖默然说。"什么好方法，为什么不愿意用？"肖云飞问。

"太原始了，一个饼不够就再加一个，这也太没水平了吧。"仇宝琴说。"什么意思？"肖云飞问苏常青。"就是用两片预置片。"苏常青说。"好不好使？"肖云飞问。"应该好使。"苏常青说。"啥叫应该好使？"肖云飞说。"下面试了可以，线上没试。"苏常青说。"做了多少块了？"肖云飞问。"50块。"苏常青回道。"还有150块，对吧？"肖云飞说。"160块。"苏常青说。"好，160块，就再拿50块用双预置片试试呗，仇宝琴？"肖云飞说。

"我是不能同意。"仇宝琴说。"为什么？"肖云飞说。"生产人员不愿意啊。"仇宝琴说。"生产的在这儿。"肖云飞指着苏常青说。"他也不能代表生产线上的。"仇宝琴说。"等等，先别管生产线愿不愿意，你们仨能不能达成一致？"肖云飞问。"我认可廖工的双预置片，直接效果是减少重熔啊。"苏常青说。"临时解决方案可以，正式的我们是不同意的，我们领导说了，这也太不专业了。"仇宝琴说。

"2.5票，达成一致。"肖云飞说。"临时的啊。"仇宝琴说。"先试，先试。"肖云飞对苏常青说。"那行，我这就去安排。"苏常青转身去安排了。"先搞着再说。重熔这么多，直接牵涉到炉子够不够用，不够还得再买。还有一系列问题，人员配备啊，等等的。"肖云飞说。"还有其他问题，只是苏工没说。"仇宝琴说。"什么问题？"肖云飞问。"应该加两片，他忘了，只加一片没法检查。"廖默然说。

"这就要生产加强过程管控了。对了，可以用数量管控，多少个单板，用多少个预置片。再加强检验，上炉具前专门检查预置片，是两片还是一片，是很容易辨认的啊。"肖云飞说。"严格操作规范，工艺指导书上写明了，应该没问题。"肖云飞又说。"我写指导书去。"仇宝琴说着走了。

"还是领导管用啊，其实不是没路可走。"廖默然说。"那你们还不达成一致？"肖云飞说。"你没听见吗，仇宝琴的领导嫌我们不专业，方法土。"廖默然说。"这些平台的领导，要靠他们公司早完了。"肖云飞说。"好在生产线说了算。"廖默然说。"一片不够再加一片是你想出来的？"肖云飞问。"他们也觉得锡量不够，正考虑让预置片的供应商加厚。"廖默然说。"加厚的应该没有你提的两片好使，你是对的。"肖云飞说。

一晃一周过去了。周三中午，食堂。"夏润泽，测了有一周了吧，都在等你们的结论，好进行下一个160套的加工呢。"肖云飞边吃边问。"温循好像还好。"曹瑞祥说。"让赵长城给你结论吧。"夏润泽说。"什么时候？"肖云飞问赵长城。"今天给。"赵长城说。"感觉还好啊，还是杭岩他们前期工作做得踏实。"柴文娜说。

"好自然是好。不过，似乎和以前的情况类似。"王厚林说。"你这话……"马庆生说。"和以前类似？S666开发挺好，一出门就栽了，尹贤良的版本就更……"王厚林看了眼尹贤良没再往下说。"王厚林，照你这么说，就是要重蹈覆辙呗。"邓学佳说。"那是接着往下加工，还是再多做些测试？"肖云飞说。"有时间吗？"曹瑞祥问。"2月15号前必须发，这是一线的底线。"马庆生说。"同步吧，赵长城该做的继续做，别停啊，曹瑞祥，160套也得做。"肖云飞说。

"汉城改叫首尔，什么意思？"边吃边看电视的东方牡丹说。"首尔是音译，Seoul。"柴文娜说。"汉城是中文名。"尹贤良说。"就是去中文化，每一个韩国字都对应一个中文。"邓学佳说。"说改就改，挺坚决的。"麦哲渊说。"好像明天小布什连任。"王厚林说。"正好大寒。"马庆生说。"啊，明天大寒啊。"柴文娜说。"没错，多加点衣服吧。"东方牡丹说。"看今天这样，明天会冷吗？"柴文娜说。"那就不知道了。"东方牡丹说。"深圳能冷到哪儿去。"朱文学说。"有时候也挺冷的，记得有一年过年就挺冷的。"邓学佳说。"深圳的天，太阳一出来，气温就上去了。"曹瑞祥说。

下午一上班，肖云飞就兴冲冲地来到多载波实验室。"来来，好好讨论一下多载波的ODU。"肖云飞说。"好歹让我们喘口气儿啊。"邓学佳说。"哎哟，至于嘛。来来，现在要集中精力搞ODU了。你们俩一起过来听听。"肖云飞看着两个新来搞逻辑的倪良策和董运来说。"倪良策、董运来，过来过来，一起听听。"曹瑞祥招呼着。

"倪良策、董运来，你们俩算是赶上好时候了，一来就遇上了自己算法的ODU开发，有没有信心？"肖云飞极具煽动性地说。"有有有。"两个小伙子挥着手高呼着。"要的就是这股激情。前途是光明的，但道路，一定一定，一定一定会非常曲折的。知道为什么吗？"肖云飞看着倪良策、董运来问。"不知道。"两人摇着头齐声说。"没有前人，你们就是鼻祖。"肖云飞说。"成功了，你们就是英雄。当然了，允许失败，允许失败啊。头回做，又是新手，有问题也是正常的，对吧，邓学佳？"肖云飞说。"看肖总多器重你们，后天晚上年终聚餐，好好和肖总喝两杯。"邓学佳兴致高昂地说。"那是一定的，一定一定。"两人齐声说。

"李和平，项庆林那边的结构都定下来了吗？"肖云飞问。"还没，结构和热设计相互博弈得厉害，再加个CAD。我这先保证原理图，大概的结构有初步的布置。"李和平说。"总得有个计划吧，哪天投？"肖云飞又问。"从目前看，得2月底。"曹瑞祥说。"这才1月19号，一竿子就打到2月底啦？"肖云飞说。"差不多，我看2月底能投就算不错了。"邓学佳说。

"没准儿要3月初。"廖默然说。"行行行，力争2月底啊。"肖云飞说。"搞不定就3月15号。"曹瑞祥说。

"过分了吧，曹瑞祥。"肖云飞说。"一点儿不过分。你算算到3月15号才多少天，况且到现在结构还没定下来，双工器的配合、功效、TRX的配合、电源、进出口、光口、维护腔，维护腔是要防水的。"曹瑞祥又说。"行行，3月15号就3月15号，底线啊，45天还不够啊。"肖云飞说。"关键是有没有45天，赶上了2月份，又赶上了过年。"曹瑞祥说。"过年休3天。"肖云飞干脆地说。

"回推。"廖默然提醒道。"对了，回推能少点不？"肖云飞问曹瑞祥。"待定待定，边做边改进。只能这样了，委屈功放多做个方案。"曹瑞祥说。"我就知道是这样。"廖默然说。"那你应该是有备份的方案喽？"肖云飞对廖默然说。"只能给你们当保姆啊。"廖默然。"别这么说嘛，一起努力。"邓学佳说。

"那个8G的示波器什么时候能到？"肖云飞问。"在催，在催。"杭岩说。"回推还得指望它呀。"肖云飞说。"回推对降峰均比和减少功放非常重要。不惜花重金买高档示波器，张总也是很爽快地就批了，这说明什么？"肖云飞说。"重要呗，都明白，再说就多余了。"曹瑞祥说。

"其实我知道，有的仪表也能测峰均比，但我要说的是，真不一样。通过信号处理计算出来的和实时的时域真实显示，真不是一回事。"肖云飞说。"没错，要想有突破，首先就要有先进的手段，这一点，我们的肖总还是很权威的。"曹瑞祥说。"今天我得把道理跟大家讲透，尤其是杭岩你们这块啊，还有几个新人。我们要把各个节点都做到精确的实时测量，就是说看到的就是真实的波形。不同的节点频率也不同，从低到高，从基带到射频。所以啊，高高在上的8G示波器，让你们所看的波形绝对真实。"肖云飞说。

"其实一般的开发做不到这一点。"邓学佳说。"目的就是少走弯路。"曹瑞祥补充道。"我们有了这台示波器,是可以做到时域和谱域同时看的。"肖云飞又说。"先进的手段才能做出先进的东西。不能瞎子摸黑,摸到哪儿算哪儿。"曹瑞祥说。"虽然我对你们说的还理解不深,但我觉得你们说的有道理。"倪良策说。"仿真和实测要相一致,这是我的理解。"董运来跟着说。"嗯,理解到位。"邓学佳赞许地说。"其实功放也是用时域信号大小来实现高效率的。"廖默然说。"看看,时域多么重要,连高效功放都在采用。"肖云飞说。

5.荷兰项目没戏了

第二天刚上班,肖云飞正在看邮件,固话响了。"喂?"肖云飞拿起固话说。"肖云飞,到我这儿来一下,马上。"张立彪在电话里说。肖云飞放下电话立刻朝张立彪办公室走去。

"坐坐。"见肖云飞进来,张立彪客气地说。"什么事,张总?"肖云飞说。"其实也没啥事,听说多载波的ODU搞得如火如荼?"张立彪说。"大家全力以赴,希望能赶上给荷兰发货。虽说是有些困难,不过肯定要扩容嘛,到时应该差不多了。"肖云飞说。"是啊。"张立彪说。"张总,要没什么事,我先走了,还有事呢。"肖云飞说。"有什么事啊,多坐一会儿不行啊。"张立彪说。"张总,我真有事。"肖云飞说。

"荷兰项目没戏了。"张立彪说。"什么,什么什么?"肖云飞急忙问。"荷兰的项目,咱们虽然中标签单了,但局方终止了合同。"张立彪说。"这,怎么可能?站都建了一部分了,货都是走空运发的,怎么说中止就中止，为什么呀？"肖云飞说。"麦克斯韦光纤拉远的ODU做出来了，他们向局方承诺，局方和燎原的毁约费由麦克斯韦承担，坚决不让燎原插入欧洲的心脏。"张立彪说。"看来麦克斯韦一直在发力，现在差不多是该做出来了。也是自然散热吧？"肖云飞说。"肯定的啦，风冷的怎么跟我们比。"张立彪说。

"麦克斯韦够狠的。"肖云飞自语道。"够狠的吧？"张立彪说。"真够狠的。"肖云飞说。"进欧洲的腹地没那么容易，老板说这才是开始。"张立彪说。"老板还说，你们够厉害，你们是真牛。"张立彪又说。"牛什么呀，项目都黄了。"肖云飞说。"说明我们的进步实实在在威胁到这些横行一时的霸主们了，今后谁主沉浮还真不一定呢。"张立彪说。

"知道我此时此刻的心情吗？"张立彪问肖云飞。"不知道。"肖云飞说。"我真是佩服毛主席他老人家，当时他怎么就能写出'怅寥廓，问苍茫大地，谁主沉浮'这样的惊天诗句。现在我明白了，你也能。"张立彪紧盯肖云飞大声说。"别别，我哪能跟他老人家比。"肖云飞说。"好好干，多载波，数风流人物，还看今朝，去吧。"张立彪一挥手示意着说。

中午，食堂。"憋屈啊，憋屈。"肖云飞边吃边说。"什么事儿啊，从张总那儿回来就一声不吭的。"马庆生说。"什么事啊，肖总，有事儿别闷着，说出来，心情会好些。"东方牡丹说。"我这两天也是气不打一处来。"柴文娜说。"你又怎么啦？谁惹着你啦？"东方牡丹说。"哼，男人就不该有书房。"柴文娜气愤地说。"哎，娜姐，什么意思？男人有没有书房怎么了？"马庆生问。"肯定是老公躲在书房看电影或者打游戏，外面水开了没人管。"王厚林说。"哎，娜姐，还事儿得怪你，要买带响的烧水壶。"赵长城说。"一直在叫，直到壶底烧穿了叫不了了，满屋子煤气，得亏我及时回来。真后悔啊，为什么要搞书房！"柴文娜说。"有个书房挺好的，上个网打个游戏什么的，晚了，不影响老婆休息。"马庆生说。"哼，好什么好，男人就不该有书房。"柴文娜恶狠狠地说。

"哎，肖云飞，有啥事憋屈，你还没说呢。"东方牡丹问。"不会是跟卢梦娇吵架了吧？"马庆生说。"怎么可能。哎呀，欧洲不好进啊。"说着，肖云飞端起盘子走了。"什么意思？咱不都进荷兰了吗？喜报都发了。"柴文娜说。"货都发了。难是肯定难，动了别人的奶酪。"王厚林说。"恐怕没那么简单吧，看肖云飞那样。"赵长城说。"反正我知道，荷兰站都在建了，已经建了一些了。"曹瑞祥说。"肯定是讲别的。"邓学佳说。"货一直在发。"马庆生说。

下午，肖云飞把大家叫到作战室。"多载波ODU怎么样了？"肖云飞情绪激动地说。"昨天不是刚讨论过，3月中旬投第一板。"曹瑞祥说。"3月中旬太慢了。"肖云飞说。"昨天说好的，你又……"曹瑞祥说。肖云飞沉默了一会儿，慢慢地说："欧洲，荷兰，洪中国的项目黄了。"此话一出，整个屋子炸了锅。

"为什么呀？"尹贤良说。"不为什么，黄了就是黄了。"肖云飞此时倒是很淡定了。"麦克斯韦的ODU一直在搞，看样子应该是搞出来了。"曹瑞祥说。"是啊，麦克斯韦一直在暗自发力。"肖云飞说。"合同没签吗？应该是签了的啊。"邓学佳说。"要是没签单，也就用不着伤心了。"肖云飞说。"唉，怎么就把燎原给灭了呢？"马庆生问。"想灭怎么都能灭你，麦克斯韦按合同毁约条款拿钱赔喽，估计是硬搞。"王厚林看着肖云飞说。

"王厚林说得没错。"肖云飞说。"不过，可以说明一点，在光纤拉远的ODU上，燎原确实走在了前面，引领了业界。况且从荷兰项目上可以看出，这种光纤拉远ODU的应用是刚需。"王厚林说。

"分析得倒透彻，看人家王厚林，此时还能有如此冷静、客观、全面的分析，难得啊。"肖云飞赞许地说。"分析得再好项目也是黄了，那些运过去的货和已经建好的站怎么处理？"马庆生问。"人家该赔的都赔啦，后续我也不清楚。"肖云飞说。"竹篮打水一场空。"廖默然说。"别这么悲观。把大家叫来是统一一下思想。"肖云飞说。"面包会有的，粮食会有的。该做的还得做啊，全力扑在多载波上，我就不信。"曹瑞祥说。

"张总就是这意思，还说让我们好好干，多载波，风流人物看我们。"肖云飞指着曹瑞祥说。"还风流人物呢。"夏润泽说。"别瞧不起自己，从旁观者的角度看，输的未必是燎原。"肖云飞说。"也是，如果站在旁观者的角度看，麦克斯韦倒像是在垂死挣扎。"赵长城说。"这就仁者见仁，智者见智喽。"邓学佳说。"猛搞多载波ODU。"李和平说。"结构赶紧定，有需要我推动的就说。"肖云飞看着李和平说。

"不知道洪中国现在是什么心情？"牛玉江说。"有什么的，又不怨他，再搞别的项目呗。"王厚林说。"很多人一蹶不振就离开燎原了。"曹瑞祥说。"那也太脆弱了。"尹贤良说。"这话你有发言权。"马庆生说。"去你的。"尹贤良说。"在燎原，需要有一颗刚强的心。"肖云飞说。"我跟你们说，西藏的项目现在看来算是挺成功的吧，老板亲自上去了3回。你们知道吗，前期拓展的时候，有个叫什么的，记不清了，局方至今还会提起他，叫什么峰来着，他当时真就没挺住，走了。"肖云飞又说。

6.多载波就这么商用了

周一上午，作战室。"今天是1月24号，我让李和平把大家叫来，就是想再明确一下计划。"肖云飞说。"我要强调的是，张总非常非常关注我们这个多载波ODU的开发。1月底结构必须定下来，有什么问题吗？"肖云飞又说。"就是相互扯皮。"李和平说。"真的要重视，不开玩笑，张总都给你们领导打过招呼了，没错吧？"肖云飞对阚雪峰说。"知道重要，月底定结构应该可以，项庆林，你怎么看？"阚雪峰说。

"我？还不是看你。"项庆林说。"别光看我，一起商量，一起商量，对吧，许亚萍？"阚雪峰又说。"CAD配合没问题。"许亚萍说。"我看也是没问题，都这么久了，也该定了。李和平，就这么定了啊，1月底定结构。"肖云飞说。"肖总都说了，我们坚决执行，保证月底完成。"阚雪峰说。

2月26号，春节放假后第一天上班，作战室。"节前过了点，节后发了货，多载波就这么商用了，赵长城，没放水吧？"肖云飞说。"哪敢。"赵长城说。"夏润泽，烧了几个功放？"肖云飞问。"前前后后有3个吧，开发说都有原因，分析了。"夏润泽说。"什么原因啊，廖默然？"肖云飞问。

"一个是过冲，激励过猛，达荣生改了，没再出现。还有一个是功控的问题，温度变化太大，功控有点乱，调整了，也没再现。还有，其实是烧了4个功放，还有两个没分析出原因，可能是管子自身的缺陷吧。"廖默然说。

"不会祸根就出在这两个上面吧？"肖云飞说。"分析不出原因。"杭岩说。"问题单怎么处理的？"肖云飞问。"先挂起来了。"夏润泽说。"挂起来就不算分了吗？"肖云飞问柴文娜。"要算的，挂起来的也算。"柴文娜说。"那你过点问题单的分够吗？"肖云飞又问。"不够。"柴文娜说。"那怎么过的点？"肖云飞问。"你们CCB降级合并处理了。"柴文娜说。

"是这样吗？"肖云飞问赵长城。"我当时是提出异议的，你说先合并降级，放在那儿，让大家跟踪。"赵长城说。"当时定的责任人是谁？"赵长城问。"是你。"廖默然看着肖云飞说。"看，到这个时候就往我身上推，不过当时也没办法。杭岩，你准备什么时候过去？"肖云飞问。"都准备好了，可以随时过去。"杭岩说。"看一线情况吧，能随叫随到就行，怎么也得3周以后才能把站建起来。"曹瑞祥说。

"杭岩，你要和一线保持紧密沟通，有需要就立马过去。"肖云飞说，"紧张啊，这是一场赌博。关键是，感觉有点太顺。""对了夏润泽，你们的极限测试开始了吗？"肖云飞问。"正在搭环境。"夏润泽说。"要赶紧做，夏润泽，越早发现问题越好，别等上了站瘫成一片。"肖云飞说。"不会吧。"邓学佳说。"但愿不会。杭岩不用去泰国就算赢。"肖云飞说。"这一炮，一定要打响。"肖云飞突然满脸严肃地说。"这个年过得一点儿都不爽。荷兰项目堵心啊。"肖云飞又说。

此时，屋子里一片寂静。"哎呀，不是还有葡萄牙嘛。"赵长城说。"那能比吗？"肖云飞说。"人说东方不亮西方亮，现如今可是西欧不亮，东欧亮。东欧天天在发，量挺大的。"曹瑞祥说。"就是就是，说明了什么，东西欧还是有差别的。麦克斯韦搞定了荷兰，为什么不去搞东欧？说明力所难及。"邓学佳说。"荷兰这次也是下血本了。我看再有下次，恐怕就难如愿了。"廖默然说。

"你们倒是比我想得开啊！说的这些都在理，可荷兰项目确实是丢了，这是不争的事实。堵在这儿，知道吧。"肖云飞说。"哎呀，道路是曲折的，前途是光明的，知耻而后勇，多载波也。"肖云飞忽然兴奋地说。"要翻身，靠多载波。"曹瑞祥说。"所以泰国，杭岩，你给我盯紧了。"肖云飞对杭岩说。"一定。"杭岩说。

第二天上午，功放实验室。一屋子人在讨论多载波ODU功放连接问题。"功放嵌在收发信机单板里，用什么连啊？好像没东西。"师建宏说。"用0欧姆电阻嘛。"廖默然说。"对啊，0欧姆电阻，有什么问题吗？"许亚萍问。"0欧姆电阻，表贴的，0603还是0805？"苏常青问。"许亚萍？"廖默然问。"为什么要问我？你们定啊。"许亚萍说。"好，假设是0603，许亚萍，你打算怎么搞？"苏常青问。"0603，还真不好搞。"许亚萍说。"哎，怎么不好搞啊？"项庆林问。"不确定的因素多。"许亚萍说。

"不可能表贴，肯定手工焊，应该没啥大问题吧？"项庆林说。"首先，你搞结构也很难，不可能是绝对平的，对吧？"许亚萍说。"那是。"项庆林说。"手工焊一头高，一头低，可能真是一个问题。"师建宏对苏常青说。"不光是一头高一头低，还有间隙。"苏常青说。"间隙可以保证在一定公差范围内，高度偏差也一样，保证在一定公差之内。"项庆林说。"你说得一点儿都没错，有公差就说明不是一个平面，有间隙就说明不是一个整体。"廖默然说。

"0603，手工焊，难保证质量。"苏常青摇着头说。"那就没辙啦？哎，这个功放嵌入式的方案可是大家年前共同讨论达成一致的，难道还要改回用连接器的形式？"项庆林说。"关键是尺寸有限，不够放。"项庆林又说。"不至于，不至于啊，0603不行，再想别的呗。"廖默然说。

此时，一直没吭声的朱文学连说带比画："项庆林说的阴阳插拔的连接器肯定不能再用，但我们是不是可以定制一个连接器，就一个小片片。我们调功放经常会用一小片铜箔来调匹配，用这个就行啦。""是这么个理儿。"廖默然附和着。"这，我们生产怎么搞？没法规范化地操作，不行不行。"师建宏直摇头说。"工人不好控制，容易剪大剪小。"苏常青说。"但有一点，这肯定比0603强。"廖默然说。"那就找厂家定制喽。"项庆林说。"厂家？这让人家怎么做啊。"李和平说。"怎么做？研发提技术规范，厂家能看懂就能做。"项庆林说。"你说的研发是指谁？许亚萍吗？"廖默然说。"怎么是我来提，应该是你啊。"许亚萍说。"我？关键这东西我不知道该怎么提啊。"廖默然说。

"好啦，又近了一步，现在就剩连接器的技术规范谁提的问题了。"项庆林很开心地说。"朱文学，你提的思路，你来做技术规范，怎么样？"廖默然说。"我来就我来，我考虑一下，先拿个初稿，大家讨论讨论。"朱文学说。"效率很高啊，等你。"项庆林说。"这应该不影响画PCB吧？"朱文学说。"不影响，不影响。"许亚萍说。"尽快吧。"廖默然说。

　　"另外，项庆林，导热垫也是一样的道理，别让工人现场裁剪。"师建宏对项庆林说。"这我知道。"项庆林说。"还有，涂硅脂要有钢网，不能像以前那样，操作不规范，搞得到处都是硅脂。"苏常青说。"可以，许亚萍落实。"项庆林说。"提正式需求，可以。"许亚萍说。"还有什么？"项庆林问大伙。"没别的问题今天就到这儿吧，效率很高啊。朱文学，下周能出货不？"项庆林问。"没问题，就那么个小片片。"朱文学说。

　　下午，肖云飞的工位处。"电源这块占的面积太大，ODU都快成电源了。"曹瑞祥说。"怎么？"肖云飞问。"共模电感要定制个尺寸小点的。"曹瑞祥说。"原来的太大？定制来不来得及？"肖云飞问。"其实共模电感都是定制的。我们现在用的也是用了人家现成的。"曹瑞祥说。"嗯，不错。这我知道，当时就是我选的。"肖云飞说。"如果照你说的都是定制，时间点能赶上就赶紧定制呗。"肖云飞又说。"赶得上，赶得上，说好了，定制了啊。"曹瑞祥说。"听你的，反过来，自制多载波再替代班德的，也就归一了。"肖云飞说。"好，那我就找厂家定制了。"曹瑞祥说着正要走，被肖云飞叫住了。

　　"哎，听说搞了个什么欧米伽连接器？"肖云飞问。"什么呀，就是个绕了个弯儿的跳线片。"曹瑞祥说。"我知道，就是连TRX和功放的东西，绕了个弯儿是什么意思？"肖云飞问。"弥补高度和水平差的。"曹瑞祥说。"朱文学还挺有头脑的，简直是四两拨千斤啊。"肖云飞赞许地说。"没厂家愿意做呢，还得让查曼丽去谈。"曹瑞祥说。"马庆生，听见没？"肖云飞说。"找她啊，跟我有啥关系。"马庆生说。

　　"别看东西小，不起眼，要求还挺多。要有弹性，得用铍青铜吧；它可是连接器的一种，还得镀金吧。"曹瑞祥正说着，却被肖云飞打断了。"镀锡就可以了，别杀鸡用牛刀。"肖云飞说。"铍青铜得用吧？"曹瑞祥说。

"普通黄铜不行啊？你都搞成欧米伽形状了。"肖云飞说。"也是，都绕了个弯儿，是可以不用铍青铜了。"曹瑞祥说。"那么个小东西，要求那么多，让人笑话。"肖云飞说。

"哎，对了，廖默然的管子定了吗？"肖云飞又问。"还在博弈。"曹瑞祥说。"听我的，单载波行不行？"肖云飞问。"单载波杂散应该是可以的。"曹瑞祥说。"你要确认。"肖云飞说。"在验证平台测过。"曹瑞祥说。"我是指单载波80瓦。"肖云飞说。"没错，单载波80瓦，可以，杂散。"曹瑞祥说。"管子就定了啊，再多加点余量。"肖云飞说。"嗯。"曹瑞祥说。"先这么着啊，对于多载波你们再边做边想办法。"肖云飞说。"对，你这个思路是对的，我去跟廖默然商量。"曹瑞祥说完转身离开了。"还是要加一点余量，不能顶着门用。"肖云飞自语道。

7. 极限测试

周一一早，肖云飞来到测试实验室。"极限测试的环境搭好了吗？"肖云飞问赵长城。"他们正在现场搭呢，差不多了。计划今天跑起来，明天正式开做。"赵长城说。

这时，肖云飞的手机响了。"喂，王厚林，啥事？"肖云飞说。"记得苏嘉庆不？上海的。"王厚林说。"芯片测试，搞工具的，记得，怎么了？"肖云飞问。"我和他正在你的工位。"王厚林说。"哦，马上来，马上来。"肖云飞说完转身走了。

"你好，苏嘉庆，咱们没见过面，但电话沟通过，欢迎欢迎啊。"肖云飞热情地与苏嘉庆握手。"你好，肖总。"苏嘉庆说。"我们生产线有个叫苏常青的、苏嘉庆，苏常青，你们不会是亲戚吧？"马庆生掺和着说。"苏常青？不认识，没有亲戚在燎原。"苏嘉庆说。"一个人来的？"肖云飞问。"一个人，之前不是说上海很快就有研究所了吗？"苏嘉庆说。"没错，应该是下半年。"肖云飞说。"我听说也是下半年。"苏嘉庆说。

"燎原正是大发展时期，你来得正是时候，我们在欧洲也有突破啦。"肖云飞说。"听说你们荷兰的项目最后被麦克斯韦搞去了，应该不是真的吧？"苏嘉庆说。"消息挺灵通啊。"王厚林说。"听在燎原的同学说的。"苏嘉庆说。"麦克斯韦也不可能一手遮住整个欧洲，我们的货可是大批大批地发往东欧啊。"肖云飞说。"那是那是，燎原还是很有实力的，所以我来了。"苏嘉庆说。"来了就好。"肖云飞说。

又过了一周，中午，食堂。"赵长城，夏润泽的极限测试有什么结论性的东西吗？"肖云飞边吃边问。"各种问题都有，比较乱，极限测试嘛，就是找咱这设备的缺陷点在哪儿。"赵长城说。"针对这次试验，可靠性实验室进行了缺陷分析和可靠性评估。上午我看了他们的初步结论，认为我们这个多载波系统的MTBF基本达不到商用条件。"夏润泽说。"等会儿，你刚是说基本达到还是没达到？"肖云飞忙问。"MTBF没达到商用要求。"夏润泽说。"你说的我就当没听见，不认，除非他们发来正式的评估报告上也这么写。"肖云飞说。"估计他们不会这么写。就算他们真这么写，你也不会认。"赵长城说。

"我货都发出去了，估计下周就要安装了，现在你告诉我不行，这不搞笑吗？"肖云飞说。"哎，夏润泽，你去深入了解下，他们是怎么算的。搞清楚他们是怎么算的，我们就可以有针对性地去解释，确实有问题的，就去改进。"肖云飞又说。"行，我去了解。"夏润泽说。"人家是从另一个角度帮你找问题，还是值得借鉴的。有问题就改进嘛，没什么大不了的。"肖云飞说。

"哟哟哟，奥斯卡颁奖，这人是伊斯特伍德吗，最佳男主角啊。"肖云飞看着电视说。"不是，是最佳导演。"东方牡丹说。"搞笑，他不是擅长演西部牛仔吗？怎么成了最佳导演了？还真是，导演了《百万宝贝》。《百万宝贝》看过吗，牡丹？"肖云飞问。"没看过。"东方牡丹说。"现在对电影不感兴趣。"柴文娜说。"娜姐是不是在追韩剧啊？"尹贤良问柴文娜。柴文娜不吭声。"就知道，肯定是追韩剧，我们家的也这样。"尹贤良说。"我觉得韩剧挺好的。"柴文娜说。"好啥，就那么点事儿，翻过来倒过去地演。"马庆生说。"你们家的不看吗？"柴文娜问马庆生。"查曼丽不看这个。"马庆生说。"我还挺喜欢看的。"肖云飞说。"你？"东方牡丹惊讶地说。"挺好玩的。"肖云飞说。"无聊不无聊啊，看韩剧。"王厚林说着端起盘子走了。

8. 泰国项目出事了？

转眼到了3月下旬。23号，周三中午，食堂。大伙边看电视边吃饭。"澳大利亚加入了亚足联，这下中国足球更没戏了。"邓学佳说。"本来也没戏。"曹瑞祥说。大伙正说着，杭岩的手机响了。"喂，嗯，啊，什么什么？你慢点说，哪里开了几个站，好好好，我跟领导商量下，马上去啊，你把情况用邮件发一下。""泰国出事了？"肖云飞问。"站陆陆续续开起来了，用户一上来，有些功放就出现了告警，应该是烧了。"杭岩说。"烧了几个？"肖云飞忙问。"他支支吾吾说烧了挺多的，一会儿发邮件详细说。"杭岩说。

"谁打的电话？"曹瑞祥问。"就是那个钟伟龙，他在现场。"杭岩说。"苦难要开始了。"王厚林说。"你什么时候走？"肖云飞问杭岩。"争取明天。"杭岩说。"叫你早点儿去吧，现在被动了吧。"肖云飞说。"人家不让我去，说不出事去干啥。"杭岩说。"行行，赶紧的吧，吃好了没？"肖云飞对杭岩说。"不吃了。"杭岩端起盘子跟肖云飞一起走了。

下午一上班。"功放也得去人，让朱文学去吧。"肖云飞在功放实验室说。"可以。"廖默然看着朱文学说。"我去没问题啊。"朱文学说。"这样，一过去就开修，好不好？"肖云飞说。"听你的，你说去，咱就去。"廖默然说。"钟伟龙在邮件上说坏的比较多，有十几个了。"肖云飞说。"怎么一下子坏了这么多？"廖默然不解地说。"我去跟曹瑞祥商量一下。"说着，肖云飞来到多载波实验室。廖默然和朱文学也跟了过来。

"叫赵长城过来。"肖云飞说。"杭岩、曹瑞祥，嗯，你们说，这个时候过去修功放……"肖云飞吞吞吐吐地说，"会不会影响不好啊？""让杭岩先过去再说。"曹瑞祥果断地说。"行，杭岩，一定要把情况搞清楚，我们等你的信儿，之后再决定朱文学去不去。"肖云飞说。

"按理，应该是先换，下一步才是修，而且要看钟伟龙他们一线人员的意见。"曹瑞祥说。"对，不能乱了方寸。不能先去修，否则一线会对我们没信心。"肖云飞说。"应该是对多载波没信心。"邓学佳说。"是的，单载波没出过这个问题。就怕一比较，信心就……"肖云飞说。"哎呀，不说那么多了，杭岩按我们事先商量的去准备吧。"曹瑞祥说。"去了以后先搞部手机，把号码发过来，这样我们找你也方便，不用从一线转。"肖云飞对杭岩说。"行。"杭岩说。

回到工位，肖云飞一直在想，功放有告警，为什么不能派人去，就当是开发去定位问题，不修就是喽。就算修，不让一线知道，悄悄地不就完了吗？功放还是得去，不过不能声张，他们不是去修，是去定位问题。想着想着，肖云飞拿起了固话。"廖默然，让朱文学和杭岩一起去。"肖云飞说。"哎，不是……"廖默然正要说，肖云飞又说："朱文学和杭岩这次一起去，先定位问题，先不修，看情况。再说功放告警，派研发的人去现场定位问题不是很正常吗，别想太多。就这样，赶紧准备吧。"

"主要是功放这边人手太紧，这么多频段要处理，还有室内、室外的。"廖默然说。"其实我也是担心这块，所以曹瑞祥一说，我就答应了。回头仔细一想，还是要去。现在想通了，就是测试发现了问题，朱文学去定位，就这么简单。"肖云飞说。"那还是不一样。"廖默然说。"我就是打个比方，赶紧啊，让朱文学和杭岩都去。"肖云飞说完挂了电话。"对，要去的，你是对的。"一旁的马庆生说。"猛药要一起下，万一就是功放自身的问题呢，凭什么只怀疑班德？没道理啊。"肖云飞对马庆生说。

肖云飞又拿起了电话。"刚才没顾上跟你说，你到我这儿来一下。"肖云飞对赵长城说。不一会儿，赵长城和麦哲渊、夏润泽一块来到肖云飞的工位处。"叫一下邓学佳。"肖云飞对马庆生说。"泰国问题，明天杭岩和朱文学都过去，家里要同步镜像。"肖云飞说。"怎么，朱文学还是要去啊？"邓学佳说。"都得去，功放告警，凭啥功放不去人？"肖云飞说。"怎么会这样，十几个功放告警。"赵长城说。"问得好啊，这得你们回答，我没想通。"肖云飞说。"行，我们去准备镜像吧。"赵长城一听想赶紧溜。"先看看能否重现泰国的问题，提醒你们啊，这次可是在常温下出现的。"肖云飞说。"走，搞环境去。"邓学佳和赵长城他们一块儿走了。

"柴文娜，你来。"肖云飞又给柴文娜打电话。"这下怎么说？"看着柴文娜走过来，肖云飞说。"无话可说。"柴文娜回道。"这次挺乖。有什么办法吗？"肖云飞问。"我也想有办法呀。"柴文娜说。"新东西，恐怕就是要有一个过程。"柴文娜又说。

周六下午，作战室。准备和杭岩、朱文学开电话会。"中午觉都没睡好，被张总劈头盖脸地骂了一通。"肖云飞说。"今天才骂，有点晚了。"曹瑞祥边呼叫边说。"快呼叫。"肖云飞说。"通了。"曹瑞祥拨通杭岩的手机说。

"喂，我和朱文学正在站上，你们有啥要问的？"杭岩说。"想知道真实具体的情况，你先说说吧。"肖云飞说。"真实情况就是有十几个功放告警，朱文学说这种告警基本都是因为高效率通道管子坏了。"杭岩在电话里说。"等等，没打开定位吧？"肖云飞问。"嗯，现在都还没换下来，没条件打开定位。"杭岩说。"功放都坏了，不换新的，不影响业务吗？"廖默然问。"钟伟龙他们没换，现在都在燎原手上，还没交到客户手上呢。"杭岩说。

"杭岩，你是说客户还不知道这事？"肖云飞急忙问。"还没交给他们，目前他们不知道烧功放的事。"杭岩说。"不是说已经商用，有用户了吗？"肖云飞问。"是啊，就是因为用户一多才出现的功放告警。"杭岩说。"哎，曹瑞祥，这是什么意思？"肖云飞问。"杭岩，我是曹瑞祥，没有用户因为打不了电话投诉吗？"曹瑞祥问。"没听钟伟龙说，不清楚哎，我们刚来，也没敢多问。"杭岩说。

"我是朱文学啊，杭岩漏了个重要信息，我想可能是客户没投诉的原因。"朱文学说。"你说。"廖默然说。"我看了后台，功率是对的，达荣生有数据，不信问达荣生。"朱文学说。"达荣生，是真的吗？"肖云飞提起了精神问。"是的，从功放口发出的功率是对的。"达荣生说。"廖默然，你坏了管子，功率还能正常出来？赶紧不开了，测。"肖云飞大声说。"好，不开了，那我们继续干我们的了，有事就呼叫我们。"杭岩接过电话说。"不开了，先把刚才朱文学、达荣生两人说的证实一下再说。"肖云飞说。

"这个我知道，之所以没说，是因为功放都坏了，我再狡辩就没意思了。"杭岩说。这时，就听朱文学在电话那头嚷嚷道："谁狡辩啦，我说的是事实嘛。""好好，你们先去忙，别闹矛盾啊，搞好团结。"肖云飞说。

　　"知道了，挂了。"杭岩说。"赶紧。"一帮人急忙来到测试实验室。

　　"有没有高效通道坏管子的功放？"肖云飞问夏润泽。"我让袁一帆搞一个过来。"廖默然随即给袁一帆打电话。"你们平时就没发现朱文学说的这种现象吗？"肖云飞又问。"也许有，只不过没太关注，一看有告警，一般提了单就给换下来了。"夏润泽说。"亏了派朱文学去。"肖云飞说。"朱文学可未必是你想的那样，杭岩的话已经说得很明白了。"邓学佳说。"就是要两人打，打着打着就清晰了。朱文学肯定是想证明影响小，还能用。这也是一种实用的心态。"肖云飞说。

　　"来了。"廖默然见袁一帆拿着功放过来说。"好，插上。"赵长城对夏润泽说。"用一线的频点，知道频点不？"肖云飞问。"知道，两载波。"夏润泽边敲电脑边说。"好，起来了。"曹瑞祥说。"我的功控是不管你功放怎么样的，只要能出功率就能控制住。"达荣生说。"我是不管什么高效功放还是AB类功放的。"达荣生又说。"接频谱仪看杂散。"邓学佳说。"我来。"袁一帆把衰减器输出连到了频谱仪上，大家都围了过来。

　　"功放差不多是对的。"肖云飞看着频谱仪说。"不准的。"赵长城说。"也差不多。"袁一帆说。"用功率计嘛，你先闭了，把功率探头串进去。频谱、功率都能看，而且通过式功率计绝对准。"廖默然边说边操作着。"好，打开。"廖默然接好后对夏润泽说。"决定命运的时刻到了。好，起来了。两载波杂散在模板里，功率40瓦。OK，成了。"肖云飞高兴地说。"不会有用户投诉的。天意，真是天意啊，多载波泰国这第一炮算是打响了。"肖云飞又说。"功放缺条腿，打响个啥。"赵长城说。"这要分两层看，你们做得烂是肯定的，至于是你的功放烂，还是他的算法烂，还不知道。但从宏观上看，多载波算是首战成功了，虽说不尽完美。"肖云飞说。

　　"廖默然，你把余量搞得也太大了吧？"曹瑞祥说。"你上第三个载波看看，杂散肯定不行。"廖默然说。"说不定也行。"肖云飞对夏润泽说。"好，三载波。"夏润泽敲完说。"怎么样？40瓦仅用到一半，是正常情况，只是这种现象我们没有特别关注而已。"廖默然说。"知道，效率也低。"肖云飞理解地说。"对啊，还有效率呢。"廖默然又说。"接下来怎么办，曹瑞祥？"肖云飞问。

"杭岩那边要尽快把数据导出来。赵长城、夏润泽，还是要重视问题啊。常温还这样，想不通啊。"曹瑞祥说。"班德那边需要配合什么？"肖云飞又问。"先分析数据吧，等杭岩把一线数据导出来，分析后再看如何请班德帮忙。"邓学佳说。"先重现吧，赵长城。"曹瑞祥说。"好啊，一起做啊。"赵长城说。"对，你们一起吧。"肖云飞说。

9. 又下了300个基站

周一早上，肖云飞的工位处。"昨晚张总说泰国客户要上第三个载波，怎么办？"肖云飞问曹瑞祥。"什么时候上？"曹瑞祥说。"没明说，只说客户目前的用户发展挺好，看情况可能会随时加载频。"肖云飞说。"我也不知道该怎么办，现象都没重现，不知道从哪儿下手。"曹瑞祥说。"杭岩的数据分析了吗？"肖云飞问。"分析了，感觉班德芯片有异常，但目前仅仅是推测，需要班德的配合。"曹瑞祥说。"找他们配合啊。"肖云飞说。"家里都没重现，让人家怎么配合？"曹瑞祥说。"那就赶紧重现。现在，你们的第一要务就是重现泰国的场景，让班德配合解决。"肖云飞说。"快去快去。"肖云飞挥手示意曹瑞祥。

这时，肖云飞的手机响了。"喂。"肖云飞刚接通，电话那头就传来了杭岩的声音。"肖云飞，钟伟龙问我能不能加第三个载频，局方要扩频啊。""不会现在就要加吧？"肖云飞吃惊地问。"就是现在啊，局方用户发展得快，需要加载频扩容。"杭岩说。"这……我们商量下再答复你。记住，没我的指令，不许扩载频啊，听见没？"肖云飞说。"那他们硬要上呢？"杭岩说。"你让一线的领导找我，反正从你口里不许答应。"肖云飞说。"行，他们再逼我，我就让他们找你，挂了。"杭岩说完挂了电话。

"发展得这么好？"肖云飞自语道。"新的单子又下来了，300个站的。"马庆生说。"你是说泰国？"肖云飞问。"嗯，泰国又下了300个基站，楼晓明发的。"马庆生说。"真受不了。"肖云飞说完拔腿就往测试实验室走。

"听说泰国又下了300个站？"见肖云飞进来，廖默然问。"从哪儿知道的？"肖云飞问。"刚朱文学打电话来说的。"廖默然说。"嗯，杭岩为啥不跟我说？光说要扩频。"肖云飞说。"对了，要扩第三个载频啊？"曹瑞祥问。"是啊，楼晓明已经收到300个站的PO了，泰国用户发展得好，要扩容加载频。简直是雪上加霜啊，赶紧商量下，怎么答复一线，我让杭岩先不要答应。"肖云飞说。"故障没重现，这都不知从何说起。"邓学佳说。"想个万全之策呗。"肖云飞看着大家说。

"有万全之策当然好了，关键是没有啊。"邓学佳说。"别这么说，大家先冷静下来好好想一想。一个AB类管已经帮我们挺过了第一关，现在扩载频这关靠它肯定是行不通了。"肖云飞说。"我看大家先想想，下午跟杭岩和朱文学一起再开个电话会，他们俩对多载波这个系统摸索的多。"曹瑞祥说。"下午两点半，和杭岩、朱文学一起头脑风暴。"肖云飞说着转身离开了。

下午两点半，作战室。"杭岩、朱文学，还习惯吧？"肖云飞关心地问。"还行吧。"杭岩说。"家里想不出更好的办法啊，你们二位有什么想法，毕竟你们在现场容易触发灵感。"曹瑞祥说。"我想只能从功放入手，算法这一块受制于班德，更何况家里应该是没有重现问题。"杭岩说。"是啊，也不知见了什么鬼，泰国是庙多吗？"邓学佳说。"别来这一套啊，装神弄鬼的。"肖云飞说。

"要是从功放入手，在家做实验的时候，AB类功放是比较皮实。廖默然，你有没有印象，好像烧的都是高效支路的管子，AB类支路很少烧，印象里就没烧过。"朱文学在电话那头说。"哎呀，没太注意，要真是这样，倒也简单。"廖默然说。"你的意思是，全设AB类？"朱文学说。"只能这样，牺牲效率。电源呢？"廖默然说。"电源没问题，只有三组模块，又不是满配，放心，没问题。"肖云飞肯定地说。

"验证一下呗。"曹瑞祥说。"怎么验证？本来故障就没重现，没法验证的。"廖默然说。"怎么才能全设AB类？"肖云飞问。"后台可以设的。"夏润泽说。"我是问正式商用的泰国一线怎么搞。"肖云飞说。"版本升级，默认都设AB类偏置。"杭岩说。"要是客户要求用高效功放呢？"肖云飞又问。"再说吧，有的是办法。"王厚林说。

"这第二关就是赌喽，廖默然？"肖云飞说。"赌啥，不用赌。三个指头抓田螺，十拿九稳。"廖默然说。"这么有把握？信你！"肖云飞说。"不信他能信谁。"赵长城说。"家里的AB类还是要全面测一下。夏润泽，测一下啊，看看有没有问题，没问题更好。"肖云飞说。"现在就测。"夏润泽说。"测一下整机的功耗。"肖云飞又说。"不重现问题啦？"邓学佳问。"先测这个，今天就能完事儿，明天接着问题重现。"夏润泽说。"我看在常温下让问题重现恐怕困难。"肖云飞说。"泰国的问题不就是在常温下出现的吗？"邓学佳说。"话是这么说，但你们也没重现啊。所以，要加应力。"肖云飞说。

30号中午，食堂。"王厚林，泰国三载波版本今天能发布吧？一线等着呢。"肖云飞边吃边问。"今天肯定发，说好了，杭岩他们夜里就升级。"

王厚林说。"廖默然，不会瘫成一片吧？"肖云飞说。"都说了嘛，三个指头抓田螺。"廖默然说。"问题不大，还在我们手上，没移交给客户呢。"王厚林说。"那也要慎重。告诉杭岩，一步步来，别一下全升级了。"肖云飞说。"放心，一线会周密安排的。"王厚林说。

"哎呀，这也是迫不得已的下下策啊，被张总嘲讽为打引号的多载波。"肖云飞说。"巴基斯坦来单了，来吃饭前刚看了楼晓明的邮件，总共500个站。"马庆生说。"这么猛！"曹瑞祥说。"对外，我们的多载波是很光鲜亮丽的，只要不是单载波，那就是大赚，载波越多，赚得越多。"肖云飞说。

"怎么办？"邓学佳看着廖默然说。"赶紧整温循重现问题，然后叫班德的人来一起攻关解决问题。"肖云飞说。"跟班德打招呼了，他们已经安排了一个人，随时可以来深圳。"曹瑞祥说。"好啊，赶紧重现问题。"肖云飞说。

"ODU板子什么时候能回？"肖云飞问李和平。"就这几天吧。"李和平说。肖云飞突然来了精神，对倪良策和董运来大声说："现在可是亮真活的时候，你们二位做鼻祖的，这回可得看你们的了。""放心，没问题。"倪良策说。"一定稀里哗啦烧一片。"董运来低着头小声说。"别那么不自信啊。"邓学佳说。"没法自信，之前都没干过。"董运来说。"之前有谁干过？都说是鼻祖了。"邓学佳说。

"有问题，正常。稀里哗啦烧一片，更正常。"曹瑞祥说。"对呀，泰国不就是。"达荣生说。"就是做功放的忙点。"曹瑞祥又说。"忙点没事儿，别动不动就怪功放做得不好。"袁一帆说。"看，我都没说，有人说了吧。"廖默然说。"还是要共同定位，一个都不能少。他说你有问题，如果你的东西确实没问题，你就用铁的事实证明给他看。"肖云飞说。

"这点难呐。"曹瑞祥说。"如果证明自己是对的，也是一种定位的方法。一、二、三、四、五都做完，就可以证明功放没问题。反过来，五、六、七、八、九都做完，就可以证明鼻祖没问题。"肖云飞说。"是六、七、八、九、十。"马庆生说。"哟，会数数啦。"肖云飞调侃道。"我说得对不对？"肖云飞转过身又说。"很难一、二、三、四、五整得那么清楚。"邓学佳说。"所以你们要搅在一起，相互扯。"肖云飞接着说。"扯又扯不清，就是拖。"柴文娜说。"最后CCB降问题单。"赵长城说。"说的不就是泰国问题吗？问题重现是第一要务。"肖云飞说着端起盘子走了。

4月4号，周一。刚上班没多久，肖云飞来到温循实验室。"怎么样？问题定位了吗？"肖云飞问邓学佳。"正在搞，正在搞。"邓学佳说。"数据发给杭岩看看，他现在应该没太多事。"肖云飞说。"那就让他回来呗。"邓学佳说。"这周，没问题就可以回来了。总要观察一周的，朱文学顺便偷偷上站把功放修好。"肖云飞说。"为什么不在办事处集中修，快呀。"廖默然说。"以上站巡检的名义，有针对性地处理，神不知鬼不觉。"肖云飞说。"估计钟伟龙他们也是装糊涂。"曹瑞祥说。"双方有默契也挺好啊。很显然，一线没声张这件事，公司这边几乎没人知道。"肖云飞略显得意地说。"其实就是在给我们压力，要是再出事，你看张总还能坐得住？"曹瑞祥说。

"哎，ODU的板子来了吗？"肖云飞问曹瑞祥。"来了，都去生产线盯着了。"曹瑞祥说。"班德的人什么时候能到？"肖云飞脸一沉地说。"我们总得像你说的整个一、二、三、四、五出来，才能跟班德提来人的事啊。"邓学佳说。"想让他们派人去现场共同定位问题，很难。"曹瑞祥摇着头说。"别这么说。噢，用他的东西，烧了我那么多功放，让他们派人去现场一起定位，很正常啊。要是我，巴不得早点去把问题搞清楚呢。"肖云飞说。

"记住，我们是燎原，不是所有公司都这样。"曹瑞祥说。"哎，我不管那么多，赶紧，让班德来人一起定位。"肖云飞显得有点不耐烦。"我们先要有个初步定位，形成一份报告，再跟班德开个电话会议。根据我们提供的数据，他们还要再分析。他们分析完了，才会考虑是否派人来深圳去现场参与进一步的定位。"邓学佳说。"用别人的算法就是这样，遇到问题解决起来周期很长。唉，都是这样的。"肖云飞说。"是啊，由不得我们。"曹瑞祥说。"盯着班德早点来人。"肖云飞边说边往外走。

"李和平，我是肖云飞。"路上，肖云飞打给李和平。"啊，肖云飞。板子下午到，我在生产线盯着物料齐套。"李和平说。"下午几点到？"肖云飞又问。"厂家说是两点。"李和平说。"记住，物料得在流程里看到有货才算数。"肖云飞说完挂了电话。

10. 人有多大胆，地有多大产

下午刚上班，肖云飞又急着给李和平打电话。"板子到了吗？已经两点多了。"肖云飞问。"刚问厂家了，货已经送到燎原了，正在做账入库。"李和平说。"好，盯紧，在EPD上一看到，就能领了。"肖云飞说。

"决战的时刻。"肖云飞放下电话自语道。"要是真想替代班德，就得赶紧接着搞室内宏啊。"马庆生对肖云飞说。"再等等，改起来快。还是要走一遍才行，再急也不能乱了方寸。"肖云飞说。"那是那是。"马庆生附和着。"指望别人不如靠自己啊。"肖云飞说。"我看让班德来人，难。"马庆生说。"是啊，一头雾水，浑水一锅，精明点儿的恐怕都不会轻易迈出这一步。"肖云飞说。"不过再怎么着，巴基斯坦的单子你是肯定赶不上了。"马庆生说。"难说。"肖云飞说。"现实一点。"马庆生说。"印度的单子，必须赶上。"肖云飞说。"印度赶不上，就白忙了。"马庆生说。

张立彪的办公室。张立彪正和印度办胡劲东通电话。"张总，印度价格太低了，用自制算法吧，成本控制能好点儿。"胡劲东在电话里对张立彪说。"刚投第一板，心里完全没底啊。"张立彪说。"当初在泰国和巴基斯坦投标时你不也这么说，结果呢，泰国高兴得不行，巴基斯坦一看直接下单500个站。哎，我听泰国的说他们都升三载波啦？听他们一线描述的那叫一个爽，后台键盘一敲，第三个载波就加上了。哪像以前，升个载波还得上站加载频板。还是你张总领导有方啊，真的，麦克斯韦和森尼韦尔他们都有点傻眼了。"胡劲东一个劲地鼓动张立彪。

"以前都说中国人就会吹牛，什么'人有多大胆，地有多大产'，什么'人定胜天'。现在看您张总就是张大胆、张胜天、齐天大圣，想要啥就变啥。怎么样张总，再赌一把，印度就用自己的算法。我跟方俊凯沟通过，他说他的算法强过班德。"胡劲东说。"方俊凯这个人吹死人不偿命的，我还得看实际。"张立彪说。"这样，我直接跟研发的肖云飞沟通沟通？"胡劲东又说。

"沟通啊，我又没拦着你。"张立彪说。"那好，我找肖云飞。张总，您要理解啊，金总发话了，印度要盈利。我在印度都忙活两年了，还没盈利呢。"胡劲东说。"印度这地方，不亏就是赢。"张立彪说。"不瞒您说。亏，而且亏得厉害。所以老板给金总施压，这次一定要盈利。"胡劲东说。"那也不至于就抠我这一点儿。"张立彪说。"至于啊，您的基站数量多，不从您这儿抠，从哪儿抠啊。而且以后减少上站次数，上站的人只管把线接对，不测驻波，不要SiteMaster，都得靠您张总啊。"胡劲东说。

"这些，邵利伟为啥不跟我说？金总也没跟我提啊。"张立彪说。"我跟您说，金总来印度专门布置了。他知道难，所以让我们跟产品线深入沟通，说是要深深打动研发人的心，让研发发自内心地降成本，为一线提的需求努力奋斗。"胡劲东说。"行，你找肖云飞吧。"张立彪说完迅速挂断了电话，随即拨通了邵利伟的手机。

"邵利伟，你让胡劲东跟我扯那么多干啥？这个金总也是，有什么就说嘛，绕这么个弯子。"张立彪说。"这是沟通，仅仅是沟通。都知道难，所以金总和我都没有直接压你。让他们深入沟通嘛，看看肖云飞他们能不能被激发出来。金总还是想努力让印度能有盈利，否则亏这么多，而且老这么亏，怎么向老板交代啊？说到底还得靠你们产品线啊，看看泰国、巴基斯坦的盈利，老板满意得很。金总说，其实他一直不是很支持你们开发多载波，但您张总不是坚持嘛，而且最重要的是，结果好啊。所以用自己的算法，照方俊凯的话，水到渠成。"邵利伟在电话里说。"你们都想好了。"说完，张立彪挂了电话。

周二刚上班，肖云飞把相关人员都召集到作战室。"有点刺激了。"肖云飞对大家说。"公司希望7月给印度发的货用自己的算法。"肖云飞接着说。"意料之中。得一寸进一丈是公司领导的特点，反正我是猜到了，肖云飞，你敢说你没猜到？"王厚林说。"昨天就跟我说了，给印度发的货必须用自己的算法。还有更猛的，他还想发巴基斯坦的也用自己的算法。"马庆生说。

"哟，看来都是这么想的。"肖云飞说。"不对，光你们俩吭声没用啊，又不是你们做。"肖云飞看着曹瑞祥说。"看我干吗？"曹瑞祥说。"此时不看你，我还能看谁？"肖云飞说。"昨晚，印度办的胡劲东给我打了很长时间的电话。"肖云飞接着说。"你就答应人家了呗。"曹瑞祥说。"你说得没错。赌一把，不是冲动。谁能告诉我班德什么时候来人，即使他们人来了，能跟我们一起白天黑夜地加班吗？"肖云飞略显激动地说。"很多事都由不得我们。"肖云飞又说。

"这话怎么讲？"邓学佳问。"人家工作做得很细啊。胡劲东、邵利伟都专门找过方俊凯。"肖云飞说。"完了，方俊凯这人肯定说他的算法强过班德。"邓学佳说。"是啊，还让我怎么说，没办法的。不过从大面上看，也确实是这样，方俊凯说得没错。"肖云飞说。"方俊凯说什么了？"曹瑞祥问。"他说自己的算法强过班德。我们用班德的算法都成功投入商用了，把班德的算法换成自己的，商用效果不是更好，而且我们掌握主动权，有问题反应快啊。我是没什么可以反驳的。"肖云飞说。

"李和平应该还在生产线上吧？"曹瑞祥在心里想着。"大家还有什么要说？"肖云飞环顾大家问。"你都答应了，我们还能说啥？"曹瑞祥说完拍拍屁股走了。大家见状都散了。"柴文娜，催他们搞份针对印度发货的计划，越详细越好。"肖云飞喊着说。"知道，我去组织。"柴文娜说。"让杭岩快点回来。"邓学佳走过来对肖云飞说。"这周嘛，没什么事的话，升完级就回来。"肖云飞说。

"哎，别急着走啊，还有呢。"肖云飞又给曹瑞祥打电话。"你都答应了就做呗，我正要去生产线看看李和平他们怎么样了。"曹瑞祥在电话里说。"还有别的需求呢。"肖云飞说。"什么需求？"曹瑞祥问。"我把胡劲东提的印度需求发给你了，仔细看看吧，回头咱们再商量。"肖云飞说。"别，你先大致说说还有什么需求。"曹瑞祥说。

"建站的不识字，是街边随便叫的人。"肖云飞说。"这，这这这……"曹瑞祥半天说不出话来。"这啥呀，人工便宜啊。只要求他们能把接头拧上，线别接错。这些通过简短的现场培训就可以做。"肖云飞说。"要是连这都不能做，那真是……"曹瑞祥说。"另外，你看这些人，SiteMaster肯定也不会用的。"肖云飞说。"安排我们的人去测，这倒没啥。"曹瑞祥说。"做梦吧，我们的人怎么可能再上站？"肖云飞说。"那……"不等曹瑞祥说完，肖云飞赶紧说："一线要求你做到后台测驻波。"

"后台测驻波，就是替代上站用SiteMaster测驻波。江嘉陵一直让我给他做这个，你答应了？"曹瑞祥说。"自己算法的模块都答应了，这个没法不答应啊。"肖云飞说。"难，很难的。"曹瑞祥说。"怎么难？和自制多载波比呢？"肖云飞问。"不是一回事儿啊大哥。"曹瑞祥说。"能比自制多载波还难吗，曹大爷？"肖云飞说。"不跟你说了，我要换鞋进车间了。你们这些领导啊，真是逼死人不偿命啊。"说完，曹瑞祥挂了电话。"就得逼，否则肯定搞不定。"肖云飞自语道。

下午上班，肖云飞正在查看邮件，固话响了。"喂？"肖云飞刚开口，对方就说话了。"我，方俊凯。肖云飞，魄力不减当年啊，印度直接用咱自己的算法啦？"方俊凯在电话里说。"你在哪儿？消息挺灵通啊。"肖云飞说。"俄罗斯，信息嘛，看邮件就行啦。"方俊凯说。"你啊，还是当年的方林嫂，嚷嚷着我的算法比班德强，我的算法比班德强，你这一扫把扫出去，金总、邵利伟，还有印度的胡劲东，全中招了。"肖云飞说。"你这个店小二现在火也很猛啊，一声不吭，多载波就这么投入商用了，牛啊。"方俊凯说。

"方林嫂，不会是你鼓动着金总去印度折腾这事的吧？"肖云飞突然说。"啊，折腾啥事啊，还把金总扯进来，我有这么大能耐吗？"方俊凯装疯卖傻地说。"别装，我就说嘛，一个印度办的，能说得那么专业，理解得那么透彻？我早该想到了。"肖云飞说。"想到什么？人家说的都是明眼人就能看明白的。"方俊凯说。"不打自招，你个方林嫂，这回算栽到你手上了。哼，你这是想报当年的仇啊。"肖云飞说。"复仇成功。店小二，肖总，怎么样？听马庆生说，你不也激动地说印度必须用我的算法吗。"方俊凯在电话里得意地说。

"其实都想一块去了。老板要印度盈利，金总压力大。他临去印度前找我，说要尽快出自己的算法芯片降成本，班德的太贵，而且他很清楚，我们做芯片，肯定是收发信机都做了，算法仅仅是一小部分。到那时，你的收发信机，一个芯片搞定。"方俊凯又说。"你就这么顺势了？"肖云飞说。"那我就直说了，要想尽快，必须让印度这批货用我的算法。他本来想用FPGA加班德的芯片，我查了，公司有，一片FPGA全搞定，FPGA的厂家金总很熟啊，价格还是他亲自去美国谈的呢。"方俊凯说。

"方林嫂，你算是把功课做足了。"肖云飞说。"我并没有主动地推荐啊，虽然我很想。我只是把刚才说的话跟金总如实地说了一遍，是金总自己下的决心。"方俊凯说。"废话，你都说到这份上了，金总又不傻。"肖云飞说。"反正不是我。"方俊凯说。"咱俩这一沟通啊，原本紧张的心，顿觉松弛下来了。"肖云飞说。"还是我开导得好吧，没办法，心理学学得好。"方俊凯说。

"知道我为什么不紧张了吗？"肖云飞说。"因为我开导得好呗。"方俊凯说。"哼哼，本来是我一个人扛，现在有垫背的了。"肖云飞说。"我现在很坦然。"肖云飞又说。"你现在这个心态非常好，只是垫背的没有。"方俊凯说。"怎么没有，就是你，你就是我的垫背，跑不掉的。"肖云飞说。"我不可能成为你的垫背，我跟你讲，我的算法就那么几个公式，怎么用是你的事，烧功放跟我公式有什么关系？你还想拉我做垫背，做你的白日梦吧。"方俊凯说。

"你们可真行，把我架到炉子上烤，自个儿看热闹！"肖云飞说。"我就当你是在激励自己了。"方俊凯在电话里说。"说话太损了你，方林嫂。"肖云飞说。"好啦，再见，店小二。"说完，方俊凯赶紧挂断了电话。"方俊凯找过你？"肖云飞转身对旁边的马庆生说。"他打你固话，你不在，我接的。"马庆生说。"你们啊。"肖云飞说。"哎呀，别演啦，谁还不知道怎地。"马庆生说。"什么意思？你说清楚，谁演啦？"肖云飞说。"好，没演没演，行了吧。"马庆生说。"本来就是嘛。"肖云飞说。

11. 把故障拦截在家里

周三上午，多载波实验室。"倪良策、董运来，不急啊，不要有压力。达荣生，你是有经验的。今天才周三，够快的，礼拜天或者下周一调通，我就很满意了。"肖云飞说。"礼拜天调不通，下周吧。"邓学佳说。"杭岩周一肯定上班。"肖云飞说。"有他可能会好点。"邓学佳说。

"对了，李和平，结构件到了吗？"肖云飞问。"这两天会到齐。"李和平说。"曹瑞祥，调通后关键是功率，80瓦能出来，赶紧做热测试，这很关键。"肖云飞说完转身走了。

一转眼，肖云飞来到功放实验室，一进门就对廖默然说："功放效率一定要是最好的，得赶紧做热测试。""他们没调通吧？"廖默然说。"哪儿那么快，跟你们功放不一样，功放还是简单。"肖云飞说。"原形毕露了。"廖默然说。"我说什么了？原形……噢，功放是看起来简单，实际可难啦，袁一帆，是不是？"肖云飞赶紧说。"甭管简单复杂，反正离不开它。"袁一帆说。"哟哟，牛气的，好，效率高点啊。"说着，肖云飞走了。

测试实验室。"赵长城，这回还准备在印度烧一片吗？"肖云飞调侃道。"这样说我们不好吧。"赵长城说。"要知道后果是很严重的。告诉你，印度直接是三载波，还专门提了功耗的要求，AB类不好使了。"肖云飞说。"而且据说，当时还没确定啊，有可能会上第四个载波。"肖云飞又说。"印度怎么会这么猛？"赵长城说。"跟中国一样，人多啊。"肖云飞说。两人正说着，赵长城的手机响了。

"哪位？"赵长城问。"赵长城，我是装备章树桐啊。"章树桐在电话里说。"啊，你好，有事啊？"赵长城问。"自制多载波生产装备要开发，我们领导要求把故障拦截在家里，我想了解一下泰国功放是怎么烧的？"章树桐说。"你怎么知道的？"赵长城问。"你们张总给我们老大打电话，还责怪我们装备问题都测不出来就流到市场了。"章树桐说。"这也不关你们的事啊。"赵长城说。"是啊，可你们张总给我们装备施压，说要严格点。"章树桐说。"好，看你们怎么个严格法，怎么，找我们干啥？"赵长城说。"沟通一下呗，看看怎么做才算严格。"章树桐说。"行，沟通，来吧。"赵长城说。"好，约个时间吧，今天下午怎么样？"章树桐问。"行，下午两点半吧。"赵长城说。"好，说好了，今天下午两点半，就这样，挂了。"章树桐说完挂了电话。

"谁啊？"肖云飞问。"装备章树桐。"赵长城说。"干吗？"肖云飞又问。"自制多载波装备啊。"赵长城说。"哟，这么早就……"肖云飞说。"张总给他们老大打电话了。搞笑得很，说他们装备问题都测不出，流到泰国烧了功放。"赵长城说。"张总可真行。"肖云飞笑着说。"说让装备这回测得严格点。这不，要来讨论怎么才算严格。"赵长城说。"好啊，好好讨论。你还真是要好好想想怎么能测得严格，真要再在印度来这么一下，就没法交差了。泰国这招算是使不上了。"肖云飞说。

"泰国和巴基斯坦都没提功耗的要求，印度咋就这么精呢？"赵长城说。"不是没提，第一次嘛，都是按原来单载波整机的功耗。接下来就会关注了。印度比较缺电，他们很在乎功耗的。"肖云飞说。"便宜又省电，客户肯定喜欢。"赵长城说。"压力大呀。"肖云飞说。"让他们解决啊。"赵长城说。"说得容易，班德的定位就没人搞了。"肖云飞说。"先搞那边，等杭岩回来，邓学佳说会搞的。"赵长城说。"班德的定位也很重要，对自制有帮助。"肖云飞说。

回到工位，肖云飞把曹瑞祥叫了过来。"印度是不要ODU的，宏基站要搞，你看怎么安排？"肖云飞说。"先调通嘛，等这一板有眉目了也不迟，就是动动接口，简单。"曹瑞祥说。"但其他地方，比如欧洲，又会要ODU。"

肖云飞说。"都要搞嘛，硬件变，软件、逻辑都一样的。"曹瑞祥说。"哎呀，人员还是有点紧啊。"曹瑞祥又说。"还得再招。"肖云飞说。

一晃10天过去了。13号，上午一上班，肖云飞就来到多载波实验室。"调通没？"肖云飞一进门故作轻松地问，但没人理他。"10天了，4号开始的，今天13号了。"肖云飞对曹瑞祥说。"没有啊，板子6号才到实验室，就一周时间。"曹瑞祥说。

"主要是什么问题？"肖云飞问。"上行不对，只能测到负的七八十。"曹瑞祥说。"那肯定不行。"肖云飞说。"杭岩，下行怎么样？"肖云飞又问。"下行昨天调通了。"杭岩说。"真的？我看看。"肖云飞顿感激动地说。"这边，看，3个载波。"杭岩指着频谱仪让肖云飞看。"这3个频点是印度的？"肖云飞问。"是印度的，这叫有针对性地开发。"曹瑞祥说。"自己的算法怎么样？"肖云飞问杭岩。"昨天刚出载波，正在调DPD。"杭岩说。

"有点儿兴奋啊，在实质性地调试自己的DPD，哎呀，总算走到这一步了。"肖云飞激动地说。"还没调通呢，瞎激动个啥？"曹瑞祥说。"邓学佳呢，为什么没和你一起调？"肖云飞问杭岩。"我在帮着调上行。"邓学佳说。"上行难调，DPD这块杭岩最熟。"曹瑞祥说。"这话没错。"肖云飞拍了拍杭岩说。

"对了，功率出来80瓦，DPD暂时差点没关系，结构件齐了吧？"肖云飞问李和平。"结构件目前来了5套。"李和平说。"全不全？试装了没有？"肖云飞又问。"试装了，昨天试装的。"李和平说。"试装的有什么问题吗？"肖云飞又问。"有些小问题，项庆林处理了。"李和平说。"能不能装了去做热测试？"肖云飞又问。"可以，项庆林说的。"李和平说。"太好了，结构件有了，功率整足80瓦，赶紧去做热测试。"肖云飞说。

"这样有意义吗？杂散那么差。"曹瑞祥说。"同步嘛，杭岩调试

DPD，李和平把热测试拿去阚雪峰那儿去做，杭岩调好不就是升个版本嘛，同步走，有意义的。"肖云飞说。"对了，四载波啊四载波，80瓦去做热测试，印度可能是四载波。"肖云飞补充道。"不对吧，印度不要ODU的。"曹瑞祥说。"哎呀，印度不要，别的地方也不要吗？四载波，80瓦。"肖云飞对李和平说。

周五，肖云飞来到多载波实验室。"哟，装起来啦！曹瑞祥，找秘书拍个照。哎呀，挺好，对了，可以拿去做热测试了吗？"肖云飞问。"DPD调通啦？"见曹瑞祥和杭岩不吭声，肖云飞又问。"三载波勉强，四载波不行。"曹瑞祥说。"杭岩这边调通啦？"肖云飞激动地问。"昨晚调到快凌晨一点。"杭岩说。"哎哟，辛苦辛苦，不多睡会儿？"肖云飞对杭岩说。"上午晚来了会儿，刚来。准备再测一下，看看稳定性怎么样。"杭岩边搞边说。

"上午跑一下，如果稳定的话，下午是不是，啊，李和平？"肖云飞看着李和平说。"按阚雪峰的要求，打孔布线。"李和平说。"先上四载波跑，没事儿，差点就差点。"肖云飞对杭岩说。"做热测试，满功率很重要。"肖云飞又说。"哎，邓学佳？"肖云飞转身对邓学佳说。"还没。"邓学佳说。"这么难搞？"肖云飞说。"他们打算周末猛搞一下。"曹瑞祥说。"DPD调通了，上行，好事多磨吧，每次上行都难调。曹瑞祥，记得找秘书拍照。"说完，肖云飞离开了。

4月18号，周一一早，肖云飞来到多载波实验室，见几个调上行的都不在，遂说："没人？""他们几个熬通宵，还没来。"杭岩说。"上行调通没？"肖云飞问。"不知道。"杭岩说。"模块呢？"肖云飞又问。"李和平拿到测试那边做热测试了。"杭岩说。"后来跑得稳不稳？"肖云飞又问。"嗯，方俊凯他们这次应该是把算法稳定性解决得差不多了。"杭岩说。"以前测过，印象中就是算法稳定性上有问题，方俊凯解决了好啊。"肖云飞说。

回到工位，肖云飞嘀咕着也不知道调通了没有。"你说他们上行啊，没调通。"马庆生说。"你咋知道的？"肖云飞问。"曹瑞祥在他们群组里发了邮件。"马庆生说。"我看看。"肖云飞急忙凑到马庆生电脑前说。"你怎么能收到？"肖云飞问。"我在他们这个群里，曹瑞祥和邓学佳也在我这个群里。"马庆生说。"杭岩应该知道啊。"肖云飞说。"估计他没看邮件。"马庆生说。

12. 一个好汉三个帮

下午，多载波实验室。大家接着定位问题，肖云飞进来也没吭声，默默地关注着大家的一举一动，一言一行。不一会儿，肖云飞把王厚林和马庆生也叫了过来。"其实，我印象中上行常出现的问题是频点对不上，相位反了。"马庆生在一旁说。"你们一起碰撞一下，信号源发出的信号，经你们的接收信道，又送到基带板，马庆生，你认得出这信号吗？"肖云飞问。"他帮我认。"马庆生指着王厚林说。

"刚才马庆生说得没错，频点偏了，相位反了，那就驴唇对不上马嘴了。"王厚林说。"频点不可能错啊，相位也查过，不可能反啊。"倪良策说。"那是什么？"马庆生问。"肯定不是这两个，还在查。"倪良策说。"查了频点的公式，没发现问题，相位错了吗？"邓学佳说。"相位不会错的。"倪良策说。"这样这样，从简单的着手，应该不会有大问题的，对吧，邓学佳？"肖云飞插话道。"确实查不出啥大问题来。"邓学佳说。"对吧，那咱就想得简单点。把频点、公式全抛开，就用起始点的频率，这样跟公式对错就没关系了，再用频率计校一下，看对不对。相位容易把人搞糊涂，试着倒一下。简单搞一下，没准儿操作一下，说不定就成了。"肖云飞说。

"能行吗？"倪良策看着邓学佳说。"我来。"邓学佳说着自己亲自操作起来。"哎呀，熬了两宿了，脑子都木了，听你们的，死马当活马医，试一把。"邓学佳操作完一敲键盘，"走！"大伙全神凝视着电脑屏。"怎么没动静？多少也会有点动静啊。"倪良策说。"信号源没开？"肖云飞说。"开啦。"邓学佳看着信号源说。"信号源频点也要改。"曹瑞祥说。"对，光顾着改本振了。"说着，邓学佳重新设置了信号源的频率，大家再次全神贯注地凝视着电脑屏幕。

"通了！"倪良策大声叫了起来，毕竟是自己做的第一个产品啊。"木脑子，马林敲。"马庆生对邓学佳说。"马林是谁？"邓学佳问。"我和王厚林啊，简称马林。"马庆生说。"倪良策，要相信自己，不可能有大错的。另外，还是要多关注细节。"肖云飞拍着倪良策的肩膀说。"有点惭愧啊。"倪良策说。"不用惭愧，你这就算是开过光了。"王厚林说。"又是一条好汉。"马庆生说。"一个篱笆三个桩，一个好汉三个帮，团队合作是燎原的特点，今天深有感触了吧，别光想着做孤胆英雄。"邓学佳对倪良策说。"铭记在心。"倪良策谦虚地说。

"你说问题出在频点还是相位？"曹瑞祥问邓学佳。"肯定是相位，我当时做的时候就已经意识到了。"邓学佳说。"杭岩，剩下可就全指望你和董运来了。"肖云飞说。"可不是吗，倪良策的仅仅是个小插曲，关键还是DPD。"曹瑞祥说。"哎呀，咱俩的苦难才刚开始啊。"杭岩拍着董运来的肩膀说。"还有我。"达荣生说。"咱们仨。"杭岩说。

"这么说，没功放什么事喽？"不知何时来的廖默然说。"你们功放多重要啊，缺谁也不能缺你们啊。"肖云飞说。"有点违心啊。"廖默然指着肖云飞说。"走，看热测试去。"肖云飞边说边推着廖默然往外走，突然又回头对曹瑞祥说："室内宏，赶紧的，开搞！"

第二天一早，张立彪和金海明一起来到肖云飞的工位处。"走，带我们看看你的东西去。"张立彪对肖云飞说。

来到多载波实验室，肖云飞对大家说："金总来看大家了。""哪里哪里，是来学习学习，参观一下你们的DPD。"金海明说。"杭岩。"肖云飞示意说。杭岩操作完起身说："起来了。""几个载波？"金海明问。"印度的三载波。"杭岩说。"效果怎么样？杂散怎么样？"金海明问。"三载波勉强吧，刚跑通，还没细调。"杭岩说。

"勉强可不行啊，要有余量。"金海明说。"印度可能会有四载波。"张立彪说。"四载波目前……"杭岩摇着头说。"那不行啊，万一人家要，怎么办？"金海明说。"要是加载频板，张立彪，肯定亏。"金海明说。"可以换功放。"廖默然说。"那就直接换功放，省得再换来换去的。"金海明说。"更大功率的管子还没出来，得到7月份。"廖默然说。"张立彪，别忙了半天还是亏啊。我还有事，走了。"说着，金海明离开了，张立彪跟在后面忙解释着。

"你说张总非把金总带来干啥，公司领导都这样，不会给你好脸色的。"王厚林说。"说是这么说，心里还不乐开了花。"马庆生说。"曹瑞祥，上午把宏基站的详细计划搞一下，下午发给我，要详细。柴文娜，还有赵长城、王厚林、马庆生都参加一下，帮我盯着，下午给我汇报。"肖云飞说。"一起讨论不就得了。"马庆生说。"你们先讨论，我一会儿要跟印度一线开个会，落实细节。曹瑞祥、赵长城，还有后台测驻波，不用SiteMaster，别把这事儿给忘了。这很重要，牵涉到要雇什么样的人，对运营商来说，工程费也是很大的一笔支出啊。你们讨论。"说完，肖云飞走了。

下午两点半，作战室。"哟，楼晓明。"马庆生一进门看见楼晓明说。

"上午，计划、制造一起跟印度一线的胡劲东开了个会，7月要发1000个站。"肖云飞说。"物料能匹配吗？"曹瑞祥说。"物料没问题，你们ODU的清单有，和班德的比，差异仅是去掉班德芯片，换成FPGA，没错吧？"楼晓明说。"产能够吗？"廖默然说。"产能请放心，年初就按张总的要求做了准备。"师建宏说。

"研发还有什么问题？"肖云飞环顾四周问。"好，下午的会主要是与计划对接。楼晓明，请。"肖云飞又说。"首先，清单什么时候能提供？我指的是定版不再变动的。"楼晓明说。"曹瑞祥？"肖云飞说。见曹瑞祥磨磨叽叽的样子，马庆生说："楼晓明，你定时间，让他们定你肯定不满意。""对，你定个时间，马庆生，你给我催。"肖云飞说。"基本都有了，你们可以……"楼晓明正说着，曹瑞祥插话道："5月中旬怎么样？""20号之前可以。"楼晓明说。

"好，5月20号提供给计划正式不变的清单，马庆生，你做纪要。"肖云飞说。"中间有什么重要器件有变动及时通知我啊，曹瑞祥。"楼晓明又补充一句。"写在纪要里。"肖云飞对马庆生说。"应该不会变。"李和平说。"不变最好。"楼晓明说。"双工器要归一到新的，可以是平滑的，柳超智。"肖云飞提醒道。

"是1000个站还是1000套模块？"马庆生问。"7月要发1000个基站，这次有3000到5000个基站。当然，7月的1000个基站是最关键的，需要研发全力支持，剩下的供应链自己搞定。"楼晓明说。"就是3000套模块1个月发完。"马庆生说。"6月10号过TCP5，这是必须的。"肖云飞说。"6月10号？20号吧，10号不现实。"曹瑞祥说。"你晚了就得压缩我们制造的时间，那可不行啊。"师建宏说。

"不行第一批就空运，数量看情况，啊，楼晓明。"肖云飞说。"得控制成本，公司对这个项目抠得很紧。"楼晓明说。"还是现实点，现在第一板还没投呢，当然，也只能是一板搞定，毕竟有ODU这板垫底，应该可以。就算5月10号投，也得6月20号过TCP5。师建宏，只能这样啦，再往前压是没有用的。"肖云飞说。"好，就定6月20号过TCP5，当天我放任务令。"楼晓明说。"但愿能这么顺吧。"赵长城说。"放心，肯定是一场恶仗。"肖云飞说。

送走了楼晓明和师建宏，大家留在作战室继续开会。"5月10号能投吗？"肖云飞问大家。"这样，回板要再压缩一周。"肖云飞见大家面露难色又说。"马庆生，你就帮我催回板，一周回板。"曹瑞祥说。"只能这样了，尽量给调试和测试多些时间。赵长城，尽量多给些时间测试。量太大了，领导们真是疯了，一个新东西就这么硬搞。"肖云飞说。"现在赶紧，ODU给我整，温循要快。"曹瑞祥心急火燎地对赵长城说。

"模块呢？"赵长城问。"有有有，今晚先给一个，明天争取再给一个。"李和平说。"软件呢？"麦哲渊问。"软件怎么也得单独给一个，这次必须。"麦哲渊说。"不能和夏润泽共用，坚决不能。"麦哲渊又强调道。"我们一起共用可以吧？"王厚林说。"最好不共用。"麦哲渊说。"热测试用一个，就剩下两个，他们总得有一个调DPD吧，咱俩就只能共用了。"王厚林说。

"对了，热测试效果如何？"肖云飞忙问。"正在测，数据还没导出来呢。"李和平说。"好在这次印度是室内宏。"曹瑞祥说。"又让我们躲过一劫。"邓学佳说。"躲过印度，躲不过欧洲。"肖云飞说。"怎么，欧洲也要啊？"李和平问。"麦克斯韦再牛，也只搞定了荷兰的一个运营商。"肖云飞说。"ODU不会放松的，现在又来了些人，都压上了。"曹瑞祥说。

"嗯。"肖云飞说。"旭日东升的人，搞硬件和逻辑的。"曹瑞祥说。"软件，马庆生，你们有吗？"肖云飞又问。"目前没有，只有射频。"王厚林说。"哼哼，冷钟书终于熬不下去了。"肖云飞说。

13.屡战屡败，屡败屡战

4月20号，上午十点左右，生产线。"章树桐，你看啊，我们算了一下，要提高效率，只能是几个柜子同时测，否则根本无法满足发货的需求，时间太紧了。"师建宏说。"看，到时候这儿全是装满模块的机柜。一个一个地测效率太低，叫你来就是商量，整机一次测5个柜子，怎么样？"师建宏又说。"为什么是5个，能5个就能10个。"章树桐说。"配套的仪表没那么多，算了。5个柜子一测，能满足需求。"师建宏说。"可以，就跟建站一样，一个基站的控制器可以带上百个基站。"章树桐说。"那就赶紧搞吧，5月底交给生产用。"师建宏说。"我们就在生产搞，你给我找块地儿吧。"章树桐说。"可以，最好就在这儿，我去跟管场地的说一声。"师建宏说完离开了。

温循实验室。"还没搭好？"肖云飞一进来就问。"上午能搭好，下午走一下，差不多晚上能跑起来。"夏润泽说。"我预计一轮下来肯定得烧功放。"肖云飞说。"烧也正常，班德的搞了那么长时间，到了泰国不还是烧，不烧才不正常。这下好，全是自己的，定位起来方便多了。"夏润泽说。"唉，这下班德的定位都顾不上了。"肖云飞说。"班德估计是听到风声了，对这边也不积极了。"夏润泽说。

第二天上班没多久，肖云飞来到温循实验室。"都打开啦，烧啦？"肖云飞看着正打开的ODU说，但没有人回答。"还是那个高效的管子烧了？"肖云飞又问。"两个管子都烧了。"邓学佳说。"是啊，这要多大的信号啊，我们在实验室怎么推都烧不了。"廖默然说。"两个管子都烧了，跟班德的不一样。好，有希望。"肖云飞说。"这是什么道理，烧了两个管子反而有希望？"廖默然说。"赶紧修，修好了再做。"肖云飞说。"不定位吗？再烧怎么办？"廖默然说。"再烧再修。"肖云飞说。

"也是，现在确实不好定位，只能继续做。董运来，你来抓数据，每个节点都抓，快，赶紧准备一下。还有没有？换新功放接着做。"邓学佳说。"拿去给你们换。"廖默然抱着模块回功放实验室了。"应该有两个模块啊，另一个呢？"肖云飞突然问。"有点问题，正在搞。"邓学佳说。"这回两个模块一起上啊。"肖云飞说。

这时，曹瑞祥和柳超智过来了。"肖云飞，这事得你拍板。"曹瑞祥说。"什么事？"肖云飞问。"室内宏的双工器模块，原来的模具快不行了，需要开复制模。"柳超智说。"开啊，复制模是厂家自己开，跟我们又没关系。"肖云飞说。"你不是要归一化嘛。"曹瑞祥说。"那又怎样？噢，你们想直接开新的？"肖云飞问。"你说呢？"曹瑞祥反问。"能开当然最好了。"肖云飞说。"这事还是你们自己拿主意吧，我不太清楚你们这些。曹瑞祥，你把握。我只有一个要求，就是保证供货，不影响交付。"肖云飞说。

晚上九点多，肖云飞又来到温循实验室，一来就看到两个模块全打开了。董运来和邓学佳忙着查看数据。"4个管子全烧啦？"肖云飞问廖默然。廖默然没吭声，只是默默地点点头。"没事，黎明前的黑暗，正常正常，失败乃成功之母嘛。"肖云飞说。"看出点儿眉目没？"赵长城问邓学佳。邓学佳没吭声，继续分析数据。"数据还是没抓全，搞全了再做。"邓学佳坚定地说。

"还做啊？"夏润泽大喊着。"有什么好叫的，才烧6个管子就心疼啦。咱燎原是干大事的，不在乎。廖默然，还有没有？换了再做。要有信心，这次能找到根因，估计是硬限幅的问题。"邓学佳说。"好，修，廖默然，这时只能听他的，快。"肖云飞说。"下血本了。"赵长城说。"这点儿都舍不得，还谈什么世界第一。干大事就不能小家子气。"肖云飞说。

"屡战屡败，屡败屡战，直到……啊。"肖云飞又说。

周五。上午开搞，做到十一点钟，两个模块又全挂了。"可以肯定，董运来，硬限幅搞错了，导致大信号完全没限住。"邓学佳从凳子上跳起来说。"马上去改。廖默然，麻烦再换一下。"邓学佳说。"给你备着啦。"廖默然回道。

下午，两套修好的模块加上改进后的硬限幅版本，再次开始了温循。"下班前就该有数了。"夏润泽说。这时，肖云飞急匆匆跑了进来。"怎么样，怎么样，是不是又烧啦？"肖云飞问。"刚开始。你也不能整天盼着烧啊。"曹瑞祥说。"怎么刚开始？就上午张总叫我这么一会儿，你们就……这，我去乌兹别克斯坦怎么能放心啊。"肖云飞说。"什么？你要去乌兹别克斯坦？"曹瑞祥问。

"年初陆鼎轩打过招呼。丝绸之路，中乌搞活动，香农的网络很烂，我们去搬，保证活动的正常进行。"肖云飞说。"有什么问题吗，非要你去？"曹瑞祥说。"要不你去？"肖云飞说。"这，印度多载波，走不开。"曹瑞祥说。"还是啊，那边遇到干扰问题了。时间紧，陆鼎轩去搞了几下没搞定，直接求助到张总了。"肖云飞说。"为啥不先找我们？"赵长城问。"重要啊，首次搬香农的站，张总是总负责。"肖云飞说。

"看出来了吧，你们才是核心，我就是打杂的。"肖云飞又说。"说得多可怜似的，打杂的，搞笑。"曹瑞祥说。"说正经的，怎么才做温循？"肖云飞追问道。"你在这儿踏踏实实地待着，不会再烧了。"邓学佳自信满满地说。"好，要真是这样，解了我心头之患了，去乌兹别克斯坦也能踏实点。"肖云飞顺势坐下看着后台数据。

"说说哪来的自信？"肖云飞又问。"结果出来再说，别把牛皮又吹破了。"廖默然说。"不用，不做事后诸葛亮，现在就说。"邓学佳说。"上午又把4个管子全烧了。"曹瑞祥说。"啊，那……"肖云飞问。"确认是硬限幅的问题。"邓学佳说。"查了，是我做错了，中午改了，现在用改过的版本再做。"董运来说。"但愿这次也能给你开光。"肖云飞说。

晚上九点多，肖云飞把大家叫到温循实验室。"古人云事不过三，还是有道理的。10个管子还是值，董运来，怎么样，算不算开过光啦？"肖云飞看着董运来笑着说。"应该算是开过光了吧。"董运来回道。"我礼拜天就走了。"肖云飞又说。"签证呢？"曹瑞祥问。"不瞒你们说，要不是因为印度项目，原本不用那么紧张的。陆鼎轩想让我过去，早就催我把签证办了。这是公司首次搬别人的站，以前都是人家搬我们的，想想西双版纳那个痛啊。我本想作为研发领导名义上去支持一下，实际上去看看搬别人的站是个什么样。"肖云飞说。"但是现在去，站还没开起来呢。布哈拉是丝绸之路的重要节点，又是政府间的大型活动，燎原得去保障把站开起来啊。"肖云飞说完直盯着大家。

"放心吧，一定按计划，6月20号过TCP5。"曹瑞祥说。"那时候我已经回来了，你们5月10号定版BOM给楼晓明才是首要的。"肖云飞说。"不过今天这个温循一做，心里算是有点底了。邓学佳，是不是？"肖云飞又说。"放心，没问题的。"邓学佳说。"别大意，两个管子都不烧，我才会相信。"肖云飞说。"明白，班德的现象不能重演。"邓学佳说。"没退路的，印度人把功耗限死了。"肖云飞说。

"马庆生，7天回板是关键点，你要想方设法催。可以给加班费，干活的这帮人啊，你可以请他们吃顿饭，联络联络感情，总之，从两周压到一周，不下点儿功夫肯定不行，公司是可以出加班费的，明白吧？看你的了。"肖云飞最后说。

第六章

服务丝路上的明珠——布哈拉

1. 布哈拉之旅

周二上午，塔什干燎原办事处。"肖总，欢迎啊，真给面子，这么大领导到我们这个小地方。"办事处主任王凯丰说。"哪儿的话，我是来支持你们的，是来帮陆鼎轩干活的。"肖云飞说。"您对我来说真是大领导，移动产品线的二号人物。真是没想到，陆鼎轩跟我说您要来，我可一直没敢当真。"王凯丰说。"王总，你可真是给我们出了气，当年就是香农搬了我们在西双版纳的第一个商用局，这回我怎么也得来啊，可算是出了这口气。"肖云飞说。"知道，西双版纳局就是肖总一手搞的，地球人都知道。"王凯丰说。

"今天是4月26号，周二。5月4号，中乌的大型丝绸之路主题活动就要举行启动仪式，这个站是覆盖主会场的。我搞了两回没搞定，怎么样，肖总，明天就去布哈拉？"陆鼎轩说。"别叫肖总啊，叫名叫名，听你叫肖总不习惯。"肖云飞说。"明天就去吧，时间太紧了。"陆鼎轩又说。"行，给你干活的，听你的。"肖云飞爽快地说。"那就谢谢肖总了。"王凯丰说。

中午，陆鼎轩带肖云飞来到闹市区的韩国餐厅。"这里怎么会有韩国餐厅？韩国人很多吗？"肖云飞问陆鼎轩。"二战时，斯大林从朝鲜移民了10万人到苏联的乌兹别克斯坦加盟共和国。"陆鼎轩说。"这里美女很多啊，你们办事处前台的姑娘简直就像个仙女。这里的人长得跟欧洲人差不多，金发碧眼的。"肖云飞说。"首都塔什干有很多俄罗斯族人，明天要去的布哈拉就基本都是当地人了。"陆鼎轩说。"原来是这样。瞧这服务员，愣是把金发染成了黑色。"肖云飞指着远处的服务员说。"肯定是店里有要求。"陆鼎轩说。

"这里的气候跟江苏、山东一带差不多，四季分明。"陆鼎轩又说。"感觉塔什干这个城市的布局跟咱们那儿很像。"肖云飞说。"都是苏联的模式。"陆鼎轩说。"明天就咱俩去吗？"肖云飞问。"有个俄罗斯族的小伙儿跟我们一起去。"陆鼎轩说。"这个站的数据有吗？"肖云飞问。"在那个小伙儿手上，明天看吧。"陆鼎轩说。"杂散干扰搞不定啊，那个运营商根本不配合，巴不得站开不起来才好。"陆鼎轩又说。"去了再说吧。"肖云飞说。

第二天一早，陆鼎轩找了辆出租车，在充气站充完天然气后，开始了布哈拉之旅。"这一路全是平原啊。"肖云飞一路看过来说。"是啊，乌兹别克斯坦是个农业国，盛产棉花。"陆鼎轩说。"乌兹别克斯坦跟中国是有很多渊源的。"陆鼎轩又说。"具体有些啥？"肖云飞问。"阿凡提，新疆的阿凡提就源自我们要去的布哈拉。"陆鼎轩说。"是吗？"肖云飞说。"我们在布哈拉住的地方就有阿凡提的像。"陆鼎轩说。"没想到，没想到。"肖云飞说。"好像李白在这儿也待过。"陆鼎轩又说。"真的假的？"肖云飞吃惊地说。"据说。"陆鼎轩。

下午，一到布哈拉，大家登记住宿，放下行李。"走，去基站看看。"肖云飞对陆鼎轩说。"好，我让基里连科去叫车。"陆鼎轩跑到隔壁去叫基里连科。不久，三人坐上出租车来到基站铁塔下。"哪个是我们基站的塔？"肖云飞问。"右边这个。"陆鼎轩说。"去机房。"肖云飞说。"好。"说着，三人来到了机房。

"连上看数据。"肖云飞说。基里连科插上网线连上电脑操作着后台，三个人观察着底噪数据。"你看这个底噪，现在这个频点打电话肯定不正常。"陆鼎轩指着数据说。"不对啊，这不是边上的频点啊。"肖云飞说。这一问，把陆鼎轩给问住了，陆鼎轩半天没吭声。

"香农的有没有问题？在这之前肯定是香农的站嘛。"肖云飞又问。"没听说香农的有什么问题。"陆鼎轩说。"你确定？"肖云飞问。陆鼎轩和基里连科沟通了一会儿，又打了一圈电话。"问了一圈，确定香农的没有出现我们现在的杂散干扰问题。"陆鼎轩说。"先不提具体的杂散干扰。我问的是之前香农的站打电话正常不正常？"肖云飞问。"打电话没问题。"陆鼎轩说。"如果确定之前香农的没问题，那就肯定不是杂散干扰。"肖云飞说。"再问一下，频点配置都是一样的吧？"肖云飞又问。"配置都一样，肯定一样啦，我们是替代嘛。"陆鼎轩说。"那就肯定不是杂散干扰，应该是阻塞干扰导致的底噪不正常。"肖云飞说。

"为什么？我们网规网优内部可是来回讨论了多次，最后一致认为是杂散干扰。"陆鼎轩说。"我们让运营商加杂散抑制的滤波器，对方不肯，说燎原出钱才可以。"陆鼎轩又说。"他们认啦？"肖云飞问。"没有，燎原出钱嘛，跟他没关系。"陆鼎轩说。"就是要赖。"陆鼎轩又说。"你能打国内吧？"肖云飞问陆鼎轩。"我这手机可以。"陆鼎轩说。"好，你给我拨曹瑞祥的手机，我找他查一些东西。"肖云飞说。"好，我给你拨。"说着，陆鼎轩拿出自己的本子查到曹瑞祥的号码后拨打起来。

"通了。哎，曹瑞祥，我是陆鼎轩啊。"陆鼎轩说。"啊，陆鼎轩，有事啊？"曹瑞祥说。"你们肖总找你。"陆鼎轩说完把手机递给了肖云飞。"曹瑞祥，你听好了，赶紧查一下香农900兆模块上行滤波器带宽是多少，可能有几种。你赶紧去查，查到后用手机发短信给我，手机短信啊，这里不方便收邮件。"肖云飞说。"900兆模块是吧？其他频段的要不要？"曹瑞祥问。"只要900兆的，900兆啊。"肖云飞说。"好，香农900兆模块上行滤波器带宽，记住了。这就查。"曹瑞祥说完挂了电话。"走，回去吧。"

肖云飞把手机递给陆鼎轩说。"看看能不能把香农之前的数据调出来。"回去的路上肖云飞对陆鼎轩说。"我问问基里连科吧。"说着，陆鼎轩用英语和坐在前排的基里连科沟通着。"可以，他让人去搞了。"陆鼎轩说。

2. 原来是阻塞干扰

4月28号，周四。三人一早又来到基站。肖云飞仔细看着运营商塔上的两根天线，琢磨了良久。"他们的天线可不可以动一动？"肖云飞问陆鼎轩。"动了会影响覆盖的区域，恐怕……"陆鼎轩说。"没跟他们提过？"肖云飞问。"没提过动天线的事。"陆鼎轩说。"问下香农的数据导出来了没？"肖云飞又说。陆鼎轩跟基里连科说完，基里连科拿出手机打给同事。"收邮件不方便，他让同事直接在电话里报出来。走，去机房。"陆鼎轩说。

三人来到机房。基里连科打开免提，边和电话那头对数据，边联网线操作后台。陆鼎轩和肖云飞都听见了对方报的数据。"香农的数据是正常的，基本可以说明问题了。"肖云飞说。"曹瑞祥那边查得怎么样？"陆鼎轩问。"还没收到短信。"肖云飞说。"现在还打不了电话。"陆鼎轩说。"下午吧，心里基本有底了。"肖云飞说。

"阻塞？"陆鼎轩问。"没错，是阻塞干扰。道理很明显，杂散是落到带内的，如果我们有问题，香农也一定会有问题。"肖云飞说。"阻塞不也一样吗？"陆鼎轩说。"说实话，因为杂散比较好理解，所以通常人们会把阻塞干扰混淆成杂散干扰。阻塞干扰确实比较难理解。"肖云飞说。"用'城门失火，殃及池鱼'来形容可能好理解一些。"肖云飞又说。"带外的强信号影响到接收器带内。"陆鼎轩说。"对，这是专业的解读。"肖云飞说。

"那为什么香农的……"陆鼎轩欲言又止。"你也意识到了，应该香农对这个频点有抑制。"肖云飞说。"你是说我们的没有？"陆鼎轩轻声说。"看曹瑞祥查的情况就知道了。"肖云飞说。"估计是这样，怎么办？要是我们的产品真有这个缺陷，那不坑死我们啦？"陆鼎轩说。"别急嘛，这不正在想办法嘛。"肖云飞说。"固有的缺陷，怎么想办法？其实客户已经有所觉察了，一对比就能发现。目前我们没敢多说，只说正在处理，能搞定。"陆鼎轩说。"说得没错啊，我们没说搞不定啊。"肖云飞说。

"别跟我说要加滤波器。"陆鼎轩说。"怎么，要是加滤波器能搞定，你不就得加嘛。"肖云飞说。"我们是搬别人的站，公司一分钱没赚，再加滤波器，不得亏得当裤子啊。"陆鼎轩说。"扩容不就有得赚啦。"肖云飞说。"肖云飞，能不能不加滤波器？你看，好不容易把你请过来，你给来个加滤波器的解决方案，一竿子打到几个月后，可眼前的问题还是没解决啊，这个站还是开不起来啊。"陆鼎轩说。

见肖云飞一脸惭愧，陆鼎轩又说："肖总，英雄也。能不能不加滤波器就把这个站在5月4号前开起来？""英雄个啥，恐怕在你眼里我已经是狗熊形象了吧。"肖云飞说。"没没，你一直是我崇拜的英雄。我只知道我们肖总是无坚不摧的，多载波都被你搞定了，布哈拉这个站更是小菜一碟，易如反掌。"陆鼎轩说。"要是动天线，有工程队吧？"肖云飞冷静地说。"有，只要你说怎么搞，马上让局方派工程队来。"陆鼎轩说。"我得丈量丈量。"肖云飞边说边用脚步丈量着两个铁塔的间距，又比画着高度的差异，并做了记录。"回去吧，我要再算算。"肖云飞说。

在回去的路上，陆鼎轩接到王凯丰打来的电话。"王总，你好。"陆鼎轩说。"怎么样，有希望没？"王凯丰在电话里问。"肖总在想办法。"陆鼎轩说。"哎呀，陆鼎轩，咱要是真用上应急车，这脸就丢大了。"王凯丰说。"在努力在努力，争取不用应急车。"陆鼎轩说。"哎，应急车调试得没问题吧？"陆鼎轩忙问。"放心，我亲自盯着，已经差不多了，所以给你打个电话问问你那边的情况。"王凯丰说。"这下有底了。"陆鼎轩说。"别真让我用应急车啊，这是没办法的办法。之前对局方的那些承诺，唉，不说了，你应该有数，不能轻易用应急车啊。"王凯丰说。

"明白，王总，我们努力，应该可以不用的。"陆鼎轩说。"真的吗？现在想听的就是这句话，最好把'应该'两字去掉。"王凯丰说。"我想是可以不用的。"陆鼎轩鼓足勇气说。"我信你，有肖总做你的后盾，我信。"王凯丰说。"一定，一定。"陆鼎轩说。"另外，今天28号啦，局方认为我们一切顺利，所以5月2号或者3号他们会派人到布哈拉现场进行模测，以确保通信的效果。毕竟这个活动很重要，要是出了事，他们老大肯定位置不保，想都不用想。"王凯丰说。"知道了，一定保证。就这样，王总，挂了。"陆鼎轩说完挂了电话。

"你们俩简直就是双簧，给我压力啊。"肖云飞说。"没这个意思，你多心了。"陆鼎轩说。"赶紧叫塔工，明天动天线。"肖云飞说。"有解决方案啦？"陆鼎轩问。"有，赶紧叫塔工明天过来。"肖云飞说。"说说你的思路。"陆鼎轩说。"先叫塔工，回头跟你说。"肖云飞说。"那好吧，我叫。哦，到了。"陆鼎轩说着提着包下了车，肖云飞也下了车。"赶紧打电话，叫塔工明天必须到。"肖云飞边往房间走边说。

不一会儿，打完电话的陆鼎轩回到房间，放下包说："马上要到五一了，这里也过劳动节，都是苏联的节日，局方不方便派塔工，我又不好说有问题。""局方不派人，我们就自己搞，又不是没爬过塔。"肖云飞说。"咱们公司可是要求有爬塔证的，多次强调。"陆鼎轩说。"那你说怎么

办？你要有办法，我可以不爬啊。"肖云飞说。"劳动节，来不了。"陆鼎
轩说。"那不就是喽。"肖云飞摊开双手说。"万一出事呢？"陆鼎轩说。
"走，上街，买些工具，自己用绳子做安全带。扳手好像带了。"肖云飞
说。"扳手有。"陆鼎轩说。

晚上，陆鼎轩和肖云飞的房间。"我看了下这两个塔，有利的是两个
塔挨得比较近。这样垂直隔离就可能会起到决定作用。"肖云飞说。"这
样吗？"陆鼎轩边思考边说。"你有没有注意到，我们的天线是低过对方天
线的，这是不利的，我算了一下，要充分利用它的高度，把天线尽可能地拉
高，我们的塔是比对方的高的。具体能有多高，要上去看。"肖云飞说。
"而且高了对覆盖有好处，对局方也好解释。"肖云飞又说。

"是的，没错，搬站原则上是不动天线的，一动天线就牵涉到网优，局
方会很敏感，怕我们虽然答应了免费搬，但要让他们出网优的费用。"陆鼎
轩说。"我看香农的网规网优不怎地，想不明白为啥天线是这个高度。"肖
云飞说。"以前对方是没有站的，香农搞得比较早。后来对方建了站，没影
响，香农自然不会想着来动天线。更何况局方一直欠着香农的费用。所以这
个网的效果比较差。"陆鼎轩说。

"哎呀，刚听说要搬香农是很高兴，但听你这么一说，心又凉了半
截。"肖云飞说。"公司的决定，由不得我们。"陆鼎轩说。"哎呀，不说
这些，不说这些了。听明白我刚说的了吧？"肖云飞说。"垂直隔离，天线
往高处升，高过对方的，越高越好。"陆鼎轩说。"对了，曹瑞祥怎么没动
静啊？"陆鼎轩问。"有动静，发短信了，说是确定不了。"肖云飞说。

"我就说嘛，我们的带宽肯定做得跟香农、麦克斯韦一样啦，当时肯
定是照抄的啊。"陆鼎轩说。"也未必。据说香农为了抗干扰，专门定制
了双工器。当然，没找到确切的资料。"肖云飞说。"其实你催我叫塔工的
时候，开始我还一愣，后来仔细想想，目前唯一能做的也就是动天线了。当

然，我没想到是往上升，以为是左右角度动动。嗯，往上升，凭直觉应该有戏。就相当于内置了抗阻塞的滤波器。"陆鼎轩说。

"说得没错，理解得很透彻。"肖云飞说。"但是我跟你说，目前这个站是可以这么做，但站多了未必都能做。"肖云飞又说。"言下之意还是要加抗阻塞滤波器呗？"陆鼎轩说。"先把这个站搞定吧。"肖云飞说。"走一步看一步吧。"陆鼎轩说。"早点歇着吧，明天会比较辛苦。"肖云飞说。

3. 把天线升高

第二天上午，三人又来到城堡站铁塔下。"陆鼎轩，我想了一下，在动天线前还是需要再详细地路测一下。"肖云飞说。"路测过。"陆鼎轩说。"多久以前？"肖云飞问。"搬站前。"陆鼎轩说。"搬站后呢？"肖云飞又问。"一直不太正常，大致也测了。"陆鼎轩说。"时间太紧，但慎重起见，这样，上午路测一下，咱们下午动天线，明天上午再路测一下。"肖云飞说。

上午路测完，吃过午饭，三人又来到城堡站铁塔下。"陆鼎轩，你要帮我看好天线的方向，我往上移，但方向不能偏了。"肖云飞说。"肖云飞，我上，你在下面帮我看着。"陆鼎轩说。"也行，你上就你上，我在下面指挥。"肖云飞说。

陆鼎轩嘱咐基里连科动天线的时候关掉功率，又和局方工程师沟通可能会短暂关站。一切安排妥当后，陆鼎轩开始爬塔。经过近两个小时的塔上作业，天线升到了所能抬升的最高高度。随后基里连科把站恢复了。

"趁天还没黑，我们先路测一下吧。明天上午再详细地跑一下。"肖云飞说。"底噪怎么样？有没有效果啊？"刚下塔的陆鼎轩问。"你问他。"肖云飞指着基里连科说。"不行，我得再看一眼。"陆鼎轩说着示意基里连科连上电脑再看一遍。"放心了吧。"肖云飞对看着电脑的陆鼎轩说。"真是阻塞啊，我怎么就没想到呢。"陆鼎轩自语道。"还不到五点，走，赶紧路测一下。"说着，三人坐上车路测去了。

晚上，肖云飞和陆鼎轩的房间。"天黑了不方便，天线的方位角可能还是要调一下。"陆鼎轩说。"明天上午再仔细路测一下，看怎么搞吧。"肖云飞说。"主要的活动区域似乎不是太理想，其他的地方倒是挺好。天线有点偏。"陆鼎轩说。"明天30号。下个月2号或者3号局方就要来人验收了，明天就得搞定，1号再全面测一下，才算是稳妥。"肖云飞说。"是啊。"陆鼎轩说。

30号上午，三人开车在城堡一带，尤其是主要活动场所进行路测。"陆鼎轩，咱俩下来再仔细测一测，你让基里连科去大范围地转着测，这样点和面都有保障。"肖云飞说。"好，我跟他说。"陆鼎轩与基里连科沟通后，说："咱俩下车，让基里连科去跑。"陆鼎轩说着跟肖云飞下了车。

"其实整个布哈拉人很少，这里平时人也很少，要不是办这么大型的活动，这种阻塞的影响并不容易被发现，一次拨不通就再拨一次，这里的用户不是太挑剔。你看搬站后，也没什么人投诉，所以……"陆鼎轩说。"这最可怕啦，一搞活动人山人海的，到时就该成大事件了，你信不？"肖云飞说。"燎原搬了香农的站，搬后打不了电话。这一传出去，张立彪估计就差不多了……"陆鼎轩说。"我肯定也没法混下去了。"肖云飞说。

中午，餐馆。三人边吃边整理上午路测的数据。"效果就是不如旁边这块。"陆鼎轩说。"方位确定，把天线扳一扳。"肖云飞说。"扳过了怎么办？"陆鼎轩问。"一点点扳呗。"肖云飞不以为然地说。"那得要上下呼应，还不能断站。不然怎么联系？"陆鼎轩又问。肖云飞沉思了一会儿说："你说得没错。要想保证活动场所的效果，城堡这个地方得有个人，我在塔上慢慢移天线的水平方位，你在塔下指挥，同时负责与基里连科的实时联络。"肖云飞说。

"还是我上吧。"陆鼎轩说。"恐怕只能我上。"肖云飞说。"为什么？"陆鼎轩喝了口汤问。"论方向感，你肯定比我有实际的感觉。不过说实话，在这儿，光靠方向感不行，只能你去下面指挥，我被动地操作。更重要的是，你在下面便于和基里连科实时沟通。"肖云飞说。"这样做的前提是不能断站啊。"陆鼎轩说。"没事，我在天线的背面，有差不多1000倍的衰减，更何况我有儿子了，你还单着呢。"肖云飞风趣地说。"这样做确实可以做到万无一失。"陆鼎轩说。"哎呀，也是没办法，不玩真的不行啊，真出了事，没法交差啊。"肖云飞说完拉着陆鼎轩走到一旁。

"他怎么样？靠谱不靠谱？"肖云飞问。"基里连科？"陆鼎轩反问。"嗯。"肖云飞说。"这么跟你说吧，香农的这张网，网规网优主要就是基里连科搞的。"陆鼎轩说。"真的啊？那就好，那就好。后来香农走了，他就被你挖过来了？"肖云飞说。"是啊，不知道能干多久。"陆鼎轩说。"怎么？"肖云飞问。"像他们这些人一般会选择移民欧洲，先在燎原挣些钱，同时准备移民。"陆鼎轩说。"没事，现在还在嘛，你要跟他说清楚哦。"肖云飞不放心地提醒道。"俄罗斯族人素质都很高，跟他交代清楚的事不会打折扣的，放心。"陆鼎轩说完回到座位和基里连科交代着。

看吃得差不多了，基里连科和店员嘀咕后，拿出手机用计算器功能算着AA制每人应出的费用。肖云飞见状摇着手用英语对基里连科说："不用，这顿我请。"陆鼎轩又用英语对基里连科解释说肖云飞是公司的大领导，请大家吃饭是表示谢意。基里连科听后会意地点了点头。"其实不用，他们习惯

AA制。"陆鼎轩说。"哎，不是说我是公司的大领导嘛，请员工吃顿饭也是应该的。吃人的嘴短，拿人的手软，下午好干活啊。"肖云飞说。"一套一套的。"陆鼎轩说。

"下午，他的工作比你我的都关键。但愿今天下午能一步到位，不用再返工。"肖云飞说。"说实话，我和他来乌兹别克斯坦后为了这张网，几乎天天在一起，全国到处转，已经结下了深厚的友谊，是兄弟，我绝对信他。"陆鼎轩说。"我信我信。"肖云飞说。"跟你说吧，有次来布哈拉，我生病发烧，全靠这哥们照顾，恩人啊。"陆鼎轩又说。"信，我信，我真信。"肖云飞又强调了一遍。

吃完午饭，基里连科开车把肖云飞和陆鼎轩送到基站铁塔下，自己开车去了城堡广场。陆鼎轩随时与基里连科保持着沟通。"肖云飞，还是我上吧。"与基里连科沟通完，陆鼎轩说。"说好了，我上就我上，又不是没上过，没啥大不了的。"肖云飞说。"是这样，我跟基里连科说你要在站开起来的情况下调天线，他很吃惊。后来他主动找局方，让局方同意短时间闭功率，他比较了解这个站，话务量比较少。鉴于此，局方同意了他的请求。"陆鼎轩说。

"他怎么跟局方说的？"肖云飞警觉地问。"基里连科是以城堡广场那块的覆盖需要优化为由，还说当时这块香农就没做好。"陆鼎轩说。"这样啊。不管怎样，他们很快就会自己来评估的，没关系。"肖云飞说。"你负责闭站，我爬到一半你闭15至20分钟。我下到一半时，你把功率打开。记住，3个扇区都要闭。"陆鼎轩边说边把安全绳系在身上。"我开始爬了啊，爬到一半，我一喊你就关。"陆鼎轩走到塔下说。"等等，基里连科那边呢？"肖云飞问。"跟他说好了，15至20分钟。他能看到的。"陆鼎轩边说边往上爬。

大约过了15分钟，只听陆鼎轩喊道："肖云飞，关。""关了。"肖云飞关完功率跑到门外大叫道。陆鼎轩继续迅速往上爬。又过了15分钟。"肖云飞，开。"陆鼎轩在空中喊道。肖云飞跑进机房，打开3个扇区后跑出来喊："3个都开了。"陆鼎轩下到地面，掏出手机给基里连科打电话。"等他一会儿。"陆鼎轩放下电话说。

过了将近20分钟，基里连科打来电话。两人沟通后，陆鼎轩说："还要再移一点。"说完，陆鼎轩又上了塔……20分钟后，陆鼎轩下到地面，解下安全绳，拿出手机再次打给基里连科。"等一下，应该差不多了。"陆鼎轩说。20分钟后，基里连科又打来电话。这时，天空开始下雨，两人赶紧进了机房。

通完电话，陆鼎轩看着窗外的雨犯了难。"怎么了？"肖云飞问。"基里连科说天线抬高了，下倾角要往下一点儿才行，否则广场那块的覆盖还是不太理想。"陆鼎轩说。肖云飞听后毫不犹豫地冲了出去，捡起地上的安全绳，边拿起扳手边说："听我的口令，叫你关，你就关啊。"说着，肖云飞冲到塔下。"肖云飞，下雨天爬塔危险啊。"陆鼎轩大叫着。"塔顶有避雷针，再说还没打雷闪电，动作快点儿就行了。"肖云飞果断地开始爬塔。"注意安全，肖云飞。"陆鼎轩冲着塔上喊。

"关，关啊。"只听塔中央传来肖云飞的喊声。陆鼎轩迅速来到电脑前操作，完事儿后来到门口大喊："3个都关了，都关了。"陆鼎轩怕雨声有干扰，又使劲挥手朝肖云飞示意。肖云飞继续谨慎地往上爬，大约20分钟后，又传来了肖云飞的声音："开，3个都打开。"肖云飞同时也挥手向陆鼎轩示意着。

肖云飞终于安全地下来了。走进机房，脱下安全绳后，肖云飞问："那边怎么样？""正在测。"陆鼎轩说。"都湿透了，会感冒的。"陆鼎轩关心地说。"机柜这儿全是热风，外面的脱了烘烘就会干，里面还好，没怎么湿，没关系的。"肖云飞正说着，基里连科打来了电话。陆鼎轩详细询问完说："听，perfect。应该是差不多，再不行也没办法了。天线升高了，下倾是该压低一些。"肖云飞自语道。

"等雨停了，不行，让基里连科现在过来接我们。"肖云飞忽然说。"怎么？"陆鼎轩问。"有车，下雨不怕，过去一起路测一下。"肖云飞说。"还是不放心啊。"陆鼎轩说。"闲着也是闲着，快让他过来接我们。"肖云飞说。陆鼎轩给基里连科打了电话，不久，三人坐着车又去城堡广场进行路测了。

5月5号上午，布哈拉机场。"嗯，基里连科确实不错。"肖云飞赞许地对陆鼎轩说。"我看中的人不会错的。"陆鼎轩说。"我是个土人，知道吧，农民心态，粮食不入仓肯定是不踏实的，做到万无一失也好向张总交差啊。"肖云飞说。

"为啥坐飞机回塔什干？"肖云飞不解地问。"从塔什干来布哈拉好叫车，但回去比较难，司机大多不愿意。"陆鼎轩说。"安全不安全？"肖云飞问。"还好吧，通常来是叫车，回都是坐飞机。"陆鼎轩说。

中午，塔什干市中心的韩国餐厅。"哎呀，肖总，英雄就是英雄，就这么天线往上一升，搞定。简直有点儿空手套白狼的感觉啊。"王凯丰兴奋地说。"无坚不摧肖云飞。"陆鼎轩附和着。"冒雨爬铁塔真是感人，只是公司规定不许无证爬塔，只能在这儿谢谢二位了，肖总，真的感谢。"王凯丰端起杯子说。

"王总刚才说空手套白狼，只能说是这个站的运气好。"肖云飞说。"肖总这话什么意思？"王凯丰问陆鼎轩。"肖总的意思是，从整网来看，有些站可能还是要加抗阻塞滤波器。"陆鼎轩说。"有多少要加？"王凯丰一脸严肃地问。"要看。"陆鼎轩说。"要看？有没有搞错啊你，这是要花费用的。是百分之八十还是百分之五十，还是仅仅百分之十？"王凯丰又问。"差别大啦，知道不，陆鼎轩？"王凯丰继续说。"这是要一个站一个站地看，根据具体情况再说。"陆鼎轩说。

"王总，没那么悬。陆鼎轩你也是被说晕了，现有就是布哈拉城堡站有问题，其他的应该没问题吧？"肖云飞说。"不好说。"陆鼎轩说。"什么意思？"肖云飞问。"重点先解决政府活动这件大事，接下来赶紧看看其他的。"王凯丰对陆鼎轩。"我已经安排基里连科去排查了，吃完饭就去中心机房看情况。"陆鼎轩说。"肖云飞跟我说的是陆续扩容恐怕难免。"陆鼎轩又说。"肖总还得多指导，搬站是免费的，我们得精打细算啊。"王凯丰对肖云飞说。"有什么需求发邮件、打电话都可以，啊，陆鼎轩。"肖云飞说。

"肖总，去趟阿塞拜疆吧，跟这挨着。"王凯丰说。"阿塞拜疆有什么问题吗，陆鼎轩？"肖云飞问。"是这样的，它们都是独联体，乌兹别克斯坦、阿塞拜疆的人员流动比较频繁，阿塞拜疆局方的CTO发现同一款手机在阿塞拜疆比在乌兹别克斯坦费电。但陆鼎轩他们网规网优的一帮人整不出个子丑寅卯来。"王凯丰说。"阿塞拜疆也有我们的站？"肖云飞问。"当然。"王凯丰说。"怎么回事？"肖云飞问陆鼎轩。"搞不清楚，我去过，没搞明白。"陆鼎轩说。

"这次产品线来人，我肯定不能放过。我跟张总沟通了，他让我跟你商量，张总原则上是同意的。"王凯丰对肖云飞说。"难怪中午非要请这顿呢。"肖云飞说。"不信你现在就跟张总沟通。"王凯丰说。"对了，签证好像是乌兹别克斯坦、阿塞拜疆同时办的，当时陆鼎轩忽悠我说可以去散散心，好啊陆鼎轩，你就这么给我挖坑。"肖云飞说。"你是产品线研发老大，阿塞拜疆的这个问题你也要亲身感受下，看看我们的设备究竟有什么缺陷。"王凯丰说。"知道了，又是怀疑设备，怀疑研发，肯定是你们网规网优的意思。这叫，这叫什么？"肖云飞说。"叫什么？"陆鼎轩说。"不好意思说。"肖云飞笑着说。"好，陆鼎轩，赶紧叫秘书买机票，尽快去阿塞拜疆。"王凯丰说。

4.国家下定决心搞3G

5月6号，周五中午，食堂。"邓学佳，我这学文的是不太明白。"柴文娜边吃边说。"什么不太明白？"邓学佳问。"就是刚来吃饭的时候，我靠边走着，走着走着就感觉一股神秘的力量驱使我走到路边的水沟里去了，亏了没下雨，水沟是干的。"柴文娜说。"啥神秘的力量？"邓学佳又问。"物理上好像是说两个物体，什么吸，什么斥来着？"柴文娜说。

"电荷是同性相斥，异性相吸。"马庆生说。"说的不是电，是大块头。"柴文娜说。"大块头，是人大块头，还是大石头？"邓学佳又问。"哎呀，是这样，为啥走到路边水沟，知道不？"柴文娜停了停又说："我一看，我的天，一个又高又肥的巨大胖子从我身边走过，看了下，至少500斤，还不一定能打住。"柴文娜说。"不对啊，应该是异性相吸才对啊。"尹贤良笑着说。"去你的。"柴文娜说。"娜姐，你真感到一股力量啦？"东方牡丹说。"可不，都走到旁边水沟了。"柴文娜说。

"哎，曹瑞祥，怎么听说肖云飞又去阿塞拜疆了？好么，这种地方，自费肯定不会去旅游的。"赵长城说。"看来应该请你去。"曹瑞祥说。"家里多载波正紧张着呢，搞完搬站还不赶紧回，去阿塞拜疆瞎折腾啥？"柴文娜说。"你当肖云飞愿意啊，张总都答应一线了，他能怎么办。"曹瑞祥说。"其实都是这样，去了一线，就会尽可能多派些活。"王厚林说。"不会让你轻易回的。话说回来，赵长城，这应该是你的事哦。"曹瑞祥说。"什么？"赵长城说。"阿塞拜疆和乌兹别克斯坦两张网都是我们的，但阿塞拜疆局方的CTO却发现阿塞拜疆比乌兹别克斯坦的手机费电，赵长城，你说这是为什么？"曹瑞祥说。

"我哪儿知道啊。"赵长城说。"你一句'我哪儿知道'就打发了。问你，要是肖云飞在那也这么说会怎么样？"曹瑞祥问赵长城。"不知道。"赵长城说。"不知道？人家乌兹别克斯坦办的王凯丰明着说怀疑研发设备有问题。"曹瑞祥说。"什么都是研发设备有问题，讲不讲道理？"赵长城说。"问你啊，你咋没测出这种问题来？"曹瑞祥说。"对啊，麦哲渊？"王厚林说。麦哲渊听后没吭声。"估计就没这个测试用例。"柴文娜说。"这可是你说的，那问题就更大了。"王厚林说。"家里赶紧准备镜像。"马庆生说。"等肖云飞到了把情况摸清楚再说吧。麦哲渊，就这个事儿，原本打算下午去找你的，你先想想啊。"曹瑞祥说。

下午，金海明的办公室。"国家下决心要搞自己的3G。"金海明对张立彪说。"搞就搞呗，我们还是搞我们的欧制3G。现在东欧形势不错吧金总，丢了荷兰不算啥，更何况咱们的多载波绝对翻盘，麦克斯韦他们不得不跟。爽啊金总，当跟屁虫的日子总算过去了。"张立彪说。"瞧把你得意的，千万别忘形啊。"金海明说。"也就在您面前说说，在外可不敢这么说。"张立彪说。"但是，唉，政府想让我们参与。"金海明说。"让我们参与？我们在国内有市场吗？难道是因为看到我们在国外打出名气了？那些国企呢，为什么不让他们搞？"张立彪激动地说。

"是啊，光盯着我们。这国际3G跟国产3G水火不相容啊。目前只有中国大陆这么一个市场，还不成熟。想做起来啊，难度会更大。"金海明说。"应付应付算了，金总，我还有事，没别的事我先走了。"张立彪说。"有什么事？坐着。"金海明一脸不高兴地说。"搞不起来的。国家硬推，只能是白花钱，打水漂。"张立彪说。"还便宜了那帮国企。"张立彪又说。"别口无遮拦，张立彪，不许这么说。"金海明说。"没事我真走了，真有事。"张立彪又说。

"公司已经决定和香农成立合资公司。"金海明说。"真要和香农成立合资公司啊，什么意思啊公司，老板这是怎么啦？"张立彪不解地问。"肯定是有难处。"金海明说。"我们又不是国企，能有什么难处。我们出点钱意思意思，向政府表示我们搞了，剩下就让香农搞呗。"张立彪说。"想得美，香农是知识产权入股，只负责基带芯片，其他都是我们的。"金海明说。"好嘛，人家用脑，我们卖苦力。"张立彪说。"没办法，国产3G的核心专利还握在香农手里。不过这样也好，省了基带芯片这块的投入，其他的倒都是我们擅长的。"金海明说。

"人，人是问题。"张立彪说。"人？我想应该不是问题。"金海明说。"多载波正在搞，全面铺开占着人呢。现招？哪儿那么快啊。"张立彪说。"你看，又想不明白了吧。看不出老板的用意？这么做的核心就是……"金海明欲言又止。"非实质性投入。"张立彪说。"这是你说的哦，我可没这么说。"金海明说。

"两家合作，有的扯。"张立彪会心地说。"要学会资源共享。"金海明说。"对了，你刚才说什么，翻盘？告诉你，只有有了自己的算法芯片，而且要大规模地投入商用，才能谈翻盘不翻盘。"金海明又说。"芯片在搞，刚开始，没那么快。"张立彪说。"FPGA不算啊，翻盘，哼。"金海明说。"得寸进尺。"张立彪在心里说。"2007年商用。"金海明说。"算法芯片？"张立彪说。"怎么，觉得时间宽裕？"金海明说。"不不不。"张立彪说。"现在不全力以赴，2007年也是很难达到的。做芯片没那么容易啊。"金海明说。

第二天上午，王厚林把苏嘉庆叫到自己的工位处。"你找邓学佳了解一下自制算法的情况，然后拿出个计划。燎原壹号这款芯片，公司要求2007年正式商用。"王厚林说。"2007年？是上半年还是下半年，还是一季度、三季度？"苏嘉庆问。"公司没明确说。"王厚林说。"那就是12月31号前。"苏嘉庆说。"不能这样说，公司自然是希望越快越好。"王厚林说。

　　"两年，够快的了。"苏嘉庆说。"现在应该说还什么都没有呢，FPGA的什么时候能投？"苏嘉庆又说。"不能这么说，ODU投了一板了。"王厚林说。"这样，你先搞个详细的计划，找邓学佳和马庆生商量一下，最后一起评审一下。毕竟你最有经验，拜托了。"王厚林又说。"好，我去找邓学佳商量吧。"说着，苏嘉庆走了。

　　苏嘉庆走后，王厚林又来找马庆生。"什么事？"见王厚林过来，马庆生问。"是这样，燎原壹号芯片，你帮忙盯着点。毕竟基带芯片整个过程你都知道，啊。"王厚林说。"你找邓学佳吧，下周我有盯回板的重要任务，我得去厂家待着，否则一周搞不定的。"马庆生说。"没事，回完板也行，我不太放心让苏嘉庆一个人搞。"王厚林说。"回板了我会盯着的，放心。"马庆生爽快地说。

　　"许亚萍，怎么样，周一能投吗？"曹瑞祥问正在画图的许亚萍。"周一搞不定，周二周三吧。"许亚萍回道。"哎呀呀，亚萍美女啊，什么时候能投啊？"马庆生走过来问。"你们啊，该投就会投。我们明天都不休息，要评审，审完了多多少少会有些问题，再改改，再看看，争取周二，最迟也就周三。周三是几号？"许亚萍边说边看日历。"11号，也只能这样了。"许亚萍说。见两人呆呆地站在自己旁边一声不吭，许亚萍不耐烦地说："你们俩往这儿一杵，我眼晕，妨碍我工作了知道吗？赶紧从我眼前消失。""哦，看完美女走喽。"说着，曹瑞祥、马庆生装疯卖傻地边喊边回到自己工位。

5.影响质量的十大关键要素

周二，5月10号，刚上班没多久。"曹瑞祥，问你，影响质量的十大关键要素有哪十大？答对六个算及格，有奖品。"柴文娜在曹瑞祥的工位处说。"来来来，看着镜头说。"东方牡丹拿着摄像机对着曹瑞祥说。"别，录什么像啊，录像我不答。"曹瑞祥转身坐下说。"别啊，5·10质量活动，你这做领导的得支持下我们的工作。乖，快起来，对着牡丹的镜头答题。"柴文娜说。"乖，哄你儿子呢。"曹瑞祥说。"哎哟，我的曹总，配合配合，拜托拜托。"柴文娜哄着曹瑞祥说。"这还差不多。要我答什么？"曹瑞祥站了起来。"你看你，这么不认真听讲，影响质量的十大关键要素有哪十大？"柴文娜又说了一遍。

"哪十大呀，我得想想。噢，版本的节奏太快，整天跟催命似的，肯定影响质量。"曹瑞祥说。"版本节奏，算一个，再来。"柴文娜说。"还有就是问题没测出来，比如印尼S666，还有阿塞拜疆的电池耗电，都没测出来。"曹瑞祥说。"嗯，场景覆盖，算一个，再来。"柴文娜说。"过点后老是变，出过不少事，临时搞的测试不充分。"曹瑞祥又说。"TCP5后的需求变更，算。曹总接着再来。"柴文娜说。"几个啦？我还有事，找别人接着问去。"曹瑞祥说。

"才3个，答对6个就放过你，就6个，曹总，配合配合。"柴文娜说。无奈的曹瑞祥只好接着想："其实我刚讲的3个是根本性的，对了，还有第四个，架构，继电器开关就是架构问题。将帅无能的话，只能是三军被累死。"曹瑞祥说。"架构，这个算。"柴文娜说。"可以啊，曹瑞祥，都答对4个了，还有2个，快，我这手都端累了。"东方牡丹说。

"端累了就别端了，找别人吧，正好让牡丹歇歇。"曹瑞祥说。"不行，牡丹能挺住，你接着来。"柴文娜一脸严肃地说。"还有就多了，没法答了。"曹瑞祥说。"别啊。"柴文娜说。"真的。"曹瑞祥说着一屁股坐下干自己的事儿了。"还有质量意识、流程遵从、工具、组织协调、人员变动和产业链管理。"柴文娜说。"给，答对4条也可以了，鼓励一下。"东方牡丹递给曹瑞祥一个钥匙链说。"还是牡丹好，谢谢牡丹。"曹瑞祥接过钥匙链说。"牡丹，你尽做老好人。"柴文娜说。"哎哟，人家曹总也答对了4个嘛，没功劳有苦劳，就当辛苦奖励。"东方牡丹说。

许亚萍的工位处。"今天能投吧？"马庆生说。"应该能，争取下午6点下班前投出去。"许亚萍说。"这次你准备投哪儿？"马庆生问。"采购说是华侨城的环亚。"许亚萍说。"噢，好啊，明天跟我一起去环亚吧。"马庆生说。"你去就行啦，我忙着呢。"许亚萍说。"不行哎，有你在，技术上有什么可以当场解决。事关重大，拜托啦。"马庆生说。"我跟领导商量下。"许亚萍说。"那太好了，你们领导肯定是支持产品线的。"马庆生说。"没办法，只能这么天天紧逼了。明天中午把他们几个核心的人请到附近的深圳湾大酒店，一起好好商量下。我觉得先搞10块的话，3天应该就能回。"马庆生说。

"嗯，10块量少，对他们来说就是工程试制，关键是菲林。10块少不少？"许亚萍问。"哎呀，不能多，10块就是验证PCB有没有什么低级错误，3天再加2天，5天就能知道结果了。接下来就是计划他们正式下PO，那个量就大了。"马庆生说。"明天周三，周四、周五、周六再加个班，周日、周一SMT，周二就该有结果了。"许亚萍说着去看日历。"周二是5月17号。"许亚萍又说。"5月20号，计划是定在这一天，完整的BOM归档给到计划，这是底线，再晚就可能影响生产发货了。"马庆生说。

第二天中午，华侨城深圳湾大酒店。"哎，郭经理，瞧人家燎原多有派，深圳湾大酒店。"做菲林的工程师胡工对环亚燎原项目对接人郭经理说。"就是，你整天就知道用大排档糊弄我们。"制造工艺工程师鲁工说。"有大排档就不错了，咱能跟人家燎原比啊。"郭经理说。"哪里哪里。感谢各位赏光啊，感谢。"马庆生忙说。

"放心，你那么点儿活，分分钟搞定。"胡工说。"那太感谢了。请问这10块板我们周六能拿到手吗？"马庆生问。"周六？你是说本周六还是下周六？"郭经理问。"人家当然是指本周六啦，真是。"胡工说。"胡工说得没错，就是本周六14号。"马庆生说。"其实胡工，只要你今天，最迟明早吧，能把菲林搞出来，鲁工周六就能轻轻松松把10块板交给燎原。"许亚萍说。"那是那是。"鲁工赞同地点点头，胡工也跟着点头。

"你点什么头，今天的活你得给我齐活。"郭经理对胡工说。"加个班呗，辛苦一下，我们采购跟郭经理打过电话了，加班费燎原出。"马庆生说。"那倒不用，说好了，直接在工程费里体现就行了，要快的话就是工程费加倍。"郭经理说。"那他们加班的费用呢？"马庆生追问道。"放心，不会亏待他们的。"郭经理说。"怎么样，胡工，今晚辛苦一下，赶出来？"马庆生说。"看你。"胡工对郭经理说。"我？你手上的活必须完了才行啊。"郭经理说。

"怎么样，胡工，熬个通宵吧，我想郭经理不会亏待你的。真的，我们这个项目真的很急，否则也不至于这样。"马庆生说。此时的胡工看了看郭经理。"我这儿，你手上的活今天给我做完就行。"郭经理说。"怎么样，胡工？"马庆生说。"许工，下午先找人跟你看一下文件，行吗？"胡工对许亚萍说。"没问题，没问题。"许亚萍忙说。"就这样，明天早上出菲林。"胡工说。"感谢，感谢啊，胡工。"马庆生说。"我这儿，上午菲林有了，其他没问题。周六14号搞定。"鲁工说。"感谢，感谢环亚的兄弟啊，真是太感谢了。"马庆生说。

5月17号，周二。刚上班，多载波实验室。"只有9块？"杭岩问。"没错。"马庆生说。"赶得急，有块让环亚做废了。"李和平忙解释道。"赶紧调，9块就9块。"邓学佳说。"今天你们必须得给我个结论，板子OK不OK，听见没？不吃不喝不睡也得给我搞出来。"马庆生说。一帮人都忙着没人搭理他。

晚上九点，马庆生又来到多载波实验室。"还没调通？你们想熬夜没人拦着。"马庆生说。"频率源出不了频率。"曹瑞祥说。"是不是片子坏了？赶紧换个不就得了。"马庆生说。"换过了。"李和平说。"换过了怎么还……"马庆生说。"别在这吵吵，这个时候得静下心一步步来。原理图？"曹瑞祥说着，伸手问李和平要原理图。曹瑞祥接过图仔细地看着。

"锁相环的器件资料？"曹瑞祥又问。李和平又把器件资料递给了曹瑞祥。曹瑞祥仔细地对照着，李和平和邓学佳也凑过来一起看。"嗯，这个地方是空的，怎么这里接地了呢？"曹瑞祥问。"不应该啊，是不该接地啊，怎么……"李和平说。"看看是过孔接地，还是走线接地？"曹瑞祥对李和平说。"走线接地。"李和平说。"拿刀划开就行了。"马庆生说着在桌上找裁纸刀片。"给。"找到刀片后，马庆生递给李和平。

李和平先把单板掉电，然后用裁纸刀割开线，再给单板上电。"起来了，测一下，应该没问题了。"曹瑞祥说。"不用测就知道，锁相环的灯绿了，看通道。"邓学佳说。"嗯，出来了，上行再看看。"马庆生说。"上行没问题。"李和平说。"不是一个源啊？"马庆生说。"现在上、下行都分开了。"邓学佳说。"这才是通啊，还得调啊。"曹瑞祥说。"肯定得熬通宵啊，看看还有没有其他问题。"马庆生说。"去食堂给弄点吃的来。"曹瑞祥对马庆生说。"把工卡给我。"马庆生拿着大伙儿的工卡去食堂领宵夜了。

第二天下午，许亚萍的工位处。"这不能怪我。"许亚萍对马庆生说。"能不能不重做菲林？"马庆生说。"我想想啊，真不想再重新搞一遍了，还得评审。其实对胡工他们来说，就是把这儿划断，手工就可以做。"许亚萍说。"给胡工打个电话问问。"马庆生说。许亚萍点点头，拿起固话打给环亚的胡工。

"胡工啊，我是燎原的许亚萍啊。"许亚萍说。"许工，您好，板子怎么样？"胡工在电话里问。"挺好的，多亏你们了，谢谢啊。"许亚萍说。"不客气，好就行。许工，我这儿还有事，没事就挂了。"胡工说。"别，有事。"许亚萍赶紧说。"什么事？"胡工问。"有个管脚不该接地，搞成接地的了。"许亚萍说。"啊，又要重新做菲林？"胡工说。"在顶层，不是金属化孔的地，很好办，把菲林划开就行了。我们做测试就是这么做的。"许亚萍说。

"那我怎么操作呢，依据是什么？你不重新给文件？"胡工问。"给个说明文件行吗？"许亚萍问。"那要看能不能说清楚，要真是像你说的在顶层，把菲林划一刀就行，我倒是没意见。先发过来看看吧，要真像你说的，可以。也不至于为这么点儿事非要再赚你一笔工程费，还是指望你们能批量。"胡工说。"好，我先发一个说明文件。您看看，如果行，就先这么操作。后面我会重新归档的。"许亚萍说。

第七章

发货印度，挑战算法全自制

1. 不怕家里烧，就怕出去烧

5月23号，周一。上午一上班，作战室。"哎呀，总算回来了。BOM归档了，计划把货备下去了，现在就看试制版本什么时候能出来了。"肖云飞说。"阿塞拜疆电池耗电的事怎么说？"马庆生问。"先谈多载波。版本什么时候能出？"肖云飞问王厚林。"这样，我们来倒推。"肖云飞说着走向白板，拿起笔在白板上画着。

"6月20号是TCP5点，要过点，至少要试制3次。每次要多少套，马庆生？"肖云飞问。"50套吧。"马庆生说。"好，3次试制就是150套。"肖云飞在白板上写着。"曹瑞祥，你说试制版本发布的时间应该是……"肖云飞说。"今天是5月23号，王厚林，关键还是要看你。"曹瑞祥说。"你别看他呀，你要从实际情况给出个期望值。"肖云飞说。"我说最好现在就发布。"曹瑞祥说。"现实一点儿，现实一点儿。"王厚林说。"现实点儿，给我两周时间做试制，同时处理问题，怎么着6月5号就得有版本吧。"曹瑞祥说。

"6月5号，就给我10天啊。"王厚林说。"5月有31天，足足13天好不好？"柴文娜说。"给半个月，6月8号怎么样？"王厚林说。"差不了几天。6月7号，试产版本发布。"肖云飞说。"好，我落实到版本计划中。"柴文娜说。"我很大气的，不跟你们计较，7号就7号。"王厚林说。

"还有什么问题？"肖云飞问。"柴文娜，说说。"肖云飞又说。"我就知道温循还是有烧功放的。"柴文娜说。"什么原因？"肖云飞问夏润泽。"真的很奇怪，低温下加载波，刚加上，功率还没推上去呢，就……"夏润泽说。"就什么？两个都烧了还是高效那个烧了？"肖云飞问。"高效的。"赵长城说。"是吗？"肖云飞盯着夏润泽问。"是高效内路的管子烧了。"夏润泽说。"功率不大也会烧，是这个意思吧？"肖云飞又问。"至少这次是这样的，我只好怀疑是自己操作不当所致。"夏润泽说。

"提单了吗？"肖云飞问。"不太好提。"夏润泽说。"到底提没提？"肖云飞又问。"不太好提就没提。"夏润泽说。"为什么，赵长城？"肖云飞冲着赵长城发火了。"哎呀，提提提，下来就提，把细节描述清楚。"赵长城对夏润泽说。"我有一个疑问。"柴文娜说。"说。"肖云飞说。"夏润泽，你怎么会怀疑是自己操作不当呢？我觉得有点奇怪，就算是操作不当能怎么样？"柴文娜说。"对呀，柴文娜说得很对，操作不当可以视为异常测试用例啊。"肖云飞说。

"达荣生，你的版本难道还有什么讲究吗？"马庆生问。"没什么讲究啊，我不理解夏润泽说的。"达荣生说。"那这就不对了。夏润泽，你烧了功放应该觉得有功才对，我怎么觉得你烧了个功放就像是犯了罪一样，有一种罪恶感，好像犯了什么大错。这种心态不对，完全不对。柴文娜，显然是你工作不到位啊。"肖云飞说。"赵长城，你现在给我使劲烧。不怕家里烧，就怕出去烧。"肖云飞说。

"夏润泽，你不是说操作异常吗，那就再异常一回，看还烧不烧。"赵长城说。"说实话，当时我仔细想了一遍，也没觉得有什么异常的操作。达荣生的版本简单易操作，他自己都说了，没什么讲究。"夏润泽说。"你这么一说，我怎么觉得会有大麻烦呢。"肖云飞说。"还借你这手，看看能不能再烧。"邓学佳对夏润泽说。"哎呀，不说了，还有什么问题？没有你们就赶紧去重现故障。"肖云飞说。"哎，记得6月7号出版本啊，柴文娜。"肖云飞又说。

"不能心太软啊。"肖云飞和赵长城、柴文娜一边走一边说。"想想要是在印度挂一片，那就成悲惨世界喽。"肖云飞又说。"哟，好有文化啊。"柴文娜打趣道。

下午，温循实验室。"哎，肖云飞，这把应该算是一板搞定了吧？"曹瑞祥说。"马庆生，你觉得呢？"肖云飞问。"从流程看，只能说从流程看啊，他说得有道理。"马庆生说。"我声明啊，我是不好意思说一板搞定的。"李和平说。"瑕不掩瑜，李和平，表扬啊。"肖云飞说。"不过问题还是要回溯，以便大家能吸取教训。"肖云飞又说。

"进入正题，夏润泽，你这双手整出来没有？"肖云飞问。"界面很简单，实在想不出有啥不对劲的。问题就出在不上电还低温的条件下，你们还是从这个方面去考虑，杭岩。"夏润泽说。"现在还没到低温的时候，得明早，总得冻透吧？"肖云飞说。"你要想做到位，就得明早上班来搞，效果最佳。"夏润泽说。"好吧，明早再说。其他呢，别光盯着烧功放啊。"肖云飞问。"是你只盯着烧功放，我们可不敢，业务才是关键。"王厚林说。

"其他怎么样，麦哲渊？啊，麦哲渊不在，赵长城？"肖云飞又问。"人家麦哲渊正忙着业务测试呢。按理，那边才是重头。"赵长城说。"怎么样？跟单波比，肯定不能差啊。"肖云飞说。"差不多。"赵长城说。"王厚林，上行速率不能差的啊。"肖云飞说。"目前看，不差。"王厚林说。"按理也不该差。"邓学佳说。"就是说跟单载波一样。那还是差，没超过麦克斯韦。"肖云飞说。

"这次灵敏度有提升，比单载波强。"夏润泽说。"真的？"肖云飞问。"那是肯定的。"邓学佳说。"为什么这么说？"肖云飞问。"优化了很多。"王厚林说。"那我就明白了，用在单载波上一样可以提高灵敏度。"肖云飞说。"我说得对吧？"肖云飞又说。"这样我们就会比麦克斯韦他们的灵敏度高一些，我印象是这样的。"肖云飞继续说。"是的，市场已经拿去做宣传了。"王厚林说。

"灵敏度也是很重要的点。"肖云飞说。"用处还是挺大的，网规网优就很高兴啊。"曹瑞祥说。"为什么？噢，可以省掉塔放。欧洲人就喜欢用塔放。网规网优总是要求我们提高灵敏度，不用塔放，这下他们满意了。"肖云飞说。"公司也满意，除了欧洲坚持要用塔放外，其他地方一般都不用塔放。这回提高了灵敏度，对说服运营商不用塔放更有说服力。"曹瑞祥说。"有些运营商受西方做塔放公司的影响，真不一定会听我们的。"肖云飞说。"对这种情况，ODU啊，同样可以废了塔放。"曹瑞祥说。

"对了，ODU不能放松啊。"肖云飞说。"曹瑞祥，芯片是不是可以进入实质阶段了？"肖云飞一转话题说。"苏嘉庆在搞。"王厚林答道。"这样啊，苏嘉庆还是归你们射频吧。"肖云飞说。"那太好了，曹瑞祥，这事儿你张罗。"王厚林说。"肯定啊，芯片是射频模块里的，你不管谁管，这是金总的意思。"肖云飞对曹瑞祥说。"对啊，射频模块里的芯片，只能是射频来管。"邓学佳说。"也是暂时的，公司正在上海筹建芯片开发团队。"肖云飞说。

第二天一早，温循实验室。"怎么样？"肖云飞一来就问夏润泽。"没问题，正常。"夏润泽说。"这种事没有必然的，都是在不经意中。唉，给你来这么一下。"夏润泽说。"说明还是有问题，而且埋得很深，不知道什么条件触发了就给你烧一个。"赵长城说。"你想让它烧吧，它又好好的。"赵长城又说。"邓学佳，你们能不能从电路设计中，比如逻辑啊，时钟啊，详细地分析分析。看看能不能分析出点啥来，守株待兔肯定不行。"肖云飞说。

"先来回折腾呗，看能不能再烧。"邓学佳说。"怎么个来回折腾法？"夏润泽问。"中间给它删建载频，上下电，这么来回地折腾。"曹瑞祥说。"说这么多，能不能给个明确的测试用例，这样好操作些。"夏润泽说。"我就说个大概意思，具体你们去想这个测试用例怎么写。"曹瑞祥说。"行行，我们自己商量。"赵长城说。"对，干耗在这儿也太枯燥了。"肖云飞说。"那就真成守株待兔了。"马庆生说。

中午，食堂。"3天回板，你很牛啊。"肖云飞边吃边对马庆生说。"其实是他们让我的板子插了个队。"马庆生说。"深圳湾大酒店还是管用啊。"肖云飞说。"那是，还是要上点儿档次，按理，海景也可以。"马庆生说。"猛药下得足，一下就灌晕了。"王厚林说。

"哎，电池耗电的事怎么说了？"马庆生问。"看了，设备都一样，版本也差不多。"肖云飞说。"那办事处的人怎么说？"马庆生说。"还能怎么说啊。"肖云飞说。"搞了半天你就是去玩了一趟。"王厚林说。"是张总推到我身上的，可不是我要去的。"肖云飞说。"不过这是个问题，我也始终想不明白。开始我想阿塞拜疆的底噪可能会高一些，但仔细对比了乌兹别克斯坦的，很难得出阿塞拜疆底噪明显高的结论。"肖云飞又说。

"会不会跟手机有关？"王厚林问。"这个我就说不上来了。对了，你既然这么说，还是想想吧，我是觉得跟整个网有关，不仅仅是基站。"肖云飞说。"去了阿塞拜疆，还是感觉和乌兹别克斯坦有很大的不同。"肖云飞又说。"巴库，里海就在那儿。"肖云飞继续说。"里海？"邓学佳说。"对，里海，对面就是伊朗，阿塞拜疆和伊朗关系很好。"肖云飞说。"里海看上去油油的，像汽油的颜色。"肖云飞又说。

"阿塞拜疆人是不是直接从里海舀水上来给汽车加油啊。"柴文娜笑着说。"真的，里海看上去油乎乎的。乌兹别克斯坦是大片大片的棉花田，你们猜阿塞拜疆那边是什么？"肖云飞问大家。"是什么？"赵长城说。"大片大片的磕头机。"肖云飞说。"阿塞拜疆盛产石油啊。"王厚林说。"不仅仅是盛产石油，而且它的石油都在表层，稍微挖挖就冒油，所以开采成本很低。"肖云飞说。"还有，阿塞拜疆挨着格鲁吉亚，斯大林的老家。"肖云飞又说。

"斯大林是格鲁吉亚人？"柴文娜问。"是的。听说格鲁吉亚的葡萄酒非常有名。"肖云飞说。"有没有带两瓶？"曹瑞祥说。"肯定带啦，阿塞拜疆的商店里主要是卖格鲁吉亚的葡萄酒。"肖云飞说。"阿塞拜疆除了石油外还有一个特点，到处是雕塑，而且都很精致。"肖云飞又说。"那里的人的艺术修养好像普遍较高，而且很爱雕塑。"东方牡丹说。

下午，多载波实验室。"借助自制算法，一下把室内、室外给归一化了，太神奇了，似乎是上帝的安排。"肖云飞夸张地说。"就是个水到渠成的事儿，扯不上什么神奇的上帝。"曹瑞祥说。"DPD的算法似乎也没想象中那么难。邓学佳，你说麦克斯韦他们为什么就不肯下决心搞呢？"肖云飞问。"不知道。"邓学佳说。"哎，说说嘛。"肖云飞又说。"变就意味着变数多，所谓变数就意味着不确定。麦克斯韦是赌燎原搞不定。"邓学佳说。

"他们的多载波也出来啦。"曹瑞祥说。"没办法了嘛。"肖云飞说。"会不会有点太顺啊？"达荣生在一旁说。"说说，担心什么？"肖云飞问。"说不上来。"达荣生摇着头说。"确实不能太乐观，千万别乐极生悲。"肖云飞谨慎地说。"又不烧了，确实是心里没底。"杭岩说。"你也是，烧了没底，这不烧了，还没底。"李和平说。

"我想提一点，不知道合不合适？"达荣生说。"没什么不合适的，你说。"邓学佳说。"听说路特表最早是实时更新的，但说是发现了问题，我来的时候就不是实时更新了。这次，方俊凯还是强烈要求实时更新，说什么理论上就是要实时更新。"达荣生说。"实时更新有什么问题吗？"肖云飞问。"我们改，班德也说我们不对。"杭岩说。"关键是有什么问题？"肖云飞又问。

"问题，要说通常情况下似乎看不出。但是有的时候，比如我在这儿测，刚加电，有时会忘了开风扇，模块的温度会急速上升，它就在那儿不断地算，不断地更新路特表，你就可以看到杂散电平会明显地变动。"达荣生说。"应该没错吧，温度变化，路特表及时更新才能获得好的杂散电平。应该是这样一个过程。"邓学佳说。"关键有的时候，似乎有点忙不过来，就僵在那儿了。"达荣生说。

"好还是差？"肖云飞问。"有时会很差，需要重新复位才能恢复正常。"达荣生说。"定时更新的依据是什么？"杭岩问。"我们不能像有些厂家搞开环DPD，那不让人笑话吗。"杭岩又说。"哎，杭岩，你这说得有点不对劲，怎么会没有依据呢？"肖云飞说。"有时细小的变化我是检测不出来的。"杭岩说。"检测不出来的就当没变化嘛，路特表就不要变啦。"肖云飞说。"这个，我们再讨论吧。邓学佳，你们仔细考虑一下，别太理想化了。"曹瑞祥说。

"我再强调一遍，我们是在应用，应用的重点是实际效果。说白了，多载波技术本身也就是刚开始，而且大家一定要注意一个事实，就是你们在业界首次实现了数字预失真多载波技术的商业应用。"肖云飞停了停又说，"路就是你们走出来的。什么理论不理论的，实践才是检验真理的唯一标准。别整那些个臭氧层，没用。""什么笑话不笑话，少来。人家虽然没有高深的算法，用土办法，固定路特表，搞不了闭环就用开环，通过大量测试数据、温度、功率，多维度形成一套开环DPD实用主义的有效方法，听说能做到相当高的水平，而且也商用了。虽然比我们还是要差许多，但不简单啊。"肖云飞继续说。"邓学佳，其实可以结合起来，别做得那么理想化。"曹瑞祥说。"想想吧。"邓学佳说。

"我的理想是如果开环DPD再加一个算法做闭环，就很完美了。"达荣生说。"到位，就是这个意思。工程经验数据加算法，思路很清晰啊。"肖云飞看着达荣生赞许地说。"确实不能老在那儿算啊变的，总有忙晕头的时候。"廖默然说。"行了，都说到位了，让他们再仔细想想该怎么落实吧。"肖云飞说。

2. 印度乡村通信的特殊需求

又过了一周，中午食堂。"牡丹，明天带儿子去哪儿玩？"肖云飞边吃边说。"明天去哪儿玩？在公司玩。"东方牡丹说。"不请假陪陪儿子啊。"肖云飞又说。"你陪不？"东方牡丹问。"他们幼儿园有活动。"肖云飞说。"哎哎哎，祝大家儿童节快乐啊。"柴文娜起哄道。

"深喉，深喉是啥意思？"尹贤良看着新闻问大家。"深喉，水门事件，尼克松下台。"曹瑞祥说。"噢，原来是FBI的前副局长。谜底揭穿了，想想还挺合理的。"曹瑞祥又说。"马克·费尔特是不想把这事儿带进棺材里。"邓学佳说。

"夏润泽，这又过了一周了，也没见你有什么动静。"肖云飞说。"它不烧，我也没办法。"夏润泽说。"达荣生，改了以后效果怎么样？"肖云飞又问。"我这儿挺明显，问他。"达荣生指着夏润泽说。"夏润泽？"肖云飞问。"你是说达荣生那个，稳是稳了，至于怎么样，我也不好说。没烧功放是真的，但是不是跟这有关，不好说。"夏润泽说。"行吧。王厚林，照这样，7号出版本似乎没啥问题了？"肖云飞问。"我这边还是有些问题。牛玉江，你要赶紧解决啊。"麦哲渊说。"牛玉江，别拖后腿啊。"肖云飞说。

"哎，牡丹不带儿子玩，带我们玩儿呗。"麦哲渊说。"怎么，你是我儿子啊，嫌岁数大。"东方牡丹说。"这话说的。自制多载波眼看就差不多了，搞个活动吧，大梅沙或者小梅沙，实在不行，香港两日游也行。"杭岩说。"举双手赞成香港两日游，香港海洋公园最棒。"袁一帆说。"拿钱来，想去哪儿就带你们去哪儿。"东方牡丹说。"牡丹，你这么高雅的人，谈钱多俗啊。"朱文学说。

"牡丹，建议带大家去大甲岛，听他们去过的人说挺好。"肖云飞说。"大甲岛，听说要坐船去的。"夏润泽说。"从杨梅坑坐快艇过去。"东方牡丹说。"好啊，肖总好建议，牡丹，就去大甲岛吧。"柴文娜说。"行啊，关键是我刚和人事部那帮人去过。"东方牡丹说。"您都探过路了，我们跟着您就熟门熟路了。"马庆生对东方牡丹说。

下午，大家又聚在温循实验室。"多做些模块吧，现在有模块了。"肖云飞对夏润泽说。"行，这一轮做完就换模块。"夏润泽说。"赵长城，版本的事，麦哲渊他们要再仔细测测，不要再漏掉什么。"肖云飞正说着，自己的手机响了。

"喂，哪位？"肖云飞问。"肖云飞，我是张立彪。"张立彪在电话里说。"啊，张总，您这号是……"肖云飞问。"我在印度，用他们临时给我的手机打的。"张立彪说。"啊，您在印度啊。有事吗？"肖云飞问。"来印度谈乡村站的事，印度人多，主要人口在乡村，政府要解决这块儿的通信问题。"张立彪说。

"好啊好啊，就是国内的村村通嘛。"肖云飞说。"哎呀，没法跟国内的村村通比啊。"张立彪说。"怎么？"肖云飞问。"村村通，我们是赚钱的。"张立彪在电话里说。"怎么？肯定是用自制的多载波，不可能再用单载波去投标吧？"肖云飞说。"你以为你的多载波就能满足人家对成本的诉求啊？"张立彪说。"难道……"肖云飞正要说，却被张立彪打断了。"难道啥？人家还是嫌贵，希望我们能针对乡村通信搞出物美价廉的产品。"张立彪说。

"多载波都不行，那就没办法了。"肖云飞说。"你说没办法就行啦，金总都答应局方定制了。"张立彪说。"那金总肯定是心里有底了。"肖云飞说。"有啥底啊，随手就扔给我了，要求定制的东西必须满足客户的成本诉求。"张立彪说。"具体有啥诉求？"肖云飞问。"想知道啊？"张立彪问。"嗯。"肖云飞说。"是你现在做的自制多载波模块的1.4倍。"张立彪说。"怎么个1.4倍，怎么还贵了呢？"肖云飞说。

"我们现在做的是3个扇区，3个模块，对吧？"张立彪问。"是啊。"肖云飞说。"人家要求把3个模块压缩成1个模块，还是3个扇区，但是价格仅仅是独立3个扇区模块的1.4倍。"张立彪说。"嗯，1.4倍，还是贵了。"肖云飞说。"你个猪脑子，1个模块对1个模块。这个被压缩的具有3个扇区功能的模块，就跟咱们现有的单个模块比。现在的单个模块是1块钱，这个三合一的模块就只有1块4毛钱，明白了吧？想什么呢，还说贵。"张立彪在电话里说。

"开什么玩笑，张总。金总这么精明的人，就答应这个屈辱的条件了？不可能，肯定是您理解有误，您最好再跟金总沟通清楚。"肖云飞说。"不用，等我把客户需求的原始邮件转给你，你就明白了。你目前的反应属于正常，我们也是这样过来的，都沟通了三轮了。"张立彪说。

"哎，张总，可以，全向站，可以满足。"肖云飞说。"人家白纸黑字写得清清楚楚，是三扇区的站。"张立彪说。"哎，也可以啊，给他用分路器分出3个扇区来，再用定向天线这么一打，覆盖啊。"肖云飞说。"功率够吗？"张立彪问。"对了，功率不够。"肖云飞说。"关键是容量，印度人多。像我们的村村通全向站很多，容量问题不大。印度人口稠密，容量很重要，所以客户坚持三扇区。"张立彪说。"而且还是室内站，人家坚决拒绝ODU。"张立彪又说。

　　"这点可以理解，怕偷。"肖云飞说。"目前从跟客户的沟通看，可以按两载波考虑功放，这样可以省点。"张立彪说。"1.4倍，这也太……"肖云飞说。"看一下我的邮件，组织大家讨论一下，等我回来，向我汇报。"张立彪说。"什么时候回？"肖云飞问。"下周一上班，应该是6号吧。听说你们目前开发进展得挺顺利，牛啊肖云飞。还是要谨慎，别到现场出大事，那就赔个精光了。"张立彪说。"6号能汇报个啥，这种要求不伤筋动骨怎么可能想得出来，至少1个月，而且也仅仅是拿个思路出来。"肖云飞说。

　　"先看看可行不可行，概念性的就行。"张立彪说。"想想吧。"肖云飞说。"就这样吧，用点儿心啊，要搞就得明年年初发货。"张立彪说。"啊，明年1月份啊。"肖云飞大叫道。"8个月，你都是现成的，拼拼凑凑的事儿。"张立彪说。"哪儿就是现成的啦。"肖云飞说。"行啦，都理解到位了，回来听你汇报。"说完，张立彪挂了电话。

　　"简直是……"肖云飞收起电话对大家说。"还是有可能的。"曹瑞祥在一旁说。"你知道啥呀就说有可能。"肖云飞说。"IMS嘛。"曹瑞祥又说。"什么IMS？"肖云飞问。"集成多扇区啊。"曹瑞祥说。"有可能的，中频就一个，仅仅是射频通道。"邓学佳说。"DPD算法呢？"肖云飞又问。"一个时分复用啊。"邓学佳说。"双工器，双工器啊，曹瑞祥。对了，廖默然，还有功放。"肖云飞又说。"还有电源。噢，电源一套。不行啊，要是用一套电源，咱有这么大功率的吗？"肖云飞又问。

　　"电源倒是个问题，没这么大的电源。"曹瑞祥说。"还有双工器。"肖云飞又说。"双工器，三合一啊，就是腔多些，也没啥。"曹瑞祥说。"不会吧，就只有电源是难点？"肖云飞问。"金海明找过你？"肖云飞问曹瑞祥。"这次没有。不过金总以前找我们详细了解过，主要是关于国产3G的，要八发八收，还要一个模块。"曹瑞祥说。"噢，原来金总是这样想的，没串起来想。不过1块4啊，核心是1块4。"肖云飞说。"没错，关键看如何设计才能实现成本最优。"曹瑞祥说。

"此话在理，看来我是有点跟不上你们了。成本最优的设计，但性能不能降低标准。"肖云飞又说。"那当然，否则就没意义了。"曹瑞祥说。"一个个越来越牛了，都没听明白你们在说啥，三个并一个，还要和一个的比，还这么有信心。真要能这样，只能说明你们之前做的水平是真差啊，不是吗？"马庆生说。"既然能这样，那你们把现有模块的成本也降下来。"马庆生又说。

"三合一是印度乡村通信的特殊需求，主流还是要独立三扇区的。"肖云飞说。"你看，按理三合一再ODU，岂不更便宜，但印度又不干了。"肖云飞又说。"很显然，现有模块要降，难度更大。"曹瑞祥说。"没道理啊，你这三合一的能降，单个的为什么就困难呢？"马庆生说。"就拿双工器来说，单个的就得是三个独立的模块，这是死的。三合一，再怎么着也是一个模块。"曹瑞祥说。"论个啊？"马庆生说。"大系统肯定是模块数量越少越好啊。"肖云飞说。

"为什么三合一相对来说成本更优呢，这要从厂家说起。"曹瑞祥说。"好，你说，我倒要听听。"马庆生不服地说。"当然啦，毛坯是一个，虽然比单个的大些。三合一的腔虽然多，但如果设计得好、调试方便的话，工人调三合一的时间肯定比调三个独立模块的时间要短得多。"柳超智插话道。"何以见得？"马庆生又说。"实际上费时的是拧接头，拧上、拆下费时。"曹瑞祥说。"嗯，有点道理，就是毛坯重量重些。"马庆生说。

"所以，我们落伍啦。"肖云飞对马庆生说。"也别这么说，金总找过他们，他们有准备。我们是傻乎乎地刚知道，不落伍，不落伍。"马庆生说。"肖云飞只承认自己落伍了，你个马庆生，直接承认自己傻，还以为占了便宜。"王厚林在一旁说。"你才傻呢。"马庆生对王厚林说。"真理是越辩越明啊，我都有信心了。"赵长城说。"赶紧准备材料，张总6号回来要听汇报。"肖云飞对曹瑞祥说。"今天几号？"曹瑞祥问。"明天是六一儿童节。"邓学佳说。"张总是6号回，还是6号就要给张总汇报？"曹瑞祥问。"张总6号上班听汇报。"肖云飞说。"成本啊，关键是成本。"肖云飞又补充道。

3. 三合一的双工器

6月6号，周一。上午，张立彪办公室。"不错啊，真是上了个台阶，那就赶紧做吧。"张立彪听完汇报后说。"不过，还是要按每扇区80瓦来搞，之前说的作废。80瓦，每扇区。"张立彪又说。"那成本呢？"肖云飞问。"成本怎么了，管子用我们的主流货源，成本未必会高。"张立彪说。"廖默然？"肖云飞看着廖默然说。"管子的成本关键在量，具体要问一下查曼丽。"廖默然说。"我已经要求采购跟供应商谈价了，问题不大。这样一来，很多低成本市场我们就都能做了，不仅仅是印度乡村。"张立彪说。"王厚林，试制版本能按时出吗？"张立彪又问。"问题不大。"王厚林说。"不能盲目乐观。"张立彪说。

下午，作战室。"结构件没了，双工器就是结构件。"曹瑞祥说。"双工器厂家能按我们的要求做吗？"邓学佳问。"为什么不能？同样是开模。"柳超智说。"这就省多了，结构件还是很占成本的。"马庆生说。"换句话说，就是基于双工器的设计。"肖云飞说。"先把各接口提明确了。在此基础上，柳超智你来设计这个三合一的双工器。"曹瑞祥说。"电源这块，马庆生你来提明确的需求吧。"曹瑞祥又说。"肖云飞，今天张总说的可跟你之前说的不一样。"马庆生说。"就功率翻倍了嘛。散热，室内站，有风扇。"肖云飞说。"曹瑞祥，要算一下电源需要多少瓦的？"马庆生说。"行，我算一下，回头给你。"曹瑞祥说。

"功放的散热器还是要的，TRX用双工器的结构件。"曹瑞祥说。"那肯定。"肖云飞说。"没觉得有啥难度。"赵长城说。"但愿。"曹瑞祥说。"版本没啥问题吧？"肖云飞问赵长城。"应该没啥问题。"赵长城说。"你去盯着。"肖云飞对赵长城说。"我得来这儿盯着，这么大的三合一版本，测试部不能没人盯啊。"赵长城说。"你先去盯版本，这儿有我。"肖云飞说。"快去啊。"见赵长城犹犹豫豫的，肖云飞又说。

周五一上班。"肖云飞，1100瓦的电源要想用电源砖来实现，省结构件和降成本就没法实现了。"马庆生对肖云飞说。"用砖？怎么用？"肖云飞问。"两个600瓦的电源模块啊。"马庆生说。"不行不行，用电源砖怎么散热，电源那帮人咋想的。"肖云飞说。"还有，600瓦的电源砖，印象中公司一般是不用的，重新找？"肖云飞又问。"是啊，公司没有现成的编码。"马庆生说。"这不是开玩笑吗，为什么不用分布式？"肖云飞问。"目前业界还没有人做1100瓦的电源。"马庆生说。"很难吗？两个600瓦的一并不就是了？"肖云飞说。

"电源的说做不了。"马庆生说。"他们做不了咱们自己做。"肖云飞说。"可以问他们借两个人。"马庆生说。"你再去谈，不行我找张总。"肖云飞说。"不怕，把600瓦的电源拆下来看看，直接拷贝，就这么简单。"肖云飞又说。"没那么简单吧。"马庆生说。"当然了，具体的效率什么的，还是要仔细研究研究。你先看人，到时候实在不行，直接调产品线的来。"肖云飞说。"好，我再去谈谈。"马庆生说。

肖云飞来到生产线。"怎么样？"肖云飞问正在测试模块的工人。"挺好，效率高多了。"工人回道。"有坏的单板吗？"肖云飞又问。"我这儿没有，得问工段长。"工人说。看着走来的工段长，肖云飞问："目前有坏板吗？""有一块，放在那儿。"工段长用手指了指远处说。"知道是什么问题吗？"肖云飞又问。"还没安排修，暂时不知道。"工段长说。

"李和平，他们忙着试制，没工夫修，你们研发的要抓紧啊，赶紧看看是什么问题。"肖云飞说。"他们不让拿回去。"李和平说。"为什么不让拿回去？"肖云飞问工段长。"任务令的不好拿，否则账不平。"工段长说。"你们就在这儿修嘛。"肖云飞转身对李和平说。"没在实验室方便。"李和平说。"不方便吗？"肖云飞问工段长。"他们是不想修，我们都能修，也没觉得不方便啊。"工段长说。"工段长说得有道理，生产上能搞，你们更能搞。赶紧把那个故障单板定位了。"肖云飞对李和平说。没办法，李和平只好去修单板了。

"怎么，肖总亲自视察来了。"师建宏来到测试工位说。"来看看。这是第一批的50套，还有两批是吧？"肖云飞问。"单板已经在加工了。"师建宏说。"这么快？"肖云飞说。"20号过TCP5，今天已经10号了，不算快。"师建宏说。"好像还行。"肖云飞说。"还是研发牛啊，自己的算法，一炮打响。"师建宏说。"但愿出去没事。"肖云飞说。"放心，试制的150套全温循。"师建宏说。"好啊，应该这样。"肖云飞说。

周一上午，张立彪的办公室。"张总，目前就卡在电源上了。"肖云飞说。"你去谈的？"张立彪问马庆生。"聂胜斌根本不和我谈，就说做不了。"马庆生说。"肖云飞你咋不去呢？"张立彪说。"估计我也不行。"肖云飞说。"主要理由是业界没人做过1100瓦的。"马庆生又说。"业界没人做，我们做啊。"张立彪说。

"张总，我估计你去也不好使。"肖云飞说。"是啊，聂胜斌只买金总的账。"张立彪说。"约上金总，你们仨谈谈呗。"肖云飞说。"金总很急，1月份就要发货。"张立彪说。"正好啊。"肖云飞说。"这1100瓦的电源，难度究竟有多大？"张立彪问。"聂胜斌他们开始建议用两个600瓦的电源砖来搞。我们肯定不能同意，散热会有问题。"肖云飞停了停又说："不能说没有难度，但有600瓦的模块在，分析分析它的电路，再消化成自己的，我看也就差不多了。"张立彪听了肖云飞的话，想了想说："从头来肯定难，如果有样板，就应该像你说的。好，我有数了。"张立彪说。

下午，金海明的办公室。"聂胜斌，说说呗，为什么做不了？"金海明说。"不瞒您说，1000瓦的电源砖刚立上项，瑞研所搞，准备用3年做出来。"聂胜斌说。"3年才做出来，黄花菜都凉了。所以你就不肯做了？"金海明又说。"就给半年时间，怎么做啊。"聂胜斌说。"我已经答应局方了，明年1月发货。"金海明对聂胜斌说。"难度确实大呀。"聂胜斌说。"刚张立彪说的，我觉得是个捷径。"金海明说。"他说得轻巧，让他做啊。"聂胜斌说。

"你把人借我，我们自己做。"张立彪说。"用我的人，还说是自己做，金总，有这样的吗？"聂胜斌说。"那就你做喽。"金海明说。"反正我是没把握。这样吧，我出人，听你指挥，搞不定我不负责。"聂胜斌说。"考评得给我。"张立彪说。"考评？"聂胜斌一愣。"考评不给他，有个鬼用。"金海明说。"行，给就给。"聂胜斌说。"钟子健必须给，其他再给俩，你定。"张立彪对聂胜斌说。"原来是做了功课来的。"聂胜斌说。"不然怎么对付得了你。"金海明说。

第二天，6月14号。上午，钟子健带着两个人来见肖云飞。"欢迎欢迎，相信你能搞定。"肖云飞拍着钟子健的肩膀说。"我们可能不会采用你的思路。"钟子健说。"为什么？"肖云飞说。"我们了解到有一种新的芯片，可以统一管理两路电源，这样效率更高。"钟子健说。"你们定，你们定。不过新器件的论证周期很长，你们要考虑。"肖云飞说。"是的，我们要解决。"钟子健说。"查曼丽那边也要知会。"肖云飞对马庆生说。"就让他们在作战室办公吧，搞几台电脑给他们。"肖云飞又对马庆生说。"好。走，带你们去作战室。"马庆生招呼着三位走了。

下午，肖云飞来到作战室。"都在这儿。"肖云飞一进门说。"钟子健，我想了想，还是要把我的思路跟你说清楚，聂胜斌和你们理解的可能有误。"肖云飞对钟子健说。"何以见得？"钟子健反问。"何以见得？从上午见面你说的第一句话就清晰地表露出来了。"肖云飞说。"我说什么了，不太记得了。"钟子健说。"装糊涂吧？行了，不绕弯子，你们可以按你们的思路，但我要的是立刻上量的成熟产品，你敢保证你们的思路能满足我的要求吗？"肖云飞说。

"他们这种思路业界也是首次运用，刚出的芯片，怎么可能在你要求的时间内这么快成熟，不现实。"曹瑞祥说。"你站在哪边说话？"肖云飞瞪大了眼睛看着曹瑞祥说。"没站在哪边啊，我是担心钟子健他们整的这个方案会影响我们发货。"曹瑞祥忙解释道。"那你就打算听之任之了？"肖云飞又说。

"肖云飞，你什么意思？你想说什么就直说，行不行？"钟子健说。"你们这个思路是带有研究探索性的，可以让瑞研所那帮人去搞，我这不能这么玩。"肖云飞对钟子健说。"好，可以不玩。请问该怎么玩？我听你的。"钟子健对肖云飞说。"曹瑞祥，你说给他听。"肖云飞说。"我？还是你自己说吧，我也不太清楚你是咋想的。"曹瑞祥说。"好，马庆生，你说。"肖云飞说。

"曹瑞祥，你也有这么深的技术情结。肖云飞现在肯定是想要最保险的嘛。"马庆生说。"而且没有风险。"肖云飞补充道。"要是这样，那就简单了，钟子健。"曹瑞祥说。"不明白你想说啥。"钟子健说。"收发信机和一个功放用一个电源，另外两个功放用另一个电源。简单明了，没难度，没风险，保证能按时发货。"曹瑞祥说。"听明白了，钟子健？"肖云飞问。"否则怎么敢答应金总啊，整个业界都没有1100瓦的电源砖。"肖云飞又说。

"原来你们是这么想的。"钟子健说。"我们又做不了大面包，做两个小的就行，关键是要让大伙儿吃饱。"肖云飞略显得意地说。"弟兄们，看来我们可以走了。"钟子健对自己的两个同事说。"别别别，钟子健，就这也得靠你们，不能走，不能走啊。"肖云飞双手按住钟子健的肩说。"真不能走，我们是要快速把产品做成熟，上量发货，全新的平台啊。专业的事还得要专业的人来做，对吧，肖云飞？"马庆生说。

"马庆生说得真是太对了，真的，电源还得靠你们。"肖云飞说。"钟子健，我觉得，我们说的是保底的，你们的方案也可以兼容设计进去，这样岂不两全其美？"曹瑞祥说。"对对对，曹瑞祥就是水平高，这个思路好，兼容进去，眼前和未来都有了。"肖云飞说。"行吧，肖总放心，我们仨的考评在你手上，只能俯首听命了。"钟子健说。"你这是在提醒我。放心，不会亏待你们的。"肖云飞说。"那谢啦。"钟子健说。"要保证按时发货。"马庆生说。"放心，没问题。"钟子健说。

"不怕有问题啊，及时解决就行。千万千万记住，不要在家里藏着掖着，最后出去有事。钟子健，你们要特别特别注意这点。"肖云飞说。"嗯，我们电源在这方面确实有问题。"钟子健若有所思地说。"马庆生、曹瑞祥，你俩都有经验，多帮帮钟子健他们。"肖云飞说。"对对对，欢迎指导。"钟子健说。"一起做吧。"曹瑞祥说。

4. 咽喉要道给卡住了

周三上午，一帮人都围在柳超智的仿真机旁。"接口定了，就看双工器能不能实现了。"肖云飞说。"恐怕要有一个反复的周期。先仿真，与厂家沟通，完了再改，差不多了先投个样机。"曹瑞祥说。"做样机，我们都得去和厂家一起搞。难度还是有点大，关键要好调。"曹瑞祥又说。"肯定是和他们一起搞。"柳超智说。"今天周三，下周三前能投下去吗？"肖云飞问。"只能说是争取。"曹瑞祥说。

"电源对吧，TRX也没啥了吧，功放是相对独立的，就剩这三合一的双工器了。下周三投下去，什么时候能定版？"肖云飞又问。"先是机加，看我们给的压力了。"曹瑞祥说。"你们不是去厂家吗，这就是压力啊。"肖云飞说。"是啊，所以要去。估计再过一周吧。"曹瑞祥说。"月底定版、定双工器，7月底8月初投板。"肖云飞对大伙儿说。"8月底回板，9月一个月见底，10月投正式板，年底过点。金总算得可真准啊。"肖云飞说。"要么当老大！"马庆生说。

"机柜怎么样了？"肖云飞问项庆林。"因陋就简，尽量便宜。"项庆林说。"肯定是带板运输，对吧？"肖云飞问项庆林。"那当然。"项庆林说。"好，曹瑞祥，你拉着大伙和柴文娜仔细讨论，把详细的计划做出来。看来成事的大头还是在双工器。"肖云飞说。"机柜也是啊。"柳超智说。"机柜就是一个柜子加铁皮，做贵了有脸见我吗？"肖云飞冲着项庆林说。"很便宜的。"项庆林说。

"谈价很重要，马庆生。"肖云飞说。"你要亲自给查曼丽发邮件，我再催。"马庆生说。"曹瑞祥、马庆生，走，到我工位去。"肖云飞拉着曹瑞祥、马庆生回到自己的工位。"闹得再欢，成本下不来也是白搭。"肖云飞说。"你现在能不能把查曼丽叫过来？"肖云飞对马庆生说。"我问一下。"说着，马庆生打给查曼丽。"喂，我们肖总请你过来一趟。"马庆生说。"我去见供应商了，下午四点去你们那儿。"查曼丽在电话里说。"她去见供应商了，下午四点过来。"马庆生对肖云飞说。"行啊，四点就四点。曹瑞祥，你准备一下。"肖云飞说。"行啊，下午四点，我们等你。"马庆生说完挂了电话。

下午四点半，肖云飞的工位处。"要事先发过来看看，这要求也太苛刻了吧。1.4倍，有点不太现实吧。"查曼丽听了情况说。"其实金总的要求是1.2倍。曹瑞祥，你现在估算的是多少？"肖云飞说。"其他好说，主要是三合一的双工器。和厂家沟通了一下，总的评估下来，目前是1.7。"曹瑞祥说。"从1.7到1.4，曼丽女士能轻松搞定吧？"肖云飞对查曼丽说。

"定版了没有？"查曼丽问曹瑞祥。"你是说双工器？"曹瑞祥问。"对啊，先说定版了没有。"查曼丽说。"这样，曹瑞祥，你带曼丽女士去柳超智那儿了解了解情况。"肖云飞说。"别'曼丽女士、曼丽女士'地叫，叫名。"查曼丽说。"曼丽就是名啊。"曹瑞祥说。"叫全名。"说着，查曼丽跟着曹瑞祥来到柳超智处。

"多出来点儿铝没关系，关键看工时。"查曼丽说。"柳超智，你一定要设计得好调，什么时候定版？"查曼丽又问。"下周三仿得差不多的话，我们准备去一趟厂家。"曹瑞祥说。"巨峰吗？"查曼丽问。"肯定啦。"柳超智说。"为什么是肯定？"查曼丽说。"什么意思？"曹瑞祥反问。"没什么意思，下周三想去就去呗。"查曼丽说。"怎么，你有别的想法？"曹瑞祥问。"先去，到时候我也去。"查曼丽说。"那太好了。"曹瑞祥说。"我们领导发话了，金总要求把成本搞下来，我总得去了解了解情况吧，不能让厂家狮子大开口啊。"查曼丽说。"太对了，曼丽美女。"曹瑞祥说。"嗯，这么叫可以。"查曼丽满意地说。

　　两天后的周五，17号。一上班，项庆林急匆匆来到肖云飞的工位处，后面还跟着柳超智。"怎么啦？"马庆生问。见两人都不说话，肖云飞说："你俩这是怎么啦？哎，曹瑞祥。"见曹瑞祥走过来，肖云飞说。"反正模块厚度增加10毫米我是肯定没法接受的。"项庆林说。

　　"怎么回事？"肖云飞问柳超智。"还是要把腔体加厚一点，否则仿真不下来。"柳超智说。"10毫米，就这么点儿，你那机柜怎么也放下了。"肖云飞比画着对项庆林说。"不是这么说的。"项庆林说。"那你说说为啥多个10毫米就不行？"肖云飞问。"我们这个三合一的尺寸是按厂家现有的机柜定的。"项庆林说。"噢，加厚10毫米就要改，现成的用不了了。"肖云飞说。"重新做嘛。"曹瑞祥说。"成本呢？说得轻巧。金总到处打招呼，我们老大死抠成本，好不容易找了个现成合适的机柜，你这……肖云飞，不能让他们胡来，压他们把这10毫米吃下去。"项庆林说。"对，曹瑞祥，吃下去。"肖云飞说。

　　"哪儿那么容易啊。"柳超智说。"那我可管不了。曹瑞祥，你得想办法把这10毫米自己消化了。项庆林，放宽心，没你的事了。"肖云飞说。"那好，还是肖总有魄力，你们就知道放松对自己的要求。"说着，项庆林抬腿要走。"他上嘴唇一碰下嘴唇说得容易，10毫米，这么多哎，哪儿那么容易的事。"曹瑞祥拦住项庆林说。

　　"这样，我上午还有些事要处理，你们去商量如何把这10毫米消化掉。下午我们再仔细讨论。"肖云飞说。"曹瑞祥，双工器、TRX、功效，哪个不能挤一点？"肖云飞又说。"就是啊。"项庆林说。"关键是现成的用不了，啥都得从头来。人家那个是大量的、和其他产品共用的，真要重新搞，成本怎么可能下得来嘛。更何况，又要搞个新的，厂家肯定不愿意。"项庆林又说。"说得对，你们先去，下午我们一起讨论。我就不信这10毫米搞不定。"肖云飞说。

　　下午，多载波实验室。"曹瑞祥，这10毫米就讨论不下来？"肖云飞说。"这边说效率不够，热困难，散热齿不肯降；那边说效率难搞。项庆林倒是比较大方，说可以让2毫米。"曹瑞祥说。"剩8毫米了，再加把劲啊。"肖云飞说。

"如果按你的要求实现起来，你仿真得差多少度？"曹瑞祥问阚雪峰。"10°以上15°以下。"阚雪峰说。"这样，我还有事，有事给我打电话。"阚雪峰忙着要走。"你先忙吧，有事再找你。"肖云飞对阚雪峰说。等阚雪峰走远了，肖云飞对大家说："以我的经验，他们仿真的15°以内，问题不大。"肖云飞说。"廖默然，你再加把劲，把算法再提升一把。还有啊，双工器和TRX一定要一体化设计，把厚度压到最小，我估计这8毫米至少可以压到5毫米。仅仅吃掉阚雪峰5毫米，问题不大。"肖云飞说。"项庆林，好好地精细化设计。当然，一定要考虑装配公差。"肖云飞又说。

"这5毫米，功放散热齿贡献2毫米，你们TRX贡献3毫米。"廖默然说。"已经贡献啦。"李和平说。"那是要你压的，你的散热齿再削掉3毫米。"曹瑞祥说。"就是6毫米呗。"李和平说。"没错。"肖云飞说。"应该可以，李和平，再仔细算算。项庆林，问题不大。"曹瑞祥说。"阚雪峰他们把事情考虑得太极端。我这是室内站，又有风扇，真不济，换个功率大的风扇，没那么悬乎。明白了吧，放宽心。不过，你还得把你的尺寸好好算清楚，千万别相互打架，影响生产装配。说得没错吧，项庆林？"肖云飞点着李和平，说着项庆林，一转头又看着廖默然。"关键还得靠你啊。"肖云飞说。

"我怎么啦？已经割肉2毫米了，够可以的了。"廖默然说。"根本上，还是要你把效率实实在在地再提升，还得为ODU打打基础呢，别光想着眼前的事儿。"肖云飞说。"在想，做梦都在想。"廖默然说。"不说废话了。项庆林，为了用便宜的机柜，这10毫米让大伙儿吃下去了，现在标准只有一个，别让我换大风扇。"肖云飞说。

"咽喉要道给卡住了。"曹瑞祥说。"打蛇就要打七寸，没有金刚钻，怎么做老大。"说完，肖云飞扬长而去。"肖猖狂，越来越嚣张。"廖默然咬牙切齿地说。"不压一事无成。"曹瑞祥说。"一点儿懒都偷不得。"李和平说。"还没说到我们的算法。"杭岩说。"人家那是策略，先把硬的强压下去。"邓学佳说。"明白了，下来重点收拾我们。"杭岩说。"多载波的核心还得靠你们。"曹瑞祥对杭岩说。"好嘛，肖猖狂是故意留空让你们对我们嚣张的。"杭岩说。

5. 多载波量产发货

　　6月22号，周三。上午刚上班不久。"哎，柳超智，仿得怎么样？"查曼丽来到柳超智处问。"差不多啦，下午发过去，先让他们看看，消化消化。"柳超智说。"明天或者后天，我们俩就过去。"曹瑞祥说。"哎，记不记得前几天你们找我，我说去见供应商了，下午来？"查曼丽问。"记得。"曹瑞祥说。"西山科技。"查曼丽说。"什么西山科技？"曹瑞祥问。"山西的西，大山的山，西山科技。"查曼丽说。"什么西山、山西的，是山西人搞的吧？"柳超智说。"哪儿人搞得我不太清楚。反正人家挺牛，说调你这双工器，可以自动化。"查曼丽说。

　　"自动调，不用人，真的假的？"柳超智提高了嗓门说。"真的假的，看了就知道了。"查曼丽说。"听说也不是完全不要人，自动化的工装是粗调，如果是简单的、指标比较宽松的，还真就不需要人，全自动化的装备和调试。"曹瑞祥说。"我去看了，比较简单的真不需要人。"查曼丽说。"所以啊，设计非常重要，核心是好调，这样工时就省了。我们这个完全不用人可能不太现实，但自动化整完，再花很少的时间细调一下，工时就会大大节省，是这个意思吧？"曹瑞祥问查曼丽。

"这样我的成本就好谈啦。"查曼丽说。"巨峰……"柳超智欲言又止。"巨峰怎么啦，它要是死守着传统的方法，成本下不来，那我也没办法。"查曼丽说。"你的意思是……"曹瑞祥问查曼丽。"地球人都知道啦，我该怎么做？"查曼丽摊开双手说。"下午，把规格要求发给我，我来找他们。"查曼丽又说。"行吧。"曹瑞祥说。"你们记住，仅仅是在我指导下的技术支持。"查曼丽说。"记住，记住啊，别多嘴，以前你们的话太多。"查曼丽说。

"要开始量产了，温循打算怎么搞？"肖云飞问师建宏。"这么大的量，只能抽着做。"师建宏说。"抽多少？"肖云飞又问。"这要算一下，得看温循的能力，其他产品也要做温循。"师建宏说。"那你们综合考虑一下吧。"肖云飞说。"这块就准备给整机测试用。"师建宏指着说。"这边还都是东西。"肖云飞说。"现在机柜都还没来，来了这边就会清理掉。到时会很壮观的，这一片全是机柜，一直到那头。"师建宏指着说。

"你们怎么……"肖云飞问。"到时候机柜一来，模块领出直接上柜。全塞满，整机5个一测，测完直接带板运输出货。"师建宏说。"模块先生产入库，机柜到了再领，是吧？"肖云飞说。"只能这样，机柜到得晚。"师建宏说。"要是模块生产完能直接上机柜就好了。"肖云飞说。"其实入库就是个手续，东西就放在这儿。"师建宏说。"就是做个账。"肖云飞说。"机柜大概什么时候到？"肖云飞又问。"7月初。"师建宏说。这时，肖云飞的手机响了。

"喂，哪位？"肖云飞问。"肖总，计划楼晓明。"楼晓明在电话里说。"楼晓明，你好。"肖云飞说。"肖总，班德的芯片怎么办？"楼晓明问。"班德的芯片，什么意思？备料和切换计划当初都是做好的，按计划做还会有问题？"肖云飞问。"按原来我们一起制定的计划是没问题，只是……"楼晓明欲言又止。"只是什么？你们自己瞎搞了吧，是不是像上次那样重复下单了？"肖云飞问。

"您说对了一半。"楼晓明说。"什么一半不一半的，快说，咋回事？"肖云飞不耐烦地说。"是在我们计划之外又下了单。"楼晓明说。"谁让你下的？"肖云飞问。"肯定不是我们自己搞错重复下单。"楼晓明说。"那谁让你下的，张总？"肖云飞问。"不是张总。"楼晓明说。"金总，只能是他啦，还是不放心我们呗。"肖云飞说。"知道就行啦，所以只能来找你啊。"楼晓明说。

"这事我知道了，大家一起想办法吧。最好能匀给其他用班德芯片的。"肖云飞说。"这个比较难。"楼晓明说。"也不一定，或许国内有用这款芯片的，你找过查曼丽了没有？"肖云飞问。"就是查曼丽让我找您的，核心是让您想办法在产品上消耗。"楼晓明说。"好嘛，你们都串通好了。"肖云飞说。"别这样说，肖总，这事只能求您帮忙了，邮件发您了。肖总，我还有会议，正喊我呢。拜托了肖总，挂了啊。"说着，楼晓明挂了电话。

"这……"肖云飞无奈地收起手机。回到工位，肖云飞气不打一处来地对马庆生说："班德芯片，你负责消耗。""凭什么呀？要我消耗。"马庆生说。"不凭什么。"肖云飞说。"射频的事还是让曹瑞祥去搞，跟我挨得着吗。"马庆生说。"怎么挨不着，就是要逼查曼丽想办法消耗。"肖云飞说。"讲理不讲理啊？"马庆生说。"你让曹瑞祥怎么搞。"肖云飞说。"这个金总，一声不吭，搞得什么事。"马庆生说。

"你们家的故意躲着我，绕着弯儿让楼晓明来找我。其实还是得靠查曼丽想办法。"肖云飞说。"让采购想办法。"马庆生说。"对，只有采购想办法才是正道。你们家的想让我们给她消耗掉，要是能行也可以啊。"肖云飞说。"是啊，给印度不可能混着发。泰国和巴基斯坦，班德的问题没解决，只能将就着用。还有麻烦的，要是再扩载频，机柜电源恐怕就有点悬喽。"马庆生说。"所以啊，把以前计划好的消耗掉就不能再发班德的了，定时炸弹啊。"肖云飞说。

7月8号，周五。上午，深圳西山科技试制车间。"查工，如果燎原能帮我们在设计上再优化一下，工时再降低一些的话，您希望的价格是有可能的。"西山科技的研发负责人薛金祥说。"柳超智听见没？要全力帮薛总。没问题，薛总，柳工从明天起就在你们西山上班了。都在深圳，方便。"查曼丽说。"那太好了，有柳工支持，肯定没问题。"薛金祥说。"那就一言为定。"查曼丽说。"咱们去会议室具体谈谈吧？"薛金祥建议道。"好啊，具体谈谈。"查曼丽说。

来到会议室，大家落座后，薛金祥开门见山地说："查工，我们非常愿意为燎原服务，有什么具体要求请提，我们只是关心如果工时和价格都可以的话，份额……""首先得这么说，目前西山科技还没有给燎原供货的资质，这一点很重要。接下来就看您薛总能不能充分利用三合一双工器的机会，好好表现一下，把西山的诚意展现出来，让我的领导、我的领导的领导，能感受到西山的诚意。"查曼丽说。

"查工，请明示，西山怎么做才能让燎原满意？"薛金祥说。"先做500套三合一的，快速爬坡上量。"柳超智说。"下单就可以啊，我们模具快开好啦。"薛金祥说。"主动开模，显示了诚意，好。不过，这500套的单目前下不了，也没法下，因为你们没有资质。"查曼丽说。"那……500套可不是个小数目啊。"薛金祥说。"我看这样，先做150套，公司论证没问题，成为合格供应商，然后下单。怎么样，薛总？先做150套，燎原也显示诚意啦。"查曼丽说。

"150套，我和我们老大商量商量吧。"薛金祥说。"要是150套都舍不得投，查曼丽，我看，又不是非得靠他们，我还不如去巨峰帮他们提升效率呢。"柳超智说。"不是这样的，柳工，150套对我们西山不算啥。"薛金祥正要继续往下说，却被柳超智打断了。"好啊，愿意投没问题啊。"柳超智说。"柳工，投是没问题，关键是……"薛金祥看着查曼丽说。

"有什么难处吗？"查曼丽问薛金祥。"有顾虑。"薛金祥说。"放心，燎原做事地道。这150套做完，公司认可能下单了，我会直接下500套的单给你们西山科技，这500套是包含前面的150套的。放心了吧？只要你们努力，他们研发认可这150套，一切都OK。"查曼丽说。"查工说得我信，只是……"薛金祥说。"你担心什么，能不能明说？"查曼丽说。"查工，实话跟您说吧，刚我们的人跟我说，我们做自动化工装的一个工程师被巨峰挖走了。"薛金祥说。"当然，你们希望巨峰也能搞自动化工装提高效率，但这，你看巨峰就这么干。"薛金祥又说。

"不错，我是跟他们说了，巨峰落后了，西山已经自动化调试了。"查曼丽说。"难道我们不能要求巨峰搞自动化调试吗？"柳超智说。"没这个意思，没这个意思，柳工你误会了。"薛金祥急忙解释道。"再说了，自动化调试的技术，你们也是从伦比约那儿学来的，我说得没错吧？"柳超智又说。

"行了行了，这个话题打住。薛总，你有顾虑请直说，别绕弯子，我的理解能力有限。"查曼丽说。"做完这500套，要是巨峰也都行了，我们当然就担心了。忙了半天，给别人做嫁衣了。"薛金祥说。"你担心的也不是没道理，但只要按我们目前谈的柳工帮你们把工时降下来，我想最多五五开。你的价格有优势，应该不止。"查曼丽说。"五五开就没问题。"薛金祥说。

中午，燎原研发食堂。"邮件发给大家了，明早八点，研发门口集合。"东方牡丹边吃边说。"昨天是小暑，太阳有点毒啊。从杨梅坑坐船，到大甲岛海滩上一晒，周一上班一看，个个都是非洲人。"柴文娜绘声绘色地说。"多久没活动了，牡丹？"马庆生说。"你们忙嘛，我也忙，帮你们忙招聘啊。这不，你们肖总说自己的多载波量产发货了，点也顺顺当当地过了，该放松放松了。"东方牡丹说。"点过了没错，可不是顺顺当当的。量产没错，但还没发货。"肖云飞说。

"下周一会发第一批。"马庆生说。"这次夏润泽这么折腾都没怎么烧功放。夏润泽，是不是还有什么没想到的狠招没用上啊？"柴文娜说。"用例都是大家评审的，还有没有狠招我就不知道了。"夏润泽。"主要是依据印度频点，我想经过这些考验，至少在印度应该不会有什么大的问题。"赵长城说。"有针对也是对的。"肖云飞说。

"对了，马庆生，明天都出去玩了，你看射频要不要留个人支持一下生产？"肖云飞又说。"不用吧，好不容易搞一次活动，你说让谁留下？"曹瑞祥忙说。"别人都去玩，你留下不就行了吗。"马庆生说。"对啊。"肖云飞附和着。"没必要。"曹瑞祥含糊其辞道。

"伦敦这个连环爆炸案，不会是针对伦敦申奥成功搞的吧。"柴文娜边看电视边说。"死了52个人，真够惨的。"麦哲渊说。"在西方死了52个人，简直不可思议。看来西方也不安全啊。"达荣生说。"哪儿安全？感觉还就是中国最安全。"王厚林说。"别说，乌兹别克斯坦比较安全。驻海外的都想调到乌兹别克斯坦。总之，在海外，乌兹别克斯坦算个好地方是不争的事实。阿塞拜疆也还好，就是气候条件有点差，风太大。"肖云飞又说。"曹瑞祥留下，还是不能大意。"说着，肖云飞端起盘子走了。"牺牲你一个，快乐大甲岛。"柴文娜端着盘子走到曹瑞祥身边说。"当时搞微波传输的时候我去过大甲岛，有什么呀？"曹瑞祥端起盘子边走边说。"心态真好。"东方牡丹说。

第二天，周六上午，肖云飞他们正坐着车去大鹏杨梅坑，眼看就快到了。这时，肖云飞的手机响了。"喂，师建宏，有事啊？"肖云飞拿起手机说，同时示意车里人声音小一点。"你那边怎么那么吵，没在公司吗？"师建宏在电话里说。"安静点儿，安静点儿。"肖云飞低声对大家说。"哎，师建宏，有什么事吗？"肖云飞问。"哎呀，整机不顺呐。"师建宏说。

"别吵！"肖云飞按着儿子说。"怎么，今天带儿子出去玩了？"师建宏在电话那头说。

"哎哎，怎么不顺啦，之前不都挺顺的吗？"肖云飞说。"来个人到生产线支持一下吧，整机测着，昨晚就烧功放了。"师建宏说。"装备的问题吗？"肖云飞问。"找章树桐了，他正在厦门搞部门活动呢。"师建宏说。

"这个章树桐，偏偏在这个时候，哎，不可能没人支持吧？"肖云飞说。"人有啊，昨晚一出事就一直在搞，都找到我这儿来了，看搞不定了才打电话。先是章树桐，可人在厦门，远水解不了近渴，这不就找你了。"师建宏说。"你不在，找个人赶紧过来看看呀。一个新员工，不知道咋整的，别瞎了，我就交不了货。"师建宏又说。

"装备定位是个新员工啊？"肖云飞问。"是啊，叫盛柏龄，还没转正呢，刚听他说的。"师建宏说。"这个章树桐，就知道玩，太不像话了。"肖云飞说。"好了，挂了，赶紧派个高手过来吧。"师建宏说完挂了电话。"真是哪壶不开提哪壶啊。"肖云飞边说边打电话。

"喂，曹瑞祥，马上去生产线，整机烧功放了。"肖云飞说。"什么？不都好好的，怎么……"曹瑞祥在电话里说。"师建宏刚打的电话，章树桐不在，你赶紧去吧，就这样，有事打电话。"说完，肖云飞挂了电话。过了半小时，肖云飞的手机又响了。"肖云飞，怎么没人来呀？"师建宏在电话里问。"我打电话催曹瑞祥。"肖云飞挂了电话又打给曹瑞祥。

"快到了，快到了。"曹瑞祥接通肖云飞的电话说。"快到了是多快啊，我还以为你在公司呢，师建宏一看半小时人还没到，又给我打电话了。"肖云飞说。"再过20分钟就到了。"曹瑞祥说完挂了电话。"不该今天出来玩啊。"肖云飞通完电话说。

欲知后事如何，请看《韧》之《智战纸老虎》……